孤軍

越境捜査

笹本稜平

双葉文庫

孤軍　越境捜査

第一章

1

不審な気配を感じて、鷺沼友哉《さぎぬまともや》は背後を振り向いた。

東急東横線都立大学駅の周辺は午後九時を過ぎても通勤帰りの人の流れがそこそこあって、普通なら尾行に気づくような状況ではない。

しかし二人の男はここまでの電車のなかでも違和感を覚えさせた。気がついたのは地下鉄銀座線の車内で、ちらちらとこちらに視線を送る気配があった。渋谷で東横線に乗り換えてもつかず離れずの場所にいて、さりげなくこちらの様子を窺っている。

都立大学で電車を降りて自宅マンションのある柿の木坂二丁目に向かっても、一〇メートルほどうしろを一人が、さらに五メートルほどうしろをもう一人がしらばくれた顔でついてくる。

プロの尾行だとしたらあまりに拙劣だが、私立探偵のように尾行を飯の種にしているような連中でなければせいぜいその程度のものだろう。

マンションの近隣の住民で、たまたま勤め先が同じ方向だとすれば、顔を知っていても不思議はないが、どうもそういう記憶がない。

どちらも冴えないスーツ姿で、羽振りのよさそうな印象はない。しかし普通の会社員にしては目つきが悪い。人を疑うことを商売にしている人種だとみて間違いない。だとしたら自分と同じ刑事かもしれないが、人に威張れるほど品行方正ではないにせよ、警察に目をつけられるような犯罪に手を染めた覚えはない。

マンションの近くにさしかかり、人の姿がまばらになったところで、鷺沼は立ち止まった。

背後の二人の足音が近づいて、前の一人が素知らぬ顔で傍らを通り過ぎる。鷺沼はその背中に声をかけた。

「あんたたち、何者だ。どうしておれを尾《つ》ける」

男は無視して歩き続ける。鷺沼は距離を詰めながらさらに呼びかけた。

「おれは警察官だ。したがってこれは正式な職務質問だ。やましいことがないなら、身分を明らかにして理由を説明しろ」

男はそれでも振り向きもしない。職務質問に答える義務はないが、走って逃げれば公務執行妨害だ。鷺沼は男にぴたりと張り付いた。もう一人の男は数メートルうしろを同じ歩調で歩いてくる。

「名前も身分も言えないのか。おれにいったいなんの用がある」

男は顔を背《そむ》けたまま口を開いた。

「たまたま同じ道を歩いているだけで、なんで職務質問されなきゃいけないんだ」

「たまたまが多すぎるからだ。銀座線の車内でも東横線の車内でも、おれのすぐ近くにいただろう」

「この先に知り合いの家があるんだよ。あんたこそいつまでついてくるんだよ。それじゃストーカーじゃないか」

マンションの前にさしかかったが、そのまま通り過ぎることにした。

「じゃあ、その知り合いの家までエスコートさせてもらうよ」

「大きなお世話だ。あんまり付きまとうと警察を呼ぶぞ」

男は声を荒らげたが、鷺沼は冷ややかに言い返した。

「おれがその警察官だと言ってるだろう」

そのときマンションのエントランスで頓狂な声が上がった。

「あ、鷺沼さん。ちょうどいいところへ帰ってきたね。駅前のスーパーに寄ったら鹿児島産黒豚のしゃぶしゃぶ用がセールになってたのよ。コンビニ弁当ばかりじゃ精神が荒廃するからね。ビールの買い置きくらいはあるんでしょ」

金髪頭で耳にピアスを付けて、派手なチェックのジャケットにジーパンにスニーカー。両手にぱんぱんに膨らんだ駅前のスーパーのレジ袋を提げている。

神奈川県警瀬谷《せや》警察署刑事課の宮野裕之《みやのひろゆき》巡査部長。ここ三ヵ月ほど音沙汰なしで、このまま永久の別れになることを願っていたが、現実はそうは甘くなかった。

「どうしたのよ、変なおじさんとつるんじゃって。手癖が悪いのは知ってたけど、そっちのほうにも興味があったわけ？」

どうあしらおうかと一瞬思い惑っていたら、前方から空車のランプを点けたタクシーがやってきた。

男は片手を上げてそれを停め、うしろにいた男を手招きする。二人は開いたドアから滑り込み、タクシーは駅の方向に走り去った。鷺沼は宮野に毒づいた。

「妙なタイミングで出てくるから、逃がしちまったじゃないか」

「出てくるって、幽霊みたいに言わないでよ。何者なのよ、あの二人？」

「それがわからないから、困ってたんだよ」

部屋に入って経緯を説明すると、宮野は興味津々という顔だ。

「ひょっとしたら監察じゃないの。なに悪いことしたのよ」

素行の悪い警察官を取り締まる部署が監察で、鷺沼が所属する警視庁では警務部人事第一課監察係が担当する。

警視正クラスの首席監察官を頂点に警視クラスの監察官、その下に監察官の指揮下で取り締まりを担当する課員で構成される。いわば警察のなかの警察だが、現場の警官からはゲシュタポ並みに嫌われる。

鷺沼の所属は警視庁捜査一課特命捜査対策室特命捜査第二係。表看板の強行犯捜査係が取りこぼした未解決事件の継続捜査が専門で、いま抱えているのはいずれもだいぶ以前に起きた殺人事件の継続事案だ。

日本の場合、殺人事件の検挙率は九〇パーセント台後半で、他の犯罪と較べ飛び抜けて高い。それでも一〇〇パーセントではないかぎり迷宮入り事件の在庫は増えていく。

人員の限られた特命捜査対策室が一件ごとに集中捜査をするのは到底無理な話で、捜査が一気に進展することも稀《まれ》だから、各捜査員がいくつかの事案を並行して担当せざるを得ない。

そのうえ凶悪事件の多発で強行犯捜査の各班が出払っているときは、新規の殺人事件の帳場（特別捜査本部）にも駆り出される。建前上は殺人事件の時効廃止に伴う継続捜査能力拡充のためということになっているが、けっきょくは強行犯捜査の遊軍で、忙しいといえば忙しいが、かといってさほど成果を期待される部署でもない。

きょうも取り立ててめぼしい材料は出ず、昼過ぎの出庁が習い性の鷺沼としてはほぼ定時に帰宅したところだった。うんざりしながら鷺沼は言った。

「あんたと違って、やましいことはしていない」

宮野は神奈川県警きっての不良警官で、かつてはなにかと監察の世話になったが、近ごろは先方もお見限りのようで、天に恥じることなく月給泥棒を続けている。

県警内部ではだれも相手にしないから、頼みもしないのにこちらの捜査事案に首を突っ込んで、裏で動いて余禄をかすめ取ろうと画策する。

ひょんなことから付き合うことになったある事件で、億単位の大金を手にしたことがあり、以来それが病みつきになって、金の匂いのする事件を嗅ぎつけては、うまい口実をつくってすり寄ってくる。

「そんなことないでしょ。元やくざの福富《ふくとみ》とはいまも付き合ってるんだし、事件絡みで鷺沼さんもけっこうな小遣いを懐に入れてきたんだし」

「成り行きで一度、そういうことがあっただけだ」

「おれだって悪党に経済的制裁を加えようというのが本来の目的で、言うなれば正義感の発露だよ」

「なんにしても監察に目をつけられるような不品行はやっていない。福富にしたって、いまはきれいに足を洗って堅気のレストラン経営者だ」

そちらもかつては横浜にシマを張っていた暴力団の幹部で、宮野とつるんでそこそこの大金を懐に入れたこともあるが、それを元手に関内にイタリアンレストランを開業し、それが当たっていまはいっぱしの実業家だ。

それでも蛇の道はへびの諺《ことわざ》どおり、闇社会の情報に関してはいまも地獄耳で、なにかと協力関係が続いている。

「でも監察の立場からすれば要注意人物じゃないの」

「その点じゃあんただって似たようなもんだろう。神奈川県警の札付き刑事が頼みもしないのにケータリングするような関係は、怪しいといえばたしかに怪しい」

宮野とすっぱり縁が切れないのはそのせいもある。ギャンブルと料理に目がなくて、前者のほうは大儲けした話はとくに聞かないが、後者のほうは天才的で、それを武器に接近されるとついつい気持ちが甘くなり、居候《いそうろう》を許してしまう。

「まあ、監察なんてのは人のあら探しが商売で、やってるのはろくでもないやつばっかりだから、おれみたいに根が善良な刑事ほど逆に目をつけられたりするわけよ」

新米刑事のときに配属されたのがマル暴担当の県警捜査四課で、そのころ宮野は正義感に燃えていた。やくざと懇《ねんご》ろになって金品をせしめる先輩刑事のやり方に異を唱え、逆に濡れ衣を着せられ監察にチクられた。以来、不良刑事に路線変更し、それをきょうまで生きがいにしてきたというのが本人の弁だ。

裏をとったわけではないが、まんざら嘘でもなさそうだ。犯罪捜査にかこつけて陰で悪銭を懐に入れることにしても、相手はほとんどが権力や金力を笠に着た特権的な悪党で、弱者からむしり取るようなことは一切しない。

そこは宮野なりの反骨なのだろうと感じなくもないが、そんな善意の解釈もまた宮野につけ込まれる隙になる。

「しかし理由もわからずに尾行を受けるのは気持ちのいいもんじゃない。身内だという説は当たっているかもしれないな」

「そうだよ。どっかで見たような顔だって言ってたじゃない。監察ってのは顔が知られると商売にならないから、他の部署との接触は避けて、警察内の行事にも出ないようにしているって言うよ。それでも同じ庁舎で仕事をしていれば、見かけたことくらいはあるんじゃない？　鷺沼さんが警察官だと言ったら、警察手帳を見せろとかも言わなかったんでしょう」

「おれがあんたや福富と付き合いがあることは、三好《みよし》係長と井上《いのうえ》くらいしか知らないだろう」

「出しゃばり女の彩香《あやか》もいるじゃない。あいつはおれと違ってお喋りだから、どこで漏らしてるかわからないよ」

「あんたよりお喋りな人間は、おれの知り合いじゃ思い当たらないな」

係長の三好章《あきら》と同僚の井上拓海《たくみ》巡査部長は、鷺沼、宮野、福富とともに、これまで普通のやり方では手に負えない難事件をややイレギュラーなかたちで解決してきた。

宮野のような邪心のある人間を、そういうタスクフォースに加えることは鷺沼としては不本意極まりないが、少なくともこれまでは結果オーライで、やむなく多少の悪事は大目に見てきた。

蓼《たで》食う虫も好き好きで、三好と井上は宮野をなぜか気に入っている。宮野も鷺沼の苛《いら》立《だ》ちを尻目に二人に取り入って、いまではタスクフォースの主要メンバーとして大きな顔で居座っている。

その宮野のいわば天敵が碑文谷署刑事組織犯罪対策課の女性刑事、山中《やまなか》彩香だ。柔道は三段の腕前で、宮野を一度払い腰で投げ飛ばしたことがある。口でも決して負けてはおらず、歩く口害発生器の宮野をしばしばやり込める。

ある事件で鷺沼が命を狙われたことがあり、その警護役として鷺沼のマンションに派遣され、以来なにかとこちらの事件に関わるようになった。

それも宮野と似たように本来の職務とは無関係のスカンクワークだが、だからと言って宮野のように私欲に絡んでのことではない。刑事としての鷺沼のファンだと言って憚《はばか》らず、同年代の井上とは相思相愛の気配があるが、そちらはまとまりそうでまとまらない。

「だったら三好さんが酔った勢いで口を滑らせたとか」

「それもないだろう。それならおれより先に三好さんが監察に目をつけられているはずだが、そんな話は聞いていない」

「三好さんは鷺沼さんみたいに猜疑心《さいぎしん》が強くないから、監察につけ回されても気づいていないのかもしれないいじゃない」

「おれがよほど性格が悪いように聞こえるんだが」

「身に覚えがあるから、そう聞こえるわけでしょ」

「あんたには負けるよ。しかし、もしあの二人が監察なら、あんたがうちに来たところを見られちまった。あすあたり、お呼び出しがあるかもしれないな」

「おれはれっきとした神奈川県警の刑事で、犯罪者でもなければ暴力団員でもないよ。たまたま鷺沼さんちに遊びに来たからって、監察が目くじらを立てる筋合いはないはずじゃない」

「神奈川県警の鼻つまみ者だという評判は、全国津々浦々に鳴り響いていると思うけどな。ところできょうはなにを企《たくら》んでる」

「あ、またそういうことを言う。人の善意を素直に信じられない不幸な性格は早く直さないと」

下心ありありの顔で宮野は言う。鷺沼はすかさず予防線を張った。

「いま抱えているのは情痴殺人が一件と強盗殺人が二件。どっちも金の匂いのするヤマじゃないぞ」

「それじゃおれが、まるで欲だけで生きてるみたいじゃない。人生、金より大事なのは友情だよ。しばらくご無沙汰してたから、鷺沼さんが栄養不良でミイラ化してても困ると思ってね」

「それで黒豚のしゃぶしゃぶか」

「今夜はおれのおごりだから気にしないで。あとで請求書を回したりしないから」

「そのまま居候するつもりじゃないだろうな」

「それなんだけどね。じつは――」

「理由は聞かない。断る」

「ほんの二、三日の話だよ。ここんとこ競輪と競馬で負けが込んじゃって、だいぶ家賃を滞納しててね。けさも大家が押しかけてきて、これ以上遅れると給料を差し押さえるって言うもんだから」

「そんなのおれの責任じゃないだろう。自業自得というもんだ」

「じつはあさっての川崎競馬で大穴の情報があるんだよ。当たればそれで家賃は払えるし、当分左団扇《うちわ》だし、鷺沼さんにもご馳走できるから。なんなら鷺沼さんにもその情報を教えたっていいし」

「けっこうだよ。博打《ばくち》で大枚の借金をつくって、やくざに命を狙われてたのを、おれが救ってやったときのことはまだ忘れちゃいないだろう」

「うん。鷺沼さんとおれのあいだには、それ以来の強い友情があるからね」

「ないない、そんなもの。おれに恩義を感じているなら、これ以上付きまとうのはやめてくれ」

「そうなの。寂しいことを言うんだね。黒豚ちゃん、ご免ね。せっかく鷺沼さんを喜ばせようと張り切ってたのにね。このまま人でなしの大家が待っているおうちへ一緒に帰るしかないね」

黒豚肉のパックをレジ袋から取り出して、宮野は慈《いつく》しむように撫《な》で回す。見るからに食欲をそそる淡い薔薇色に、覚えず腹の虫が鳴く。

「じゃあ、黒豚ちゃんに免じて、今夜一晩だけな」

つい応じてしまう自分が情けない。宮野は喜色を滲《にじ》ませた。

「うん。あしたは必ず帰るから。約束するから」

2

宮野はいつものように早起きして、こまめに朝食を用意した。食事を終えると、あすの競馬の情報収集をさらに進めると言って出かけていった。

冷蔵庫のなかには、ゆうべ黒豚と一緒に買ってきたらしい、数日分はありそうな食料が収まっていた。鷺沼が普段料理をしないことはもちろん知っているはずだから、しばらく逗留するつもりだという意思表示なのは間違いない。

スーパーのセール品とはいえ、ゆうべの黒豚はなかなかのものだった。食材に対する宮野の眼力があっての掘り出し物だろう。オリジナルのレシピだという胡麻ダレや味噌ダレも絶妙で、あすからも居候していいと、うっかり言い出しそうな自分を抑えるのに苦労した。

朝食も一流旅館のものを思わせる手の込んだもので、刑事ではなく小料理屋の親爺にでもなっていればもう少しいい付き合いができたのにと、無念な思いを禁じ得ない。

早起きの宮野に朝食を付き合わされて、けっきょく鷺沼もきょうは早出することにした。早出といっても、そもそもその時間が定時で、同僚の刑事たちはさらに早出してすでに外回りに出かけていて、二係の島には三好と相棒の井上だけが居残っていた。

「馬鹿に早いな、熱でもあるのか」

透視能力でもあるかのように、顔の前で広げた新聞越しに三好が声をかけてくる。

「そういうわけじゃないんですよ。じつは――」

ゆうべの怪しい二人のことを話すと、三好は新聞をデスクに置いた。

「おれの知らないところで、なにか悪さをしていたのか」

「なにもしてません。ただ宮野や福富との付き合いが連中の耳に入ると――」

鷺沼は声を落とした。三好は気にするふうでもない。

「そんなことだれにも喋っちゃいない。それにすべては捜査に関係したことで、そこに一般市民の協力を求めることは、警察の活動として不自然でもなんでもないだろう」

「しかし監察がそうみるかどうか。宮野は県警の鼻つまみ者で、福富は元やくざです」

「しかし監察が動く場合、それとなく直属の上司に連絡を入れてくるものなんだがな。内規ではそれに協力する義務があってな。しかしいまのところ、おれのところにはなんの話も来ていない」

「ひょっとしたら、係長も対象なのかもしれませんよ」

井上が恐ろしげなことを言う。

「そうだとしたら、おれも年貢の納めどきかもしれないが、宮野君も福富君も世間に害を与えるようなことはやっていない。むしろそういう有害な連中を検挙するのに大いに力を貸してくれているわけで、そこに監察が難癖をつけてくるなら、おれはとことん受けて立つ。辞表を書くのはそのあとだ」

三好は意気軒昂《いきけんこう》に言い放つ。杞憂に過ぎないと思いたいが、妙に力の入ったその口ぶりに、かえって心当たりでもあるのかと気になってくる。井上はさらに不安を煽る。

「でも我々の捜査で、これまで警察の大物がけっこうとばっちりを食いましたよ。なかには恨んでいる人間もいるかもしれません」

「そうは言っても、そいつらは実際にろくでもないことをやった連中で、罰を受けて当然だった。本来それをやるのが監察で、感謝されこそすれ恨まれる筋合いはないだろう。それよりおまえたち、本業のほうはどうなんだ」

三好は話の向きを変えてくる。宿題をサボっている子供のような気分で鷺沼は応じた。

「いろいろ動いてはいるんですが、めぼしい情報がなかなか出て来ません。ここ何日か、井上と大田区の強盗殺人の件で聞き込みをやってるんですが――」

事件が起きたのは六年前で、いま抱えている三つの事件ではいちばん新しい。とはいえ周辺の人々の記憶は風化して、新たな物証が出てくる可能性はほとんどない。

「被害者は一人暮らしの老人だったな。盗まれたのは腕時計とクレジットカードやキャッシュカード入りの財布と預金通帳で、事件後すぐに近親者が利用停止の手続きをとったから、被害額はそれほどでもなかったんじゃないのか」

係長ともなれば、自分の部署で扱っている事件の概要はさすがに頭に入っているようだ。

老人の名前は川口誠二《かわぐちせいじ》。そもそも銀行預金は独り身の川口が暮らしていくのに必要十分なもので、口座は主に年金の受け取りと日常の支払いに使っていたようだった。定期預金のようなものはとくになかった。頷いて鷺沼は続けた。

「たった一人の肉親の娘さんが把握できた限りの被害で、実際にはそれだけじゃなかった可能性があります」

「というと?」

「近隣の複数の人の話なんですが、そのご老人、どうも億単位の箪笥《たんす》預金があったようなんです」

宮野に聞かせたら間違いなく色めき立つような情報だが、あくまで噂《うわさ》のレベルに過ぎない。三好は身を乗り出した。

「それも盗まれていたわけか」

「もしその話が本当ならですが」

「そもそもどういう由来の金なんだ」

「何十年も前に、郷里の先輩が興した会社の株をいくつか持ったらしいんです——」

その先輩はすでに亡くなったが、息子の代になってその会社が急成長して、川口が殺害される二年ほど前に株式を上場した。買ったときは大した金額でもなかったし、株式投資に興味もない川口は気にもせず数十年ただ放置していた。

その会社が株式を上場したというニュースを新聞で知って川口は驚いた。なんと株価が額面の数百倍に跳ね上がっていた。

翌年、川口はその株を売却した。なにかの弾みでそこまで急騰するものなら、逆に突然紙切れになることだってある。それなら現金にして手元に置くほうが安全だという考えからだった。

ところがその売却代金を銀行に預けるのも心配だった。銀行だっていつ破綻《はたん》するかわからない。ペイオフの上限は一千万円。それまではそんな大金を預けたことがなかったから気にもしていなかったが、けっきょくそちらも不安になって、証券会社から振り込まれた全額を現金で下ろして自宅で保管していたという。

「そんなことを町内会の旅行のときに聞いたことがあるそうなんです。川口という人は気が小さいわりに法螺《ほら》話が好きで、自分はどこかの大名の末裔《まつえい》で、郷里には東京ドーム十個分の広さの地所があるといった話を近隣の住民はよく聞かされていたというんです」

鷺沼にしてもとくに期待を覚えた情報ではないが、三好は露骨に落胆してみせる。

「要はそれも被害者の法螺話のレパートリーだったということか」

「その可能性は高いです」

「娘さんには話を聞いてみたのか」

「連絡がとれないんですよ。事件当時の住所は中野区だったんですが、そこはだいぶ前に引き払っているようです。転入転出の手続きをちゃんとやっていれば住民票の除票から居所をたどれるはずなんですが」

「おれが身上調査照会書を書けばいいんだろう」

区役所や市役所に住民登録や戸籍関係の情報提供を求める場合、身上調査照会書という書面を提示することになっている。発出できるのは警部以上の警察官で、ここでは三好がそれに当たる。鷺沼は続けた。

「ほかにも調べないといけないことがあります。国内の主立った証券会社や銀行に、川口さん名義で数億円にのぼる株式の売却や預金の入出金の記録があるかどうか」

「手間のかかる仕事だな。法で決められた取り引き帳簿の保存期間はたしか十年だ。それ以前の記録もマイクロフィルムのようなかたちで保存しているとは聞いているが、そもそも名義人が死亡した時点でその口座は解約されているはずだから、果たして記録が残っているかどうかだな。けっきょく被害者の法螺だったで終わりそうな気がするが、やらないわけにもいかないだろう」

「税務申告をちゃんとしていれば、税務署に記録が残っているかもしれません」

「税務署だって脱税の時効は七年だから残っているかどうかはわからん。それに税務署というところは納税者の情報開示に消極的だ。向こうにしてみれば税金を払ってくれる人間はお客さんで、その情報が警察に筒抜けになっているとわかれば、納税者が真面目に申告しなくなる。連中にとっては犯罪収益も課税対象だからな」

「要するにそのレベルの噂話が、それだけの労力を費やすに値するかなんですよ」

サボる口実として言っているわけではないが、虚しい努力に終わるのは想像に難くない。やらずもがなの仕事をアリバイづくりにやるくらいなら、のんびり休んで英気を養ったほうがいいというのが三好の持論で、その考えに従えば、パスするのが妥当だというのが鷺沼の考えだ。

「それにその話が嘘か誠か判別できたところで、犯人に繋《つな》がる手がかりにはなりそうにない。たしかにほっといたほうがいいような気もするが――」

三好はそれでもどこか思案げだ。

「もし本当だとしたら、単なる押し込み強盗じゃないかもしれん。そういう話を耳にして強盗に入ったとしたら、近隣の人間の可能性もあるし、又聞きした人間だとも考えられる。だとしたら細い糸でも敷鑑（被害者を取り巻く人間関係）からたどっていける可能性がある。それと、娘の行方がわからないのも気になる点だな」

「まさか娘が関与したとでも？　しかし当時の捜査ではアリバイがあったということですが」

「旦那の実家の熊本に出かけていたという話だな。しかし現場から盗まれたものを証言したのはその娘なんだろう？　それほどの大金が消えているのを知っていて警察に言わなかったとしたら、犯人とグルだった可能性だってある」

たしかになきにしもあらずだが、想像力が過剰な気がしないでもない。しかし三好もかつては殺人捜査で辣腕《らつわん》を振るったベテラン刑事だ。まさか宮野と同病で、億単位の金の匂いに勝手に鼻が蠢《うごめ》きだしたわけでもないだろう。

「捜査記録によると、室内で争った様子は見られましたが、玄関の錠を破って押し入った形跡はありません。犯人と面識があった可能性も否定できないとみてはいたようですが、宅配便の配達員や郵便局員を装って玄関を開けさせる手口もあるので、それが決め手だとは考えていなかったようです」

「たしか居間で絞殺されていたんだな」

「ええ。居間は玄関の反対側にあって、比較的長い廊下で繋がっていたようです」

「犯人を居間まで入れたということは面識があった可能性が高いわけだが、当時の捜査陣はどうしてそこを追及しなかったんだ」

「追及しようにも手がかりが発見できなかったということじゃないですか。指紋もなかったし、犯人のものと特定できる遺留物もなかった。隣の住人は不審な声や物音も聞かなかったそうですから」

死亡推定時刻は死体発見前日の午後七時から十一時のあいだで、隣家では全員が起きていたという。死体を発見したのは、その日の昼過ぎに熊本から羽田に到着した娘夫婦で、土産を持って大田区南六郷三丁目にある川口誠二宅へ直接向かったらしい。

「それも馬鹿にタイミングが合ってますよね。まるで事件が起きるのを知っていたみたいじゃないですか」

井上も話に乗ってくる。三好が確認する。

「その娘夫婦が、いまどこにいるのかわからないのか」

「近所に住んでいた幼《おさな》なじみの話だと、事件の翌年、つまり五年前に離婚したようです。そんな手紙が突然届いて、それからずっと音沙汰なしだそうで。被害者の家は地元の不動産屋に売却して、いまはその土地に別の家が建っているようです」

「大田区あたりだと、それなりの値で売れたんじゃないのか」

「そこは借地だったそうで、借地権の売却となるとそれほどの額にはならなかったでしょう。家も古かったようですから」

「被害者はたしか七十を過ぎていたな」

「死亡時七十二歳でした」

「その歳だと普通は生命保険にも入りにくい。娘に関しては、金銭的動機はあまりなさそうだな」

「年齢を考えれば、相続絡みの殺人なんてあり得ませんよ。それに熊本にいたというアリバイは崩せません。その日の熊本発羽田行の便の搭乗者名簿に娘夫婦の名前がちゃんとあったそうですから」

「そうは言っても、再捜査のポイントはやはりその娘だな。犯行に荷担しているとまでは言わないが、なにか重要な事実を知っているような気がするんだよ」

どこか真面目な表情で三好は言った。

3

さっそく三好に身上調査照会書を書いてもらい、井上とともに中野区役所へ向かった。

娘の名前は北村恭子《きたむらきょうこ》。ただしそれは離婚前の姓で、現在はどうなっているかわからない。五年前に離婚しているとすれば、すでに区外へ転出している可能性が高い。転出した場合は住民登録を抹消された後の記録が除票として保存され、閲覧も可能だが、その保存期間は五年と定められていて、それを過ぎると廃棄されてしまう。そうなると足どりを摑むのが著しく困難になる。

幸い、北村恭子が転出してからまだ五年弱で、ぎりぎり除票が残っていた。転出した先は練馬区下石神井。除票の記載が離婚前の姓になっているから、いまそこにいるとしても姓が変わっているはずだ。それを調べるには戸籍を当たるしかない。転出時の戸籍所在地は除票に記載されているのと同一だったので、調べてもらうと、夫の戸籍がまだ移動せずに残っていた。

その記載によると、夫の北村武夫《たけお》とは転出した一ヵ月後に離婚しており、恭子は旧姓の川口に戻って、転出先の練馬区下石神井に新しい戸籍をつくっている。

二人のあいだに子供はいなかったようだ。ただし現在もその住所に居住しているか、戸籍の移動が行われているかはここでは確認できない。

「なんとか足どりはたどれそうですね」

区役所をあとにして、どこかで昼飯でも食おうと店を探しながら、安堵した表情で井上が言う。

「夫の本籍が中野区にあったのが幸いだったな。日本の戸籍制度というのはよくできている。住民票の除票は保存期間が五年だが、戸籍の場合、筆頭者がいなくなっても百五十年間保存される。おれたちのように古い事件を扱う者にとっては、なくてはならないデータベースだよ」

「そこにマイナンバー制度が加われば、国民はほとんど丸裸じゃないですか」

「ああ。いい時代なのか悪い時代なのかわからんな」

鷺沼は嘆息した。こうした捜査にマイナンバーがいますぐ応用されるとは思わないが、銀行口座の資金移動状況から容疑者を炙《あぶ》り出すのは刑事捜査では重要な手法だ。特定の人物の全国の金融機関での資金移動状況を瞬時に把握できるようなシステムが構築されたら、警察にとってはブレークスルーかもしれないが、一市民の立場に立てば気持ちのいいものではない。

いまだって車を運転していれば、Nシステム（ナンバー自動読み取り装置）でいつ、どこを走ったか、知らないうちに記録されている。携帯やスマホの位置情報を警察がいまより容易に取得できるようにするための法改正も検討されている。大義名分は犯罪の取り締まりでも、それは権力による監視社会の完成と紙一重だ。

きのうの二人のことを考えれば、なおさら不快を覚える。あの二人が何者かは知らないが、なにかの理由で鷺沼を監視しているのは間違いない。

隠し立てするようなやましいことはしていないつもりだが、勝手にプライバシーを嗅ぎ回られるのは不愉快なことで、それは警察官であるかどうかに拘らず、普通に生活している一般市民にとって共通する感覚だろう。

中野サンモールのラーメン店に入り、適当に注文してから三好に電話を入れた。状況を説明すると、三好は張り切って応じた。

「だったら飯を食ったらその足で練馬区役所へ行ってみてくれよ。身上調査照会はおれのほうで用意しておくから」

「しかし娘さんの居所を突き止めたからって、大した話が聞けるとも思えませんよ。当時の特捜本部も、最初から容疑者のリストには入れていなかったようですから」

この件に関してはどうしても気持ちが消極的になる。川口老人が言っていたという億単位の簞笥預金の話にしても、当時の捜査員も近隣での聞き込みはしたはずで、そのとき耳に入っていないはずはない。

それでも捜査記録にその旨の記載がまったく見つからない。つまりわざわざ人手を費やしてその裏をとるほど意味のある情報だとは見なさなかったのだろう。

現場の捜査員の勘が万能というわけではないが、その点に関しては鷺沼と感覚が共通する。

現にここ数日聞き込んで回った近隣住民にしても、箪笥預金の話は面白い冗談程度にしか見ていないようだった。刑事の勘ももちろんそうだが、近隣住民の観察眼は意外に的確なものなのだ。

「まあな。おれも半分以上はそんな感覚なんだが、その娘さんの現在の暮らし向きくらいは確認しといたほうがいいような気がしてな。それから、難しいとは思うけど、証券会社、銀行、税務署関係にも一応問い合わせしたほうがいい」

「税務署はともかく、都銀から地銀、信用金庫、信用組合と、金融機関はいくらでもありますからね。証券会社の数も馬鹿にならないでしょう」

「その数だけ、捜査関係事項照会書が必要だな」

三好は唸《うな》る。捜査関係事項照会書は、身上調査照会書と同様に捜査上必要な情報の開示を依頼する書面だが、こちらは主に民間企業を対象とするものだ。どちらも裁判所が発付する捜査令状のような強制力はないが、金融機関や携帯電話会社などはおおむねこれで応じてくれる。

「そこは係長の仕事ですから」

「都内に支店がある金融機関のリストを見ながら、片っ端から書いていけばいいんだろう。文言はどれも同じようなものだから、帰ったら井上にパソコンで打ち込んでもらい、おれがどんどん署名捺印するよ」

三好は積極的なところを見せる。普段は新聞を読むのが仕事のような三好にそう言われては、鷺沼も腰を退いてはいられない。

「それじゃとりあえず、練馬区役所に行ってみます。身上調査照会書のほうをよろしくお願いします」

「ファックスを入れて、そのあと電話もしておくよ。現物が必要なら、あとで郵送することにする。それと、さっき宮野君から電話があってな」

とたんに気分が警戒モードに変わる。

「宮野から？　いったいなんの用で？」

「いや、単なるご機嫌伺いらしい。いまおまえたちがなにをやってるのか訊かれたから、例の箪笥預金の話を面白おかしく教えてやったよ」

「どうしてそんなことを。猫に鰺の干物の在処を教えるようなもんでしょう」

「いやいや、もちろん向こうだってそんな話、本気で受けとっちゃいないよ。面白い笑い話だから、そのうち福富君にも聞かせてやると言ってたよ」

「係長はまんざら法螺でもなさそうだという感触だったんじゃないですか」

「あれからおれもいささか自信がなくなってな。まあ、金融機関に当たってみるのも、せいぜい念押しといった意味だよ。法螺話だったとわかれば、あとはほっといていいわけだから」

三好は泰然としたものだ。鷺沼はさすがに気色ばんだ。

「不用心にもほどがありますよ。またぞろ首を突っ込んできて、うちの捜査を引っかき回されますよ」

「そうは言うがな。これまであの二人が嚙んだ事件で、取りこぼしたのは一つもないだろう。いまじゃタスクフォースの重要なメンバーだ」

「それはたしかにそうですが――」

どうもそのあたりの感覚が鷺沼には理解しがたい。ここまでくると宮野のほうがまともで、自分が変人のような気さえしてくるから困ったものだ。

「ゆうべも泊まっていったんだろう。薩摩の黒豚を二人で堪能したそうじゃないか。今度そういう機会があったら、ぜひおれも呼んでくれよ」

三好はいかにも磊落《らいらく》だ。惧《おそ》れていた状況が早くも到来してしまったらしい。苦い気分で通話を終えると、井上も興味津々で訊いてくる。

「いよいよ宮野さんが登場ですか」

「ああ。疫病神の到来だ」

吐き捨てるように鷺沼は言った。こうなると天敵の彩香にも登場して欲しいところだが、まだタスクフォースを立ち上げる状況には至っていない。できればこのヤマが空振りで終わって、宮野のいない平和な暮らしが戻って欲しい。

「またグルメ生活が始まりそうですね。そのうち僕も遊びに行きますよ、彩香も誘って」

早くも井上は宴会気分らしい。宮野が絡んできたときの弊害の一つが公私のけじめがいい加減になる点で、井上も三好も勝手に鷺沼の家を、秘密捜査本部兼宴会場と心得ているらしい。

「今回は宮野や福富に手伝ってもらうようなヤマじゃない。タスクフォースは休業だ。おれたちだけで十分片付けられる」

強い調子で鷺沼は言った。宮野や福富と組まざるを得なかったケースのほとんどは、警察上層部や政治家筋が事件に絡んでいて、まともに正面から挑めば潰《つぶ》されるようなものばかりだった。

今回の事案はそれとは違う。どこからどう見てもありきたりの強盗殺人事件で、そこに三好が関心を抱いているようなバックグラウンドが存在するにしても、べつに秘匿捜査を強いられるような事情ではない。

「なにもそこまで警戒しなくても大丈夫ですよ。宮野さんは、単に旧交を温めようとしているだけだと思います」

「温めたくないよ、そんなもの。ゆうべは黒豚のしゃぶしゃぶで騙《だま》されたけど、三好さんにまで鎌をかけてるんじゃ、なにか企んでるに決まってる」

「え、黒豚のしゃぶしゃぶを食べたんですか。宮野さんの調理で？　自分だけ抜け駆けして、ずるいじゃないですか」

井上は口を尖《とが》らせる。こうなるともうお手上げだ。

頼んだラーメンを啜《すす》っていると、ポケットで携帯が鳴り出した。案の定、宮野からの着信だ。鳴らしっぱなしではほかの客に迷惑なので応じると、どことなく浮かれた宮野の声が流れてくる。

「なによ鷺沼さん。きのうは大事な話をしてくれなくて」

「大事な話って、なんだ？」

空とぼけたが、宮野は遠慮なしに食いついてくる。

「いま扱っている事件のことだよ。億単位の簞笥預金が消えてなくなったそうじゃない。美味しい黒豚はちゃっかり食べて、そういう美味しい話を黙ってるなんて、鷺沼さんも人が悪いね」

「なんでそんな話をしなくちゃいけない。職務で得た情報をむやみに外部に漏らしたら、公務員の守秘義務に違反するだろう」

「外部だなんて、どうしてそう水臭いことを言うのよ。タスクフォースの絆はどこへいっちゃったの」

「三好さんから聞いているだろう。まだ裏もとってない怪しげなネタだ。万一本当だったらまずいから保険の意味で確認しているだけで、その金の行方を調べるのが捜査の目的じゃない」

「もちろんそうでしょう。犯人を挙げるのが目的で、消えた金については捜査の対象外なんだから」

電話の向こうで舌舐めずりしている宮野の顔が目に浮かぶ。

「どうせ被害者の老人の法螺話だったということになるはずだ。そうやって捕らぬ狸の皮算用をしているより、あしたの競馬の大穴狙いに気持ちを集中したほうがいいんじゃないのか」

宮野に儲けさせたいわけではないが、それで懐が暖まれば、宮野としては居候する口実がなくなる。

「そっちのほうはもう万全よ。ただ元手が少ないもんだから、億単位まではちょっとね。鷺沼さんが貸してくれるというんなら、利息は大いに弾むけど」

「おれの財布の福沢諭吉は、あんたの与太話に付き合う気はないって言ってるよ。そんなに自信があるんなら、福富に出資させればいいだろう」

「だめだめ、あいつは資金が豊富だから、そんなことを教えたらごっそり買い占められて、大穴が中穴くらいになっちゃうよ」

「箪笥預金の話、まだ福富にはしてないんだろうな」

「もちろんだよ。今回はわざわざ首を突っ込ませることもない。それじゃ分け前が減っちゃうからね」

「福富はあんたほど欲が深くない。向こうだってそんな根も葉もない話には乗ってこないだろうよ」

「そうやって端からガードを固めてくるところが怪しいね。身内だけで山分けしようという魂胆《こんたん》なんでしょう」

あらゆる人間が、宮野には自分と同類に見えるらしい。

「なんにしても、今夜じっくり作戦を練ろうよ。早めに帰ってくるんでしょ?」

「泊まるのは一晩だけで、きょうは家に帰るはずじゃなかったか」

「そういう予定だったけど、鷺沼さんたちだけじゃ頼りないから、おれが一肌脱ごうと言ってるんじゃない。心配しなくていいよ、合い鍵はちゃんと持ってるから、また美味しい晩飯つくって待ってるね」

合い鍵を渡した覚えはないが、以前居候していたときに勝手につくられた。そのうち錠を交換しようと思っていたが、いざとなると面倒で放っておいた。

「許可なく立ち入ったら、住居侵入罪で現行犯逮捕するからな」

「そんなことしたら、おれと鷺沼さんの付き合いがばれちゃうよ。それじゃ監察に飴玉をくれてやるようなもんじゃない」

監察からみて、自分が素性の怪しい人物だという自覚はいくらかあるらしい。たしかにその意味では、鷺沼としてもことを荒立てたくはない。

「しょうがない。だったら今夜だけだぞ。あすは大金が懐に入るんだろうから、それできっちり家賃を払って、おれの目の前から消えてくれ」

「そんなこと言ったって、けっきょくおれを頼りにすることになるよ。善意の協力者をないがしろにしたら、健全な警察活動は成り立たないからね」

「強請《ゆすり》たかりが善意の協力だとは知らなかったな」

「そういうのを見解の相違と言うんだよ。それじゃ今夜もよろしくね」

勝手に話を決めて、宮野は通話を切った。井上が身を乗り出す。

「宮野さんからですか。さすがに動きが速いですね」

ラーメンが伸びかけていた。慌てて啜りながら鷺沼は言った。

「だからと言って、今回の件に関してはあくまで部外者だ。神奈川県警の札付き刑事がわざわざ出しゃばる理由はない」

「でもこれから先、なにが起きるかわかりませんよ。鷺沼さんを尾行した怪しい二人組の件もありますから」

「あいつらが、この事件と関わりがあるというのか」

「そういう意味じゃなくて、もし鷺沼さんの身になにか起きたらまずいですから」

「宮野にしてみれば、それで御の字じゃないのか。鬼のいない間に、たっぷり洗濯ができるから」

「あれでも、本当は鷺沼さんを慕ってるんだと思います。傍からは、けっこういいコンビに見えますよ」

「頼むから、あいつとおれをセットにしないでくれ」

そう言う自分の声がまるで悲鳴のように聞こえた。

4

練馬区役所では三好からの依頼をすでに承知していて、必要な書類を用意してくれていた。

「こちらが村田恭子さん、旧姓北村恭子さんの除票です。それからこちらが、やはり村田さんの除籍です」

「ということは、すでに転出、転籍しているわけですね」

ここでけりがつけばと思っていたが、さらに一手間かかるようだ。

「ええ。こちらに転入したあとすぐ離婚され、新たに戸籍をつくられて、その翌年に再婚して、ご主人の戸籍に入られたんでしょうね」

職員は除籍に記載された転籍先の戸籍を指で示した。戸籍筆頭者は村田政孝《むらたまさたか》。その住所は北区滝野川三丁目で、住民票の除票にある転出先と一致している。

もちろんここにあるのは除票と除籍で、いまもそちらにいてくれることを願いたいが、その後の移動状況はわからない。

職員に礼を言ってその場を辞し、三好に報告した。移籍先の戸籍筆頭者の名前を聞いて、三好は怪訝そうな声を上げた。

「村田政孝で間違いないのか」

「知ってるんですか」

「いや、同姓同名かもしれないからなんとも言えないが、歳はいまいくつになる?」

「生年月日から計算すると、満で五十二歳ですね」

「年は近いな」

「いったいだれなんです。係長の知っている村田政孝という人は?」

いささか焦れて問いかけると、三好は呆れたように言う。

「気づかなかったのか。もっともおまえは庁内の人事に疎《うと》いからな」

「警視庁の人間なんですか」

「ああ。いまの首席監察官だよ。今年の春の人事異動で着任したんだが、おれも面識はないから詳しいことはわからない」

「偶然だと思いますがね」

嫌な慄《おのの》きを覚えて鷺沼は言った。まさかとは思うが、今回の捜査ときのうの二人の尾行者の件が、そこで繋がらなくはない。

「たぶんな。しかし気がかりではあるから、これから調べてみるよ」

「調べるといっても、警務の人事課に問い合わせたら藪蛇になることもあり得ますよ」

首席監察官の所属は警務部の人事第一課で、職員の経歴ならそこですべて把握できるが、そもそも身内の人間の素性を問い合わせるだけで不審感を抱かれるのは間違いない。

「もちろん、そんなところに表だっては訊かないよ。じつは警察学校で同期だった係長がいて、頼めばいろいろ融通は利かせてくれる。警務の人間なら、ちょっとパソコンをいじれば人事データベースの中身を覗ける。それを見れば警視庁職員全員の詳細な個人情報が把握できる」

「私の情報もそこに収まっていると。薄気味悪いですね」

「そのあたりは一般企業だって似たようなもんだろう。それで、今度は北区役所へ飛ぶわけか。だったら、また身上調査照会書を書いておくよ」

「よろしくお願いします。じゃあこれから向かいますので」

「ああ。おれのほうもめぼしい情報が入ったら連絡するよ」

気合いの入った調子で三好は言った。通話を終えて内容を伝えると、井上は思案げに応じる。

「もし村田恭子――、旧姓北村恭子という人の現在の夫が首席監察官の村田政孝氏だとしたら、いま調べている事件と、まったく利害関係がないとは言い切れないですね」

「きのうおれを尾行した二人組は、首席監察官の指示で動いたというわけか」

「そうする理由がよくわかりませんけど、そういう立場の人なら、捜査の手が自分にまで及ぶのは嫌うんじゃないですか」

「しかしおれたちがこの事案に着手してから、まだ一週間も経っていないだろう。それに、いまのところやったのは現場周辺の住民からの聞き込みだけで、その結果についても係長までしか上げていない。どうしてそれがわかるんだ」

「やはり考えすぎですかね。そもそもきのう鷺沼さんを尾行したのが監察かどうかもはっきりはしていないわけですから」

「宮野が妙なタイミングで出て来たもんだから、二人の素性を確認できなかった。おれの身にもし万一のことがあったら、すべてはあいつのせいだな」

「そこまで言ったら宮野さんが気の毒ですよ。でも正体がわからないのは、やはり不気味ですね」

「きょうも送り狼をしてくれたら、確実にとっ捕まえてやるんだが」

鷺沼が悔しさを滲ませると、井上はどこか楽しげに応じる。

「それなら僕も付き合いますよ。少し離れて見張っていれば、いざというとき逃がしませんから」

「今回の事案絡みでおれが監察につけ回されているとしたら、おまえだって監視対象になっているかもしれんぞ」

「それなら一石二鳥じゃないですか。僕にも関心があるようなら、今回の事案との関連性がいよいよ強まるわけですから」

「そういう理屈になるけどな。狙いはもう一つあるんだろう」

「もちろん、宮野さんの料理です。よくわかりましたね」

井上は悪びれもしない。うんざりして鷺沼は言った。

「顔にはっきり書いてあるじゃないか。涎《よだれ》のマークもついてるぞ。そうやって表情に出てしまうようじゃ、刑事としてはまだ修業が足りないな」

井上は慌てたように手で顔を拭った。

「本当ですか。でも宮野さんだって、なんでも顔に出ちゃいますけど」

「だから刑事としては三流なんだよ。欲望だけをモチベーションにして、きょうまでなんとかやってきただけだ」

よほど宮野の洗脳が利いているのか、井上にはいまもその本性が見えていないらしい。虚しく思って鷺沼は言った。

5

北区役所でも、住民票の写しと戸籍謄本が用意されていた。

練馬で確認した村田恭子の転出先と移籍先に、その後は変更がなかったようだ。

夫の村田政孝も再婚で、妻とは恭子と同じく五年前に離婚している。娘と息子が一人ずついるが、すでに結婚しているようで、村田の戸籍からは抜けている。

驚いたのは戸籍に記載されていた村田政孝の従前戸籍だった。

大田区南六郷三丁目――。殺害された川口老人の自宅とほぼ同一だ。

現在の戸籍は前妻と結婚したときにつくられたもので、住民登録と戸籍は別物だから、いつまでそこで暮らしていたのかはここではわからない。

しかし婚姻前の戸籍がそこにあった以上、なんらかの地縁があるのは間違いない。だとしたら、幼いころにはいま近隣に住んでいる人々と接触があり、そこに川口老人や娘の恭子が含まれていた可能性はある。

その接点がなにを意味するかわからない。しかし川口老人が殺害されてまもなく、どちらも離婚し、直後に二人は再婚した。それが事件とまったく無関係だとも考えにくい。

もちろん父親が殺害されるような事件が、一人娘の恭子にもある種の精神的な危機をもたらしたとしても不思議ではない。

それ以前に村田と恭子のあいだにある種の不倫関係が存在した可能性も高いが、老人の死が互いのそれまでの夫婦関係を一気に破綻させ、新たな婚姻関係を成立させる起爆剤になったのは恐らく間違いない。

そう考えたとき、近隣の人々が単なる法螺話として受けとっていた億単位の簞笥預金の話が妙に信憑性を帯びてくる。

「なんだか、思いがけない方向に転がっていきそうですね」

区役所を出て王子駅に向かいながら、怪訝な表情で井上が言う。まだたしかなことはなにも言えないが、偶然にしては一致する点が多すぎる。

「係長の山勘が、どうも当たりそうな気配だな」

鷺沼も頷くしかない。さらにおかしな方向に進んでいって、宮野を張り切らせることになるのも困るが、事件というのはこちらが望むシナリオではなかなか動いてくれない。

駅の北口に着いたところで電話を入れると、勢い込んだ様子で三好は応じた。

「いまこっちから電話を入れようとしていたところだ。さっそく警務の知り合いに話をしてみたんだよ。詳しい経歴はこれから調べてくれるというんだが――」

三好が思わせぶりに間を置いた。鷺沼は問いかけた。

「なにかわかったんですか」

三好はわずかに声を落とした。

「なんと村田恭子の旦那の村田政孝、うちの首席監察官その人だったよ。現住所は練馬区役所で判明した恭子の転出先と一致した。それから五年前に離婚し、その翌年に再婚しているそうだ。そういうことは警察社会では身持ちの悪さの証明みたいに見られてあまり評判がよくない。人事一課の人間ならだれでも知っている話のようだ」

「そうなんですか。それじゃもう間違いない。ところでこちらもいくつかの線が繋がりました。村田政孝氏の従前戸籍は大田区南六郷三丁目。死んだ川口誠二氏の自宅も同じ南六郷三丁目です」

「なんだか薄気味悪い展開になってきたな」

電話の向こうで、三好は重いため息を吐《つ》いた。

第二章

1

「もう間違いないじゃない。その村田っていう首席監察官が、恭子とグルになって川口誠二という爺さんを殺したんだよ。狙いはもちろん億単位の簞笥預金」

宮野は涎を垂らさんばかりの顔で言うが、こうなると、あながち荒唐無稽な話だとは思えない。もし老人を殺害した強盗が簞笥預金の存在に気づかなくて、娘の恭子も知らなかったとするなら、老人が死んだあと、家を取り壊した際に発見されていてもおかしくない。

家の売買に関わった不動産会社や取り壊しを請け負った業者が見つけて懐に入れてしまった可能性もなくはないが、もちろんそれは犯罪で、どちらもまともな業者なら、普通は警察に届けるだろう。

「まず簞笥預金の話が本当かどうか、確認しないとなんとも言えないがな」

宮野を調子づかせるのは嫌だから気のない口ぶりで応じたが、村田政孝首席監察官と六年前の事件の偶然とは言いがたい接点が、鷺沼にしてみればなんとも薄気味悪い。きのう自分を尾行していた二人組が村田配下の監察職員だったとしたら、いやでもそれを事件と繋げて考えたくなる。

きょうは尾行されている気配はなかった。心配ないというのに井上は勝手にマンションまでついてきた。

狙いが宮野の料理なのは明らかで、その思惑どおり、宮野は合い鍵を使ってすでに室内に侵入し、キッチンでなにやら美味そうなものをつくっていた。

「あすのうちには首都圏の金融機関と証券会社に捜査関係事項照会書を送れますから、あさってごろからそっちのほうを確認していきます」

井上は気もそぞろに言いながら、キッチンからの匂いに鼻を蠢かす。今夜は中華系らしく、ごま油の香りが早くも食欲を刺激する。

「だったらおれも手伝うよ。神奈川県内の金融機関なら地元だから土地鑑があるし」

「件数は多いんですが、訊くのは億単位の資金の移動があったかどうかだけですから、それほど手間はかからないでしょう。たぶん電話で済むと思います。宮野さんも忙しい身でしょうから、ご迷惑になったらまずいし」

宮野の魂胆を知ってか知らずか、井上はあっさり謝絶する。宮野は恨みがましい声で言う。

「井上君も金の匂いのする話になると、とたんに渋ちんになるね。鷺沼さんの悪影響を受けてるんじゃないの。それに爺さんの資金移動もそうだけど、その村田という首席監察官の銀行預金も調べるべきじゃない？　もちろん妻の恭子のも含めてね」

「それはそうなんだが、首席監察官の資産状況を調べるとなるとな。捜査関係事項照会書は三好さんが書けばいいが、事後に上のほうで照会書の使用状況がチェックされる仕組になっている。それが村田氏の耳に入るのはまずい」

鷺沼が首を振ると、井上もつけ加える。

「そもそもそれだけの現金を金融機関に預けたかどうかですよ。犯罪収益移転防止法で二百万円を超える現金取引の際は身元確認が必要で、銀行が疑わしい取り引きと判断すれば、取り締まり機関への通報義務もありますから」

「だったら殺された爺さんの真似をして箪笥預金にしてるかもしれないね。それならあした、おれが村田の自宅を見学してくるよ。それだけの金が懐に入れば暮らし向きに出るのが普通だからね」

宮野は食い下がる。素っ気ない調子で鷺沼は言った。

「あんたはあした、川崎競馬で大穴を当てる予定じゃなかったか」

「ナイターだから大丈夫だよ。自宅は北区の滝野川でしょ。それなら朝のうちで終わるから、あとは夜の大勝負の準備に専念するよ」

「それで億の単位の金が稼げれば、こっちの話に首を突っ込むこともないだろう」

「それとこれとは話が別だよ。おれはあくまで悪いやつを懲《こ》らしめたくて鷺沼さんたちに協力するわけで、金に目が眩《くら》んでじゃないんだから」

「これまで金とは縁がない凶悪事件もいくつか手がけたが、そのときは音沙汰なしだったな」

「それはその──。つまり金もモチベーションの一部ではあるからね。ただ働きは死んでもするなというのが宮野家の家訓だから」

「本業の県警の仕事はサボりまくって月給泥棒をやっているあんたに、それを言う資格はないだろう」

「そこはおれだって忸怩《じくじ》たるものがあるんだよ。でも係長を筆頭に班の連中はおれを除《の》け者にして、できれば会社に出てこないほうが嬉しいらしくてね。むしろ月給泥棒をやってるほうが感謝されるんだよ」

「わからないでもないな。おれだってあんたが班の同僚だったら、追い出す算段をするかこっちが配転希望を出すかどっちかだ」

「鷺沼さんもうちの班の連中と似た者同士だからね。でも三好さんや井上君は違うよね。あ、井上君。テーブル片付けておいて。これから料理を運ぶから」

言いながら宮野はキッチンから湯気の立ち上る大皿を運んでくる。テーブルに並んだのは定番の酢豚に青椒肉絲に海老のチリソース。きのうの黒豚よりは低コストだが、いかにも食欲をそそる仕上がりだ。

井上が注《つ》いだビールでとりあえずの乾杯をし、いつもの宴会兼作戦会議が始まった。けっきょくこうして宮野のペースに乗せられてしまう。そんな自分が情けない。

「もし村田が犯人だとしたら、春の人事でなんとも都合のいい役職に着任したことになるね。鷺沼さんをいまの部署から追い出すには絶好のポジションだよね」

宮野はどこか嬉しそうだ。鷺沼は怪訝な思いで問い返した。

「もしそうだとしても、いったいどうしておれが、その事件の捜査に乗り出したことを知ったかだよ」

「身内で漏らした人間がいないとしたら、鷺沼さんたちが聞き込みをした近隣の人間ということもあるね。村田が昔そこで暮らしていたとしたら、いまもだれかと付き合いがないとも限らない。ひょっとしたら実家の親が住んでいるかもしれないし」

「しかしあの一帯で聞き込みをしたなかに、村田という人物はいなかった」

「たまたま立ち寄らなかっただけでしょう。親類がいるかもしれないし、幼なじみかなにかでいまも付き合いのあるやつがいないとも限らない。警視庁から聞いたことのない三流部署の刑事が来て、その事件のことで話を聞いてったなんて、雑談のついでに喋ったかもしれないし」

「三流部署で悪かったな」

「やはり花形は殺人捜査だからね。そういう陽の当たらない部署でもめげずにやっている鷺沼さんに、おれとしては敬意を表したつもりなんだけど」

宮野はけろりとしたものだ。やり合ってもエネルギーの無駄だから、鷺沼は話を先に進めた。

「だったらあした、村田氏の従前戸籍の住所に足を運んでみよう。そこに肉親が住んでいれば、その可能性がなくもない」

「それなら早いほうがいいよ。もしおれの想像どおりなら先手を打っていかないと。処分が決まってからじゃ遅いからね」

「しかし、おれを排除したからって、代わりの人間が捜査を引き継げば、事情は変わらないだろう」

「鷺沼さんが侮《あなど》りがたい名刑事だとみているわけじゃないと思うけど、恫喝《どうかつ》にはなるでしょう。この件に手を出すと、鷺沼のように惨めな末路をたどることになるぞという」

「べつに警官を辞めたからって人生が終わるわけじゃない。だからといって、そういうふざけたことをされて大人しくはしていられないけどな」

「そうだよ、そうだよ。そういう悪党からはきっちり税金を取り立ててやらないと」

宮野はここぞとばかりにはしゃぎ出す。しかし井上は不安げだ。

「もしそうだとしたら、影響がおよぶのは鷺沼さんだけだとは限りませんよ。三好さんや僕だって、ただじゃ済まないかもしれません。タスクフォースは空中分解です」

「うん。困るよね。そうなったらおれもあがったりだよ」

宮野は微妙な表情でビールを呷《あお》る。宮野がどうなろうと知ったことではないが、若い井上が路頭に迷うことになっても困る。だからといって、そんな理不尽な圧力に屈して犯罪を見逃すようなら、そもそも警察官でいる意味がない。

「まあ、不審には思うが、きのうの二人組が監察だというのもいまのところ想像に過ぎないし、村田首席監察官が事件に関与しているというのも、可能性があるというだけで立証できたわけじゃない。先走って戦々恐々としても始まらないだろう」

「いや、甘いね、鷺沼さん。だって、そう考えるのがいちばん合理的じゃない？　少なくとも村田という人が事件と無関係だなんてことはあり得ないよ。犯人そのものじゃないにしても、なんらかの利害が絡んでいるのは間違いない。まあ、じきに答えは出るはずよ。その爺さんが言っていた億単位の金の移動が証明されればね」

宮野は確信ありげだ。鷺沼や井上の行く末については悲観的でも、自分の損得にかかわることについてはこうまで楽観的になれる。その頭の構造についていけない。

2

翌日、鷺沼と井上は大田区南六郷三丁目に向かった。

その住所には古びた一戸建てがあり、「村田宗夫《むねお》」の表札が掲げてあった。殺された川口誠二の自宅のあった場所からさほど離れてはおらず、同じ町内で付き合いがあった可能性は否定できない。

家の人間に感づかれないようにその前を通り過ぎる。

「やはりありましたね。従前戸籍の筆頭者名と同じです」

複雑な表情で井上が言う。たしかに素直に喜べない展開だ。こうなると、六年前の強盗殺人事件に村田が無関係だと考えるのは、よほどのへそ曲がりということになる。

「ますます宮野が勢いづきそうだな。勝手な動きをされないように、しっかり目配りしないとまずいぞ」

「心配要りませんよ。今回の事案は神奈川県警が絡んでないので、宮野さんの出る幕はないですよ」

こともなげな調子で井上が言う。宮野の手癖の悪さはさんざん見てきたはずだが、まだその本性を把握し切れていないらしい。

「いや、こうだとわかっていたら、村田氏の自宅に行かせたのは迂闊だった。宮野はいくら搾りとれそうか、値踏みしてくるに決まってる」

「でもそこまで勘ぐると、これまでの協力関係が台無しになりますよ」

「こっちから頼んだわけじゃないのに、勝手に首を突っ込んでくるだけだ。それより心配なのはおまえや三好さんだよ。おれももちろんだが、なんだか災難が降りかかりそうな気がしてな」

「問題はそこですね。おととい鷺沼さんを尾行した二人の素性がわかれば答えが出るんですが」

「それも宮野が妙なタイミングで黒豚を持って現れたからとっ捕まえそこねた。あいつはおれにとってただ厄介をつくるためだけの存在だよ」

「僕もその黒豚、お相伴《しょうばん》に与《あずか》りたかったですよ。つまりそういう楽しみを運んでくる存在でもあるんじゃないですか」

「それは仕事とは別の話だ」

「仕事でもいろいろ成果を上げてきたじゃないですか」

「たまたま結果オーライが続いただけだ。あいつがいなかったら、もっとスムーズに解決していた」

「そう言えなくもないですけど――」

井上は口ごもる。わかっていないわけではないらしい。しかし気を抜くと勝手に居座られ、のべつ口害をまき散らされる鷺沼の気分までは想像が及ばないだろう。三好や井上には猫なで声で取り入るから、分が悪いのはいつも鷺沼のほうなのだ。

いずれにしてもいまの状況では、直接訪問するのはもちろん、隣近所で話を聞くのも控えたほうがよさそうだ。最寄りの京急線雑色駅まで歩き、商店街の喫茶店に入って三好に電話を入れた。

「従前戸籍の住所には村田宗夫の表札がかかった家がありました。戸籍筆頭者の名前です。両親ともにか父親だけかはわかりませんが、存命なのは間違いないようです」

「大田区役所で住民票か戸籍を確認すればはっきりするが、とくにその必要はなさそうだな。まさか実家の肉親が犯行に関与したわけではないだろうから」

「ただ、こちらの推測は当たっていたかもしれません。村田宗夫という人からは聞き込みはしていませんが、近所ではこれまで何軒も話を聞いています。殺害された川口老人の家があった場所はすぐ近くです」

「周辺の住民には姿を見られなかっただろうな」

「大丈夫です、ほとんど人通りのない住宅街で、前回聞き込みをした人たちにも出会っていません」

「それならいい。しかし首席監察官自らが職権を使って捜査妨害をしようとしているとしたら、この国の警察もお終《しま》いだな」

三好は深々とため息を吐く。鷺沼も一つ付き合った。

「そのうえ自ら強盗殺人事件に関与していたとしたら、まさに世も末ですよ」

「それだけならいいんだが、まず考えなきゃいかんのは、おれたちがこれからどうするかだよ」

困惑したように三好が言う。きのうはえらく威勢がよかったが、いまになって臆病風に吹かれたか。鷺沼は井上や三好の身に起こることまで気を回していたが、村田がそこまでやってくるなら、とことん勝負するしかないと腹は固まった。きっぱりとした調子で鷺沼は応じた。

「ここで退くなら警察手帳を返上した方がましですよ。どう恫喝をかけてこようと、先に村田氏の犯罪を摘発してしまえばこっちの勝ちですから」

納得したように三好も応じる。

「おれはこの先短いが、まだ将来のあるおまえや井上がそれで躓《つまず》くのはまずいと思ってな。そう言ってもらえれば腹を括《くく》れるよ」

「ここで村田氏の思いどおりに手を引いて、つつがなく警察人生が送れたとしても、それ自体が一人の人間として取り返しのつかない躓きです。死ぬまで恥を抱えて生きることになりますよ」

宮野を喜ばせるのは癪《しゃく》だが、村田のような人間を喜ばせるよりはまだましだ。三好も力強く言う。

「同感だよ。我が身可愛さに犯罪を看過するようなら、立場を利用して自らの犯罪を隠蔽しようとする人間と同類だ。おれもそこまで自分を落としたくない」

「それじゃ手加減なしでいくことにします。たとえ相手がだれであれ」

鷺沼は言った。警察官を辞めてもいいと開き直ったのは今回に始まったことではない。刑事がとくに立派な職業だとは思っていない。警察という職場にそれほど強い未練があるわけでもない。大事なのは人としてのプライドだ。人間として生き恥をさらすならむしろこちらから三行半《みくだりはん》をつきつけてやると、心に辞表を携えて取り組んだ事件はかつてもあった。

通話を終えて、さてどうしようかと井上と相談する。地元で調べられることといえば、村田と恭子の繋がりだ。もし一定期間、同じ町内で暮らしていたとすれば、当時から二人には接点があった可能性は大だ。しかし村田であれ恭子であれ、ここで名前を出して聞き込みをするのはやはり危険だ。

「地元の小中学校に行けば、昔の卒業アルバムとかがあるんじゃないですか。そのときクラスメートだったとか、なにかヒントが見つかるかも」

「個人情報保護がやかましい時代だからな。あったとしても簡単に開示はしないし、捜査関係事項照会書を持っていったら、それこそ地元で騒ぎになっちまう」

「そうですね。これまで僕らがしていた聞き込みのことが村田さんの耳に入ったんだとしたら、神経を尖らせているでしょうからね」

「ああ。現状ではできるだけ刺激を避けたほうがいいだろう。こっちはまだ立証するにはほど遠い。またぞろ動きを感づかれたら、向こうにどんどん先手を打たれてしまう」

「別方面から攻めたほうがいいかもしれませんね。金融機関宛ての捜査関係事項照会書の書面は、きのう僕が作成して必要な分を印刷しておきましたから、あとは係長が署名捺印するだけです。これから帰って発送すれば、あす以降、僕らはそっちの聞き込みに回れると思います」

「遠回りのようだが、まず簞笥預金の真偽を確認しないとな。それが立証できなきゃ、おれたちが村田氏に濡れ衣を着せることになりかねない」

「そうですね。着実に一歩一歩進めていくしかないですね」

井上は生真面目《きまじめ》な顔で頷いた。そのとき鷺沼の携帯が鳴った。宮野からの着信だ。できれば耳にしたくない声だが、こちらも手詰まりな状況だから、なにかめぼしい拾い物でもあったかとつい期待する。

応答すると、神経を逆なでするような甲高い声が耳に飛び込んだ。

「ああ、鷺沼さん。なにやらＢＧＭが聞こえるところをみると、また井上君とどこかで油を売ってるようだね」

「そういうあんたはどうなんだ。どこかの喫茶店で競馬新聞に赤鉛筆で書き込みしてるんじゃないだろうな」

「またまたそういう疑惑の目を向ける。心配は要らないよ。今夜の勝負はもうもらったようなもんだから。さっきも主要なメディアをひととおりチェックしたんだけど、どこもおれに一儲けさせたい一心のような書きっぷりでね」

「主要なメディアってのは競馬新聞のことか。馬鹿馬鹿しい。切るぞ」

素っ気なく応じると、宮野は慌てて言った。

「ちょっと待ってよ。さっき、村田首席監察官のご邸宅をしっかりこの目で見てきたんだよ」

「どんな印象だった?」

「驚いたよ。最近できたふうの鉄筋三階建てで、庭もそこそこ広いから、坪数も馬鹿にならないね。薄給の警察官僚ふぜいが建てられる代物じゃないよ。普通ならね」

「やはり普通じゃない暮らし向きだったわけか」

具体的な材料は乏しいままだが、村田への疑惑はますます色濃くなったようだ。宮野は勢いづく。

「どっかの会社の社長とか芸能人とか、そういうのならわかるけどね。それで実家のほうはどうだったのよ」

「従前戸籍の筆頭者がちゃんと住んでいるようだ。しかし言っちゃ悪いが、それほど金回りがよさそうには見えなかったな」

「じゃあ、親の援助という線も考えにくいね。妻の恭子は父親の家屋敷を売って多少の金が入ったとしても、借地に建ってたボロ家じゃ、大した金にはならないからね」

「そっちの家はいつごろ建ったかわかるか」

「まったく誰に訊いてるのよ……もちろんそこは抜かりありません。登記所へ行って確認したよ。土地も建物も村田名義で登記されたのが四年前でね。土地はもともと住んでいた場所だけど、以前は借地。そこを買い取ったうえで家を建て替えたみたい。そのころすでに恭子とは結婚していたし、父親の川口誠二が殺されたのはその二年前。タイミングもどんぴしゃだよ」

「競馬で大穴を当てたとか、宝くじに当たったとかいうんじゃないんだな」

「そんなの確率的に言えば低すぎて、問題にすらならないよ」

「その確率的に低すぎる大穴に、今夜チャレンジするって話だけど」

嫌みな調子で聞いてやると、宮野はしゃあしゃあと言ってのける。

「おれの場合はそれとは違うよ。一般人とは別のレベルの情報が手に入るわけだから」

「競馬新聞というのは、そういう特別な人間にしか売らないのか」

「情報ソースはそれだけじゃない。おれみたいなプロ級のところへは、関係者からの裏情報がいろいろ流れてくるんだよ」

「まあ、せいぜい頑張ってくれ。せめて滞納している家賃くらいは稼いで、早々に我が家から退散してくれることを願ってるよ」

鷺沼が冷ややかに言うと、宮野はとたんに猫なで声だ。

「寂しいこと言わないでよ。当たったら毎晩フルコースのディナーをご馳走するから。それより問題は鷺沼さんのほうでしょう。隣近所には面が割れているから、うっかり聞き込みもできないんじゃないの」

「そうなんだよ。幼なじみだったとか、小中学校でクラスメートだったとか、隣近所を聞き込んで回れば村田と恭子の接点がわかるんだが」

「だったらきょうはこれから忙しいから、あすにでもおれが出かけてみるよ」

「神奈川県警の刑事が、どういう理由で聞き込みして回るんだ」

「べつに刑事だって名乗る必要はないんじゃない？　不動産屋だとか証券会社のセールスだとか」

いかにも宮野らしい発案で、まともな刑事ならまず考えない。だが可能ではある。

「あんたの風体で、いったいだれが信用するんだよ？」

「もちろんそこはびしっと決めるよ。髪は黒く染めて、ピアスは外して、鷺沼さんのスーツを借りて。このまえ、おれの足の長さに合わせて丈を詰めたのがあるじゃない」

「人の一張羅を勝手に短くしてくれたな。着る気にもならないから、もう捨てたよ」

「あら、もったいない。じゃあ、なにかほかの商売を考えるよ。たとえば廃品回収業者とかどうだろう」

「それならイメージはぴったりだが、そんな業者とじっくり話し込む物好きがいるのか」

「いやいや、村田の親父さん、けっこうな歳なんでしょう。そういう人ってわりと退屈してるし、普段話し相手がいないから、案外乗ってくるものなのよ。おれの人柄の魅力もあるはずだしね」

「舌先三寸で人をたらし込むことにかけちゃ天才的だからな」

「それじゃまるで詐欺師みたいに聞こえるじゃない」

「身分を詐称するんだから詐欺には違いないだろう。訴えられて告訴されてもおれはなにもしてやれないぞ」

「鷺沼さんが冷酷なのはいまに始まったことじゃないけど、べつに人の財産を奪ったり、不当な利益を得たりするわけじゃないから、詐欺罪は成立しないんじゃないの」

宮野はさすがに腐っても刑事で、刑法の基礎くらいは弁《わきま》えているようだ。

「まあな。そういうのはあんたにしかできない芸当だから。勝手にやるぶんには止めはしない」

「じゃあ適当な会社名と名前を考えとくから、井上君に名刺をつくってくれるように頼んでよ。得意のパソコンで簡単にできるんでしょ」

「しょうがないな。一応話はしておくよ。ただし、すべて自己責任でやってくれ」

鷺沼は渋々応じた。下手に宮野が手柄を立てて、あとでつけ上がられるのは困りものだが、宮野の人品骨柄を考えれば、うまくいきそうなアイデアだ。自信満々な口ぶりで宮野は応じた。

「任せといてよ。村田の子供時代のことをそれとなく聞き出せば、恭子との昔の関係も話題に上るかもしれないし、簞笥預金の件だって、なにか面白い話を聞かせてくれるかもしれないし」


本庁へ帰ると、三好が声をかけてきた。

「ちょっと、出ようか」

刑事部屋では喋りにくいことがあるらしい。黙って頷いて、席を温めるまもなくそのまま外へ出た。

向かった先は日比谷公園内のレストランで、昼飯時が過ぎているからか、店内は閑散としている。適当に飲み物を頼んでから、三好が切り出した。

「村田さんの経歴なんだがね」

「詳しいことがわかりましたか」

「ああ。人事一課の知り合いが興味を持って調べてくれた。入庁以来、公安系一筋のキャリアだな。上の役所（警察庁）では警備局内で公安と警備を行ったり来たり。大阪府警や神奈川県警、警視庁にも在籍したが、そのときも警備・公安の部署専門だ」

警視庁に限らず、監察は公安系の牙城と見られている。首席監察官はもちろんのこと、その下の監察官、職員のいずれも公安出身者が多い。

公安は刑事や組織犯罪対策、生活安全など他部門との交流がほとんどなく、組織的にも警察庁の担当部局を頂点とする全国一枚岩で、各都道府県本部ごとに独立性の高い他の部門とは一線を画している。

予算の面でも大半を地方自治体が負担する他の部門と異なり、公安はほとんどが国家予算でまかなわれ、鷺沼たちから見れば、同じ警察といっても、まったく別種の組織という感覚がある。

警視庁内の人事には比較的明るいはずの三好が、村田首席監察官の経歴や人物評をほとんど知らなかったのは、そのせいもあるだろう。鷺沼を尾行した二人がもし公安出身の人間なら、面識がなかったのもさほど不思議ではない。

そのうえ左翼や右翼、労働組合といった活動家の行動を監視し、身辺情報を収集し、国家転覆に繋がる不測の事態に備えるという、刑事警察とは大きく方向の違う活動自体が、警察官の不品行をチェックして、不祥事や犯罪として表沙汰になるまえに内部処理するという監察の職務と極めて近い。

　自分の生家の周辺で動く鷺沼たちの噂を耳にして、それを自らの身に迫る危機と判断し、配下の職員を使って先制攻撃を仕掛けてきた——。そんな想像が当たっているとすれば、まさに公私混同そのものだが、一方で公安の体質を露骨に具現しているとも言える。

「気になる点はそれだけじゃないんだよ」

　三好は続ける。

「十年前、大阪府警警備部警備総務課の理事官だったとき、公金の不正流用が発覚して、懲戒処分を食らっている。ただし発覚直後に自己資金で穴埋めしたため免職には至らなかった。そのときは管理官に降格させられたが、それから一年もしないうちに警察庁の警備部警備企画課課長補佐に返り咲いている。そのときはどういう魔法を使ったのかと、庁内で大いに話題になったらしい」

「世渡りは巧みなようですね」

「金に汚くて世渡りが上手い。おれたち下々の感覚だと箸にも棒にもかからないような男だが、官僚社会じゃそれが出世の要諦らしいな」

うんざりした口ぶりで三好は言う。鷺沼も不快感を禁じ得ない。一見宮野と似ているようで、その本性においては対極と言っていい。村田にあって宮野にないのは、組織を利己的に動かせる権力で、宮野にあって村田にないのは、多少手前勝手ではあるものの、権力に決して媚《こ》びない正義感だ。

「そうだとすると、こっちもいよいよ手加減はできませんね」

強い思いで鷺沼は言った。むしろさばさばしたという表情で三好は応じた。

「ああ。どういう難癖をつけておれたちを排除するつもりかわからんが、そのときはとことん闘ってやる。もちろん捜査のほうだって遠慮はしない。もし本ボシだったら警察にとってえらい恥さらしだが、それは本来出すべき膿《うみ》だ。そのあとならこの首が飛んでもおれは本望だよ」

3

井上が用意しておいた捜査関係事項照会書には、すでに三好が署名捺印を済ませていた。とりあえず首都圏だけで十数通あったが、それを封筒に入れ、井上が気を利かせて印刷しておいた宛名ラベルと切手を貼って、午後三時過ぎにはすべて発送し終えた。

首都圏ならあすには着くから、まずは電話で問い合わせをして、回答を渋られた場合や重要な事実が出て来た場合は鷺沼と井上が出向くことにした。

宮野はあれからすぐ偽名刺に印刷する架空の会社名と役職と偽名を思いつき、井上に電話を寄越してああだこうだと注文をつけたらしい。

それでも井上はパソコンで十分もかけずに完成させ、その画像を宮野の携帯に送った。派手な色使いのお世辞にも品がいいものではないが、宮野の印象とはマッチする。

職場のプリンターで偽名刺を印刷するわけにもいかないので、帰りに名刺印刷用の用紙を買って、鷺沼の自宅で印刷すると井上は言うが、このあたりも宮野と似てきて、あれやこれやと理由を見つけては侵入を試みる。

宮野は大穴を当てるのは間違いないと勝手に決めていて、勝負が決まったら極上のステーキ肉を買って帰って祝賀パーティーを開くと宣言している。井上の行動はそれにつられてのものとみて間違いない。

そろそろ監察からお呼びがかかってもいいころだと鷺沼は待ち構えていたが、この日もどうやら肩すかしを食わされたようだった。あすから足を棒にすることになるかもしれないからと、早めに帰宅することにした。

嬉しいことに、ゆうべは姿を見せなかった送り狼が、この日はちゃっかりついてきた。監察はよほど人手が余っているようで、おとといとは別の二人組だ。

そんなこともあろうかと、鷺沼と井上は互いの姿がぎりぎり確認できるくらいの距離を置き、互いの周囲に目を配っていた。時刻は午後九時を過ぎていたが、銀座線も東横線も超満員の一歩手前くらいの込みようだ。

　どうやらこの日の二人は、鷺沼ではなく井上に注目しているようで、ぴたりと背後についているから、井上は最初は気づかないようだった。

　しかし鷺沼はその気配から直感した。おなじ警察官同士、共通する匂いのようなものがある。周囲の乗客は仕事を終えて緊張が解け、そこはかとない疲労感を湛《たた》えているもので、なかにはほろ酔い加減の者もいる。しかしその二人はいままさに仕事をしているという顔つきで、どこか緊張を帯びたその表情が周囲から完全に浮いている。

　渋谷で銀座線から東横線に乗り換える際に、さりげなく携帯で教えてやると、井上はかすかに緊張したようだが、振り向かずに普通に歩けと言い聞かせ、鷺沼は二人のうしろについた。

　コンコースを歩くあいだは適当に距離を開け、電車に乗り込む直前にさりげなく距離を詰めている。おとといの二人よりは尾行技術に長《た》けてはいるが、まだこちらに感づかれているとは気づいていない様子だ。

　近くに鷺沼がいるのは目に入っているはずだが、関心を持つ気配がまるでない。だとしたらこの二人のターゲットは最初から井上なのか。監視されているのは自分だけだと思っていたが、タスクフォースの一員の井上にもそれが及んでいるとするなら、三好も例外ではあり得ない。

これまでタスクフォースで手がけた事件について、宮野や福富の関与は表向き堂々と報告してはいない。しかし、送検のための一連の書類のなかで外部協力者として触れざるを得ないこともあった。

もちろんその段階ではなんのお咎《とが》めもなく、検察からもとくに問題は指摘されなかった。公判の段階でも検察側が不利な立場に置かれたことはない。

しかし難癖というのはつければどこにでもつくもので、宮野と福富がどういう人間か、監察が調べようと思えばなんとでもなる。

宮野については神奈川県警の監察官室に問い合わせれば、どういう評判の人間かすぐに情報が得られるし、福富に至っては過去の犯歴が警察庁のデータベースにしっかり記録されている。

そういう人間と付き合ったからといって犯罪でもなければ職務規程違反でもないが、監察のやり方は刑事警察とは大きく違う。監察の場合、犯罪として摘発するわけではないから証拠はまったく必要ないし、むろん裁判も行われない。

つまり摘発された側に異議申し立ての権利はなく、調べる側の恣意で罪状はどうにでもできる。監察がゲシュタポの異名で呼ばれる理由がそこにある。

刑事罰は受けない代わりに、内部処分はかなり厳しい。形式上は戒告や減俸だが、そのあと強制的な肩叩きが行われ、ほとんどの場合、依願退職することになる。

退職金が出るのが温情だというのは処分する側の理屈に過ぎない。警察官という商売は潰しが利かない。ましてや定年前に辞めたとなると、世間は大方不祥事によるものと見当をつける。ただでさえ失業者の再雇用が難しいこの時代、監察による処分はある意味で刑事罰よりも厳しいと言えるだろう。

首席監察官という役職には、そういう胡散臭《うさんくさ》い強権が付帯する。疑惑の対象の村田政孝がまさにその地位にいることが、この事案を究明する上での障害として立ちはだかるのはまず間違いない。

都立大学駅で降りても、二人組は井上の背後をつかず離れず追っていく。井上は途中で文具屋に立ち寄り、名刺を印刷するための用紙を購入したが、そのときも店の近辺をうろついて、井上が出てくるとまたあとを尾ける。

井上は万事承知というように一切振り向かず、鷺沼のマンションに向かっていく。次第に人通りが少なくなって、二人が尾行しているのはもはや隠しようがない。

井上は素知らぬ顔でマンションに入っていく。二人の男はすぐには入らず、外から様子を窺っている。そのうち一人がこちらに視線を向けたが、まるで関心がないようにまたエントランスに目を向けた。鷺沼はその前を通り過ぎ、すぐ先の路地に身を潜め、二人の様子を窺った。

しばらくして二人は素早くなかに駆け込んだ。鷺沼は急いでエントランスに戻り、男たちと交代するように柱の陰からなかの様子を探った。

エレベーターが降りてくる。たぶん井上が乗ったエレベーターの行き先を見ていたのだろう。二人はそれに乗り込んだ。

上に向かったのを確認し、鷺沼は横手の階段を駆け上る。部屋のある四階にたどり着くと、外廊下をうろついている二人の男の姿が見えた。

井上はすでに部屋に入ったのだろう。なにが起きるかわからないから、事前に合い鍵を渡しておいた。鷺沼は階段を一段降りて、壁に身を隠して二人の動きに注視した。

室内で明かりが点《つ》いた。男たちはそれに気づいて素早く部屋の前に駆け寄って、表札を確認し、なにやら小声で話し込む。

鷺沼は二人に歩み寄りながら声をかけた。

「あんたたち、おれの部屋の前でなにをこそこそやっている」

「いえ、あの、知人の住まいを探してましてね。たしかこのマンションの四階だと聞いたもんですから」

男の一人が慌てて取り繕う。背は高からず低からず。体は細身で頭のてっぺんがやや薄い。もう一人は警察官採用試験にぎりぎりパスするくらいの身長だが、武道で鍛えたように筋骨隆々なのが背広の上からもわかる。

「その知人、鷺沼というのか？」

「いや、その、中田というんですが」

「この表札が中田と読めるんなら、病院で診てもらったほうがいいぞ」

「いや、ついいましがたこちらの方がお帰りになった様子なもんで、中田という人間がこのマンションにいないか、訊いてみようと思いましてね」

男は汗をかきながら言い訳をする。そのときドアが開いて井上が顔を出した。

「鷺沼さん、だれですか、この人たち？」

「なんだか怪しい奴らだよ。ちょっと警察に電話をしてくれないか。このマンションで、最近、空き巣に入られた家があるそうだから」

「いや、ちょっと待って。我々は怪しいものじゃありませんから」

背の低い男が慌てて口を挟む。井上は外に出て、男二人の背後に回る。狭い外廊下で、これなら逃がしようがない。

「怪しくないなら名前と身分を聞かせてもらおうか」

「ですから、ごく普通の人間ですよ。名乗るほどじゃありません」

「なあ、井上。この人たち、よっぽど警察を呼んで欲しいみたいだな」

「そうですね。ご希望に応えてあげなきゃまずいですね」

井上も調子を合わせて、ポケットから携帯をとりだした。背の低い男は懇願するように言う。

「やめてくださいよ。そんなことすると厄介なことになるから」

「厄介なことって。どういうこと？」

「いや、その、警察沙汰にするとお互い面倒でしょう。我々にはなんの悪意もないんだから」

「あんたたち、警察の人間じゃないのか。おれたちが警察関係者だということも知ってるんだろう。お互いというのはそういう意味じゃないのか」

ずばり聞いてやると、男は開き直ったように態度を変えた。

「そちらのことを心配してるんですよ。我が身が可愛ければ、余計な詮索はしないのが賢明だよ」

「おれたちが犯罪捜査の対象になっているというのか」

「そうじゃない。ただ警告のようなものと受けとったほうが利口だよ」

「あんたたち、監察か」

男は曖昧《あいまい》に笑った。

「想像するのは勝手だが、ここで身分を明かすのはなにかと差し障りがあるんでね」

「警視庁の監察なら、身分を隠す理由はないだろう」

「身分は明かせないが、あんたたちの日頃の行動に懸念が持たれていてね」

「もっと具体的に言ったらどうだ。それなりに確証があってやっているんだろう」

「それ以上のことは聞いていない」

「きょう追っていたのは彼のほうなのか」

井上を目顔で示すと、男は小さく頷いた。

「まさか仕事を終えてここに来るとは思っていなかった。あんたが鷺沼さんだということも知らなかった」

「おとといは別の二人に尾けられた。そっちのほうは間違いなくおれに用事があったようだが」

「おれたちは井上さんの行確を担当してたね。その二人が誰かは知らないが、お互いに情報を共有することはないんだよ」

「だったら公安の人間か」

鷺沼は問いかけた。行確とは行動確認の略語で、尾行や張り込みで不審人物の挙動を監視することを意味するが、刑事警察よりも公安警察が多用する捜査手法だ。公安と仕事が似ていて公安出身者が多数を占める監察にも、たぶんその傾向はあるはずだ。

同じ部署に所属する人間同士が情報を共有しないという話も公安警察の特徴で、全体を把握しているのは上の人間だけ。横の繋がりのない蛸つぼ型で、必要最小限の情報だけを与えられて、なんのための捜査か知らされないまま指示された人物をつけ回す。

その上の人間にしても、知っていることは全体の一部で、上へ上へと情報が集約されていくピラミッド型の組織だと聞いている。

「なあ。警察官同士、魚心あれば水心というのがあるだろう。なにが理由であんたたちを監視しなきゃいけないのかおれは知らないが、上に報告する情報にさじ加減を加えることはできる。その代わりおれたちについてはあまり詮索しないで欲しいんだよ」

男は変わらず懇願口調だ。

「よほどうしろめたいことがあるようだな」

「まあね。きれい事だけじゃ警察という商売は成り立たないからね」

「おれにはやましいことはない。名前と身分を名乗れば帰してやってもいいが、いやだと言うんなら住居侵入で所轄に通報する」

「おたくの部屋に入ったわけじゃないだろう。住居侵入は大袈裟だ」

「大袈裟じゃない。マンションの共用部分も住居の一部だとする判例がある」

「だったら業者がチラシを配布しにきても、訪問販売の業者が訪ねてきても、いちいち立件しなきゃいけないのか」

「こんな時間に会社からここまで尾行してきて、あげく玄関の前でこそこそ立ち話するような怪しいやつはそういない」

きっぱり言い返してやると、男は明らかに動揺した。

「頼むから通報するのはやめてくれ。それをやったら互いにいいことはない。もうこれ以上はつきまとわない。そこはおれの一存でなんとでもできる」

「捜査の目的も知らされずに行確をするような下っ端のあんたの一存で、なにができると言うんだよ」

「怪しいところはなにもありませんでしたと、報告書を一筆書けばそれで終わりだよ」

「いい加減なことを言うなよ。面が割れていないやつを張りつけて、また同じことをやる気だろう。あんたたちみたいに尾行が下手な人間ならいいが、変に気の利いたのをつけられたんじゃ堪《たま》らない」

「こっちも生活があるんだよ。場合によっちゃ、意に沿わない仕事もしなくちゃいけない。ここは下手に波風を立てないほうがいい」

「なにやらいわくありげだな。だったらこれ以上は詮索しないから、名刺くらいは置いていけよ。今後おれの周囲で怪しげなことが起きなければ、それを表に出したりしない」

「そう言われても――」

男は困惑を隠さない。鷺沼はさらに脅しをかけた。

「いやならいますぐ所轄に電話を入れる。知ってる人間もいるんでね。すぐに飛んできて現行犯逮捕だ。どっちを選ぶか好きにしたらいい」

「わかったよ。——おれはこういう者だ」

男は渋々名刺を差し出した。てっぺんの薄い細身の男も、促されて名刺を取り出した。

背の低い男は北村富夫《きたむらとみお》、もう一方は戸田豊《とだゆたか》。どちらも所属は神奈川県警鶴見警察署警備課となっている。VIPの警護や機動隊の運用は本庁や方面本部の直轄だから、所轄の警備課にいるのはほとんどが公安関係の職員と考えていい。

「どうして神奈川県警がこんなところで商売をしてるんだよ」

鷺沼は問い質《ただ》したが、北村は突っぱねる。

「名刺を出せば詮索はしないと言ったじゃないか」

「警視庁の関係者だと思っていたんでね」

「おれの口からはなにも言えない。そっちと違って、こっちの仕事場は全国区だからね。どこの本部に所属しようと、それに縛られることはないんだよ」

なにやら含みのある言い草だ。県警の事案ではなく、警視庁の事案で動いているとも受けとれる。

「警視庁の誰かに頼まれたのか」

「それを言えってことなら、むしろここで逮捕されることを選ぶよ。一時的に厄介な事態にはなるにせよ、落ち着くところに落ち着くのはわかっているからね。そのときとばっちりを食うのはそっちだよ」

　北村が一転、脅すように言う。不快な気分で問い返した。

「なにが言いたい。おれは公安に睨まれるようなことはやっていない。井上だってもちろんそうだ」

「だからさ。お互いここでうまく手を打てば、どっちも損はしないって言ってるんだよ。おれたちだって、わけもわからずあんたたちをつけ回すのは気分のいいもんじゃない。なんにしても、怪しい事実が出てこなければ仕事は終わりだ。そこはおれがうまいこと取り計らうから」

　尾行を見破られ正体がバレたことが、北村にとってはよほど具合が悪いらしい。所属が公安だとしても、どうも公安本来の職務ではなさそうだ。

　村田はそもそも公安との繋がりの強い人間で、そちらが絡んでいる可能性は否定できない。そうだとしたら、ここでことを荒立てれば事件の隠蔽に走るだろうし、一気にこちらを潰しにかかるかもしれない。捜査が佳境に入ろうとしているいま、あらぬ刺激を与えることが得策だとは思えない。

「だったら、きょうのところはこれで手を打つが、今後、おれたちの周りにあんたのお仲間が出没したら、そのときは黙っちゃいない。あんたを名指しして県警に苦情を申し立てるからな」

「心配しなくていいよ。決して悪いようにはしないから。それじゃあこれで退散するよ。お互い、二度と会うこともないだろう」

北村は愛想よく言うと、戸田を促してそそくさと立ち去った。

4

二人がエレベーターに乗るのを確認し、鷺沼と井上は部屋に入った。リビングのソファーに腰を落ち着けて、鷺沼は井上に問いかけた。

「どう思う、あの二人？」

「僕らを監視していたのは間違いないですが、彼らも言っているように、誰かの指示どおり動いていただけで、ここで捕まえたとしても、肝心なことはなにも知らないような気がします」

「おれもそう感じたんだよ。逆にいま警察沙汰にすれば、こっちも根掘り葉掘り事情を訊かれる」

「タスクフォースの話なんか出ちゃったら、ちょっと説明に困りますよね」

「怪しいのはおれたちだということになったら藪蛇だ。それできょうはあそこで手を打ったんだが」

「いい判断じゃないですか。そのあたりに関しては、名刺があるからあとでいろいろ探れますよ」

井上は期待を覗かせる。神奈川県警の公安とくれば、宮野の領分だと踏んでいる気配だ。ここまでせっかく県警とは無縁できたのに、北村と戸田は別の意味で厄介の種を運んでくれた。また出番が増えたとほくそ笑む宮野の顔が目に浮かぶ。

そのとき玄関の錠を開ける音がした。その現物がご帰還あそばしたようだ。リビングに入ってきた顔がやけにしょげ込んでいる。嬉しいような困ったような複雑な気分で問いかけた。

「どうした、外れたのか」

「うん。大穴のはずがビリっけつ。まあ、そもそもそれが順当な実力で、だからこその大穴だったんだけど」

「あんたの情報ソースも当てにならないな。有り金、ぜんぶ注ぎ込んだのか」

「帰りの電車賃だけ残してね。こうなると鷺沼さんだけが頼りだよ」

「頼られたってなにもできない。あすは出ていく約束だったな」

鷺沼は冷たく言い捨てた。宮野は切ない顔で縋《すが》りつく。

「そんなこと言わないで。いまや鷺沼さんが命綱なんだから」

「夏のボーナスを前借りしたらいいだろう」

「もうしちゃってるもの」

「じゃあ、お手上げだな。おれにはあんたを養う義理はない」

「そういう問題じゃないでしょう。鷺沼さんは、無一文で路頭に迷っている親友を見殺しにできるほど人でなしなの？」

「あんたと親友になった覚えはない。それなら福富から借りたらいいだろう」

「それがもう借りちゃってるのよ、五百万——」

「それも競馬に注ぎ込んだのか」

「もちろんだよ。一世一代の大勝負だもの。もうけ損ねて、あとで悔やんでも始まらないからね」

さすがに鷺沼も呆れた。五百万といえば、人一人が一年間暮らすのに十分な額だ。

「そうか。じゃあ別の意味でこれから大いに悔やんでくれ」

「鷺沼さんはどうしておれにこうも冷たいんだろうね、井上君」

宮野は井上に助け船を求める。困惑気味に井上は応じる。

「でも、責任は宮野さんにあると思いますけど」

「だったらおれに死ねって言うの？　警視庁ってところは鬼みたいな人間ばかりだね」

「そういうわけじゃないんです。ただ僕のところは独身者用の待機宿舎で、人を泊めることはできないし」

警察では官舎のことを待機宿舎と呼ぶ。一ヵ所にまとめて住まわせておけば、いざというとき電話一本で動員できるという考えが見え見えの名称で、当然プライバシーもへったくれもない。人を同居させるなどもってのほかで、けっきょく井上も宮野を鷺沼に押しつけようという魂胆だ。

「わかったよ。おれはホームレスになればいいんだね。どこかで野垂れ死にしても、少しも心は痛まないわけね」

宮野は背中を丸めてべそをかく。いつもの演技だとわかってはいても、妙に真に迫っていて、なんだか心が動いてしまう。それにきのうの料理にしても、いつに変わらず絶品だった。

「わかったよ。しばらくうちにいていいよ。ただし、ここにいるあいだはギャンブルは御法度だ」

「本当に？　やっぱりおれが見込んだとおり、鷺沼さんは人格者だよ。こんな素晴らしい親友がいて、おれは天下の果報者だよ」

口は無料だから宮野はここぞと持ち上げる。鷺沼としては嬉しくもなんともないが、さきほどの二人については宮野に調べてもらうしか方法がない。

「じつはさっき――」

北村と戸田の話を聞かせると、宮野は勢い込んで喋り出す。

「戸田というやつは知らないけど、北村のほうは知ってるよ。おれが山手警察署にいた時分、一緒だったことがある。向こうは警備課で、こっちは刑事課だったから、普通は付き合いがほとんどないんだけど、そいつ滅法競馬好きでね」

宮野の人脈はギャンブル絡みがほとんどだ。芸は身を助けるという言葉が適切かどうかは知らないが、これまでタスクフォースが関わった事件で、何度か重要な糸口を引き出してきたのは間違いない。

「そういう話にかこつけて、また競馬に出かけようという魂胆じゃないだろうな」

疑心をあらわに訊いてやると、宮野は激しく首を振る。

「そんなことノミの耳垢ほども考えてないよ。ただいまの話を聞いて、そいつならいかにもやりそうだと思ってね」

「付き合いがあったんだな」

「仕事でじゃなくて、競馬や競輪の情報交換だよ。ところがこいつが警察官の風上にも置けないろくでなしでね」

「あんたに言わせると、神奈川県警にはろくでなししかいないようだが」

「そんななかでも飛び切りだよ」

「どういう悪さをしてたんだ」

「上には政治団体のリーダーの行確をしているふりをして、やってたのは私立探偵事務所のアルバイト。不倫調査やら家出人調査やらなんでも引き受けて、稼いだ金をギャンブルに注ぎ込んでいたわけよ」

「あんたとどこが違うんだ」

「おれの場合はふざけた悪党に天罰を下すのが目的でしょ。そいつはただ欲得のためだけだよ」

宮野はいつもの言い草だ。しらけた気分で問いかけた。

「つまり、どういうことなんだ」

「公安というのはおれたち刑事警察と違って刑事訴訟法の埒外《らちがい》で情報を集める仕組みがあるらしくて、Nシステムとか携帯の位置情報とか、割合簡単に調べられるという話でね。そんな情報ツールを私的に利用できるもんだから、悪質な私立探偵事務所にすれば使いでのある人材ということらしいのよ」

「あんたは、どうしてそれがわかったんだ」

「不愉快な話だけど、おれを同類と勘違いして自分から喋ったんだよ」

「それを黙って見逃したのか」

「そりゃそうだよ。新米刑事だったころ、先輩刑事の悪事を監察にチクろうとしたら、逆に濡れ衣を着せられて、不良刑事のレッテルを貼られた話は知ってるでしょう」

「あんたから聞いただけで、裏はとれていないが」

「嘘じゃないよ。そういうことがあった以上、余計なことはしたくないのが人情というものじゃない」

「つまり、北村という男は、金になることならなんでも引き受けるタイプなんだな」

強い手応えを覚えながら訊ねた。宮野は当然だという顔で頷く。

「まさか人殺しまではしないと思うけどね。村田という首席監察官、まえに神奈川県警にいたこともあるんでしょ。だとしたら、いまも人脈が残っているかもしれないし」

「だったらアルバイト仕事をした可能性もあるな」

「警視庁は四万人を超す大所帯だけど、大半は所轄や機動隊に所属していて、本庁の屋根の下にいるのはそれほどの数じゃない。ところがおとといの二人にしてもきょうの二人にしても、鷺沼さんは見覚えがなかった。だとしたら北村以外に、ほかの本部の公安にも息のかかったのがいるのかもしれないね」

「直接の部下を私的な目的で使うのは、さすがに気が引けたということか」

「そんなところじゃないのかね。北村みたいなタイプは公安じゃそう珍しくもないのかもしれないし、村田はなにかのときに備えて、そういうのを子飼いにしていたのかもしれない」

「その村田、経歴に問題があって――」

三好が仕入れた情報を聞かせると、宮野はさもありなんと頷いた。

「たとえキャリアでも、使い込みとなると普通は依願退職のケースだね。裏で汚い手を使ったのは間違いないよ。子飼いの公安職員を使って上司のプライバシーを探り出し、それで恫喝をかけるとか」

そのとき鷺沼の携帯が鳴った。三好からの着信だ。こんな時間になんの用事かと慌てて応答すると、困惑したような三好の声が流れてきた。

「さっき、うちの担当管理官から電話があってな」

「なにか突発的な事件でも？」

「そうじゃない。なんと監察から内々の連絡があったそうなんだ」

「監察から？」

「ああ。いよいよお呼び出しがありそうな気配だな」

「しかし、どうしてまた管理官のところに？」

怪訝な思いで問い返した。監察から呼び出しがある場合、事前に対象者の上司に連絡が入るものだと三好からは聞いていた。鷺沼や井上が呼び出されるなら、それは直属の上司の三好に知らされるはずなのだ。苦い口調で三好は言った。

「要はおれもその対象ということだ。おれとおまえと井上と、三人雁首揃えて顔を出せということらしい」

第三章

1

警視庁で監察を担当する部署は警務部人事一課監察係。そのトップが首席監察官で、階級は課長と同じ警視正。位置としては課の下の係の長に過ぎないが、実質的には一つの課に匹敵する独立性を有している。

全国の警察本部のなかで課に相当する監察官室のような部署が置かれていないのは警視庁のみだ。なぜそうなのかはよくわからないが、他の道府県警と警視庁は別格という意識がそこにあるのはたぶん間違いない。

そもそも警視庁という名称自体がそんな意識を象徴していると言えるだろう。位置づけとしては一警察本部に過ぎないわけで、他に準じて考えれば東京都警察本部の呼称でいいはずなのだ。

その監察係から三好、鷺沼、井上に正式な呼び出しが来たのは翌日の午後いちばんだった。それも三人まとめてではなく、ほとんど同時刻に、それぞれべつの担当者から電話があった。

電話を寄越したのはいずれも監察官本人で、階級でいえば警視。鷺沼と井上はもちろん、三好よりも格が上だ。一時間以内に出頭するようにという。

自主的に出頭を求めるあたりはある意味紳士的とも言えるだろう。普通は監察対象者の自宅へ出向いて、一般犯罪の被疑者のように有無を言わさず連行するという。

どういう理由で監察対象になったのかと聞いても、来たら説明すると言うだけで答えようとしない。

「三人並べて話を訊くのかと思っていたら、犯罪者と同等の扱いだな。その場で口裏を合わせられないように、別室で事情聴取するつもりだろう」

三好は不快感丸出しだ。苦い気分で鷺沼は言った。

「口裏を合わせるどころか、自分以外のだれかが自供したかのように嘘をついて揺さぶりをかけてくるかもしれませんよ」

「ああ。三人まとめてというところに意味がありそうだな」

三好が嘆息すると、井上は困惑をあらわにする。

「宮野さんや福富さんのことを訊かれたら、どう答えましょう。黙秘したほうがいいんでしょうか」

「残念ながら、監察の事情聴取は刑事訴訟法に則《のっと》ったものじゃないから、黙秘権は認められない。というより、法による被疑者の保護なんてまったく眼中にない。恫喝と強圧のやり放題で、やくざの事務所に呼び出されるほうがまだ穏便に話ができると聞いたことがあるよ」

皮肉な調子で三好は言う。井上は緊張を隠さない。

「僕はどうしたらいいですか」

「おまえは知らぬ存ぜぬで押し通したらいいんだよ。自分に不利になるようなことは一切喋らなくていい。黙秘権があろうがなかろうが、開かない口はこじ開けられない。宮野も福富も、縁ができたのはおれのせいだ。そこが問題だと言うんなら、責任は全部おれが背負う」

「それじゃ鷺沼さんが警察にいられなくなってしまうでしょう」

「おれはそこまで甘くはないよ。こういう汚い手を使ってくる以上、逆に向こうにも弱みがある。おれたちが抱いている疑惑を、頼みもしないのに裏書きしてくれたようなもんだから」

「だったら、最初からガチガチの対決モードですね」

「ああ。その点じゃ五分五分だ。というより、タスクフォースのことで因縁をつける気なら、こっちにうしろめたいことはなにもない。宮野は札付きでも警察官で、福富はいまは堅気のレストラン経営者だ。その協力の下に大きな事件を解決してきた。それが問題なら、仕事をしないやつほど優秀な刑事だということになる」

「鷺沼の言うとおりだ。成り行きで多少の余禄を懐に入れたこともなくはないが、それなら上の連中が現場で使われるべき捜査費や出張費をピンハネして、裏金をつくって山分けしていることを知らない警察官はいない。向こうがふざけたことを言ったら、おれだって馘《くび》を覚悟で告発してやる」

三好も闘争心を全開にするが、なにぶんきのうのきょうの話で、緻密な作戦を立てている暇はなかった。

そもそもタスクフォースに関係した話で向こうが攻めてくるということ自体がこちらの想像で、まったく別件の可能性もなくはない。

「監察官はせいぜい五、六人しかいないと聞いています。そのうち三人を一度に投入するということは、かなり本気なんでしょう」

慎重な口ぶりで鷺沼は言った。警視庁には四万人以上の職員がいるが、その監察を担当する人事一課監察係の人員は総勢四十名ほどに過ぎない。三好、鷺沼、井上の三人に対して、管理職である監察官がそれぞれ一人付くという力の入れようには、やはり異常なものが感じられる。

「うっかりなにか喋って、それがお二人に迷惑をかけるようなことになったら困ります。いい作戦はないですか」

井上は浮かない顔だ。作戦と言われても、相手がどう出るか想像がつかない以上、こちらも出たとこ勝負でいくしかない。

「おれの心配はしなくていいよ。どんな難癖をつけてくるのかしらんが、全責任はおれにある。刺し違える覚悟で勝負に出てやるさ。おまえたち二人にとばっちりがいかないように、おれがしっかり楯になる」

三好が力強く言う。鷺沼は慌てて首を振った。

「いちばんいい役を係長一人に独り占めはさせませんよ。今回は私が全面的に受けて立ちます」

昨夜、三好から連絡を受けたとき、その覚悟はすでにできていた。どういう思惑か知らないが、競馬ですってしょげ返っていた宮野も急に張り切りだして、いざ闘って花と散れとでも言わんばかりのノリだった。

宮野のために散るのは真っ平だが、人としての矜持《きょうじ》のためなら本望だ。意気軒昂に三好が言う。

「なんにせよ、村田首席監察官が動き出したのは間違いない。これはチャンスだと前向きに考えようじゃないか。勝てない勝負だとはおれは思わない」

2

警務部は一般企業の人事部に当たる部署で、職員の人事から給与、福利厚生、教養教育などその職掌は多岐に渡る。

本庁舎の一フロアを占める大所帯で、ここを取り仕切る警務部長は副総監に次ぐナンバー3と見なされている。

出世も左遷も褒賞も懲戒もすべて警務の所管で、現場の警察官にとっては生殺与奪の権を握るもっとも恐るべき部署だ。

監察は警務の人事一課に配置されている一係に過ぎないが、捜査一課を始めとする現業部署のほとんどは、係といえば十名前後の単位で、その上に立つのが警部クラスの係長ということになっている。

しかし監察は係といっても総勢四十名ほどの陣容で、そのトップが階級でいえば警視正の首席監察官。小さな警察本部ならそれだけで課に匹敵する。

三好も長い警察人生のなかで、監察に呼び出されるのは初めてだという。鷺沼も井上ももちろん同様で、緊張しないと言えば嘘になる。

監察係の大部屋に三人そろって出向いていくと、若い係員が応対し、それぞれを専用の会議室へ案内した。会議室といっても小さなテーブルが一つあるだけの窓のない小部屋で、いわゆる取調室そのものだ。

犯罪以前の不祥事、不品行を取り締まる部署という建前上、取調室で行うのはふさわしくないということだろう。

もちろんそれが落とし穴で、三好が言っていたように、そこには刑事捜査における被疑者に認められるような法的な権利が一切存在しない。

黙秘権もなければ弁護士の接見も認められない。まさに冤罪製造機で、刑事罰を受けることがない一方で、むりやり依願退職させられる。自分で辞表を書いた以上、あとで裁判に訴える道も閉ざされる。

一度この部屋に入った以上、いかなるかたちであれ妥協はできない。闘って闘って最後に勝つ以外に、この蟻地獄から抜け出す術はない。

鷺沼を案内した若い係員は愛想のかけらもない男で、お義理程度の敬語は使うものの、猜疑に満ちたその目つきは、被疑者に対する眼差しそのものだった。

そこで少し待つようにと言って、男はそそくさと部屋を出て行った。さすがに錠はかけなかったが、早くも冷え冷えした思いが湧き起こる。

きょうまで自分が生きてきた警察という組織から不適格者の烙印を押される。たとえ身に覚えのない容疑でも、それが身を切られるように切ないことを、ここに来てしみじみ思い知らされた。

宮野が抱えて生きてきた警察へのアンビバレントな思いがわかるような気がしてきた。そんなに嫌なら手帳を返上すれば済むものを、ひたすら悪態をつきながら、警察官としてのひねくれたプライドだけは失わない。その生き方が妙に得心できた。

刑事が天職だと信じて生きてきたわけではない。嫌になったらいつでも辞めればいい。三好や井上のような心の通う仲間もいるが、だからといって警察という職場に恋々とする必要はないのだと、いつも自分に言い聞かせてきた。

だがいまは、そのすべてがいとおしく思える。自分にとって警察という職場がいかにかけがえのないものだったか、悔しいけれど気づかされた。

十分経っても誰も現れない。外に漏れては困る話をするためか、かなり防音が効いているようで、室内は静まりかえって異界に閉じ込められたような錯覚さえ覚える。

三好も井上もたぶん同じような状況に置かれているだろう。こうして疑心暗鬼にするのも彼らの手口で、鷺沼も次第に気分が落ち込んできた。

警察のなかの警察という異名は、組織としての良心や自浄能力を示す言葉とはまったく違う。その実態は組織防衛のための暴力装置であり、ある種の治外法権によって守られた組織犯罪の牙城なのだ。

組織の根幹に関わる惧れのない不祥事や不品行は近ごろこまめに摘発するようになっ

てきて、ときには刑事訴追さえ辞さないときもある。

しかしそれが社会に対する目くらましであり、同時に監察の怖さを現場職員に知らしめて、上に楯突くことへの恐怖心を植え付けるための策略に過ぎないことを、現場の警察官は肌で知っている。

現場経費のピンハネによって成り立つ裏金システムは、警視庁や道府県警本部、さらには警察庁にまで蔓延している。

やくざの上納金にも似たその構造的腐敗こそ本来監察がメスを入れるべき対象のはずなのに、メディアに突つかれれば一部の警察官の不祥事に矮小化し、内部告発した警察官は報復的に閑職に追いやられる。

鷺沼を含め、それを知っていて見過ごしている現場の警察官にももちろん責任はあるが、奉職後すぐに入校させられる警察学校で、上に立つ者に逆らうのは国賊だとでも言わんばかりの洗脳教育を受けるうえに、ほとんどの警察官が警察以外の職場を知らない。

時にノルマとして課される偽伝票の作成も、若い時分はそれが職務の一部と信じて疑わない。

そう考えれば、監察と闘うということは、警察という巨大な組織全体を敵に回すに等しいとも言える。

果たしてそんな闘いに勝てるのか。勝負はすでについているのではないか。前向きな気分は鳴りを潜めて、悲観的な考えばかりが湧いてくる。

単に宮野や福富との付き合いを不品行と見なされただけならなんとかなる。しかし当初からの疑惑どおり、そこに村田首席監察官の隠された意図があるとしたら、人事面での強権をかざしかさにかかって攻撃してくる監察に、果たして抗《あらが》う術があるのかと――。

二十分経っても担当監察官は姿を見せない。不安を募らせるための時間稼ぎも彼らの手口なのだろう。

これまでも警察内部の犯罪勢力を摘発したことはある。しかしそれはあくまで刑事事件としての捜査を遂行した結果であって、監察が口を出すような場面はなかった。

今回のことにしても、先手さえ打たれなければ、逆にこちらが村田を事情聴取して、場合によっては逮捕するケースもあったのだ。後手に回ったとは思わないが、相手の反応が早すぎた。

だからといって悲観する必要はないと、鷺沼は気持ちを引き締めた。こちらには彼を仕留められるかもしれない匕首《あいくち》がある。

3

先ほど鷺沼を案内した若い男を従えて、担当監察官が現れたのは三十分後だった。

「いやいや、お待たせしたね。いろいろ打ち合わせが立て込んでいたもんだから」

のっけから強圧的に出てくるかと思っていたら、妙に愛想がいい。そこがかえって薄気味悪い。

さっき監察の大部屋に出向いたとき、奥のほうのデスクでのんびり新聞を眺めているのを見ているから、打ち合わせうんぬんは嘘だとわかる。

鷺沼は相手に気づかれないように、ポケットに忍ばせていたボイスレコーダーのスイッチを入れた。同じものを三好も井上も携行している。密室での話ではあとででっち上げられようと反論できない。それを考えて井上が午前中に用意しておいた。

差し出された名刺を見ると、名前は柿沢行夫《かきざわゆきお》で階級は警視。無愛想な若い男は田口《たぐち》明《あきら》で、こちらは巡査部長だ。

「私ごときの取り調べに監察官自らお出ましになるとは、じつに恐縮の至りです」

嫌みな調子で言ってやったが、柿沢は意に介さない。

「取り調べなんていう大仰な話じゃないんだよ。参考までにいろいろ話を聞きたいということでね。まあ緊張せずに気楽に付き合ってくれればいいんですよ」

歳は五十代半ばくらいか。平の巡査から出世して、監察官を一年か二年務めたあとは、定年間際の名誉職としてどこかの所轄の署長の椅子に収まる。それがノンキャリアの出世コースの定番だと聞いている。

もっとも仕事そこのけで上におべんちゃらを使い、能力以上の厚遇を得てきた世渡りに長けた連中に限られた話だが。

傍らで田口は持参した真新しい大学ノートを広げている。柿沢の言い草とは相反して、その様子はまさに被疑者の取り調べそのものだ。不快感を抑え込み、冷静な調子で鷺沼は言った。

「ここ最近、私に尾行がついていたのは知っています。その点を考えると、決して穏便な話だとは思えませんが」

「尾行？　いや知らないね。なにかの間違いじゃないのかね」

柿沢はしらばくれる。鷺沼の尾行に当たったのもきのうの二人のように警視庁以外の公安のアルバイトだとしたら、もちろん柿沢は認めるわけにはいかないだろう。

北村と戸田の話をしてやろうかと思ったが、警視庁の監察から頼まれたという話はあくまでこちらの想像に過ぎない。本人たちの口からは聞いていないから、とぼけられればお手上げだ。

「じゃあ気のせいということにしておきます。それで今回の取り調べは、いったいどういう容疑についてですか」

「またそういうことを言う。我々は刑事捜査を本務にしているわけじゃないんだよ。容疑というようなものがあるんなら刑事部門の担当で、即刻事情聴取なり逮捕なりの手続きがとられるはずじゃないのかね」

「だったら、なにを聞きたいとおっしゃるんですか」

「福富という暴力団関係者と付き合いがあるそうだが」

柿沢は予想していた方向から切り込んできた、それならこちらもやりやすい。

「いまは足を洗って堅気のレストラン経営者です」

「表向きはね。しかし我々が調べたところでは、かつて所属した組の人間といまも交流があるようだ」

「彼が誰と付き合っているかまでは知りません。そもそも福富と付き合いがあることを私は隠していない。これまで何度かこちらの捜査に協力してもらったことがあり、そのお陰で解決した事件がいくつもあります。そのことは送検の際の資料にも記載してあって、それについて検察からクレームが来たこともありませんし、公判の維持に支障を来《きた》したこともありません。いわば検察と裁判所のお墨付きです」

「そうは言っても、福富がいまも暴力団と関係しているという事実はそこには書いてない。我々だってそのくらいは確認してるんだよ」

「べつに元の組と悶着があって破門されたわけじゃない。双方納得の上で組を離脱したと聞いています。会えば挨拶くらいはするでしょう」

「しかし人間には持って生まれた性分というのがあってね。要は君たちが提供を受けた情報も闇社会との繋がりで出てきたもののようじゃないか。書類には記載されていないが、そこからなんらかの見返りを得ている可能性もあるだろう」

そういう事実がないわけではないから、そこを突かれるとこちらも弱い。いまは小出しにしているようだが、宮野についても同じような話を持ち出してきかねない。とはいえ、その点については一切証拠はなく、柿沢はたぶん鎌をかけているだけだ。ここはきっぱり否定しておくに限る。

「あくまで善意の協力者だと考えています。我々のほうから利益の供与を持ちかけたことはありませんし、そういう要求をしてくるなら、一切関係を断っています」

「だとしたらなんの得があって警察に協力するんだね。彼はたしか恐喝で懲役刑を受け、何年か服役したことがある。その意味じゃ、普通なら警察にいい感情は持っていないと思うんだが」

「当人はそういう過去を悔いているようです。世間はそんな自分を温かく受け入れて、堅気の人生を歩ませてくれた。そのことに対する恩返しだと本人は言っています」

そのレストランを出店した元手が、鷺沼たちと組んで解決したある事件で得た唸るほどの額の余禄だったことはここでとくに言う必要はないだろう。柿沢はいかにも由々しいことだと言いたげに、大袈裟にため息を吐いてみせる。

「そういうきれいごとを言うのがやくざの十八番だというくらい私だって知ってるよ。その種の人間が警察の捜査に首を突っ込むこと自体が、健全だとは私には到底思えないんだがね」

「彼が協力してくれたいくつかの事件では、ご存じのように警察上層部の人間も摘発されました。もしそのことに嫌悪感をもたれているとしたら、大いに筋違いだと思いますが」

鷺沼はさらりと言ってやった。柿沢は慌てて首を振る。

「そんなことは言っていない。警察官であれだれであれ、悪事を働けば適正に処罰されなければならない。そうじゃなきゃ警察が存在する意味がない。同時にそういう不祥事を未然に防ぐために、我々監察も少ない人員で日夜努力をしているわけでね。それでも犯罪に手を染める警察官は後を絶たない。その点では忸怩たるものを感じているよ」

「結果的に彼の協力を得なかったらどの事件も解決が覚束なかった。組対部の四課や五課は、暴力団や麻薬密売組織の内通者を使って摘発の成果を上げていると聞いていますす。公安にしてもそうでしょう。金銭的な報酬で雇い入れた組織内部のエージェントを使って情報収集しているというのは一般社会でも知られている事実です。我々がやったことについてだけとやかく言われるのは納得がいきません。他意があるのではないかと勘ぐりたくもなりますが」

臆することなく鷺沼は言った。柿沢はわずかに顔を強ばらせた。

「他意があるとはどういうことかね。それじゃまるで我々が、気に入らない人間に対して恣意的に圧力をかけているように聞こえるじゃないか」

よくできましたと二重丸をつけてやりたいところだが、あえて額面どおり受け止めてやるのも一つの作戦だ。

「もちろんそんなことがあるはずはないと、私も信じています」

「それならけっこうな話だ。福富とはいまも付き合いがあるのかね」

「彼がやっているレストランが美味いものを食べさせてくれるんで、たまに出かけることがありますよ。地元でも評判の店で、なかなか繁盛しています。いまは都内にも支店を出しています」

「やくざのなかには商才に長けたのもいるからね。なかにはJASDAQのような新興市場に上場しているフロント企業もあるくらいだそうだから」

「いまは暴力団排除条例がありますから、そういうバックグラウンドがあれば、店を持つことはできないはずですよ。どうしても怪しいと思われるのなら、神奈川県警の暴力団対策課に問い合わせてみたらいい。いまは警察が足抜けした組員の就労支援をする時代です。過去に組員だったからといっていつまでも色眼鏡で見ていたら、全国の警察が進めている暴力団切り崩し作戦に逆行するとは思いませんか」

「なるほど。君の理屈も筋が通っている。だったらもう一つ訊くが、神奈川県警の宮野という人物とも付き合いがあるね」

「ええ、あります。元組員でもなければ前科者でもない、れっきとした神奈川県警瀬谷署の刑事です」

言いながら舌がもつれかけた。しかし県警の警察手帳を所持しているのは間違いない。宮野を不審な人物だと当たりをつけたのはなかなかの慧眼だが、ここではそんな思いはおくびにも出さない。

「もちろんそのくらいは確認しているよ。神奈川県警に在籍しているのは間違いないが、ずいぶん問題のある人物じゃないのかね。職場の鼻つまみ者で、刑事としての仕事をサボってギャンブルにうつつを抜かす。ある意味で福富よりずっと問題があるような気がするんだが」

「あくまで私人として協力してくれているだけです。彼も福富と同様、事件で貴重な情報をもたらしてくれました」

「ただしそれが県警の職務をないがしろにしての協力だったら、大いに問題があると思う」

「それについては県警側が管理すべきことでしょう。私は宮野の同僚でも上司でもないわけですから」

「たとえ一私人の立場であれ、神奈川県警の刑事が私的に警視庁の捜査事案に首を突っ込むというのは異常じゃないのかね」

柿沢は痛いところを突いてくる。その点に関しては、もちろん鷺沼も全面的に賛成だと言うしかない。だからといって、ここで柿沢と意気投合しても始まらない。

「それについてもあくまで神奈川県警の所管事項でしょう。我々にとっては捜査にプラスになる協力を拒む理由はまったくない。県警側でも、それを理由に彼を処分するようなことは考えてもいないようです」

「こちらの捜査にプラスになるんなら、警察の職務規程に反することでも見逃してかまわないという理屈は成り立たないような気がするんだが」

この状況でなければその点についても諸手を挙げて賛成だが、それでは敵に塩を送ることになる。

「こちらの捜査に関わる際は、正式に休暇をとっていると聞いています。休暇中に犯罪に手を染めるならともかく、犯罪捜査に手を貸してくれているわけで、それを問題視するのは本末転倒ではないですか」

「なんにしても、君たちの捜査のやり方が、本来あるべき刑事捜査の手順から外れているのが問題なんだよ。それじゃ組織としての統制がとれなくなる」

「我々の捜査記録を閲覧されているのならご承知のはずですが、警察の人間が関与した事件の場合、その捜査情報は警察内部にも秘匿せざるを得ないんです。現に上から圧力がかかったケースも少なからずありました。今回のこちらへの呼び出しが、いま扱っている事案と関係したものでないことを願っています」

そこまで言おうとは考えていなかったが、思わず口を突いて出てしまったその言葉に後悔はない。柿沢の顔色がわずかに変わった。

「生憎《あいにく》、我々はそれほど暇じゃないんだよ。君たちがいま手がけている事件がなんなのか、まったく関知していない。どうして我々のやっていることをそこまで邪推するのかわからんね」

「いまやっているのは六年前の強盗殺人事件の再捜査です」

「そこにうちの人間が関与していると言いたいわけか」

「まだ可能性の段階に過ぎません」

「もうすこし具体的に言ってくれないか。そういう話なら監察としても聞き逃すわけにはいかない」

「申し訳ありませんが、これは不祥事や不品行というレベルではなく、れっきとした強盗殺人事件です。たとえ警察官が関与していたとしても、すでに監察の所管ではなく、当然ながら我々には捜査情報を秘匿する義務があります」

「六年前の事件発生時に、すでに警察官の関与が認められていたのかね」

「そのときはまだそこまでは――。申し上げているのは、今回我々が摑んだ新材料です」

「そこで警視庁の警察官の名前が浮上しているわけか」

「それもかなり高位です」

「まさかそれをもみ消すために我々が動いていると考えているんじゃないだろうね」

柿沢はいかにも不快だというように鼻を鳴らす。挑発しすぎたかと気にはなったが、村田首席監察官の事件への関与が事実なら、いずれ全面対決は避けられない。

それならここで急所をくすぐってやるのも一手だろう。むしろ勝負の主導権を握っているのはこちらかもしれないと鷺沼は意を強くした。

「そうじゃないとしたら、我々も安心して捜査を進められます」

「ああ。そこは君たちが心配すべきことじゃない。我々の職掌は、あくまで人事面からの職員の適切な管理だからね」

なにやら含みのある言い回しだ。鷺沼は心のなかで身構えた。

「どういう意味でしょうか」

「君たちのこれまでの仕事のやり方について、我々がいささか疑義を持っていることは、ここまでの話で概《おおむ》ねわかってもらえたと思うんだよ」

「それが根拠のない疑義だということもおわかりいただけたと思っていますが」

「とりあえず君の言い分を聞かせてもらったというくらいに考えてもらいたい。そこをどう考えるかはこちらの専権事項だよ。君たちに関して言えば、刑事としての適性に大いに問題があるというのが我々の現在の考えなんだ」

柿沢は穏やかな口ぶりのなかに凄みを利かせる。予想外の当たりの柔らかさについ気が緩んでいたが、やはり舐めてかかれる相手ではなさそうだ。

「なんらかの処分を考えているという意味ですか」

「処分という言い方は語弊がある。我々が誰でも片っ端から懲戒にすると勘違いしている向きがあるが、我々の本来の仕事は、警察官の職務の適正化なんだよ。警察官として不適当だと判断すれば、因果を含めて辞めてもらう場合もあるが、いまいる部署に適任ではないと判断されれば、最適な部署に異動させることもある」

「気に入らない人間は辞令一つでどこへでも飛ばせると？」

「どうしてそう皮肉なものの見方をするのかね。我々は同じ屋根の下で暮らす家族だ。一人一人が適材適所で能力を発揮して、つつがなく警察官としての人生をまっとうする。そのために我々はすべての職員の忠誠度や生活態度に目配りしているんだよ」

「私を現在の部署から外す辞令が近々出るという意味でしょうか」

「我々監察には辞令を出す権限はないよ。ただ人事担当部署に、一定の見解を具申するだけだ」

「その見解次第で、私の運命なんかどうにでもできると言いたいんでしょう。しかし現場で捜査に携わる刑事の頭のつくりは、あなたたちとは違うんです」

「どう違うと言うんだね」

「一度狙った獲物は絶対に逃がしません。たとえ部署が変わっても――」

あるいは警察をお払い箱になってもと付け加えたかったが、井上や三好の顔が頭に浮かんで、その言葉は呑み込んだ。

そうした意味では絶好のお手本がある。宮野の同類になるとは思ってもみなかったが、こちらもスカンクワークに精を出して、監察の奥の院にいる大タヌキの尻尾を摑んで引きずり出してやれば、多少は溜飲が下がるというものだ。

それさえやり遂げれば、警察にはもう未練はない。辞めろと言われればいつでも辞めるし、飼い殺しにするつもりなら、素直に月給泥棒に励むことにする。

「そんな我が儘《わがまま》が通るわけがない。いいかね。いまも言ったように、我々は一つ屋根の下で暮らす家族のようなものなんだ。警察官であれなんであれ、誰にでも幸せな人生を送る権利がある。そのためには雨風に堪えられる丈夫な屋根が必要だ。その屋根を支える屋台骨にひびを入れるような人間は、全体の利益のために排除されて当然だ」

「そもそも、その屋台骨を腐らせているのは、いったい誰かということですよ。腐った屋台骨はすぐに取り除かないと、建物全体が崩壊します」

「では訊くが、君が追いかけているのは、いったい誰なんだね」

柿沢はいかにも怪訝そうに訊いてくる。鷺沼は言った。

「それをご存じだから、我々の捜査に干渉しているんでしょう」

「君たちの捜査に干渉なんかした覚えはない」

「配置転換をほのめかして圧力をかけているのは、干渉以外のなにものでもないと思いますが」

「それと現在君たちがやっている捜査とはなんの関係もない。はっきり言わせてもらえば、君たちはこれまでのいくつかの捜査でも警察の威信を失墜させるようなことをやってきた。そのことを不快に思っている人間はこの組織のなかに大勢いる」

「それが監察の本音ですか。柿沢さんも先ほど仰《おつしや》ったでしょう。警察官であれだれであれ、悪事を働けば適正に処罰されなければならない。そうじゃなきゃ警察が存在する意味がないと――」

「そこには兼ね合いというものがあるんだよ。警察の上層部に不正を働く者がいないとは言わないが、それをわざわざ刑事事件として摘発して、組織の恥をさらす必要が果たしてあるのか。それで警察の権威が失墜すれば国民の信頼もなくなる。当然それは警察の予算にも影響してくる」

その予算が本来使われるべき現場の捜査費用から組織的にピンハネし、裏金として再配分——。

しかしここでそれを言っても始まらない。監察が警察のなかの警察だというのなら、本来それを摘発する立場の柿沢自身もまたその恩恵に与っている張本人だ。監察がそうであれば、警察を取り締まる警察は存在しないことになる。

そんな警察をまっとうな組織に変えようなどという大それたことは考えていない。だからといって警察という税金で成り立つ組織を私物化し、そのためのなりふり構わぬ組織防衛を自らの使命と心得る柿沢のような輩《やから》の軍門に降るのは堪えがたい。沸き起こる怒りを秘めて鷺沼は言った。

「警察が予算をかすめ取ることを至上命題とする組織だとは知りませんでした」

「そんなこと、警察に限った話じゃない。この国の官公庁はすべて似たようなものだ。警察官だって人間だよ。霞を食っては生きられない。これが民間企業なら、業績を上げれば利益が出て給料も増える。しかし警察の場合、真面目に仕事をして犯罪が減れば、そのぶん予算を減らされる。犯罪やテロが増えれば予算も増額される。馬鹿げた話だがそれが現実なんだ」

柿沢はいかにもという理屈をひねり出す。日本の警察の殺人事件以外の検挙率が、いつも三〇パーセント程度に低迷しているのは、そういう深慮遠謀があってのことだったかとつい納得したくなる。

「犯罪がなくなって警察が要らなくなるんなら、それはけっこうなことじゃないですか。そのときは喜んで転職します」

「君たちはそういう気楽なことを言えるが、官庁だってビジネスなんだ。警視庁職員四万数千人の食い扶持《ぶち》を稼ぐのも上の人間の務めだ。そこをないがしろにしたら、本来遂行されるべき警察の職務もおろそかになる。欲得ずくで言ってるんじゃないんだよ。この国の治安を守るという究極の思いがあるからこそ、そういう下世話なことにも意を用いなきゃならんのだ」

「それは上の皆さんが考えることで、我々は目の前にある事件を一つ一つ解決していくことで市民の付託に応えるのが責務です。そこでなんらかの手心を加えることを望んでおられるのなら、こちらにとってはひどく筋違いな話です」

「そんなことは言っていないよ。いま君たちがやっている捜査と、今回我々が気にかけている事案はあくまで別件だ」

「だったらそれでけっこうです。ただし、もし我々になんらかの処分を下すことがあるにしても、いま手がけている事案にある程度の目処《めど》が付いてからにしてください。そうじゃないと、我々は監察に犯人隠避の意図があったと疑わざるを得なくなる」

「それとこれとは別の話だと言っているだろう」

「だとしたらこちらの要望は受け入れても問題はないんじゃないですか。我々は逃げ隠れできる立場にはいない。どんな処分を下すにせよ、きょうだあしただと急ぐ必要はないでしょう」

柿沢は苦々しい表情で押し黙る。どうもこちらの見立てが図星のようだ。鷺沼はさらに畳みかけた。

「その事件に着手したとたんに、我々の周囲で不審な動きがあった。私や井上を尾行させたのは監察なんでしょう。そこに今度の呼び出しです。妙に動きが速いのが気になるんです」

「それは我々の職務権限の範囲のことで、君にとやかく言われる筋合いはない」

「神奈川県警の公安職員を使って尾行させるのも、監察の職務権限として認められているんですか」

「どうしてそういう言いがかりを思いつくのか。さっぱりわからんね」

「尾行していた二人組の身元を私のほうで確認しました。どちらも神奈川県警鶴見署に所属する公安職員でした。警視庁の監察はよほど人手不足のようで、行動確認の仕事をよそに下請けに出すんですね」

「そんなことは私は知らんよ。県警の公安は、べつの理由で君たちを尾行していたんじゃないのかね」

案の定、柿沢はしらばくれる。傍らの田口がメモをとる手を休めて柿沢に怪訝な視線を向ける。どうも田口はそんな話は聞いていなかったようだ。こうなるとますます胡散臭い。

鷺沼たちに尾行をつけた事実は、当の監察部内でも明らかにされていなかったらしい。とりも直さずそれは、今回の鷺沼たちに対する圧力が、監察内部の人間にも知られては困る事情によるものだと見当がつく。

「私も三好も井上も、カルト宗教や過激な政治思想にはかぶれていません。警察には労働組合もない。公安にマークされる理由はなにもない。そのうえ神奈川県警の公安というのは理解に苦しみます」

「それを言われてもね。公安というのは秘密主義の徹底した部署だから、問い合わせたって教えてはくれないだろうし」

「柿沢さんも、公安一筋の方だと伺っていますが」

もちろん調べたわけではない。そもそも初対面の相手で、適当に鎌をかけただけだが、やはり当たりのようだった。

「私の指示で県警の公安が動いたと言いたいのか」

「柿沢さんがと言っているのではありません。ただ監察は公安出身者が多い部署で、やっている仕事も似たようなところがありそうなので、たまにアウトソーシングするようなこともあるのかと思いまして」

田口は興味深げに柿沢の顔を覗き込む。柿沢は不快そうに首を振る。

「あるわけないだろう。監察が扱う事案は他本部はおろか、身内にさえ知られてはならない機密事項だ。そんなことをすれば内輪の事情が世間に筒抜けになってしまう」

「公安は秘密主義の徹底した部署だといま仰いました。そもそも公安は、我々のような刑事部門とは違い全国一枚岩の組織です。警視庁と神奈川県警でも呼吸は通い合うのかと思っていました」

「そもそも君たちを尾行した連中が、県警の公安だという証拠はあるのかね」

「これがその二人の名刺です」

鷺沼は北村と戸田の名刺を柿沢に手渡した。田口がそれを覗き込み、素早くノートにメモをとる。柿沢は苦虫を噛み潰したような顔で言う。

「こんな連中のことは、まったく聞いたことがない」

「だったら警視庁の監察としては、どういう事情で我々が尾行を受けたのか、確認する必要があるんじゃないですか」

「そういうことは監察の管轄外なんだよ。ほかの警察本部がなにをやろうと、こっちが

「そういう意味ではなくて、神奈川県警の公安に尾行されるような問題が我々にあったとしたら、それは警視庁にとって不祥事になるんじゃないですか。その理由を確認することは、まさに監察の所管事項になると思うんですが」

柿沢は意表を突かれたようにうろたえた。

「この二人が君たちを尾行したという話はきょう初めて聞いた。君たちが公安の捜査対象になるような活動をしているという事実は認知していない。したがって県警の公安がなにをしようと、特段それを取り上げる理由にはならない。私たちが独自にそれを認知した場合は別だがね」

「だとしたら監察は、今回の問題に関してなんの事前調査も行なっていなかったんですか。行確一つせず、過去の書類を眺めただけで問題ありと決めつけて、一方的に処分しようという腹づもりだったんですか」

「いやいや、処分などという大袈裟なことは考えていないよ。さっきも言ったように、人事面での参考材料として上に具申するためで、結果的には君たちによかれと思ってやっていることだと理解して欲しいんだよ」

「刑事にとって現場は命です。いま追っているのは強盗殺人事件の犯人です。我々によかれと思ってのことなら、現在の捜査に全力を尽くさせてください。警察関係者が関与している話についても、まだ可能性の段階でしかありません。今後の捜査の推移によってはその見立ても変わってくるかもしれません。そういう状況で私たちの意に沿わない処分や異動があれば、監察が事件の隠蔽に関わったという疑惑を招くことになりますよ」

半ば恫喝するように鷺沼は言った。ここまで言って、それでもなお柿沢が退こうとしないなら、まさしく馬脚を露わしたことになるだろう。不良刑事と元やくざとの付き合い程度の事案に、監察官三人がわざわざ乗り出した理由も、当然それで説明できる。

こうなれば裏で糸を引いているのは村田首席監察官と見てもう間違いない。それは彼が本ボシだとする鷺沼たちの見立てを裏書きするものだ。

「強盗殺人の捜査はなにも君たちの専売品じゃないだろう。扱える刑事は庁内にいくらでもいるよ」

柿沢は開き直ったように胸を反らす。異動するのが鷺沼一人で、井上や三好が残るなら、後任の刑事に仕事を引き継がせればいいだけのことだ。しかし三人そろって異動してしまえば、あとから来る刑事に引き継ぎもできない。

継続事案の捜査では、そういうケースで再び迷宮入りになってしまうことも珍しくない。それを狙っているとしたら村田はなかなか手強い。

「じゃあ勝手にしてください。ただし現場の刑事の執念を甘く見ない方がいいですよ。

我々ごときの首をすげ替えたところで、一度食らいついた尻尾は簡単には離しません。捜査一課の意地を懸けて、この事案は必ず解明してみせます」

「君もくどいな。こちらはそれを妨害する気などさらさらない。むしろ不審な人物との繋がりのない刑事が担当して、誰からもうしろ指を指されないような捜査をして欲しいと切に願っているんだよ」

嫌みたっぷりな調子で柿沢は言った。

4

「ふざけた連中だよ。あんなの事情聴取でもなんでもない。監察の威光を楯にした、ただの恫喝じゃないか」

三好は怒りをぶちまけるようにビールを呷る。

鷺沼がデスクに戻ると、三好と井上はすでに放免になっていた。胸くそが悪いから、少し時間は早いが場所を変えようという三好の提案で有楽町に繰り出し、ガード下の居酒屋で清めの儀式に入ったところだった。鷺沼は頷いた。

「具体的なネタはほとんどないようです。宮野や福富の話だけじゃ決定打にはならない。なにか悪さをしている現場でも押さえようと公安のアルバイトを使って探ってはみたものの、けっきょくなにも出なかった。だったら首を切るのは無理でも、捜査に関われない部署へ配転しようという作戦に切り替えたんじゃないんですか」

「それだけじゃまだ心配だったんだろう。監察官を三人も動員して、余計なことはするなと圧力をかけたつもりなんだろうよ」

　三好は吐き捨てるように言う。井上が首をかしげる。

「でも、やっぱり変ですよ。僕ごとき平刑事の事情聴取にわざわざ監察官が出てくるなんて。普通の監察係員には任せられないような事情があるとしか考えられません」

　井上も三好も鷺沼と同じパターンで、書記役の若い係員が一人ついてはいたが、質問に加わるわけでもなく、ただ所在なげにメモをとっていただけらしい。

「村田の意向を直に受けた監察官にしか任せられない仕事だったと考えるべきかもしれないな。監察の現場にとっても、よほど異例な動きだったんだろう。おれの事情聴取に付き合った係員も、なにか納得がいかないような顔をしていたよ」

　三好が言う。そうだとしたら村田首席監察官は二重のリスクを負っている。人事一課を動かしてこちらの捜査を妨害するにせよ、警視庁もしょせんは役所で、事務部門の仕事ぶりは世間で言うお役所仕事の例に漏れない。辞令が出るまである程度の期間はあるはずで、そのあいだに動かぬ証拠を押さえてしまえばこちらの勝ちだ。

　もう一つは今回の強引なやり口が監察内部でも問題になりかねないことだ。もちろん首席監察官に楯突ける腹の据わった人間がどのくらいいるかだが、場合によっては付けいる隙になるかもしれない。

　あの無愛想な田口は、神奈川県警の二人組の話をしたとき、怪訝な表情を見せた。三好も井上もその話題は出さなかったというが、彼らについた係員も、気乗りのしない様子でちんまりしていた点では共通していたらしい。

　田口の無愛想さにしても持って生まれた性分なのかもしれないが、鷺沼に対してだけではなく、階級では天地の隔たりがある柿沢にも傍から見て無礼なくらいの仏頂面《ぶっちょうづら》だった。北村と戸田の名刺を書き留めた動きも素早かった。

　そんな感想を鷺沼が漏らすと、三好はさもありなんという顔で応じる。

「監察が屑なのはいまに始まったことじゃないが、屑は屑なりに筋は通してやってきたはずだ。今回の動きはおれの感触でもその筋から大きく外れている。内輪から反発する人間が出てこないとも限らんな」

「それが村田一派の妨害工作を牽制する役割を果たしてくれればいいんですが」

　多少の期待を覚えながら鷺沼は言った。組織というものは、地位や権限だけで意のままに動かせるものではないはずだ。現に鷺沼や井上の尾行に手駒の係員を使えず、神奈川県警の二人に委託せざるを得なかったのは明らかだ。

「ああ。監察にもいくらか骨のあるのがいてくれれば、多少の力にはなるな。とは言っても、おれたちから働きかける手段はないが」

三好が嘆息したところへ、鷺沼の携帯が鳴り出した。宮野からだった。こちらの成り行きがよほど楽しみだったと見えて、ほくほくした声で訊いてくる。

「どうなったの。きょうあたり監察に呼び出されて、しっかり引導を渡されたんじゃないかと思って気になってたのよ」

「呼び出されはしたが、まだ首は繋がってるよ。向こうは大したネタは用意していなかった。ちょっと脅せば捜査を手控えると、おれたちを舐めてかかってたんだろう」

「警視庁の監察ってのもずいぶん能力不足だね。しっかり身辺情報を収集すれば、鷺沼さんの首を飛ばすくらいの材料には不自由しなかったはずなのに」

「そうだな。そのなかでもいちばん危なかったのがあんたと付き合いがあるってことだった」

「おれって、そんな有名人だったわけ？」

宮野はいかにも嬉しそうに問い返す。しかしこちらにとってははた迷惑以外のなにものでもない。

「ああ。しようがないから、あんたとは金輪際縁を切る。今後は半径一〇キロ以内には近寄らせないと言ったら、なんとか許してくれたよ」

「本当にそんなこと言ったとしたら、鷺沼さんはそのうち地獄に落ちるよ」

「あんたと縁が切れるんなら、地獄もそう捨てたもんじゃない」

「だったらおれも地獄へお供するよ。この世で悪さをして大金を貯め込んだ亡者が大勢いるはずだから、そいつらからたっぷりむしり取ってやればいいじゃない」

宮野の場合、まんざら冗談だとも思えない。祟《たた》りが怖いから、とりあえずこの日の状況をかいつまんで伝えると、宮野は露骨に落胆してみせる。

「しかし警視庁の監察も根性なしだね。鷺沼さんの首なんてばっさり切り落として、おれみたいな優秀な人材をスカウトしたらいいのに」

「そうしなかったところをみると、多少は人を見る目があるようだな」

「まあ、どっちにしたって、警察なんて似たようなもんだから、こっちから頼むような話じゃないけど。でも鷺沼さんは大変だね。いまは刑事だから辛うじて務まっているけど、性格がいい加減だから、ほかの部署へ行ったら、今度は勤務態度不良でお払い箱になりかねないじゃない」

「いや、とくに心配はしていない。そのときはあんたにご指導を願って、せいぜい月給泥棒に励むことにするから」

「そうだよ。月給泥棒だって、きちっと内規で定められた手順を踏んでさえいれば向こうは首の切りようがないからね。おれは定時に出勤、定時に退社して、休暇届もちゃんと出してるんだから。役所の人事評価は、仕事ができるかどうかなんて、まるで関係ないんだよ」

たしかに居候しているときも宮野は早起きで、ナイター競馬にも足繁く通っているようだから、そのあたりの気配りに遺漏はないのだろう。休暇をとる口実に使われて、親類縁者のあらかたが、すでに死んだことになっているらしい。

「でも、もう答えは出たようなもんじゃないの。鷺沼さんだってあすあさってのうちに八丈島の駐在所に配転されるというわけでもないだろうしね。敵が手を打ってくる前に村田の犯行を証明してやればいいんだよ。おれも及ばずながら目いっぱいお手伝いするからさ」

宮野は意欲満々だ。頭のなかを駆け巡っているのは、川口老人から奪いとった可能性の高い億単位の簞笥預金で、それを村田からどう搾りとるかの算段だろう。

ここまで来ればそれも宮野のモチベーションと割り切って、勝手にやらせるしかなさそうだ。

「でもとりあえずは三人とも、ここしばらく首は繋がったようだから、これからお祝いパーティーでも開かない？」

「パーティーって、どこでだよ」

「もちろん鷺沼さんのご自宅でだよ。三好さんと井上君も誘ってさ。ついては帰りに駅前のスーパーで、いろいろ食材を買ってきて欲しいのよ。いまから言うからメモしてくれない？」

「生憎、こっちはもう始まっているんだよ。あんたは冷蔵庫のあり合わせで、適当にやっててくれないか」

「もう始まってるって、いったいどこで？」

「銀座の高級割烹の店だ」

「そりゃずるいじゃない。タスクフォースの最大の功労者であるおれを差し置いて。おれもいますぐそこへ行くから、店の名前を教えてよ」

宮野の料理にも惹かれるが、素寒貧《すかんぴん》の宮野の言うなりに食材を揃えたら、財布がいくらあっても足りなくなる。仕方がないから店の名前を言うと、宮野はすぐにわかったようだった。

「なんだ。電車の音がするから怪しいなと思ってたんだけど、有楽町のガード下じゃない。近ごろネットで評判になってる店だから、一度行ってみようと思ってたのよ。これからすぐに飛んでくよ。三十分もかからないから」

「ああ。その代わり割り勘だぞ。金がないならおれが立て替えておくから、あとできっちり精算してくれよ」

「またまたそういうケチなことを言う。どうせ三好さんが例の秘密資金から払ってくれるんでしょ」

宮野は気にする様子もない。例の秘密資金とは、係長クラスにも多少は配分される裏金で、領収書なしで使えるから三好が個人的に使ってもかまわない。

しかし三好はそれを潔《いさぎよ》しとせず、タスクフォースが手がける捜査の経費にしている。今回のような外食がてらの打ち合わせ費用はそこから支出される。

宮野とのやりとりから話の内容は察したのか、いいよいいよというように三好が首を振っている。いまは状況が状況だから、嫌でも宮野の手は借りることになりそうだ。渋い調子で鷺沼は応じた。

「じゃあ、急いでな。あすからのことがあるから、長くは飲まないから」

通話を終え、これから宮野がくると伝えると、井上は喜んだ。

「僕らはいつ飛ばされるかわからない身ですから、タスクフォースの結束を固めておくのはいいことじゃないですか」

「母屋をとられなきゃいいけどな」

苦い気分で鷺沼は言った。まさか宮野が自分の後釜としてスカウトされることはあり得ないが、それでも油断はならない。村田の過去の罪状をネタに強請倒す手だってなくはない。宮野が来る前に、こちらサイドの意思は固めておく必要があるだろう。

「なに、村田のほうだっていまは戦々恐々だ。露骨な手を打ってくれれば、犯人ですと白状するのと同じになる。きょうの事情聴取でこちらがビビると思っていたら逆ねじを食わされたわけだから、しばらく動きは慎重になると思うがな」

三好の見立ては楽観的だ。鷺沼は大胆に言ってみた。

「いまはまだ材料が揃っていませんが、川口老人の簞笥預金の真偽が確認できたら、こちらが村田首席監察官の事情聴取をするという手だってありますよ」

村田による隠蔽工作を惧れて、きょうはまだ柿沢にその名前は言わなかった。それは三好も井上も同様だ。しかしこうなると発想を逆転するのも面白い。

捜査一課が強盗殺人事件の関係で首席監察官を事情聴取したという話が広がれば、村田も手足を縛られる。強引なことをやってくればむしろ藪蛇になるだろう。三好は興味をそそられた様子だ。

「たしかにな。逮捕状の請求というところまではすぐには難しいにしても、事情聴取の理由にするくらいの材料はなんとか揃えられそうだ。拒否したら拒否したで、疑惑はますます濃くなる。証拠隠滅といったって、事件後六年も経っていれば、そもそも物証なんて見つかるはずもない。しかし金の動きは隠しようがない。宮野君が見学してきた邸宅の建築資金がどう支払われたのか。まさか業者に現ナマで支払ったりはしていないだろうから、銀行や業者の帳簿にしっかり記録が残っているはずだ」

「だったら、早いほうがいいですよ。証券会社や金融機関に当たっていけば、簞笥預金の存在が確認できます」

井上が声を弾ませる。鷺沼は大きく頷いた。

「それに見合う額の金が村田氏の身辺で動いていた事実を明らかにできれば、一気に網が絞れるな」

三好も昂揚を隠さない。

「こうなったら正面からのガチンコ勝負だよ。おれたちの立証さえしっかりしていれば、逆に村田の首が飛ぶことだってあり得る。現役の首席監察官が強盗殺人の容疑で事情聴取されたとなれば、それだけで警視庁にとっては前代未聞の不祥事だからな」

第四章

1

「ちょっと、ちょっと。なんでこいつを呼んだのよ」

　有楽町ガード下の居酒屋に張り切って駆けつけてきた宮野は、案の定、天敵の山中彩香がその場にいるのを見ていきり立った。

　宮野との電話を終えてすぐ、彩香から井上に電話が入って、きょうは非番で銀座にいるから、会って食事でもしないかと誘われた。やむなく井上が事情を話すと、だったら自分もこれからそこへ行くと、彩香は勝手に決めてしまった。

　彩香もタスクフォースに加わって、本来の職務とは別に鷺沼たちの捜査に関わってきた。むろん非番や休暇を利用した私的な行動で、宮野のような下心はない。

　この日の監察とのやりとりでは、彩香の話は出なかった。しかし今後の成り行きによっては柿沢たちがそこを突いてくる可能性がなくはない。善意で協力してくれている彩香を監察の餌食にするのは心苦しい。それを考えれば、いまの段階で情報を共有しておくべきだろう。

「私だってタスクフォースの一員なんですから、ここにいるのが当然じゃないかと思いますけど」

彩香はけろりとした顔で言って、ビールのジョッキを傾ける。

「タスクフォースの一員だなんて、おれは認めた覚えはないよ。頼みもしないのに紛れ込んできて、好き勝手に引っ掻き回してるだけじゃないの」

「宮野さんみたいに、裏でずるいことをした覚えはありません」

「おれが裏でなにをしたって言うんだよ」

「容疑者を脅してお金をせびり取ろうとしたり、いろいろと身に覚えがあるんじゃないですか」

「そりゃおまえ、世の中には法的制裁だけじゃ足りない悪党がいるからね。おれは正義に燃える一市民として、経済的制裁を加えようとしているだけだよ」

「それなら私だって一緒です。組織内の地位とか政治権力を利用して私腹を肥やしているような人たちに、一納税者として怒りを感じるからですよ」

「一納税者なんて偉そうなことを言っても、おまえが払う税金なんかノミの耳垢くらいなもんだろう」

「それなら宮野さんだって似たようなもんじゃないですか。それより裏でせびり取ったお金、ちゃんと税務署に申告してないでしょう。言いつけちゃっていいんですか」

「最近はおまえや鷺沼さんに妨害されて、稼ぎどころか足を出してばっかりだよ。そんなに懐具合がいいんなら、おれに少し貸してくれよ」

「競馬で損したのまで、私のせいにしないで下さい」

「あ、だれなのよ、そんな余計なことを教えたのは」

宮野は慌てて座を見回す。鷺沼は素っ気なく言ってやった。

「あんたが来るまでその話で盛り上がっていたんだよ。今回のことはバックグラウンドからきちっと説明しないとわかりにくいから」

「バックグラウンドって言ったって、競馬の話は関係ないよ」

「いやいや、監察はあんたの素行を調べ上げて、きっちりそこを突いてきた。おれも危なく非を認めてしまうところだった」

「公務員が競馬をやっちゃいけないという法律はないでしょ。それで国や自治体の財政が潤っているんだから。つまり高額納税者みたいなもんじゃないの」

「警察は競馬の損の穴埋めをするためにあるんじゃない。それより問題はこっちの捜査の進め方だ」

鷺沼は宮野の軽口に釘を刺しにかかった。だが、宮野の口は止まらない。

「そりゃもちろんタスクフォースが前面に出るしかないんじゃないの。鷺沼さんたちは大人しく首を引っ込めて、捜査のほうはおれや福富に任せてくれればいいんだよ」

「この事案は警視庁の管轄だ。神奈川県警の鼻つまみ者のあんたと元やくざの福富に、いったいなにができるんだよ」

「鷺沼さん、それを言ったらお終いでしょ。監察の馬鹿どもと同レベルの偏見に満ちた発言だよ」

「偏見でもなんでもない。この事案に関しては、あんたが首を突っ込む理由はない。そこは福富も同様だ。警視庁捜査一課の威信を懸けて、おれたちの手で村田一派の犯罪を暴き出す」

「捜査一課の威信と言っても、監察に睨まれている鷺沼さんたちにやれることは限られるんじゃないのかね。フリーハンドで動けるおれたちのほうがいろいろ仕掛けもしやすいじゃない」

「仕掛けって、なにができるんだよ」

「とりあえずきのう井上君につくってもらった偽名刺を持って、村田の実家へ遊びに行ってくるよ。親父さんから耳寄りな話が聞ければ、村田首席監察官をきっちり射程に入れられるでしょ」

宮野は自信ありげだが、効果的な策だとは思えない。とはいえ廃品回収業者を騙《かた》っての聞き込みという奇天烈《きてれつ》な芸当ができるのは、宮野をおいてほかにない。

「だったらそれは頼むにしても、やれるのはせいぜいそれくらいだろう」

「村田本人の周辺での聞き込みもできるよ。隣近所の人間というのは、お互い関心がないようで、けっこうねっちり探り合いしてるから、警察が思いもよらないネタが飛び出してくるもんじゃない」

「そっちも廃品回収業でいくのか」

「それじゃマンネリだから、違うのでいくことにするよ」

「あんたの風体じゃ、そうは職業選択の自由はないだろう」

「まあ、これからいろいろ考えるよ。その手のアイデアなら、ちょっと頭を捻《ひね》れば湯水のように湧いて出るから」

宮野は小鼻を膨らます。けっきょくそのあたりは宮野にまかせるしかなさそうだ。監察がまたも尾行をつけないとは限らない。鷺沼や井上が村田の自宅周辺を歩き回れば、さらに村田を刺激することになる。そういう意味ではきょうの監察からの呼び出しが、向こうにすればいいタイミングの牽制球になったのは否めない。

「それなら私だってできますよ。変装なら得意ですから」

彩香はさっそく宮野に張り合う。刑事という職業上の必要からではなく、単なる趣味でコスプレのノリに近いのだが、タスクフォースの捜査ではこれまで何度か役に立ったことがある。

「なんに化けるんだよ。アニメのキャラクターみたいなのが住宅街を歩いていたら、すぐ警察に通報されるぞ」

「宮野さんなんかそのままでも通報されますよ。大丈夫。私、渋めのキャラも得意なんだから」

「だったら僕も変装して、聞き込みをして回ろうかな。要は監察の連中に感づかれなきゃいいわけだし」

井上も張り切り出す。村田邸の周りで怪しげな仮装大会が始まりそうな気がして、鷺沼は首を振った。

「それじゃかえって刺激することになる。当面村田の身辺にはちょっかいを出さずに、銀行や証券会社関係の捜査を優先しよう。まずは被害者宅に億単位の簞笥預金が実在したことを立証しないと」

「そうですね。まずそこをはっきりさせないと」

井上はすぐに頭を切り換えたが、ここで出番がなくなれば死活問題だとでもいうように、宮野は意欲満々だ。

「もちろんそっちは鷺沼さんたちがやればいいことだけど、おれの直感ではもう答えは出たようなもんよ。簞笥預金は実在したし、それを懐に入れたのは村田と妻の恭子だよ。あの滝野川の豪邸となると、村田クラスの警察官僚には逆立ちしても手に入らない。そこを怪しいとも思わないとしたら、税務署も月給泥棒の巣窟じゃないの」

「いやいや、税務署ってところは抜け目がない。連中は税金を取るのが商売だから、犯罪の臭いがする所得でも、申告して税金さえ払っていればそれ以上は追及しない。泥棒もやくざも納税さえしていればお得意さんだから」

苦い調子で三好が言う。国税庁が警察と連携するのは悪質な脱税で税務当局が刑事告訴した場合くらい。そこまでいくことはごく稀で、犯罪性のある所得についての情報を警察と国税庁が共有することはほとんどない。

「そうか。税務署はもう村田からちゃっかり搾りとっているわけだ。世の中、不平等だよね。おれたち刑事にはそういう特権が認められていないんだから」

宮野の理屈は天衣無縫だ。

2

そのとき鷺沼の携帯が鳴った。タスクフォースのメンバーで、ここにいないのは福富だけだが、いくら福富の嗅覚が優れていても、今回のことまで察知しているとは考えられない。

ディスプレイに表示されているのは知らない携帯番号だった。どうせ間違い電話だろうと思いながら、なぜか気になって「はい」とだけ応答すると、どこかで聞いたような若い男の声が流れてきた。

「鷺沼さんですね」

「そうだけど、あなたどだれ?」

「監察の田口です」

きょう呼び出された監察の小部屋で、柿沢とともに鷺沼の聴取を担当した若い係員だ。と言っても無愛想な顔で黙ってメモをとっていただけだが。

その田口からの電話となればいい話であるはずがない。こうした場合、監察はえらく仕事熱心で、身柄を確保するためには時間を問わず動くと聞いている。さっそく強硬手段に打って出たかと警戒した。

「どういうご用件で?」

下手に出ても舐められるだけだろうと思い、こちらもせいぜい無愛想に応じてやると、田口は思いのほか慇懃に切り出した。

「きょうはご足労いただき、有り難うございました。じつはあの事情聴取で気になることがありまして」

「別の疑惑が出てきたということか」

「そうじゃないんです。事情聴取の内容に、個人的に不審なものを感じまして」

他聞を憚るような声の調子で、そこにＢＧＭのような音が混じる。電話をしているのは監察のデスクからではなさそうだ。

「不審なものというと？」

「今回我々が取り上げている事案に関してです。近々どこかでお会いして、お話を伺うことはできませんか」

なにやら妙な雲行きだ。先ほども話に出たように、監察にも多少は筋の通った人間がいて、今回の強引なやり方に疑念を抱くこともあるのではないか――。そんな期待を覚えながら問い返す。

「きょうの話の続きなら、もう一度私を呼び出して、職権で聴取をすればいいいんじゃないのかね」

「上には内密でお会いしたいんです。あの場で鷺沼さんが言及された、警視庁の高位の警察官が六年前に起きた強盗殺人事件に関与した疑いがあるという話について、もう少し詳しくお聞きしたいんです」

「そう言われても、まだ捜査は始まったばかりで、確たる証拠は得られていない。それに同じ警視庁に所属していても、捜査上の機密は原則として他部署には漏らせない。そのくらいはご承知だと思うが」

「もちろんわかります。それに皆さんが監察に対して不信感をお持ちだということも十分承知しています。私も監察に移る前は、はっきり言って反感しか覚えない部署でしたから」

あけすけな口調で田口は言う。信用すべきかどうか、ここは思案のしどころだ。監察ならどんな汚い手も使いかねない。油断をさせて、こちらの本音を引き出そうという作戦なら、うっかり嵌まれば取り返しのつかないことになる。

だからといって、疑い始めればきりがない。一部の腐敗した人間が警察組織を私物化しているのは確かだとしても、大半の警察官は真面目に職務を遂行することに喜びを感じているはずだ。

そんな人々の存在によって警察は曲がりなりにも社会正義の守護者としての役割を果たしている。監察という部署に配属されたからといって、一事が万事、組織防衛の先兵として下っ端いじめと上層部の悪事の隠蔽に邁進《まいしん》しているわけでもないだろう。

「確認するが、今回の監察のやり方について、君は疑問を抱いている――。そう理解していいんだね」

「ええ。監察に配属されて三年目です。当初は、警察の不正を正すためなら嫌われ者になるのもやむを得ない。むしろやり甲斐のある仕事だと思っていたんです。しかししばらく経つと、どうもそういう部署ではないらしいことがわかってきたんです」

「監察内部以外にも、同じような見方をする人間は大勢いるよ」

気のない口調で鷺沼は応じた。相手が相手だ。ここはもうすこし探りを入れるべきだろう。話の内容を察知してか、この場の全員の視線が鷺沼に集まる。田口はさらに真剣に言ってくる。

「上からの命令で、不祥事ともいえない些細なことをあげつらい、依願退職や左遷に追い込むようなケースが何度かありました。どれも裏金やある種の業界との癒着といった上層部の不正を現場で批判していた人々が対象でした」

「上層部に累が及ばないように、未然に処分したとみているわけだ」

「上層部といっても、警視正以上の警察官は警察庁所属の国家公務員ですから、我々の監察対象ではありません。たとえば村田首席監察官が不正行為を行ったとしても、監察を行う権限は我々にはないんです」

田口はどきりとすることを言う。柿沢とのやりとりのなかで、高位の警察官の関与はほのめかしたが、村田の名前は出していない。単なる想像で言っているのか、なんらかの心証を得てのことなのか。

あるいは柿沢の指示で鎌をかけているとも考えられる。だとしたらそれに反応すれば手の内を晒《さら》してしまうことになる。ここはとりあえず流しておくしかないだろう。

「我々の場合も同様なケースと見ているのか」

「やり方が強引なものですから。そういうことに荷担するのはもう堪えられないんです」

田口の調子は悲壮でさえある。芝居だとしたら相当な役者だが、まだせいぜい三十前にしか見えない田口がそこまでの狸だとは思えない。

「だからといって君にできることは限られるだろう。組織の意向に逆らえばただでは済まないことを、君自身がいちばんよく知っているんじゃないのか」

「もちろんわかっています。でも、なにもしないではいられないんです。もし強盗殺人事件に関与したような人物が、職権を利用してその事実を隠蔽しようとしているとしたら、それを阻止するのも本来あるべき監察の仕事だと思うんです」

「高位の警察官と私は言ったが、それがだれだとは言っていない。どうして職権うんぬんというようなことを君は言えるんだ」

「柿沢監察官から聞きました」

「柿沢さんから？」

鷺沼は当惑した。柿沢が村田に対するこちらの捜査を妨害するために動き出したことはわかっているが、それを監察内部に明かしてしまえば、村田の犯行事実を認めるのと変わりない。いくら監察が権力の飼い犬でも、そこまでのごり押しは通らないだろう。

「鷺沼さんたちが村田首席監察官にあらぬ嫌疑をかけて身辺を洗っている。そんな事実を村田さんはもちろん否定しているし、一貫してエリートコースを歩いてきた村田さんが、犯罪に手を染めるようなことはあり得ない。しかし村田さんにさらに捜査の手が伸びるようなことがあれば、警視庁にとって、ひいてはこの国の警察機構にとって大変なダメージになる。だから監察は全力を挙げてそれを阻止しなければならないと――」

「それで宮野や福富の件を持ち出して、我々を処分しようということか」

「その点については、これから私たち監察の人間が行動確認すると思っていたんです。まさかきょう、鷺沼さんたちを呼びつけるとは思ってもいませんでした。それ以上に驚いたのは、神奈川県警の公安職員を使って鷺沼さんたちの行動確認をしていたことです」

「君たちにすれば寝耳に水だったわけだ」

「寝耳に水というより、そんな話はいまだかつて聞いたことありませんから。普通じゃ考えられません」

「だからといって、異議を申し立てたりすれば、君自身の将来に禍根を遺すことにはならないか」

「禍根ということなら、今回のことを見逃せば、私自身が犯罪の隠蔽に手を貸すことになる。これまでもそれに類することは何度かやらされました。でも、もう我慢できないんです」

田口の声に憤りが滲む。水を差すように鷺沼は言った。

「我々のほうは捜査に着手したというだけで、まだ村田首席管察官を被疑者として特定するには至っていない。こちらの見通しが外れていたら、君の立場はなくなるよ。それでもいいのか」

気持ちは傾きかけているものの、ここまでの監察のやり口をみればまだ心は許せない。しかし田口は食い下がる。

「村田さんが潔白なら、鷺沼さんたちの捜査を恐れる理由はないはずです」

「そうかもしれないね。しかし、それじゃ君を巻き添えにしかねない。我々は決して妥協はしない。村田さんが犯罪に関与しているのが明らかなら、警察内部でどんな地位を占めていようと一人の被疑者に過ぎない。刑事訴訟法に則った手続きを粛々と進めるだけだよ」

「でも侮れませんよ。監察は刑事訴訟法による制約を受けませんから」

田口はこんどは脅すような言い草だ。鷺沼は率直な思いを口にした。

「君を信じていいかどうか、正直いまは迷っているんだよ」

「わかります。柿沢さんのスパイかもしれないと思っているんでしょう」

「これまでに起きたことを考えれば、疑うのも不自然ではないと思うんだが」

「とにかく一度会ってください。怪しいと思ったら、そちらはなにも話さなくてかまいません。私のほうは柿沢さんたちの動きについて、気がついたことをすべて話します。

信じる信じないはご自由にしてください」

田口は切実な調子で訴える。そう言われると断るのも難しい。気持ちを切り替えて鷺沼は応じた。

「いつ、どこで会おうか」

「早いほうがいいと思います。柿沢さんたちが本気で動き出さないうちに」

「本気で動くとは？」

「依願退職を強要するケースは別として、なんらかの処分を下す場合は、警務部長にその旨の報告書を提出します。それによって、処分はほぼ確定してしまいます」

「だったら君の言うとおり、のんびりはしていられないな」

「ただ、その書類をつくるのは我々現場の仕事で、彼らはそこに署名捺印するだけです。作業だけで何日かは要しますから」

「監察というのも、なかなか仕事量が多いんだね」

「それが依願退職させたがる理由の一つでもあるんです。それならなんの書類も必要ないですから。逆に懲戒処分や左遷の場合、手続をしっかり踏んでおかないと、裁判に持ち込まれて負けるかもしれないんです」

田口はさらりと言ってのける。日中の無愛想ぶりは、持って生まれた性格というより、やはり柿沢たちの動きを不審に思ってのことかもしれない。

そうだとしたら、そんな腹の内が顔に出てしまうのは不安な点だ。しかしここまでの話の流れでは、この件に限らずもともと監察という職場への不満は持っていたようで、あの仏頂面は田口の日常の顔なのかもしれないと考え直す。

「それなら、あすの夜にでもどこかで会おうか」

「有り難うございます。こちらはなにも問題はありません。どこへでも伺いますから」

鷺沼は確認した。

「相棒の井上も同席させていいかな。彼もこのことには大いに関心があるはずだから」

「もちろんかまいません。井上さんとは同世代で、共感するところがあるような気がします」

田口は弾んだ声で応じる。それならなるべく桜田門から離れた場所がいいということで、渋谷駅近くのティールームで午後七時に落ち合い、そのあと食事のできる店に移動しようということになった。

通話を終えて内容を説明すると、宮野がさっそく声を上げる。

「そんなやつの言うこと、迂闊に信用していいの？　どう考えたってスパイに決まっているじゃない」

「そうとも限らんぞ、宮野君。おれも聴取を受けていて感じたが、担当した監察官と同席した係員にかなり温度差があったのは間違いない。それは井上も言っている。はなから疑ってかかったら、せっかくのチャンスを逃すことになるかもしれん」

「村田の犯行を裏付ける材料が得られるチャンスということですか」

井上が問いかけると、三好は頷いた。

「監察と言ったって侮れんぞ。上司だろうがなんだろうが、疑惑ありとみればその行動をしっかりチェックするはずだ。おれたち刑事畑の人間とはまったく別の視点からな」

「というと？」

井上が首を傾げると、皮肉な調子で三好は言う。

「邪推、勘ぐり、思い込み——。刑事捜査じゃ御法度の主観捜査はお手のもので、身内に対する嗅覚は半端じゃない。それが意外に当たったりすることもある」

たしかにそれは言えそうで、じつは刑事もそれに頼るところがなくもない。

被疑者の隣近所で聞き込みをする場合も、出てくる情報の質は大したことなくても、外れとは限らない。むしろ刑事にすれば盲点になりやすいようなポイントをしっかり押さえていて、それが貴重な糸口になることもある。

「その田口という監察係員が本気だとしたら、強力な助っ人になるかもしれませんね」

井上は期待を寄せる。興味津々という様子で彩香も口を開く。

「向こうはそういうずるい手を使ってるんですから、こっちもその裏をかかないと負けちゃいますよ。うまく協力できれば、両方から村田首席監察官を追い詰められるんじゃないですか」

「だったらおれも同席するよ。鷺沼さんや井上君だところりと騙されかねないけど、おれの鋭い眼力から逃れられるやつは世間にそうはいないから」

宮野がさっそく割り込んでくる。鷺沼は首を振った。

「おれたちが疑惑を持たれた原因の一人があんただろう。それじゃ火事の見舞いにガソリンを届けるようなもんだ」

「ああ、そうなの。だったらせいぜい騙されないように気をつけてね。南鳥島の交番勤務になって、餞別出さなきゃいけなくなると困るから」

「そんなところに交番はない。それにあんただって忙しいだろう。村田氏の実家や自宅周辺の聞き込みをするんじゃないのか」

「そんなの夜までかからないよ。でもまあいいや。井上君が一緒なら、おれの名代として鷺沼さんがドジを踏まないか、しっかり見張ってくれるから」

「なんで井上があんたの名代になるんだよ」

「おれと井上君は気持ちが通い合っているという意味よ」

「そうなのか？」

訊くと井上はあっさり首を横に振る。

「あくまで是々非々でお付き合いさせてもらってます」

「そうか。成長したな、井上も」

大いに満足して頷くと、宮野は忌々しげに口を尖らせる。

「しばらく会わないあいだに、そうやって井上君を洗脳していたわけね」

「あんたが勝手に本性を出しただけだろう」

「本性ってどういうことよ。それじゃまるで、おれが強欲で、厚かましくて、人の迷惑に無頓着で、口汚くて、食いしん坊みたいに聞こえるじゃない」

「大したもんだ。そこまで自分の欠点を自覚している人間はそうはいない」

「冗談で言ったのに。普通の人ならそんなことないよって言ってくれるのに」

宮野は半べそをかいてみせる。

「そんなことないよ、宮野さん」

彩香が優しい声で言う。宮野はすがるような目線を彩香に向ける。

「彩香ちゃん。どうしてそんなに優しいの。おれは君を誤解していたかもしれないね」

「そうじゃなくて、意地が悪くて執念深いセクハラ男というのが抜けていると思います」

「ああ、やっぱりおれの見立てどおり、性格最悪の馬鹿女だったわけね」

宮野は、やけくそだとばかりに酎ハイを呷った。

3

鷺沼と井上は、翌日から銀行と証券会社に片っ端から問い合わせの電話を入れた。宮野は井上がつくった偽名刺をもって、村田の実家に出かけていった。

柿沢たちが本格的に動き出すまえに、せめて立件可能なところまでは状況証拠を固めておきたい。

彩香も手伝いたがってはいるが、宮野と違って非番や休日にしか動けない。いまのところ監察にマークされている気配はないから、なにかのときの伏兵として温存しておくことにした。

福富にも事情を説明しておいた。神奈川県警の公安がちょっかいを出すかもしれないから、知らぬ存ぜぬで押し通すようにと言うと、万事承知というように福富は応じた。

「元の組にはとっくの昔に盃を返し、金銭的な繋がりも一切ない。付き合いがまったくないわけじゃないが、昔なじみというくらいだ。県警の四課に訊いてもらえばよくわかる。暴対法や暴力団排除条例で極道連中も食っていけなくなって、足抜けして堅気になるやつが増えてきた。四課の馴染《なじ》みの刑事に頼まれて、うちでそんなやつを何人か雇ってるんだよ。足抜けしても食っていけなきゃもっとたちの悪い愚連隊に成り下がる。おれみたいな受け皿がないと、暴力団壊滅作戦なんて絵に描いた餅だからね」

宮野と違って福富は、今回の事案に首を突っ込む気はなさそうだった。マル暴が絡むような事態に進めば、かつての人脈を駆使した福富の情報が頼りになるが、現状ではその必要もなさそうで、宮野からも怪しげな誘いは受けていないらしい。

「しかしあんたたちの読みが当たりだったら、警視庁も地に落ちたもんだね。そいつらと比べりゃ極道のほうがまだ善良な部類だよ。手伝えることがあったら遠慮なく言ってくれよ。そういう連中に天罰を食らわせるのは、おれのライフワークみたいなもんだから」

その意気や良しと鷺沼は応じた。

「そうさせてもらうよ。宮野が馬鹿をやらないように、あんたには目を光らせておいてもらいたいところでもあるし」

「ああ。そのうち電話がきそうな雲行きだな。そんときゃ、きっちり釘を刺しとくよ」

福富は言った。気が変わられても困るから、福富から借りた五百万円を宮野が競馬ですった話はしないでおいた。

手こずるかと思っていたが、川口誠二老人の簞笥預金の存在は、意外に簡単に立証された。

まずは株式の売却を引き受けた証券会社から当たっていくと、何社目かに電話した中堅の会社が、七年前に川口老人名義の株の売り注文を受けていた。取り引きが成立し、その売却金は老人が指定した銀行口座に振り込まれたという。

さっそくその銀行に問い合わせたところ、同日に川口老人の口座にその証券会社から振り込みがあったことが確認された。金額は八億円余り。さらに数日後に、その全額が現金で引き出されていた。

老人の株式売却を担当した社員に話を聞きたいと申し入れると、いま兜町の本店で営業の課長代理をしているという。強盗殺人でその売却金すべてが奪われた可能性があると説明すると、電話に出た担当者はひどく同情し、その社員に話を通してくれた。鷺沼は井上を伴って兜町に飛んだ。

応対した課長代理はそのときのことをよく覚えていた。老人は株の取り引きについてなんの知識もなく、口座開設の方法や売り注文の出し方、売却代金の受け取り方について手取り足取り教えてやったらしい。

上場してまもなくの成長株で、今後さらに値上がりする可能性があるから売るのはもうしばらく待ったらどうかとアドバイスしたが、上がるものはそのうち下がるのが世の道理で、いまの株価だけでもあぶく銭だ、あぶくが消えないうちに現金に換えてしまったほうが落ち着くと言って、老人は聞く耳を持たなかったという。

そのあたりは老人が町内会の旅行で言っていたのと一致している。その大金を箪笥預金にしていたようだという話をすると、課長代理は複雑な表情で言った。

「売るのを待ったほうがいいとアドバイスしたのは、こちらの商売上の理由だけじゃなく、そういう面での不安も感じたからなんです。おそらくあの方は、その年齢までそれほどの大金を手にしたことはなかった。言うなれば宝くじに当たったようなもので、安全に運用するノウハウをまったく持っていない。そんな場合、結果的に散財したり詐欺に遭ったりして終わるケースが多いんです。うちに預けておいてもらえば、より安全で有利な運用の仕方も教えて差し上げられたんですが」

証券会社の言いなりになって大損をしたという話もよく聞くから話半分としか受けとれないが、少なくとも、自らが殺害されてその全額を盗まれるほどの事態には至らなかっただろう。

そのときの取り引き記録のコピーを受けとってその場を辞し、次に代金が振り込まれた銀行の本店に向かった。八億円余りを現金で引き出すとなると、その銀行の内規で支店では取り扱えず、老人には本店に出向いてもらって、店長立ち会いの下に引き渡しが行われたという。

老人が最初に訪れたのは口座のある大田区内の支店で、通帳を提示していますぐ八億円余りを引き出したいと言われた。それは支店では扱えず、本店にしても二、三日の余裕をみてもらいたいと丁重に説明したが、老人は納得せず、自分の預金をどうして好きなときに下ろせないのだと一騒ぎしたという。

さらに老人の怒りに火を点けたのは、振り込め詐欺の可能性を考えて、その大金の用途を根掘り葉掘り訊いたことだった。銀行の連絡で警察官がやってきて、疑うべきことがないと確認し、支店長が平謝りしてなんとか老人に納得してもらったが、そんな経緯があったから、本店では腫れ物に触るような扱いをしたらしい。

八億円の現金は重さが約八〇キロで、スーツケース三個分ほどの荷物になる。とても老人一人では運べないので、行員が付き添って、大田区南六郷の自宅まで車で送っていったという。

老人が言っていた簞笥預金の話は事実だった。しかもその金額が八億円余りというのも驚きだった。それが村田夫妻の手に渡ったとしたら、滝野川の豪邸程度の買い物では釣りがたっぷりくるはずだ。その金がいまどこにあるのか。いよいよ本気で村田の懐具合を洗うときがやってきた。

村田の自宅については宮野が登記所で確認し、登記簿の写しも入手してきた。それによると物件に抵当権は設定されていない。つまり住宅ローンは組んでおらず、土地も家屋も現金で手に入れたことになる。名義は妻の恭子と折半になっていた。

そんな不審な金の動きを税務署は捕捉していなかったのか。あるいは恭子が父親から相続したかたちをとって税務申告していたとも考えられる。しかしそうだとしたら村田の持ち分は恭子からの贈与になる。当然贈与税がかかるから、全体の手取り額は大きく減少したはずだが、それでも残った金はまだまだ巨額だろう。

しかしそう考えるとわからないのは、なぜ恭子は父親を殺害してまでその八億円を手に入れようとしたのかだ。普通の親子関係なら、川口老人が死ねば遺産はすべて一人娘の恭子が相続できる。父親の年齢を考えればわざわざ殺す必要はなく、ゆくゆくは自分のものになった金なのだ。

いちばん不審なのは、それだけ巨額の簞笥預金があったにもかかわらず、事件発生時の捜査で、そのことに恭子が一切触れていない点だった。やはり表には出せない事情があったとしか考えられない。

いずれにしても、もし相続という法的手続を踏んでいれば、それ自体は合法だ。税務署は申告書の内容に問題がなければ税務調査は行わないし、相続があった事実を警察に通報する理由も義務もない。

しかし相続人が被相続人を殺害した場合は、民法の規定で相続の権利を失う。その場合は税法上も瑕疵《かし》があることになる。問い合わせて答えてくれるかどうかはわからないが、三好に捜査関係事項照会書を一筆したためてもらう必要はあるだろう。

捜査関係事項照会書に強制力はなく、税務署には個人情報保護法や国家公務員法上の守秘義務というガードがある。しかし殺人に関わる事案より個人のプライバシーが重いとは社会通念上考えにくい。税務署もそこは柔軟に対応するものと期待したい。

4

そんな情報を得て本庁に戻ったところへ、宮野から連絡が入った。

簞笥預金の件を伝えると、宮野は声を弾ませた。

「いやいや、ツイてるじゃない、鷺沼さん。とくに努力したわけでもないのにそういう貴重な情報が転がり込んでくるなんて。さして有能でもない刑事が飯を食っていけるのは、そういう運命の女神のお情けがあってのことかもしれないね」

遠慮会釈なしの口害も宮野の持病と諦《あきら》めて、鷹揚な調子で鷺沼は応じた。

「ツキも才能のうちと言うからな。それで、そっちのほうはどうだった?」

「親父さんとじっくり話し込んじゃってね。馬が合ったというかなんというか」

宮野と馬が合うとなると、相当癖のある人間だろう。息子のことをネタにして、おかしな取り引きを持ちかけていないかと気になった。

「そんなに長い時間、いったいどんな話をしたんだよ」

「ほとんど息子の自慢話だったよ。奥さんは三年前に病気で亡くなって、一人暮らしでよほど退屈してたんだろうね。家具でも家電製品でもいいから、処分したいものはないかと訊いたら、そういうものはなにもないけど、上がってお茶でも飲んでいかないかと誘われてね」

「またずいぶん無防備な人だな。警察に通報されたというなら話はわかるが」

「なんでおれが出向いただけで、通報されなきゃいけないのよ。人柄というか人徳というか、そういう人間的な魅力のなせる業だくらいは言ってくれてもいいでしょう」

「蓼食う虫も好き好きと言うからな。それでなにかめぼしい話は聞けたのか」

訊くと宮野はもったいをつけて話し出す。

「いやね。外から見ると古ぼけた家で、とても金目のものはありそうに見えないんだけど、うちの中はちょっと凄いのよ。テレビから冷蔵庫から、大型で最新型のが並んでいて、家具もスーパーやホームセンターで売っている合板の安物じゃない。無垢のナラ材なんかを使った本格的な代物でね」

村田の南六郷の実家には、鷺沼も以前に井上と行っている。留守だったので外から眺めただけだったが、宮野の言うとおり古びた一戸建てだった。

「金回りが良さそうなのか」

「いや、訊きもしないのに勝手に自慢を始めるんだよ。息子が買ってくれたってね。警察に入って出世して、いまは警視庁で警視総監の次に偉い役職で、給料も世間の社長並みだから、その程度の出費ははした金なんだそうだ」

「常識的にはあり得ないけどな。警視正といったってたかが国家公務員で、よくてせいぜい民間の部課長並みだ。警視総監の次に偉いなんて、村田先生、ずいぶん吹きまくるもんだな」

「親孝行な息子で、高価な家財は母親が生きているときに買い整えて、ついでに家も建て直そうかってことになったらしいけど、住み慣れた家だから必要ないと断ったと言うんだよ。それだけ聞けば美談なんだけど」

美談の裏には罠があるとでも言いたげに、宮野は皮肉な口ぶりだ。

「金の使い道に、よほど困っているとしか思えないな」

「うん。例の簞笥預金が八億以上あったとしたら、まだどこかに唸るほど残っているはずだからね」

「かといって、贅沢三昧すれば噂が立つ。滝野川の豪邸だけだって相当目立つからな。それで、いまの奥さんとのなれ初めの話は聞けたのか」

「その点についてはちょっと口が重かったよ。再婚ということもあってかもしれないけどね。でも、だんなの親を大事にするよく出来た嫁さんじゃないですか、義理の親子ってのはなかなか上手くいくもんじゃないっておだててやったら、ぽろりと漏らしたよ。じつは嫁のほうも最初の結婚までは近所に住んでいて、村田とは小学生のころからの付き合いだった。学年は村田が一つ上で、どっちも一人っ子だったから、兄妹のように仲が良くて、大人になったら結婚するんじゃないかって近所の人も言ってたくらいだったらしい」

「それがどちらも別の相手と一緒になった。なにか経緯があったのか」

「とくに経緯ってほどのものじゃないでしょ。子供時代の恋愛ごっこなんて、大きくなればいったん終わり。高校、大学と進んでいって、さらに社会に出れば、男も女もいくらでも周りにいるわけだから」

「それがなにかのきっかけで、ということか」

「同窓会とかで会うこともあるだろうし、どちらもたまには実家へ立ち寄ることもあるはずだから、そんなときに接触があったのかもしれないし」

「そこまでの話だと、単なる不倫の域を出ないな。恭子の実家については、なにか聞けたのか」

「うん。親同士も仲良くしていたらしくてね。川口老人が殺された話も向こうからしてきたよ。可哀想な死に方をしたって、その話のときはぽろりと涙を流していたね」

宮野はしんみりした口ぶりだ。猜疑心が服を着ているような男にしては、村田の父親とは妙に波長が合ってしまったようだ。鷺沼はさらに問いかけた。

「箪笥預金の話は出なかったんだな」

「出なかった。こっちから軽く話を振ってはみたんだよ。廃品回収をやってると、空き家から大量の札束が出たって話をよく聞くんだけど、この近所でそういうお宝がありそうな家はないかって」

「ずいぶんすれすれのところに突っ込んだもんだな」

「もちろん冗談めかしてだけど、とくにこれといった反応もなかったね。だから箪笥預金の話は聞いていたんだかいないんだかわからない。川口老人のほうも、十年前に奥さんを亡くして、つましい一人暮らしをしていたって、ずいぶん同情ぎみではあったけどね」

「あんたの眼力から見てどうなんだ。親父さんの話に嘘はなさそうか」

「嘘をつくくらいなら、おれと長々茶飲み話はしないでしょ」

「大口を叩いて出かけていったわりには、大したネタは出てこなかったようだな」

「そういう言い方はないじゃない。ああ、そうそう。肝心なことを忘れてたよ。しばらく前に警視庁の刑事がこのあたりをうろついて、六年前の川口老人殺しの話を聞いて回ってたらしいって、親父さん、訊きもしないのに言っていた」

そこが肝心なポイントのはずだった。抜け目がないようでポカをやる。

「おれと井上のことだな」

「ほかにいないと思うけどね。犯人を捕まえてくれるのかと思って息子に電話して訊いてみたら、あの事件はもう迷宮入りで、手がかりはなにもない。継続捜査といって、そういう事件を追うふりをして月給泥棒をしているようなろくでもない刑事がいる。注意するから名前を教えてくれと言われたらしい」

「親父さんはおれたちのことは知らないはずだが」

「刑事が立ち寄った近所の家で、名刺を見せてもらったんだってよ」

なるほど。そこから話が抜けたのか。

「大事なネタを拾ってたじゃないか。どうしてそれを先に言わないんだ」

鷺沼は苦い調子で言ったが、宮野に気にする様子はない。

「話には順序というものがあるでしょう。口は一つしかないんだから」

「あんたの場合は三つか四つあると思ってたんだが」

「それじゃ化け物だよ。でも発端はやっぱり鷺沼さんと井上君の聞き込みだったんだね。村田はそれを知っていた。そのあとすぐに監察が動き出した」

「監察がというより、村田とその取り巻きが、だな」

「とにかく村田に関しては、怪しい臭いがプンプンするね」

「いちばん欲しかったのは、村田と恭子が簞笥預金のことを事件の前に知っていたという確証だったんだが」

「知っていたのは間違いないけど、確証となると難しいね」

「それでどうする？　村田氏の自宅周辺でも聞き込みをするのか」

「しない手はないでしょう。さっき駅前に住宅リフォームの会社があったから、パンフレットをいっぱいくすねてきたよ。また井上君に名刺をつくってもらって、こんどはその会社の営業という線で行ってみるよ」

「本当に頼まれたらどうするんだ」

「技術関係の担当者に連絡させますとか言って、あとでその会社に教えてやればいいんじゃない。仕事を紹介してやるわけだから、恨まれることはないんじゃないの」

「この不景気の時代にリフォームしたいという家はそうはないだろう」

「話のとっかかりさえできればいいのよ。あとは舌先三寸で、村田の家の噂を聞き出すだけだから。金はないけど暇は捨てるほどある人間がどこにでもいるからね」

宮野は電話の向こうでケラケラ笑った。

5

その日の夕刻、鷺沼と井上は渋谷へ向かった。この日も尾行を警戒して、二人はお互いが見通せる程度に離れて行動したが、互いの周囲に不審な人物はいなかった。

その代わり、不審な行動をとっている知り合いが目についた。どこでこちらを監視していたのか、銀座線に乗り込んだときは、すでに同じ車両にいた。

鷺沼とも井上ともつかず離れずの距離を保ち、邪魔だから帰れと目配せしても、知らぬそぶりで競馬新聞を読んでいる。蚊帳の外に置かれるのを嫌っての行動らしいが、こちらにとっては鬱陶しいことこの上ない。

指定したティールームに着くと、田口は先に到着して、人目につかない片隅の席で鷺沼たちを待っていた。

「やあ、お待たせ。わざわざこんなところまで足を運ばせて申し訳ないね」

如才なく声をかけると、田口は立ち上がって一礼した。

「こちらこそ、お忙しいときに無理なお願いをして申し訳ありません」

さりげなく周囲を見渡すと、何卓か離れた席にちゃっかり宮野が座っている。話が聞こえるような距離ではないが、タイミングを窺うようにちらちらこちらに視線を向けている。そのうちしらばくれて割り込んでくるつもりだろう。

そのときは冷徹に拒絶するしかないが、まだ宮野とは面識のない田口に現物を披露してしまうことが、印象の面で不利なのは間違いない。そんな不安を腹の底に押し込んで、さっそく鷺沼は問いかけた。

「まず訊きたいんだが、きのう我々にお呼びがかかるまで、その件についてはなにも知らされていなかったんだね」

「ええ、こちらは別の事案を何件も抱えて手いっぱいのところへ監察官から突然指示が来たんです」

「君たちが忙しいから、神奈川県警の公安に行確をアウトソーシングしたんじゃないのか」

「それは絶対にあり得ません。というより監察の性格からして、あってはならないことなんです――」

きっぱりと田口は言い切る。

「監察の本務は不祥事を摘発するというより、それが表沙汰にならないように内部処理することです。犯罪として認知されてしまった事案についてはお手上げですが、それ以前なら、可能な限り人事上の処理で決着させます」

「つまり外部に知られるのは、監察の存在理由に反するということだね」

「そのとおりです。とくに警視庁と神奈川県警は昔からライバル意識が強い。自分たちの弱みを敵に知られることを恥と考えます。だから、普通ならそういうことはあり得ないんです」

「じゃあ、普通ではないことが起きたわけだ。もっとも柿沢監察官は、県警の関与を否定しているがね」

「村田首席監察官は神奈川県警に在籍したこともあります。そうじゃなくても公安というのは日本全国一枚岩ですから」

田口はいかにも苦々しい口ぶりだ。鷺沼は問いかけた。

「君は公安出身じゃないのか」

「以前は生活安全部の生活経済課にいました」

「意外な経歴だね」

「その当時、警視庁内で、相当数の警察官が悪質商法に関与した事案があったんです。監察にはその方面のノウハウがある人員がいなかったので、その対策のために引き抜かれたんです」

「監察の人員はほとんどが公安関係出身者だと聞いている。なにかと肌が合わなかったんじゃないのか？」

「ええ。やり方が捜査というよりほとんどスパイ工作ですから。事実関係の解明は二の次で、まず疑惑ありきからスタートし、疑惑を補強する材料だけを集めて回る。疑惑の上に疑惑を塗り重ねて疑惑の泥人形を仕立て上げ、人事面からの処分で一丁上がりというわけです」

「おれたち刑事がそういう手法を使えたら、瞬《また》く間に冤罪の山が出来るだろうな」

「監察と公安に共通しているのがその点です。彼らの仕事は刑事訴追を目的としていないから、刑事訴訟法というハードルを越える必要がないんです」

「たしかにね。おれたちの場合、被疑者を検挙しても、公判に堪えられるだけの客観的な証拠が得られなければ起訴することもできない」

「私みたいな人間は監察では異端なんです。鷺沼さんたちの事案に関しても、手続き的に異例だとは感じていても、上が怪しいと言うんならその意向に従うのが当たり前だという感覚です」

「公安というのは上意下達が徹底した組織だ。監察もその体質をそっくり受け継いでいるというわけか」

「生活安全部には、捜査は現場が主導するものだという雰囲気がありました。上は下からの報告を受けて全体の方針を決めるくらいで、それも誤りがあれば、現場は遠慮なく意見を言うことができました」

「おれたち刑事部だってそこは同じだよ。事件の真相にいちばん近いのが、現場で汗を流す捜査員だ。犯人がだれかを決めるのは上層部の人間じゃない」

「そう言ってもらえて安心しました。監察へ配属されて以来、自分が変人なのかと悩んでいたくらいで」

田口は穏やかに言って頬を緩めた。井上も共感するように大きく頷いている。そのとき背後で脳天気な声が響いた。

「やあやあ、鷺沼さん。こんなとこで会うなんて奇遇だね。井上君も残業サボって油を売ってるわけだ。これからどこかで一杯やろうって魂胆なんでしょ。だったらおれも付き合ってあげるよ」

とうとうしびれを切らしたらしい。金髪頭にピアスをつけた中年暴走族のような宮野を見て、田口はあんぐりと口を開けている。素っ気ない調子で鷺沼は言った。

「いまは大事な話をしてるんだよ。四年後にまた会おう」

「四年後ってのはないじゃない。オリンピックじゃないんだから。そっちの若い人はだれなのよ。大事な話ってなんなのよ」

宮野はいよいよ図に乗ってくる。もの問い顔の田口に近寄り、宮野は勝手に名刺を差し出す。

「神奈川県警瀬谷署の宮野です。鷺沼さんとは大の親友で、井上君はおれの弟子みたいなもんでして」

せっかく信頼関係ができかけたのに、これでは柿沢の勘ぐりが正しいかもしれないと、田口が考え直しかねない。

「あなたが宮野さん――」

田口は一瞬絶句する。鷺沼は言い訳をした。

「ついてくるなと言ったのに、聞き分けのない男でね」

「いや、ぼくもどういう方か興味があったんで、むしろ同席していただいたほうがいいですよ」

「どういう人間かは見た目のとおりで、癖のある男だけど、生まれついての性格だから、そこはあんまり気にしないでよ」

「大丈夫です。ぼくは柿沢さんたちとは違いますから。見た目や口の利き方だけだったら、生活安全部にもかなり個性的な人間がいますので」

こだわりのない調子で田口は言うが、問題なのは、見た目や口の利き方だけが個性的ではない点なのだ。とはいえ、ことここに至っては追い払うのは難しい。

「そりゃそうだよ。警察が見かけで人を判断していたら、娑婆より刑務所の人口のほうが多くなっちゃうよ――」

言いながら、宮野はちゃっかり田口の隣に座る。

「で、どこまで話が進んだの。鷺沼さんの後釜だったら心配することないからね。おれをスカウトすれば穴埋めどころじゃない。一気に戦力倍増だよ。人事の上の人によく言っといてね」

「そういう話は出ていない。あとで報告するから、大人しくそこで座ってろ」

これ以上ちょっかいを出して追い払われては困ると思ってか、口のチャックを締める仕草をして、宮野は素直に押し黙る。鷺沼は田口に問いかけた。

「監察内部では、君以外に今回の事案に疑問を持っている人間はいないんだね」

「変だとは思っていても、下の者はそんなことは口にも態度にも出しません」

「ほかの監察官はどうなんだ。その全員が村田首席監察官の一派というわけじゃないんだろう」

「村田さんの下に監察官は六人いますが、今回のことに関わっているのは、柿沢さんを含めて三人だけです」

「不審を抱いている気配は？」

「ありません。というより柿沢さんたちがいまなにをやっているか、情報はほとんど入っていないと思います。監察官同士はお互いのやっていることに干渉しない。はっきり言えば興味すらないんです。それも公安から受け継いだスタイルだと聞いています」

「ああ。公安の秘密主義は組織の内部にも徹底していて、横のレベルで情報を共有するということがほとんどないらしいね」

「ええ。そうしていれば、外部に情報が漏れても断片的なものでしかない。捜査の全容を把握しているのは上層の一部の人間だけという話です」

「その三人と村田首席監察官とのあいだには、なにか強い関係があるのかね」

「あるかもしれません。三人とも今年の春の人事で、村田さんと一緒に着任してるんです。それ自体は珍しいことじゃなくて、ベテランの警視クラスが所轄の署長に昇任するまえの腰掛けポストという意味もある役職ですから、入れ替えはしょっちゅうです」

「そういうとき、新任の首席監察官が、自分の息のかかった人間を引き連れて着任することもあるんだろうね」

「ええ。あると思います。人事データベースを当たってみたところ、三人とも公安部に所属していた時代に、村田さんの部下だった時期があります」

「君はそういうことまで調べたのか」

「とくに今回のことがあってじゃないんです。人事異動の時期になると、どういう人が上司として着任するのか気になりますんで。とくに柿沢さんは付き合いが長いようで、公安一課の係長だった時代には村田さんが管理官で、その下で五年。さらに警察庁の警備部公安課に出向していた時期が四年あって、そのときは村田さんが課長補佐でした」

「とすると、十年近い付き合いか。キャリアとノンキャリアという関係じゃ、稀だと言っていいな」

警察庁キャリアの年間採用枠は二十名程度。それに対し、日本の警察全体の職員数は三十万人弱、警視庁だけでも四万人を優に超える。キャリアとは一生接触することなく終わるノンキャリアが大半なのだ。

「柿沢さんたちが村田さんの直々の指揮で動いているのは間違いありません。その背後に鷺沼さんたちが追っている事件があるとしたら、監察そのものが犯罪組織に成り下がります」

田口の表情は切実だ。共感を込めて鷺沼は言った。

「おれもそう思う。この勝負、刺し違えてでも相手の首をとる覚悟だよ」

「だったら私にも協力させてください。内部の人間だからわかる情報があります。そのために差し障りがない範囲で、村田さんの容疑についてお聞かせ願えませんか」

それを教えるべきかどうか、まだ決めてはいなかった。田口がもし村田たちのスパイなら、こちらの捜査を潰されかねない。しかし彼が語ったことが真実なら、今後の捜査にとっても、人事権を介しての監察の圧力から身を守るうえでも、計り知れない力になりそうだ。その点について三好からは、鷺沼の判断に任せると言われている。

鷺沼は田口を信じるほうに賭けることにした。

第五章

1

ゆうべ田口と話した内容について、鷺沼は翌朝いちばんで三好に報告した。

「博打と言えなくもないが、信用できそうな気はするな。柿沢の指示で探りを入れているのだとしたら、村田首席監察官の話を向こうからしてくること自体、藪蛇になりかねないわけだから」

「もちろんそうです。その話を聞いて、こちらはあの事件に村田氏が関与しているという確信がいよいよ強まったんですから。いくら我々を舐めていても、村田氏や柿沢氏の一派がそこまでのリスクを冒すほど間抜けだとは思えませんよ」

「それで、村田に対する容疑のあらましは聞かせてやったんだな」

「ゆうべはとりあえず要点だけにしておきました。それでもだいぶショックを受けたようです」

「例の簞笥預金の話が事実だった件は言ったのか」

それはきのう得たばかりの特ダネだ。鷺沼は首を横に振った。

「それはもうしばらく伏せておこうと思います。まだ彼が一〇〇パーセント信用できるわけではないですから」

「向こうの出方を見てからでもいいだろうな。もし彼が柿沢の指示で動いているとしたら、きのうの話に対してなんらかのリアクションがあるかもしれん」

田口とはあのあとすぐに別れた。宮野はせっかく渋谷にいるのだから、彼も交えて近場の店で気勢を上げようと言い出したが、そこまでの話が深刻だったうえに、いくら警視庁から離れているといっても、都内有数の繁華街ではどこで知った顔に会うかわからない。

田口とは今後も随時連絡を取り合うことにして、鷺沼たちは宮野がお薦めだという道玄坂の居酒屋に移動した。

日中、宮野は北区滝野川の村田邸の周辺で聞き込みをしたという。リフォーム会社の営業員を装って話を聞いて回ったというが、その前の村田の父親といいこんどの近隣住民といい、宮野のようないかにも怪しげな人間とじっくり話し込むというのが大きな謎だ。

しかし考えてみれば鷺沼もそういう人間に居候をさせてしまっているわけで、隙を盗んで相手の内懐にもぐり込むことに関しては天才的としか言いようがない。

とくに三軒隣の主婦が芸能リポーター並みの好奇心と動き出すと止まらない舌の持ち主だったそうで、なかなか興味深い話が聞けたようだった。

村田の自宅は以前はどこにでもあるような平凡な戸建て住宅だったらしい。それでも築十五年ほどで、建て替えなくてはならないほどのぼろ家ではなかったという。

五年前に前妻と入れ替わるように現在の妻の恭子と暮らすようになり、いまの邸宅に建て替えたのはその翌年だった。

恭子は隣近所とほとんど付き合いをせず、村田もそれ以前からお高くとまっていたようで、住民のあいだでの評判はすこぶる悪いらしい。

前妻は町内会の仕事にも協力的で、村田の不評を持ち前の気さくな性格でカバーしていたという。彼女が六年前に急に家に引きこもりがちになり、体の具合でも悪いのかと周囲は心配していた。

そのうち村田が帰宅しない日が続くようになり、たまに帰ると激しくののしり合う声が隣家にも聞こえてきたという。彼女と親しいその主婦は思い切って訊いてみた。

彼女が言うには、ここ一年ほど村田が別の女と付き合っているのだが、彼女のほうは別れる気はまったくないらしく、逆に村田が離婚話を持ちかけてきたという。彼女は応じる気はなかったが、そのうち村田のほうが開き直って、性格の不一致を理由に離婚調停を申し立てた。

彼女は対抗上弁護士を立て、そのアドバイスに従って、当時の村田の資産や所得では支払いきれない額の慰謝料を要求した。あくまでそれは村田に考えを改めさせるためで、目的は金ではないのだと彼女は言っていた。

調停は半年ほど続いたが、ある日突然村田が彼女の要求をすべて呑むという話になって、けっきょく彼女も応じるしかない状況に追い込まれたという。

そんな金がいったいどこにあるのか、彼女は不審に思って問い質したが、村田はまったく答えようとしない。

村田の両親がそれほどの資産家ではないのは知っていた。自宅は借地権付きの建売住宅で、ローンもかなり残っており、売却したとしても手元に残るのはごくわずかだ。

村田の不倫を疑い出したとき、彼女は私立探偵事務所に依頼して相手のことも調べたが、とくに裕福な暮らし向きではなかったようで、その慰謝料を立て替えてくれるとは考えられなかった。

そんな不審な思いを残しながらも、けっきょく離婚は成立し、彼女は村田のもとを去った。恭子がやってきたのはそれから一ヵ月もしないころだったという。

「おれたちが描いていたシナリオとぴったり合うでしょう。そのあとも何軒かで話は聞けたよ。そのおばちゃんほどじゃないけど、それぞれの断片的な話を繋いでいくと、だいたい裏がとれた感じだね」

宮野は自慢げに言って酎ハイを呷った。鷺沼は言った。

「簞笥預金が実在したことが証明されて、網はぐっと絞られた。離婚調停の慰謝料にしても、八億円のなかから支払われたと考えれば説明がつく。その一部が慰謝料に使われ、さらに自宅の建て替えに使われた。ということは、村田自身にその分け前を手にする権利があるという認識が二人のあいだに存在したことになる」

「その理由はただ一つだね。川口誠二殺害の実行犯が村田だからだよ。恭子にはアリバイがあったんだから。ただし共犯関係なのは間違いない」

「恭子の教唆があった可能性は、もちろん高いな」

「そうだね。恭子のほうも前夫との離婚に金が必要だったのかもしれないね。村田との不倫が離婚の原因だったら、非は恭子のほうにあるわけだから」

確信している調子で宮野は言った。鷺沼は別の疑問を指摘した。

「だとしてもわからないのは、どうして恭子は父親の殺害を企てる必要があったかだよ。普通に考えれば、親に金の無心をすれば済むはずだ。八億も持っていることを知っていたならなおさらだ」

「そこですね、問題なのは。そもそもそれなら、いずれは自分が相続することになるんですから」

井上も首を傾げた。宮野はあっさり答えを出す。

「殺されたとき七十二歳だったんでしょ。日本人の寿命は長くなってるから、下手すりゃあと二、三十年生きかねない。遺産を受けとるまえに自分が死んじゃうかもしれないじゃない」

「そもそも、その箪笥預金の存在を恭子が知っていたことをどう立証するかだよ」

そこの見通しが立たないのが、鷺沼としてはどうにも歯痒《がゆ》い。しかし宮野は断定する。

「知ってたのは確実だよ。親父さんがどこに隠していたのか知らないけど、警察の現場検証では出てこなかっただけで、事件のあと二人が運び出したと考えるしかないじゃない」

鷺沼は頷いた。

「強盗殺人の現場検証で縁の下までは捜索しないからな。その金を村田と恭子が自分のものにしたのは間違いないだろう」

「八億となると半端な金じゃないからね。税務署の目だってそう節穴じゃないと思うよ。あれだけの邸宅を建てて。その持ち分を半々で共有して、なんの申告もしてなかったら脱税だからね」

「事件のほとぼりが冷めたころ、現場から現金を回収し、慰謝料や家の建て替えに使った。そのぶんだけ恭子が遺産として相続したかたちにしておけば、税務署に怪しまれることもないし、それほど多額の相続税もとられない。八億に比べたら微々たるもんだろう」

「それは十分考えられるね。だとしたらいまも無申告のまま、億単位の金が二人の手元にあるわけじゃない。それは税法上からは闇に消えているんだから、二人にとっては使うに使えない金だよね」

宮野が舌舐めずりする。鷺沼は頷く。

「まともなことにはな。あんたなら博打に注ぎ込んで、目にもとまらない早業で消しちまうだろうけど」

聞こえないふりをして宮野は続ける。

「あのご邸宅、おれが見たところ、土地代も含めて一億ぐらいかな。そこに慰謝料やら税金を払ってたとしても、まだ優に五、六億の隠し資産は残っていると思うんだけど」

「あんたの都合で考えればそれが望ましい答えだろうな」

「そりゃそうだよ。悪事で手に入れた金だもの。引っ剝がしてやったって、向こうは文句言えないでしょう」

「だったら、犯罪として追及する気はないんだな」

鋭く問い質すと、宮野はぶるぶる首を横に振る。

「そんなことないよ。そういう連中はしっかり塀の向こうに送ってやらないと」

「そのときは簞笥預金全額の行方も法廷で明らかにしなきゃいかん。あんたが脇からくすねる余地はなくなるぞ」

「そこは話の持って行き方しだいじゃない。鷺沼さんにだってお裾分けはするからさ。その八億の行方をすべて明らかにするなんてとても無理なんだし」

「でも恭子に関しては、殺人罪で起訴できない限り、犯罪とは認定されませんよね。親族相盗に当たりますから」

井上が言う。たしかにそのとおりで、刑法には親族相盗例という特例が設けられていて、窃盗や詐欺、横領など親族間の一部の犯罪行為は刑を免除される。恭子が八億の簞笥預金を我が物にしただけでは、刑法上は処罰の対象にならない。

「ああ。そこもクリアしなきゃいけない関門だな。八億円をパクっただけなら、税金さえ払えば犯罪にはならない」

「無申告の分がまだたんまりあったって、せいぜい追徴課税をとられるだけか。それでも何億かは手元に残るだろうからね。妙なタイミングでおかしなことに気づかないでよ、井上君」

宮野はしょげ返る。警察官なら常識のはずだが、金のほうにばかり気持ちが走って、そのあたりが注意散漫だったようだ。鷺沼は言った。

「村田が事件に関与したのは間違いないし、実行犯だった可能性は極めて高い。しかし簞笥預金の件は状況証拠に過ぎない。その壁をどう突破するかだな」

「そんな壁、どうでもいいよ。べつに刑事訴追できなくたっていいじゃない。そこまでのネタを突きつけてマスコミにチクるぞと脅してやれば、二億、三億の金はあっさり吐き出すよ。せめてそのくらいの経済的制裁はしてやらないと」

気を取り直すように宮野は言う。なにごとにも前向きなのはこの男の数少ない取り柄の一つだが、大体の場合、その方向に問題がありすぎる。

「それじゃこっちも村田や恭子と同類になるだろう。あんたがそれをやった場合、恐喝で、間違いなく犯罪だ」

「そういう堅苦しいことばかり言って、村田たちのような悪党を無罪放免にする気なの。それこそ社会正義にもとる行為だと思うけどね」

宮野はいつもの理屈を繰り出すが、今回に限っては不思議に心に訴えかけてくる。経済的制裁うんぬんはべつとして、杓子定規に法に従って捜査を進めるかぎり、真の悪事が暴かれずに終わることにもなりかねない。

あまつさえ敵は監察という、本来なら警察内部の悪を取り締まることが任務の組織を私物化し、法の埒外でその隠蔽を図ろうと画策している。

律儀に法を遵守することが悪を見逃すことに繋がるのなら、こちらも法の埒外でなんらかの社会的制裁を加えるしか方法はないのかもしれない。だからといっていまここでそんな思いを口にすれば、宮野を図に乗らせるだけだ。

「まだそこまで悲観的にならなくてもいいだろう。村田がこれほど焦って動いているのは、探られては困る不安材料を抱えているからだ。村田は人を殺したかもしれないが、犯罪のプロではない。これからじっくり追い詰めていけば、どこかで尻尾を覗かせるはずだ」

「これから追い詰めていくって言ったって、桜田門の捜査一課がドジだから、村田に繋がるような物的証拠はなにもないいんでしょ。事件から六年も経って、これから新証拠が出てくるはずがないじゃない」

宮野はここぞと言い募る。そこへ井上が割って入る。

「でも証拠がなにもないって、変だと思いませんか」

「要するにどういうことなのよ」

余計なことは言うなとばかりに、宮野は不快感を滲ませる。気にするふうもなく井上は身を乗り出す。

「あの事件そのものは単純な強盗殺人で、迷宮入りになるような事案でもないと思うんです。捜査一課の強行犯捜査係が取りこぼすようなヤマじゃないですよ」

「それをやっちゃうのが桜田門なんじゃないの」

「そうでもないような気がするんです。村田首席監察官は、大阪府警時代に公金横領が発覚したことがあるでしょう。普通なら懲戒免職のうえ刑事訴追されてもおかしくない話なのに、ほとんど無傷で乗り切って、その後も出世街道を驀進《ばくしん》した。それって、普通じゃあり得ないことだと思いませんか」

「普通じゃないことが起きるのが世の中というものだよ、井上君。とくに警察というもともと普通じゃない世界ではね」

宮野がしたり顔で言う。相手にせずに井上は続ける。

「なにか重要な証拠が隠蔽されたということはないでしょうか。指紋とか髪の毛とかの遺留物、あるいは事件発生時刻の前後に誰かが村田氏を見かけていたとか」

鷺沼はざっとおさらいをした。

「捜査記録によると、死亡推定時刻が夜だったこともあり、不審人物の目撃情報はなかったらしいんだが、だれのものか特定できない毛髪が何本かあったそうだ。指紋は被害者や近しい人間のものが大半で、そのなかには恭子のものもあったが、はっきりしたアリバイがあったから捜査線上に浮かばなかった。ただ一つだけだれのかわからないのがあったらしいが、それが村田の指紋ならデータベースで照合すれば特定できたはずだから、それも違うということだろう」

警察庁が運用するデータベースには過去の犯罪者の指紋とともにすべての警察官の指

紋が登録されている。鷺沼や井上の指紋も当然そこにある。不信感をあらわに井上は言う。

「捜査記録にはたしかにそう書いてありました。でも本当にそれですべてだとは思えないんです」

「まさか一課が強盗殺人事件の隠蔽工作を？」

鷺沼は問い返した。井上にしては大胆な筋読みだが、あって不思議な話ではない。たしかに井上の言うとおり、事件そのものは難事件というほどのものではなかったはずで、捜査になんらかの手心が加えられでもしない限り、取りこぼすとは思えない。

「感覚的なものでしかないんですが、隠蔽とまではいかなくても、捜査にブレーキをかけるような力が働いたとか」

真剣な調子で井上は言う。宮野も傍らで頷いた。

「そもそも身内の、しかもキャリア警察官の話となれば、捜査すること自体、タブーになるからね。村田の関与を示唆する材料が出た場合、一課長どころか、もっと上まで報告がいくはずだから、そこで蓋をするように圧力がかかることだってあるんじゃないの」

「しかし強盗殺人事件だぞ。そんなことが許されたら、警視庁捜査一課の看板が泣くだろう」

鷺沼は言った。信じられないというより、信じたくない気持ちだった。

「でもさ、現に鷺沼さんたちにそういうことが起きているわけでしょう。刑事としてのプライドと自分の首を天秤にかけたら、普通の人間なら首のほうが重いと感じるんじゃないの」

宮野は鬼の首を取ったような顔で酎ハイに咽《のど》を鳴らす。鷺沼もそれ以上は反論できない。

「たしかにな。蓋をするまではいかなくても、村田のような人間を捜査対象に加えること自体に、現場は腰が引けることもあるかもしれない」

「現場から見つかった髪の毛、DNA型鑑定はやったの」

「毛根が残っていなかったんで、とくにやらなかったようだな」

毛髪そのものからDNA試料を抽出することは極めて難しいとされる。引っ張って抜いたようなケースなら、毛根にDNAを含む成分が含まれているから十分可能だが、自然に脱毛した場合、毛根が付着していることはまずないという。

それ以上に対比する相手がいなければ鑑定する意味がない。その時点では村田に対する容疑が浮上しておらず、それをしていないこと自体はとくに不自然ではない。

「その毛髪、ちゃんと保存してあるんだろうね。毛根がないと難しいといっても不可能じゃないと聞いてるから、村田に対する容疑が固まれば、それが決定的な証拠になるじゃない。警視庁の実力をもってすれば十分やれるはずだよ」

神奈川県警でも警視庁でも、普段は貶《おとし》めることしか口にしない宮野が、ここでは妙に警視庁を持ち上げる。鷺沼としてもそこは頷くしかない。

「確認したわけじゃないが、証拠を捨てたとしたら職務規程に違反する。扱いはいまも継続捜査中で、殺しには時効がないからな」

「それだけじゃないかもしれないよ。じつは村田の指紋が出ていたかもしれないし、村田らしい人物を見たという証言があったのかもしれない」

「捜査資料は精査したが、それらしい記述はなかったな。ただし、誰かが手を加えたりしていないとしての話だが」

「当時、捜査を担当した人間に話を聞いてみるわけにはいかないの？　いくら特命捜査対策室が窓際部署だからって、同じ課なんだから、口くらいは利いてもらえると思うんだけど」

「あんたとは違うからな。あとで三好さんに話を通してもらって、当時の事情を探ってみるよ。もっとも、おれたちが疑っているような事情があったとしても、正直な話が聞けるとも思えないが」

「それでも聞く価値はあると思うよ。嘘をついたとしたら、どこか辻褄の合わないところが出てくるからね。なかには鷺沼さんみたいに、馬鹿正直で石頭の人間もいるかもしれないし」

宮野は期待をあらわにした。複雑な気分で鷺沼は応じた。

「捜査一課がそこまで腐っているとは思いたくないが、たしかに捜査が中途半端な感じはするな。なんらかの手心が加えられている可能性がなくはない。三好係長なら当時の強行犯捜査係に知り合いがいるだろうから、おれの方から頼んでみるよ」

2

「しかし一課の強行犯捜査係といえば殺人捜査のプロだ。まさか事件のもみ消しに走るとはなあ」

そのあたりに関する昨夜のやりとりについては、三好も半信半疑だ。背中を押すように鷺沼は言った。

「できればあって欲しくないことですが、当時の事情について話を聞いてみる価値はあるでしょう。なんらかの圧力があったかどうかは別として、まだ我々が把握していない事実が存在していたかもしれないし、例の簞笥預金のことも含め、事件当時、彼らが認知していなかった事実が出てきているわけですから、もういちどそのあたりの材料をすり合わせてみれば、さらに新しい発見があるかもしれません」

「といって公に動けば、村田をさらに刺激することになる。捜査一課だって、そんなことを言われたら反発するに決まっている。下手をすると捜査一課そのものを敵に回すことにもなりかねん」

三好が及び腰になるのはわからないでもないが、からめ手から接触する手段もあるはずだ。

「それで係長の人脈に期待してるんです。上の人間についてはきっと仰るとおりでしょう。当時、現場で働いていた刑事のほうが忌憚のないところを聞かせてくれるかもしれない。そういう意味では、本庁一課の刑事より、捜査本部が開設された所轄の刑事がいいかもしれません」

「それなら知り合いがいなくもない。事件当時は蒲田署の組織犯罪対策課のデカ長で、いまは本庁組対部の五課にいるよ。所轄に帳場が立てば署内の捜査関係部署は総動員されるから、部署は違っても捜査に携わっていたはずだ」

「どういう関係なんですか」

「おれが所轄の平刑事だったころの同輩でね。歳が同じくらいで気が合った。おれのほうはなにかの弾みで警部にまで成り上がっちまったが、向こうは現場が好きだと言ってまだ巡査部長だよ。いまも年に何回か、一杯やる仲でね」

「それはいいじゃないですか。強行班の人間より、一課とのしがらみがなくていいかもしれません」

「だったらおれのほうから声をかけてみるよ。彼ならざっくばらんな話を聞かせてくれるだろう。おまえたちも同席するか」

三好は機嫌良く請け合った。鷺沼も望むところだ。

「もちろんお供させてください」

「僕もご一緒させていただきます」

井上も張り切って応じた。三好はさっそく岸本富夫《きしもととみお》というその刑事と連絡をとった。用件はとくに伝えず、久しぶりに一献傾けないかと誘い、勉強させるために部下の鷺沼と井上も同席させたいと申し出ると、とくに訝《いぶか》しむこともなく応じたらしい。

「向こうはいま大きなヤマを抱えていないそうでね。今夜でもいいそうだ。おまえたちが差し支えなければ、おれのほうで段取りをつけとくよ」

「そうしてください。きのうの田口君の話からすると、こっちもそうのんびりはしていられませんから」

「それから、例の税務申告の話。どういう状況になっているのか、税務署に問い合わせてみる必要があるんじゃないですか」

井上が指摘する。事件当時の捜査状況についての疑念にしてもそうだが、最近、積極的な発言が目立つようになった。宮野の悪影響を撥《は》ねつけて、いい相棒に育ってくればけっこうなことだ。しかし三好は渋い調子で応じる。

「これまでもそういうことは何度かあったんだよ。個人情報保護がどうのこうのと言って、けっきょく開示してくれなかった」

「強盗殺人事件に関わる話ですよ。それでもだめなんですか」

「縄張り意識もあるようだな。連中には質問検査権というのがあるが、警察や検察にあるような司法捜査権はない――」

苦い口ぶりで三好は続ける。

国税の税務調査はあくまで任意調査が中心で、マルサ事案のように、悪質なケースでは令状によるガサ入れもできるが、その場合も逮捕権限は認められておらず、証拠を掴んで検察に告発するしかない。

申告納税制度の観点からみれば、税務署と納税者のあいだに税額の解釈の相違が生じること自体は犯罪とは認められない事柄で、そこに司法警察権と同様の強権を付与すれば、納税者が自発的に税額を確定し納付する申告納税制度の本旨から外れるという理由からだ。

そういう制約のある徴税システムで申告漏れや過度の節税行為を効率よく洗い出すには、納税者による任意の情報開示が不可欠で、そのためには税務調査で明らかになった事実は決して外部に漏らさないという保証が必要なのだ――。

「そうは言っても、これは殺人という重大事案に関わる話で、税務署だって知らぬ存ぜぬで押し通すわけにはいかないだろう。ものは試しで、おれのほうから問い合わせをしてみるよ」

意を決したように三好は言う。鷺沼はさらに踏み込んだ。

「だったらその前に、村田氏と恭子の銀行口座を洗ってみたらどうですか。納税の事実があれば、それに伴う資金の出し入れがあるはずです。八億の金にしても、川口老人に倣《なら》って簞笥預金にしていたとは考えにくいですから」

「捜査関係事項照会書を書く必要があるな。その場合、写しを捜査一課の庶務担当部署に提出することになっている。そこに首席監察官の名前があったら一騒ぎになるぞ」

「はっきりした証拠を摑むまで、しばらく仕舞い込んでおけばいいんです。あとでなにか言われたら、忘れていたと誤魔化せばいいでしょう」

「また大胆なことを言うもんだな。だがそのくらい際どいことをやらないと、状況は変わらないか」

苦笑いする三好に、鷺沼は畳みかけた。

「ここで攻めに出ないと、やりたいようにやられます。捜査に関与できない部署に配転されたら、村田の悪事は永遠に暴かれずに終わります」

3

三好はさっそく首都圏の金融機関宛ての捜査関係事項照会書を作成し、鷺沼と井上が手分けして午前のうちに発送を終えた。前回の川口老人の口座チェックの際に各金融機関のリストはできていたから、作業にさほど手間はかからなかった。

さらにものはついでだと、事件当時の恭子の住所、離婚後の住所、村田との再婚後の住所を管轄する中野税務署、練馬西税務署、王子税務署にも送付しておいた。

こちらはとりあえず恭子の名前しか出ないので、一課の庶務担当が気づくことはまずないだろう。実際に事情聴取に出向くのは銀行関係の調べが済んでからになる。そこで億単位の不審な資金移動があり、そこに強盗殺人事件との関連性があると指摘されれば、税務署も見て見ぬふりはできないだろうという読みだ。

とはいえ、そこで新たな事実が出てきたとしてもやはりあくまで状況証拠に過ぎず、村田を川口老人殺害の実行犯と断定するにはまだ弱い。その意味で、今夜会うことになる岸本刑事からどんな情報が得られるか期待がかかる。

一仕事終えたところで正午だった。庁内の食堂で昼飯でも食おうと三人で向かった。待っていたエレベーターがきて扉が開くと、先客がいた。

「なんだ、下で飯か」

三好が先客に言う。

「そうなんだが、ちょうどいいところで会った。どこか外の店に行かないか」

なにやら意味ありげな誘い方だ。三好はどこか訝るような顔で頷いて、鷺沼と井上を振り向いた。

「こちら、警務部人事一課の新井《あらい》係長だ。警察学校の同期で、以来、長い付き合いをさせてもらってる。こっちはおれのところの鷺沼と井上だ」

面識はないが、庁内でたまに見かける顔ではある。先日、三好に頼まれて、村田の経歴を調べてくれたのがこの人物だった。挨拶をすると、新井は言った。

「だったらちょうどいい。三人一緒のほうが話が早そうだ」

「いったいどういうことなんだ」

三好が訊くと、ここでは具合が悪いというようにあらぬ方向に目をやりながら小さく首を振ってみせる。やむなくそのまま一階へ下りて、玄関を出て内幸町方向に歩き出す。

日比谷シティ地下にあるトンカツ屋に腰を落ち着けて、それぞれ好みの定食を注文したところで、新井はおもむろに切り出した。

「一昨日、あんたたち監察に呼び出されただろう」

「知ってたのか」

三好が問い返すと、当然だというように新井は頷く。

「いったいなにをやらかしたんだ」

「捜査のやり方に関して、くだらんいちゃもんをつけられた。なに、向こうも大した材料はないんで、とくにお咎めを受けちゃいないんだよ」

三好はとぼけて答えたが、新井はどこか深刻だ。

「じつはおまえの異動話が持ち上がってるんだよ」

「異動？　いったいどこへ？」

三好は青天の霹靂《へきれき》という顔で問い返すが、いよいよきたかと鷺沼は身構えた。怪訝な表情で新井は応じる。

「それがまだ決まっていない。とりあえず警務部付きで無任所という扱いになるんじゃないのか」

「辞令はいつ出るんだ」

「課内でいろいろ調整作業があるから、早くても何週間かはかかるだろう。ただその理由がわからないから、嫌な感じがするんだよ。本当に心当たりはないのか」

「少なくとも、おれのほうから希望した覚えはない。要は左遷か」

「行き先未定でいったん無任所の椅子があてがわれるケースは大概そうだよ。だから先日、監察に呼び出された件と関係あるんじゃないかと思ってな」

不安げな調子で新井が言う。三好は確認する。

「それはおれだけなのか」

「さあ。おれのところは警部と警視の担当だからな。警部補以下なら人事二課になる」

新井は鷺沼と井上に目を向ける。背後で村田一派が動いてのことなら、こちらに対しても当然何かあるはずだ。

田口の話では、そういう場合、監察から警務部長に意見を具申する。それには多少の日数がかかるという話だったが、動きが妙に速い。

あるいは先日、田口と話したことが村田たちを刺激したのか。だとしたら田口はやはり村田たちのスパイだったことになる。なにも言うなというようにちらりと鷺沼に視線を向けてから、落ち着いた調子で三好は言った。

「出世するような実績は最近とくに上げてはいない。面白くもない部署への左遷とみて間違いはないが、それなら春の定期異動に合わせてやればいい。こんな中途半端な時期じゃ、人事のほうも人のやりくりで四苦八苦するんじゃないのか」

「他人事《ひとごと》のように言うが、なにか身に覚えはあるだろう。どこかで地雷を踏んだりしていないか」

新井もなにか感じるところがあるようだ。三好はさりげなく話題をそらす。

「おれは地雷が埋めてあるほど立派な出世コースを歩いてないからね。宮仕えなんてしょせんそんなもんだよ。上の気まぐれで振り回されるのは宿命みたいなもんだから」

「このあいだ、村田さんの経歴を問い合わせてきたが、それと無関係じゃないんだろう」

新井は鋭く突いてくる。ここまでが限界だとでもいうように鷺沼たちに軽く目配せし、頼んだ定食がテーブルに並んだところで、三好は語り出した。

「じつはある事件の捜査線に彼が浮上してるんだよ」

「本当か？」

新井は目を剝いた。感情を抑えた調子で三好は続ける。

「まだ捜査段階なんで、詳細については言えないんだが、六年前に起きたある事件の継続捜査をやっていたら不審な点がいろいろ出てきてね」

「そのことを向こうは知っているのか」

「どうも気づいているらしい。おれたちを呼び出した理由は直接それとは関係ないんだが、暗に圧力をかけているのは、言葉の端々から感じとれたよ」

「そうだったのか。だとしたら今回の人事異動は、それと関連がないとは言えないな」

「そういうことはよくあるのか」

「はっきりとした不祥事ならそれなりの理由が説明される。大体の場合、言い含められて依願退職というかたちになるが、懲戒処分のときはそうはいかない。公に通用する懲戒事由がないと、民事訴訟を起こされた場合、勝ち目がないからね」

そこは田口の話と共通する。三好は問いかける。

「今度の場合、そういう理由の明示はないわけだな」

「そもそも懲戒処分という扱いじゃない。ただの人事異動だから、はっきり言えば上の意のままということだ」

「じゃあ、監察は関与していないんだな」

「そこが微妙なところなんだよ。とくに不祥事があったわけでもなく、能力が低いわけでもないのに、突然左遷としか言いようのない人事異動が行われることがたまにある」

「なにか裏事情があるわけだ」

「共通するのは、上に煙たがられている点だな」

「例えば?」

「裏金やら監督業界との癒着やら、警察にもうしろ暗いところがなにかとある。そういうことに対し、歯に衣着せず批判するようなタイプが狙われやすい」

「本来、監察が標的とすべきは、そういうことをやっている連中なんだがな」

「そのへんはおれも耳が痛いな。裏金なんて見て見ぬふりをして、きょうまでやってきたわけだから」

「ところがそこを取り違えているのが大勢いるんだよ。そういう連中にすれば、不正を不正と言って憚らない人間は、警察の利権を脅かす害悪と映る」

「そりゃおれだって偉そうなことは言えないよ。まずいことだとはわかっていても、それが組織を上げての風潮だからね」

「そんな人間を排除するのも監察の仕事か」

「表向きはそういうことはあり得ない。ただ監察というのは元の素性が公安だからね。犯罪や不祥事といったレベルじゃなくても、組織にとって危険分子とみられる人間には本能的に注意が向く。不祥事でも起こしてくれればもっけの幸いなんだが、そうじゃない場合は警務部長に直々にご注進する」

「今回のおれのケースがそれなんだな」

「その可能性が高いな。しかし村田さんが犯罪に関与しているって話は間違いないのか」

「できればおれだってそうじゃないことを願うよ。しかし監察の動きがどうにも怪しい。じつは鷺沼と井上がおかしな連中につけ回されてね」

「監察か」

「ところがそうじゃないから、なおさら問題なんだよ――」

それが神奈川県警の公安刑事で、どうも警視庁の監察からアルバイトを頼まれたらしいという話をすると、新井は不快感を丸出しにした。

「大っぴらに監察を動かせない裏事情があったんだな。そいつらを使ってまず因縁をつけられる材料を見つけて、そのあと本格的に動き出す。ところがそこではとくに気の利いた材料が見つからなかった」

「それでもおれたちを呼びつけて締め上げれば、大人しく尻尾を巻くと舐めてかかったんだろう」

「思惑どおりにはいかなかったんだな」

「こっちも心の準備はできていたからね。おれたちにすれば、逆に向こうが隠しておきたい尻尾を出してきた格好だよ。それ以上攻めれば藪蛇になりかねないと考えて、いったんは引っ込んだということなんだろうが」

「こんどはからめ手から攻めてきたわけだ。そうなるとなにかと難しいな。このままじゃ単なる人事の問題で、おれたちとしてもケチのつけようがないからな」

　新井は困惑を隠さない。三好が問いかける。

「こっちの二人については、なにか情報は入らないか」

　三好に対してそういう動きがあるとしたら、鷺沼たちになにも起きないとは考えにくい。逆に三人揃って人事異動ということだとしたら、それが村田の犯罪の隠蔽工作である可能性がますます高まる。

特命捜査第二係は三好以下九人の所帯だ。継続捜査という性質上、全員が一つの事案に着手するのは効率が悪い。そこで鷺沼と井上のようにそれぞれがコンビを組んで、同時進行で複数の事案の再捜査を進めるのが基本的なスタイルだ。

いずれかの事案で大きな進展があれば総掛かりでそれに取り組むが、現状ではまだこの事案に関わっているのは、三好を除けば鷺沼と井上だけだ。

もし三人が揃って異動することになっても、残る六人にそれを引き継げば、村田を追い詰めることができないわけではないが、そこは三好の後釜としてやってくる人間の采配しだいになる。

そのうえ鷺沼と井上は宮野や福富を加えたタスクフォースとして活動する機会が多く、今回もすでに宮野が首を突っ込んでいる。監察が突いてきたこちらのウィークポイントの一つが宮野だったわけで、その繋がりも引き継がせることになれば、残りの第二係全員が監察の標的になりかねない。

つまり辞令一枚で、おそらく村田の目的は達せられる。三好の後任は当然村田の息のかかった人間になるだろう。

第二係の同僚たちを信じないわけではないが、これまで鷺沼たちが、タスクフォースによるイレギュラーな捜査手法を駆使できたのは、三好という理解者がいてくれたからなのだ。いま目の前に立ちはだかる監察という手強い障壁を、普通の刑事捜査の手法だけで果たして突破できるか。

宮野の力を借りることには忸怩たる思いがあるが、毒をもって毒を制すの喩えもある。その点で言えば、まさしく宮野の独壇場だろう。新井は鷹揚な調子で請け合った。

「人事二課の人間からさりげなく話を聞いてみるよ。担当が違うといっても、情報交換はよくやってるんでね。しかしえげつない手を使うもんだよ。いったい村田さんはなにをやらかしたんだ。酒に酔って暴れたとかか?」

「その程度ならいいんだが、追っているのは強盗殺人なんだ」

そこまで明かして大丈夫かという不安を覚えたが、三好とすればそれだけ信頼できる相手だということだろう。

「信じられん――」

絶句する新井に三好は続けた。

「絶対に口外はしないでくれ。状況証拠はいくつも出ている。これからさらに追い込んでいくつもりだが、時間との勝負になりそうなんだ」

「そういう話ならおれも多少のことはできる。こういう時期の異動は案外玉突き人事になりやすくて、調整に一手間かかる。そこでサボって時間稼ぎくらいはしてやれるかもしれない」

親身に新井が言う。三好は感謝の思いを滲ませた。

「そうしてもらえればありがたい。いずれにしても、貴重な情報をくれて恩に着るよ」

新井と別れ、鷺沼たちは近くの喫茶店に移動して、今後の捜査の進め方について相談した。

村田は先手を打ってきている。時間が限られれば、こちらはそれだけ不利になる。警務部のお役所仕事に期待して、人事の発令ができるだけ遅くなるように願うしかないが、ここまでの村田の動きの速さを考えれば、何週間かかかるという新井の読みも決して当てにはならない。

「田口君を信用したのは、まずかったかもしれませんね」

鷺沼は苦い思いを嚙みしめた。宥《なだ》めるように三好が言う。

「そう考えるのは早計だよ。向こうの動きがそれで早まったとは限らない。いま大事なのは味方を一人でも多く確保することだ。おれはまだ彼に賭けてみたい。当たりなら敵の懐に橋頭堡《きょうとうほ》を確保することになるし、外れたとしても、おまえたちが話したのは村田たちが百も承知の事実に過ぎない」

「そうですよ。僕は彼に誠実さを感じました。まだ答えを出すのは早いと思います」

井上も三好と同意見のようだ。鷺沼にしても、まだ芯から疑っているわけではない。しかし最初に接触を受けて会うことを決断したその責任からは逃れられない。

「それより前向きに考えたほうがいい。ここまで一気に仕掛けてきたというのは、向こうが認めたことを意味する。おれたちの読みが正解だったことの証明だ。だとしたらここで引き下がるわけにはいかないよ。どんな手段を使ってでも村田の化けの皮を剝いでやらないと、きょうまでの警察官人生をどぶに捨てるような気がしてな」

さばさばした調子で三好が言う。どんな手段を使ってでも、というところに並々ならぬ決意を感じた。宮野に聞かせたら図に乗らせるだけだが、敵がそこまで汚い手を使ってくるなら、こちらもフェアなやり方にこだわることはない。まさにタスクフォースの出番かもしれないと、鷺沼も自然に腹が据わってくる。

「係長がそこまで言うなら、私もとことん勝負に出ますよ。必要なら汚い手だって使います」

鷺沼は言った。汚い手を思いつくメンバーだったらタスクフォースは事欠かない。宮野もいれば福富もいる。鷺沼にしたって掟破りの捜査はこれまで何度もやってきた。井上も勢いづいた。

「これから面白くなりそうじゃないですか。手加減する必要はないですよ。負けるようならどっちみち、いたってしようがない職場ですから」

4

組対部五課の岸本とは、夕刻六時過ぎに新橋の居酒屋で落ち合った。

岸本は三好と同年配で、髪の毛もだいぶ白い。表情は柔和だが眼光は鋭く、いまも現役刑事の気配が濃厚に漂う。

「いや、久しぶりだね。おれのほうは貧乏暇なしだけど、そっちはどうなの」

岸本は気さくな調子で訊いてくる。

「まあ、ぼちぼちだな。係長なんて中途半端な役職を拝命すると、あれこれ気を揉むだけが仕事になっちまう。いまも現場で走り回っているおまえが羨ましいよ」

「そうかもしれないけど、女房や子供に、いつまで巡査部長なんだって言われりゃ立つ瀬がないよ」

「そりゃおれだっていつまで警部なんだってよく言われたよ。さすがにこの歳では、もう諦めたようだけどね。ああ、こっちの二人がうちのホープで、鷺沼警部補と井上巡査部長だ」

三好が紹介する。名刺交換を終えたところで岸本は言った。

「鷺沼さんは警部補か――。でもきょうは無礼講で行かせてもらいますよ。この人とだっておれおまえの仲なんだから」

岸本は三好に目をやって磊落に言う。そんな態度に好感を持って鷺沼は応じた。

「こちらこそよろしくお願いします。岸本さんのようなベテラン刑事のお話が聞けるのは、我々にとっても得がたいチャンスですから」

岸本は団扇のように手を左右に振る。

「そんな大層な話はできないよ。この歳になると、逆に若い連中から教わることのほうが多くてね――」

銃器や薬物の捜査でもＩＴ知識が必要な時代で、近ごろは年下の同輩からパソコンやらスマホやらの特訓を受けているという。井上がその方面に詳しいからと三好が話を向けると、岸本はサーバーがどうのＩＰアドレスがどうのとなかなか立ち入った質問をし、井上はそれに要領よく答える。

そんな話で盛り上がったところで、三好が本来の用件を切り出した。

「じつはあんたが蒲田署にいたときのある事件のことで話を聞けたらと思ってね」

「継続で追っているネタなのか」

「ああ。六年前、南六郷で一人暮らしの老人が絞殺されて金品を奪われた事件だよ。帳場が立ったはずだから、あんたも動員されただろうと思ってね」

「ああ、あのヤマか。けっきょくお宮入りになっちまったよ。なんだかわけのわからない事件でね」

「わけがわからない？」

三好が問い返すと、岸本はかすかに不快感を滲ませる。

「あの程度の事件と言っちゃなんだが、帳場に動員された捜査員は百人以上で、普通なら総掛かりで聞き込みをして回れば大概足がつくもんじゃないのかね。殺しの専門家のあんたたちなら百も承知だと思うけど」

鷺沼は身を乗り出した。

「捜査資料を読む限り、現場にめぼしい遺留品がなかったのと、殺害時刻が夜だったため、目撃証言が乏しかったということのようですが」

「指紋は五人分出たんだよ。一人は被害者で、もう一人は被害者の娘。あとは近所付き合いをしている住民が二名。全員死亡推定時刻にはアリバイがあった」

「残りの一人の指紋は、犯人のものじゃなかったんですか」

「けっきょく身元が特定できずに終わったんだがね――」

岸本は思わせぶりに間を置いて続ける。

「それが最初に出てきた指紋と別のものに入れ替わっていると言い出した捜査員がいたんだよ」

「指紋が入れ替わった？」

「その捜査員、以前は鑑識にいたそうで、指紋鑑定には詳しいようだった。もちろん上はそんな話に耳を貸さない。最初に出てきた五つの指紋はたまたま帳場のホワイトボードに張り付けてあったんだが、すぐに誰かが撤去して、翌日配布された捜査資料に同じようなコピーが入っていたんだよ」

「そのうちの一つが別のものだと？」

「おれたちには指紋なんてどれも似たようにしか見えないんだが、プロにとっては違うらしい。渦状だとか蹄状だとか弓状だとかパターンがいくつかあって、それがさらに細分化されていて、そのどれに属するかは、専門家なら一目でわかる」

「警察学校で習ったような気がします。いまは自動照合が当たり前で、自分の目で照合する機会はほとんどないんですが」

「おれたち刑事の地力にしたって、そんなかたちで劣化していくんだろうね――」

一つため息を吐いて岸本は続ける。

「その捜査員もあとでそんなことになるとは思ってもいなかったから、その場で眺めただけだった。写真でも撮ってりゃ良かったんだが、あとの祭りでね。資料をつくったのは本庁一課から出張った連中だけど、手違いがあったとは絶対に認めなかった。その捜査員も証拠は頭のなかにしかないから、けっきょく引っ込むしかなくなった」

「そういう姿勢に対して、帳場の雰囲気はどうだったんですか」

「それほど大きな反発はなかったよ。まあ、そこんところはなんとも言えない。別の指紋に入れ替わったというのがもし事実だとしても、最初のが間違いであとのが正しい可能性もなくはないわけだから。ただその点について、上の連中がもっと筋だった釈明をすべきだったんだよ」

「その後の捜査に、なにか支障が出たんでしょうか」

「ちょっとした成り行きで帳場の空気が変わっちゃうことって、あんたたちも経験したことがあるだろう。気が抜けてしまうというかなんというか」

わかるだろうというように、岸本が問いかける。三好が頷く。

「そりゃあるよ。上がなにか情報を隠していると思われたようなときだよ。刑事ってのは人の嘘を見抜くのが商売だから」

「そうなんだよ。犯人を追うことよりも、身内の嘘を見つけることに気持ちがいってしまう。そうなるとお互いが疑心暗鬼になって、捜査どころじゃなくなってしまう」

「最初の指紋は、ひょっとして一致する人間がいたのかもしれませんね」

鷺沼は思い切って問いかけた。岸本は声を落とす。

「じつは、それを疑っているのもいたんだよ。警察のデータベースに指紋が残っている人間には二種類いるからね」

「過去に犯罪で検挙されたことのある人間と、警察官——」

鷺沼は強い手応えを覚えた。岸本は躊躇いもなく頷いた。

「実際に一部でそういう話が取り沙汰されたよ。そのころから管理官もほとんど現場に顔を出さなくなってね」

捜査一課に管理官は十数名いるが、それでも一つの事件にかかりきりとはいかず、同時に三つか四つの係の指揮をとる。

帳場が開設されると、捜査本部長には刑事部長が就任し、捜査一課長と所轄の署長がそれぞれ副本部長のポジションに就くが、彼らが顔を出すのは本部開設のときの挨拶や事件が大きく動く節目の時期に発破を掛けに来るくらいのものだ。

管理官は現場を仕切るいわば司令官だが、そちらにしても複数の帳場を掛け持ちだから、自ずと力の入れ方に差が出てくる。管理官の臨場の頻度で本庁のやる気が見えてくる。指揮官が本気ではないとみれば、現場の士気も低下する。

「母屋から出張ってきた強行犯捜査係のお歴々にしても、厭戦気分丸出しだった。現場の人間は敏感だから、みんな感じたわけだよ。どうもこれは触れちゃいけないヤマらしいってね」

触れてはいけないヤマ――。そのニュアンスは鷺沼にもなんとなくわかる。警察にはたしかにそういう聖域がある。その一つが政治家が絡んだ刑事事件で、小さな事案なら立件もされず、殺人の疑いがあるような大きな事案でも、事故や自殺という結論で幕が引かれるケースが多いと聞いている。

政治家が刑事訴追されるケースといえば、贈収賄や政治資金規正法違反といった罪状に限られ、それを摘発するのは警察ではなくほぼ東京地検の特捜部と決まっている。

警察にも検察と同等の司法警察権が付与されているわけで、そうした事案が検察の独占になっているのは制度上の問題ではなく、勝手に二者で棲み分けているだけなのだ。中央や地方の政治家と接触する機会の多い警察のほうが、政治との癒着度という点から言えば一枚上とみて間違いない。

そしてもう一つ、警察にとっての聖域が警察それ自体だ。最近は下っ端警官の破廉恥罪や窃盗による摘発がニュースになることはよくあるが、問題はキャリアと呼ばれる高級警察官僚や、警視以上のエリート警察官の場合で、彼らが起こした犯罪が、人知れず闇に葬られたという噂には事欠かない。

意図的な隠蔽ではないにせよ、捜査線にそうした人々の名前が浮上したとき、捜査陣に消極的な心理が働くのは大いにあり得る。警察は体面で商売をする。正義の執行者という看板こそが、警察利権を生み出す打ち出の小槌なのだ。

「現場から出てきた物証には髪の毛もありましたね」

「そっちは保存してあっても、まだ手つかずだと思うよ。どれも自然に脱毛したもので、毛根がないからＤＮＡを取り出すのがえらく難しいらしくてね。容疑者が絞り込めたときの決め手にはなるかもしれないが、科捜研（科学捜査研究所）じゃ技術的に困難で、科警研（科学警察研究所）に委託するしかないそうだから」

科捜研は警視庁を始め全国の警察本部に設置されている犯罪捜査のための研究機関で、科警研は警察庁に設置されている、いわば科捜研の元締めとも言える機関だ。いずれにしても毛髪に関しては、最後の決め手として使えるかもしれない。ただしそれもすり替えられていないとしての話だが。

「しかし、危ないヤマかもしれないぞ。うっかり手をつけると、まずいことが起きそうな気がするな」

不安を覗かせる岸本に、三好が言う。

「それが、もう起きちまってるんだよ」

「なんだって？」

「じつはおととい、おれたち三人が監察に呼び出されてね――」

ここまでの顚末を三好がざっと語って聞かせると、苦々しげに岸本は言った。

「それじゃおれたちは、とんでもない悪党を見逃していたことになる。しかし八億とは驚いたな」

「おれたちにしたって、最初はありふれたタタキ（強盗）だと思ってたんだよ。奪われた財貨がせいぜい二、三十万円というところだったからね」

「そのうえ職権を利用して、またしてもその疑惑を闇に葬ろうとしているのか。六年前の帳場がおかしな方向に流された裏には、おれたちが想像していた以上にどす黒い力が働いていたのかもしれないな」

岸本は苦い表情でビールを呷った。

第六章

1

柿の木坂のマンションに帰ると、宮野は先に戻っていて、勝手に晩飯を済ませていた。

新橋で一杯やって帰るからと知らせてやったら、いつものように自分も仲間に入れろと一騒ぎしたが、もちろん鷺沼はきっぱり断った。

今回の異動の話にしても、宮野こそ敵が狙いを定めたアキレス腱で、相手が三好と親しい岸本でも、その特異な言動と風貌をさらして得することはなにもない。

日中に人事一課の新井係長から聞いた話をまず伝えると、腹いせのように宮野ははしゃぎ出す。

「鷺沼さんも、いよいよ年貢の納めどきじゃない。まあ、これまでのタスクフォースの仕事にしても、ほとんどおれと福富の力で解決したようなもんだから、戦力的には痛くも痒くもないけどね」

「喜んでもらえて嬉しいが、おれたちが飛ばされるようなことになれば、あんただって商売のネタを失うだろう。それでも構わないんなら、世のため人のためにけっこうな話なんだがな」

皮肉な調子で言ってやると、宮野は焦り出す。

「あ、それは困るよね。警視庁が鷺沼さんの後釜におれを雇ってくれれば万々歳なんだけど、再就職となると平の巡査から始めなきゃいけないし——。その新井さんて人にうまく口を利いてもらえないかな。人事一課の偉い人なんでしょ」

「偉いと言っても係長だ。あんたを後釜に据えられるくらいの実力があるなら、その前におれや三好さんや井上の配転を潰すくらいわけないだろう」

「だったら辞令が出る前に、村田の悪事をしっかり暴き出さなきゃまずいでしょ。おれも今回が最後の商いになりそうだから、この際、一生暮らしていけるくらいの金はむしり取らないと」

いまは鷺沼と二人だけだからか、宮野は他聞を憚らず本音をぶちまける。

「あんたの魔法にかかったら、何億の金だって一夜にして消えてしまうだろう。これを潮時と考えて、そろそろ欲得まみれの人生とはおさらばするんだな」

そんな鷺沼の心からの忠告も、宮野にとっては馬の耳に念仏だ。今度はすがるような声で言う。

「そういううしろ向きの話はやめようよ。なんとか村田を追い詰める手はないの？　鷺沼さんにだって、刑事としての意地はあるでしょう」

やむなく新橋の居酒屋で聞いた岸本の話を披露してやると、宮野は鯵の干物を見つけた猫のように瞳を輝かす。

「さすが名刑事、凄い情報を拾ってきたじゃない。その髪の毛、なんとか手に入れることはできないの？」

「証拠品として保管されているはずだから、いま再捜査中だと言えば借り出せるとは思うが、毛根がないから簡単にはＤＮＡ型が特定できない。さらに照合するには村田のＤＮＡ試料が必要だが、いまの段階では身体検査令状も鑑定処分許可状もおそらくとれない。それにそもそも――」

「指紋の件と同じように、その毛髪も別人のものに差し替えられているかもしれないと言いたいんだね」

「そういうことだな。入手したとしても、宝の持ち腐れで終わる可能性が高い」

「だったらぜんぜん使えない情報じゃないの。まあ鷺沼さんのやることだから、どうせそんなもんだろうと思って、はなから当てにはしていなかったけどね」

宮野が掌を返したように点数を下げる。鷺沼はとくに期待もせずに問いかけた。

「いずれにしても、捜査の現場で汚い手が使われたのは間違いない。それを材料に、もっと汚い手を考えるのがあんたの仕事じゃないのか」

「おれって根が善良なもんだから、そういうのは得意じゃないんだけどね。たっての頼みと言うんなら、一肌脱がないわけにはいかないね」

もったいをつけてはみせるが、悪事を働くお墨付きをもらったとでも解釈したのか、頬がだらしなく緩んでいる。

「いい知恵がありそうな顔をしてるじゃないか」

「こういうのはどうよ。向こうがいよいよあからさまに出てきたんだから、こっちもはったりをかませてやるわけよ」

「はったりって、どういう?」

「決まってるでしょ。川口老人の件で事情聴取したいと言ってやるのよ」

「まだ立件できるほどの証拠は固まっていないぞ」

「そんなの、嘘八百を並べてやったらいいじゃない。当時の資料を精査していたら未確認の指紋がもう一つ出てきて、それがどうもおたくのと似ているから、ちょっと話を聞きたいと言えばいい」

宮野はどうだと言いたげだが、威張るほどの名案だとは思えない。

「その指紋を見せろと言われたらどうするんだよ」

「村田の指紋はデータベースからいつでもダウンロードできるでしょ。それを当たりか外れか微妙なように、井上君に画像ソフトで細工してもらえばいいじゃない」

「村田は自分のじゃないと言い張るに決まってる」

「そこで確認のために現場にあった髪の毛と照合したいと言って、ＤＮＡ試料の任意提出を要請するのよ」

「応じると思うか」

「応じなきゃ令状をとるよと、脅してやるしかないじゃない」

宮野は自信満々だ。鷺沼は指摘した。

「物証として保管されている髪の毛が自分のではないという自信が村田にあれば、素直に応じてくるかもしれないだろう。その場合はこちらのオウンゴールということになりかねない」

「でも隠蔽工作をした連中からすれば、指紋の差し替えで村田に繋がる線は断ち切れたんだから、そこまでの工作はたぶんしていないと思うよ」

宮野はあくまで楽観的だ。鷺沼はさらに指摘した。

「しかし毛根のない髪の毛じゃ、そもそも鑑定が難しい」

「科警研（警察庁科学警察研究所）に問い合わせたら可能だと聞いたと言っといたらいいじゃない。どうせはったりなんだから」

「村田が鑑定に応じるはずはないと見てるんだな」

「令状がなきゃ強制はできないからね。でも村田がびびるのは間違いない。そこで美味しい提案をしてやれば、渡りに船と乗ってくるよ」

話の行方が読めてきた。苦い気分で問い返した。

「美味しい提案？」

「ばれたら失うはずの人生の値段に見合う額。それを寄越せば見逃してもいいよと提案するわけよ」

「金をもらって犯罪を見逃すと言うのか。だったら収賄そのものだ」

素っ気なく応じると、宮野は首をぶるぶる横に振る。

「おれがそこまで甘いと思うの？　村田が話に乗ってきたら、まさしく罪を認めたことになるじゃない」

「だったら、その金を懐に入れる気はないんだな」

「ないない。ぜんぜんない。それじゃ正義の刑事として失格だよ。でも少しだけならばれないかも」

「少しって、どのくらい？」

「最低一億くらいはもらっても――」

「どこが少しだよ。そんなことをしたらおれがばらしてやる。村田と一緒に塀の向こうで暮らすことになるぞ」

腹立たしい気分で一喝すると、宮野はやれやれという顔でため息を吐く。

「鷺沼さんは、どうしてそう頭が固いんだろうね。いまも二人の手元に残っているのは、世の中に存在しないはずの金じゃない。税務署に申告した分なんてほんの一部に決まってる。存在しない金をくすねたって、犯罪になんかならないよ」

「逮捕されたら、恭子も村田もぜんぶ白状するだろう。あんたに脅し取られた分まで含めてな」

「あいつらだってそこまで馬鹿じゃないよ。恭子の場合、父親殺しへの関与が発覚したら相続権はなくなるんだから、手に入れた総額なんて口が裂けても言わないよ」

「隠し財産のままにしておいたほうが都合がいいというわけか」

「どこに仕舞い込んでいるのか知らないけど、一人殺しただけじゃ死刑にはならないからね。とくに親や兄弟の場合は、赤の他人の場合より刑が軽いから、十年くらいで娑婆に出てきちゃうかもしれない。だとしたらその金を温存していれば、残りの人生を左団扇で暮らせるじゃない。おれが恭子だったら絶対にそうするね」

金に対する執念では人後に落ちない宮野にそう言われると、いかにもありそうな気がしてくる。

「だから、その一部を吐き出させても、村田も恭子も黙っているしかないと読んでいるんだな」

「そういうことよ。鷺沼さんだってそこを解明するのはかなり難しいよ。死んだ親父さんが八億余りの金を受けとったところまではわかっていても、その全額が簞笥だか縁の下だかに置いてあったとは証明できないんだから。つまり恭子が二億しかなかったと言えば、それを否定する根拠がこちらにはない。たぶん遺産相続で申告した額はそのくらいだと思うけどね」

「そこはこれから税務署や銀行に当たってみるつもりだが」

「それも急いでやってもらわないと。申告した金額がいくらかわかれば、蒸発している分がいくらかも推定できるからね。そこがはっきりしないと、おれも交渉を有利に進められないから」

宮野はいよいよ本音を隠そうとしない。しらけた気分で問い返した。

「どうしてあんたが交渉役になるんだよ」

「そりゃ警視庁の刑事が表に出たら、いくらなんでも露骨でしょ。ワンクッション置いておれと福富が交渉に当たれば、そのあと鷺沼さんたちが二人を逮捕しても、その件は知らぬ存ぜぬで済ませられるじゃない」

「さすがだな。悪知恵に関しては天才としか言いようがない」

舌打ちすると、宮野は声を弾ませる。

「じゃあ、その線で決まりだね」

「いや、却下する」

「どうしてよ。鷺沼さんにはこれ以上のアイデアがあるの」

「いまの話の前段部分はたしかに使えないこともない」

「だったら問題ないじゃない。後半部分とセットじゃないと、この作戦は機能しないんだから」

「そんなことはない。前半のところだけで十分二人を揺さぶれる。尻に火が点けばぼろを出す」

鷺沼はきっぱりと言い切った。そこまで追い込めば、あとは状況証拠の積み重ねで十分立件できるだろう。宮野の読みどおり、物証として保存されている毛髪がまだ差し替えられていないとしたら、令状をとって鑑定すれば、それが動かぬ証拠になる——。しかし宮野は厳しいところを突いてくる。

「じゃあ億単位の隠し資産を、鷺沼さんは丸々あいつらの手元に残してやるの？　それじゃ悪いことした奴の勝ちじゃない。鷺沼さんにとっての正義って、しょせんはその程度のものだったわけ？」

「そこはなんとしてでも明らかにする。恭子が相続権を失えば、第二、第三順位者に権利が移る。それでも該当者がいなければ国庫に収納される。べつにあんたがしゃしゃり出なくても、恭子に甘い汁を吸わせることにはならない」

強い調子で言い返しても、宮野は足下を見るようにせせら笑う。

「悠長なことを言ってる場合じゃないと思うよ。南鳥島の駐在所に飛ばされたら、いくらなんでも捜査は無理でしょ。ここは短期決戦で行くしかないじゃない」

「だからといって、あんたの商売に協力する気はない。それじゃ村田や恭子と同類で、二人を訴追する資格もない」

「村田や恭子が最後に得をするとしたら、それは法が役立たずだということでしょう。刑法や刑事訴訟法なんてのを金科玉条にしていたら、その隙間を突いて悪事を働く奴は見逃すしかない。おれは欲得でこんなことを言ってるわけじゃない。相手が誰であろうと、正義は平等に追求されなきゃいけないと思うからだよ」

言っているのが宮野でなければ感銘を受けてしまいそうな演説だが、本音はやはり見え透いている。

「なら確認するが、巻き上げた金を懐に入れる気は本当にないんだな。匿名で寄付するとか、やり方はいろいろあるからな」

腹を探るように問いかけると、宮野は切ない声を上げる。

「どうしてそういう弱い者いじめをするのよ。出発点は正義感にあるとしても、おれだって貴重な時間を使って警視庁の捜査のお手伝いをするんだから、多少の見返りはあったっていいじゃない。鷺沼さんは、おれや福富をただでこき使って、手柄はそっちで独り占めしようというの。それじゃブラック企業と一緒じゃない」

「福富が、いつあんたの仲間になると言ったんだ」

「もちろん乗ってくるに決まってるよ。金はいくらあっても困るもんじゃないし、あいつの場合はそういうことが根っから好きなんだから」

「それなら福富には、おれからしっかり釘を刺しとくよ。いまは実業家として成功しているから、そういう危ない橋を渡ることはないと思うがな」

「どこが危ない橋なのよ。鷺沼さんが余計なことをしなければ、どこにもばれる心配ないじゃない」

宮野はここを先途と言い募る。悔しいが宮野の理屈にも一理ある。新井の話が本当なら、こちらに許された時間はごく短い。一気呵成に勝負をつけないと、宮野が狙っている大枚の隠し金どころか、二人を訴追することすら危うくなる。

「金をむしり取る話はともかくとして、いまはその線で行くしかなさそうだな。あす三好さんと相談してみるよ」

やむなくそう答えると、宮野は満面の笑みで応じる。

「三好さんにもよく言っといてよ。せびり取った金を独り占めなんかしない。分け前もちゃんと考えとくからって」

「そういう話で動く人じゃない。だれでも自分と同類だと思うな」

強い調子で言い返したが、三好は妙に融通の利く上司で、そもそもタスクフォースの活動を黙認するどころか、いまではその司令塔でさえある。よんどころない成り行きで多少の余禄を手にしたこともある。

鷺沼にしてもかつてそういうことがあったから、あまり大きなことは言えないが、だからといって宮野のように、それを本業と考えるところまでは落ちたくない。

「でも鷺沼さんも、しっかり考えといたほうがいいよ。村田を挙げるのに成功したからって、その先の人生が保証されるわけじゃないんだからね。それどころか、組織に楯突く危険分子と見なされて、いつ警視庁から追い出されるかわからない。三好さんだって井上君だってそうじゃない。そういうときのために多少の蓄えはしておかないとね。いまの時勢で鷺沼さんの歳じゃ、再就職なんてまず無理だから」

「そのときはあんたのところに一生居候させてもらうからよろしくな」

そう笑って応じたものの、若い井上までその巻き添えにするのは辛いものがある。だからといって村田夫婦の犯罪を見逃すなどという選択はもちろん論外だ。

2

翌日は早めに出庁した。ゆうべの宮野との話を三好に相談するためだった。

三好はいつものように定時より一時間以上早く出てきていて、日課になっている新聞の社会面のチェックに余念がない。

「なんだ。馬鹿に早いな。どこか具合でも悪いのか」

さっそくのご挨拶だが、同僚がまだ誰も来ていないのを確認して切り出した。

「じつはきのうの岸本さんの話に関連してですが――」

声を落として宮野のアイデアを聞かせると、三好は場所を変えようという。空いている会議室に移動すると、三好はいかにも満足げに言った。

「さすが宮野君だな。その作戦でいけばなんとか見通しがつく」

「そうなんですが、問題なのは、いかにも宮野らしい悪巧みがセットになっている点ですよ。そこをどうコントロールするかが悩みの種でして」

「べつに悩むことはないだろう。おれだって、その金をちゃっかり懐に入れるようなあこぎな真似はしたくないが、ほっときゃ村田と恭子を助けることになる。使い道は別途考えるとして、とりあえずやってみる価値はあると思うがな」

三好は気にするふうでもない。鷺沼は慌てて確認した。

「使い道というと？」

「どこかに寄付でもしたらいい。前にそういうことがあっただろう」

たしかに以前、ある事件でおとり捜査を仕掛けたことがあり、五千万円の札束を受けとった。法では認められていない捜査手法だったため、事件解決後、宙に浮いてしまったその金を、災害の義援金として匿名で寄付したことがある。

「係長がそういう腹づもりなら、その線でいくことにしましょう。ただし宮野の動きに関してはしっかりチェックを入れていないとまずいです。いつ抜け駆けをするかわかりませんから」

「まあ、そう堅苦しく考えることもないだろう。これからいい働きをしてくれるんなら、多少の目こぼしもしないとな。いつもいつもただ働きじゃ気の毒だ。それにおれたちの先行きのこともある。組織に歯向かうような捜査ばかりしていると、いつお払い箱にされるかわからない。そのときのために兵糧の蓄えも必要だ」

三好も宮野と似たような理屈を捻り出す。そんな話をしていると、井上が会議室に入ってきた。机の上にメモを置いておいたから、それを見て飛んできたのだろう。ここまでの話をざっと聞かせると、井上も一も二もなく賛意を示す。

「最高のアイデアじゃないですか。それなら法で罰せられないところまで、きっちり落とし前がつけられますよ。どのくらい吐き出させるかは宮野さんの腕次第ですね。お手並み拝見というところですよ」

どうやら不安が当たってしまったようだ。三好にしても井上にしても、どうしてこうも宮野に対して甘いのか。こうなると宮野と自分と、どちらが変人なのかわからなくなってくる。

「だったら、宮野と福富の動きは私がしっかり監視します。とくに宮野の場合、甘い顔を見せると、どこまでつけあがるかわからない男ですから」

「そこは任せるよ。なんだかんだ言っても、宮野くんがいちばん慕っているのがおまえなんだから」

三好は鷹揚に言う。慕われているのか舐められているのかよくわからないが、ここで宮野が喜ぶような結果になれば、今後もサイドビジネスの拠点として自宅に居座られかねない。

毒をもって毒を制すと言うように、村田のような相手に対抗するには劇薬も必要だろうとは覚悟していたが、このままでは宮野の独壇場になりかねない。かといってここで議論を続けても糠に釘なので、鷺沼は話を本題に戻した。

「きのう捜査関係事項照会書を送った銀行と税務署にはこれから当たっていくとして、まずは現場にあった毛髪の現物を入手しておかないと」

当時の物証なら捜査一課の証拠品保管室にある。初回捜査のときは担当係長が保管しているが、いまは継続捜査の扱いだから、課内庶務担当の強行犯捜査第一係が管理している。三好が借出願を書けばいつでも渡してくれるはずだ。

「おれが一枚フダを切ればいいんだろう。デスクに戻ったらすぐに用意するよ。急がないと、指紋みたいに差し替えられてしまうかもしれないからな」

三好は張り切って請け合った。井上も勢い込む。

「僕は村田首席監察官の指紋データを入手すればいいんですね」

「うまく加工できるか」

訊くと井上は胸を張る。

「わけないですよ。いかにも現場で採取した指紋みたいに、汚したりかすれさせたりすればいいんでしょう」

「似てはいるけど、一致しているとは言い切れないという微妙なところで頼む」

「しかし、村田さんの慌てる顔が見たいですね。まさかこの時点で、我々から事情聴取を受けるとは想像すらしてないでしょうから」

井上はほくそ笑む。気を引き締めるように鷺沼は言った。

「すべてこちらのシナリオどおりに、向こうが動いてくれるとは限らないからな。これまでのやり口からすると、どんな奇策を用意してくるかわからない。油断しているとえらい目に遭うかもしれないぞ」

「でも、ある意味で村田さんは墓穴を掘ったとも言えますよ。鷺沼さんや僕を尾行したり監察に呼びつけたりしなければ、こちらも村田さんに目星を付けていたかどうかわからないんですから」

井上は強気な口ぶりだ。三好も楽観的に言う。

「組織内の力学や権力を使うのには長けているが、決して犯罪のプロじゃない。きのう岸本から聞いたような事情がなかったら、犯行自体は素人のレベルだよ。おれたちが本気で突っ込んでいけば、崩すのは簡単な気がする」

「気になるのは、捜査一課を隠蔽に走らせるような得体のしれないパワーを感じさせることですよ。大阪府警時代の公金流用事件でも、ごく軽い処分だけで済んで、そのあとどんとん拍子で出世した。そのあたり、侮りがたい秘密があるような気がしてならないんです」

「世渡り上手ってのはどこにもいるもんでね。昔の同僚にも、現場じゃ箸にも棒にもかからなかったのがいくらでもいるが、そういうのに限っておれより出世しているよ。まあ、そんな連中と比べても村田先生の才覚は群を抜いているようだが、頭のつくりは似たようなもんで、いざというときは肝っ玉が小さいというのが通り相場だ」

三好は勝負はもらったという口ぶりだ。宮野の手柄になるのが悔しいわけではないが、そうは上手くいくはずがないという気分がどうにも拭えない。

だからといってこの状況で、ほかに突破口は思い浮かばない。新井は人事の発令をできるだけ先延ばしさせるようなことを言っていたが、それにも限度というものがある。期待できてもせいぜい数週間といったところだろう。そのあいだに決着がつけられる作戦といえばほかにはなさそうだ。腹を括って鷺沼は言った。

「それじゃいまから動きましょう。まずは毛髪と指紋の準備です。そのあと銀行を当たり、場合によっては税務署とも接触してみる。こちらの推測どおりなら、村田夫妻の預金口座には巨額の資金移動が記録されているはずですから、それは強力な状況証拠になります。それを指紋と毛髪の話とセットで突きつけてやれば、向こうも言い逃れるのは難しいでしょうから」

3

さっそくデスクに戻り、三好が証拠品借出願の書面を作成した。鷺沼はそれを持って強行犯捜査第一係に出向いた。

三好が作成した書面を提示すると、担当の職員は訝ることもなく証拠品保管用のロッカールームに案内した。

「必要なものを取り出したら、帰りに貸し出し簿に記載していってください。キーはそのときに返却してください」

該当するロッカーの前で鷺沼にキーを手渡し、職員はそのまま立ち去った。

ここに証拠品を借り出しに来たのは鷺沼は初めてだった。拍子抜けするほど緩い管理で、これなら証拠品に細工するくらいはわけなさそうだ。

　捜査記録で読む限りでも証拠品や物証の極端に少ない事件で、ロッカー内の段ボール箱に収められていたのは、殺害に使われたと見られる電気のコード、誰のものか特定できない繊維屑、家の周囲で採取された下足痕《ゲソコン》や採取指紋の原票などで、毛髪は証拠品保管用のビニール袋に何本かずつ入ったものが三つ。事件名と採取された場所と日時、それぞれに付与された証拠品番号が記されたシールが貼ってある。

　捜査記録によれば、それぞれ血液型が異なっており、別人のものと判断できるという。もし差し替えが行われていなければ、村田の血液型と一致するものを鑑定対象にすればいいことになる。

　血液型はＤＮＡ型と異なり、毛根がなくても中心部にある髄質で鑑定できるため、すでにそれは行われていて、捜査記録には証拠品番号とセットで記載されているから改めて調べる必要はない。

　村田の血液型は職員データベースを検索すればすぐにわかる。そもそも警察手帳には、別人によって悪用されるのを防ぐために、右手の人差し指の指紋とともに血液型が記載されている。

　もちろんその三人分のなかに村田のものが含まれている確率は一〇〇パーセントではない。しかしその可能性が少しでもあると村田が考えれば、ＤＮＡ型鑑定の話を持ち出すだけで慌てふためくのは間違いない。そのあとは宮野と福富の出番になる。

今回の作戦で必要になりそうなものはほかにはとくに思い当たらず、三人分の髪の毛を借り出して鷺沼が帰ると、井上は指紋データベースからすでに村田の指紋全てをダウンロードしていた。

人目についてはまずい作業なので、先ほどの会議室にノートパソコンを持ち込んで、これから改変に取りかかるという。

毛髪は、すぐに三好が特命捜査第二係専用の証拠品用ロッカーに仕舞った。キーは三好が管理しているから、誰かに差し替えられる心配はない。いますぐ必要になるものではないが、とりあえずこちらの手元に確保できた点は一安心だった。

井上は三十分もかからずに指紋の加工を終えた。試しに改変した画像を指紋データベースで照合してみると、完全にヒットしたものはゼロだったが、スコアは低いものの同一の可能性があると判断されたものが十数個あり、そのなかに村田の指紋も含まれていた。出来栄えは上々のようだ。

さらに井上が職員データベースを検索して村田の血液型を確認したところ、AB型のRhプラスと判明した。

借り出してきた毛髪のなかにAB型は一人分あった。毛根が付着していない場合、Rh型は特定できないが、AB型の発現頻度は日本人では一〇パーセント程度といちばん低く、それが村田のものである確率は極めて高いと言っていい。これで見通しはだいぶ明るくなった。

とりあえずそこまでの状況を知らせようと宮野の携帯を呼び出すと、ちょうどいま福富が経営する横浜関内のイタリアンレストラン『パラッツォ』へやってきて、例のプランを説明したところだという。

「いやいや、福富もおれの名案には圧倒されてね。一も二もなく乗ってきたよ。そのぶん分け前は減るけど、そこはしょうがないね。鷺沼さんはそういうのは意に沿わないだろうから、外れてくれればそれで埋め合わせできるんだし」

「分け前がどうこうの話はあとでおれが福富に確認するけど、作戦に一枚嚙むことは承知したんだな」

「もちろんよ。いまはただのスパゲティ屋の親爺だけど、やはり昔取った杵柄で、はったりの利かせ方じゃ右に出る者はいないからね。村田を震え上がらせる役回りにはまさにうってつけだよ」

宮野は絶好調でまくし立てる。こうなるとブレーキをかけるのはもう無理だろう。捨て鉢な気分で問いかけた。

「それで二人で出かけて、どういう芝居を打つつもりなんだ」

「その前に鷺沼さんたちに、DNA型鑑定の話でたっぷり脅しておいてもらうのはもちろんだけどね――」

「肝心なのはそこから先だよ」

「警視庁内部のある人間から頼まれた代理人だということにすればいいじゃない。それで危ない筋の人間だということをぷんぷん臭わせてやるわけよ。鷺沼さんたちには事前に二人の銀行口座の金の動きをしっかりチェックしてもらう。そこから割り出した隠し金と同額をまず要求して、それを渡せば捜査はこれ以上進めないと言ってやればいいじゃない。あとは交渉の流れでまけてやることになるけどね」

「それじゃ、裏におれたちがいると教えるようなもんだろ」

「それでけっこうじゃない。大事なのは、それを明らかにするのが不可能な程度に曖昧にしておくことだよ。かといって、それがしっかり伝わるようにしないと信憑性が出ない。そのあたりのさじ加減が素人には難しい芸当でね」

宮野がなんの玄人なのかわからないが、要は舌先三寸でなんとでもできるという自信の表明だろう。

「そこはお手並み拝見といくしかないが、監察がおれたちに因縁を付けてきたポイントがあんたたち二人だった。村田にも面が割れている可能性があるだろう」

「そんなことはないと思うよ。鷺沼さんたちをつけ回すのだって神奈川県警のクズを下請けに使ってやったくらいで、村田自身はそんなことまで気を回しているはずはないし、ばれたらばれたでこっちは開き直るだけだよ。向こうには決定的な弱みがあるんだから、それを警察に通報するわけにはいかないからね」

宮野は敵の出方を見切った口ぶりだ。不安を覚えて鷺沼は言った。

「福富の考えも聞いてみたい。電話を替わってくれないか」

「あ、おれの言うことが信用できないんだね。でもだめだよ。これはおれの携帯だから」

「かけてるのはおれだ。料金はそっちにはかからない」

「でもバッテリーが減るじゃない」

あらぬ理屈をつけて宮野は渋る。なんという言い草だ。どうやら福富とは見解の相違があるようだ。鷺沼は言った。

「じゃあ、この電話を切って、これから福富にかけ直す」

「わかったよ。いま替わるよ」

渋々そう言ったあと、しばらく保留音が鳴り続ける。替わる前に福富になにか言い含めているらしい。何十秒かして、やっと福富が電話口に出た。

「いや、久しぶりだね、鷺沼さん」

こちらも機嫌がよさそうで、あまりいい感じはしない。

「宮野から大体のところは聞いていると思うけど――」

落ち着かない気分で問いかけると、福富はやや声を落として訊いてくる。

「いかにも宮野らしいアイデアだけど、乗っかっちゃって大丈夫かね」

近くでぶつくさ言う宮野の声が重なる。宮野に対する信頼度が三好や井上よりは低そうで、鷺沼はとりあえず安心した。

「大丈夫かどうか不安なところがなくはないけど、こっちも切羽詰まってるから、ほかに選択肢がない状況でね」

「億単位の金が稼げるような話をして一人ではしゃいでいるけど、思惑が外れたら、あんたたちが大変なことになるんじゃないかと思ってね」

福富は親身に心配している口ぶりだ。苦渋を滲ませて鷺沼は言った。

「どのみち刺し違える覚悟じゃないとこの窮地は抜け出せない。多少危ない橋でも渡らなくちゃいけないいんだよ」

「そうなんだろうね。おれも手を貸すにやぶさかじゃないけど、一億、二億のはした金で、ここまで築き上げたビジネスを棒に振ったりはできない」

一億、二億がはした金だという金銭感覚は鷺沼にはないが、いまの福富には失うものがあるというわけで、それがないどころか、人生そのものが丸々負債と化している宮野とは、リスクの感覚が違うのは間違いないだろう。

「無理にとは言わないよ。やることは恐喝そのものなんだから、おれたちだって手錠をかけられるリスクがゼロとは言えないからね。村田と恭子がやけくそになって、公判で洗いざらい供述する可能性だってなくはないんだから」

「かといってこのまま見逃してやったとしても、あんたたちが無事でいられるという保証はないな」

「ああ。人事異動というのはとりあえずの処置で、最後は警視庁から弾き出すくらいのことはやりそうだ」

「それどころじゃない。あらぬ濡れ衣を着せられて、塀の向こうにだって放り込まれかねない」

「今度の一件にしてもそうだが、たしかに村田という男は油断がならないところがある。普通なら刑事訴追されてもおかしくない公金流用が軽い懲戒処分だけで済み、そのあと出世街道をまっしぐらだよ」

「食えない野郎のようだな」

「宮野の毒気も相当なものだが、向こうは歯が立たないくらいの猛毒を持った蛇かもしれないよ」

言いしれぬ不安を覚えながら鷺沼は言った。同感だというように福富も応じる。

「宮野は金にしか興味がないからね。ほっときゃ右も左も見ないで突っ走る。しかしほかに打つ手がないんなら、周りがしっかり手綱を握るしかないな。首尾良く金をせしめたら、宮野にくれてやるつもりなのか」

「そうはさせない。どこかに寄付でもすることにしたい」

鷺沼はきっぱりと言った。福富がそれで退くというならやむを得ない。いくら村田の犯罪を摘発するためだといっても、タスクフォースを犯罪組織にはしたくない。

「おれのほうはそれでいいよ。ただ、やるからには慎重に進めたい。村田という男のバックグラウンドは、もう少し調べたほうがいいんじゃないのか」

福富は慎重だ。金に色気を示さないのはけっこうなことで、いまはその言葉を信じるべきだろう。

「たしかに、そこは明らかにしとかないとな。宮野はあまりに楽観的すぎる」

楽観的すぎる点では三好も井上も似たようなところがあるが、ここではあえて言うこともない。

「ちょっと待ってくれ。脇でやいのやいのうるさいんで、いま宮野と替わるから」

福富が言ったとたんに、耳障りな宮野の声が耳に飛び込んだ。

「ちょっと、鷺沼さん。せっかくうまいこと福富を説得してたのに、なんで水を差すような話をするのよ。福富も福富だよ。いかにも金にきれいなような口を利いていたけど、話を持ちかけたときは、いまにも涎を垂らしそうな顔をしていたよ」

「要するに、慎重にことを進めていかないといけないという話をしただけだよ」

「あくまでおれをただ働きさせようというつもりなんだね。だったらおれは手を引くことにするよ」

「けっこうだ。やるなら福富と組んで進めるから」

「冗談じゃないよ。それじゃ、おれのアイデアをパクることになるじゃない。知的所有権の侵害だよ」

「脅迫の手口に知的所有権があるなんて聞いたことがない」

「脅迫なんて人聞きの悪い。犯罪摘発のためのやむを得ない手段だよ。鷺沼さんたちが無能だから、見るに見かねて助け船を出してやったんだからね」

「無能で悪かったな。だったら有能なあんたは本籍地の神奈川県警でその才能を発揮して、村田に負けないくらい立身出世してみせてくれよ」

突き放すように言ってやると、急に泣きを入れてきた。

「いやいや、ちょっと言い過ぎたよ。おれが鷺沼さんをどれほど尊敬しているか、なかなかうまく伝わらないね。鷺沼さんはおれにとっていわば刑事の鑑《かがみ》だよ。だからこそようまで最高のコンビを組んでこられたわけでしょう」

「おれから頼んだ覚えはない」

「つれないことを言わないで。これからも正義の実現のために力を合わせていこうよ。村田みたいな悪党をのさばらせておかないためにも、おれと鷺沼さんは最強のコンビじゃない」

「わかった、わかった。そういうややこしい話はあとでしよう。おれたちも、いろいろやらなきゃいけないことがあるから」

鬱陶しいので通話を切ろうとすると、思い出したように宮野が訊いてくる。

「ところで、村田の毛髪と指紋は手に入ったの？」

「ああ、言うのを忘れてた。毛髪はちゃんと手に入れて、安全な場所に保管してある。指紋のほうは井上が細工を済ませた。あとは銀行と税務署で金の移動状況を調べるだけだ――」

ざっと状況を説明すると、宮野は気味悪いほど持ち上げる。

「さすが警視庁だよ。動きが速いね。刑事捜査ってのはこうじゃないと。県警の一課の能なしどもに爪の垢を煎じて飲ませたいよ。で、毛髪は差し替えられたような形跡はなかったの？」

「見たところ誰かが細工した形跡はないが、初回捜査のときにすでにやられていたらわからないし、そのなかに村田の毛髪が含まれているかどうかもわからない」

「細工はしていないと思うね。そもそも脅しのネタに使うだけだから、はっきり言えば誰のでもいいんだし」

「そうはいかない。最後の決め手はやはり物証だ。外れだったらこっちにとっては、取り返しのつかない大失態だ」

「でも、そのときはもうおれたちは、金を懐に入れているわけだから」

宮野はけろりと言ってのける。本音を口にしないと気が済まない病気にでも罹《かか》っているらしい。

「金さえ手に入れれば、犯罪は見逃してもかまわないと言うんだな。けっきょくそういう魂胆だったんだ」

宮野は慌てて取り繕う。

「いや、いまのは言い間違いで、DNA型が一致しようがしまいが、金を払うとしたら、それ自体が犯行を認めたことになる。それを梃子《てこ》にして締め上げていけば、絶対に自供すると言いたかったわけで――」

携帯の録音ボタンを押しながら、鷺沼は訊いた。

「本当に言い間違いなんだな」

「もちろんだよ。目的は金じゃない。悪を許さないという警察官としての本分だよ」

「よくぞ言った。いまのはちゃんと録音しといたからな」

「あ、そういうずるいことをするんだ。そこまでおれが信用できないの」

「いま言ったことが嘘じゃないなら、録音されたって困らないだろう」

「まあね。ただ鷺沼さんにそういう疑いの目で見られたことが悲しくてね」

訊かれもしないのに本音を吐いておいて、そこを突かれると真面目くさってしらばくれる。その繰り返しでそのうちこちらが疲れてくる。それが宮野の手口だとわかっているが、けっきょく根負けしてしまうのが悲しいところだ。

「とにかくおれたちは準備を整えるから、あんたはあんたでみっちり作戦を練ってくれ。期待しているぞ、正義の刑事」

そう言い捨てて通話を切った。井上が訊いてくる。

「福富さんは動いてくれるんですか」

「宮野より多少は慎重だが、やってはくれそうだよ――」

宮野の話は割愛して、福富の感触だけを説明すると、井上も頷いた。

「たしかに村田という人、いろんな意味でただ者じゃないような気がしますね。楽勝気分で攻めていくと、足をすくわれるかもしれません」

「その道のプロの福富君が慎重だとすると、こちらも拙速には動けないな」

三好も思案げだ。こういう裏仕事に関しては、宮野以上に福富に一目置いている。宮野と福富の温度差がいい方向に作用してくれることを期待しながら鷺沼は言った。

「どこかに落とし穴がないか、確認しながら進まないと取り返しのつかない事態を招きかねません。宮野のペースで一気に行くのは危険なような気がします」

4

午後はふたたび先ほどの会議室に籠もり、鷺沼と井上はきのう捜査関係事項照会書を送った金融機関に電話を入れた。

いずれも本店は首都圏のため、書面はすでに担当部署に届いていたようだった。どこも協力的だったが、二人の名義の口座はなかなか出てこない。

メガバンクや郵貯はすべて空振りで、地銀をいくつかと小売業関係の銀行やインターネット銀行を残したところで、電話をかけてもどこも営業時間終了の案内が流れるようになった。

そのあいだ三好は、事件当時の恭子と村田の住所を管轄していた中野税務署、練馬西税務署、王子税務署に電話を入れた。三ヵ所とも捜査関係事項照会書を送っておいたが、こちらは金融機関とは違い、たとえ警察でも、納税者の個人情報は開示できないの一点張りだ。

まだこの段階で、強盗殺人事件に関係した話だとはこちらも言えない。それならあす以降、三好自ら出向くから、所長もしくはそれに準ずる上級職とじかに会って事情を説明したいとねじ込んで、なんとかそれだけは承知させた。

「案の定、ガードはガチガチだよ。どうなるかわからんが、とにかく会っていろいろ事情を説明してみるよ。下手をしたら数億の脱税を見逃していた可能性があるんだから、連中だってそこは気になるはずだ」

三好は苦々しげに言う。だとしてもまだ希望が消えたわけではない。現在の自宅を新築して、その代金を支払い、不動産登記までした以上、それに要した資金の移動が必ずどこかの金融機関の口座に記録されているはずなのだ。

近隣の人々の話を聞く限り、川口老人が箪笥預金を取り崩して贅沢三昧をしていた印象はまったくない。

その一部を恭子が相続したかたちにしたとすれば、その時点では現金による相続のはずで、相続手続が済んだあと、それを自分の銀行口座に入金し、そこから相続税の支払いを行ったと考えられる。

そうした資金の動きを跡づけ、川口老人の現金引き出しの記録と突き合わせれば、八億余りの現金の大半が消えてなくなっていることは間接的に証明できる。たとえ税務署のガードが破れなくても、犯行の状況証拠としては十分だ。

宮野と福富が一芝居打って、それに村田と恭子が反応してくれれば自供したも同然で、こんどはそれを梃子にこちらが脅しをかけていく番だ。DNA型鑑定に応じるか、あるいは犯行を認める。拒否した場合、消えた数億の金のことを公判で明らかにすると言ってやる。

あとは宮野の思惑どおりにことは進むだろう。宮野たちがいくらせしめるかはわからないが、作戦としてはすべてを吐き出させるわけではないから、どちらが得かを考えれば答えは明白だ。

けっきょく何億かの金は彼らの手元に残すことになる。鷺沼としてはそこに忸怩たるものを感じるが、ほかに打つ手がない以上やむを得ない。それが現金である以上、川口老人の死後、恭子が実際にいくら手にしたかはどこにも記録が残っていない。

5

残りの仕事はあすに回すことにした。どこかで軽く食事でもしようということになって、帰り支度を始めたところへ鷺沼の携帯が鳴り出した。

また宮野からかと鬱陶しい気分でディスプレイを見ると、表示されているのは田口の名前だった。新情報でもあるのかと、期待しながら応答した。

「ああ、先日はどうも」

「こちらこそお世話になりました。じつはぜひお伝えしたい話がありまして」

田口が声を落とす。手元のメモ用紙に田口からだと走り書きして三好と井上に示しながら、鷺沼は問いかけた。

「上の人たちになにか動きでも？」

「それも含めていくつかお伝えしたいんですが、ちょっと電話では話しにくいんです。急なお願いで恐縮ですが、これから外でお会いできませんか」

「ああ、大丈夫だよ。ちょうど食事に出かけようとしていたところでね。桜田門から少し離れた場所がいいな。この前と同じ渋谷のティールームはどうだろう。三十分後ということで」

「それでかまいません。僕もこれからすぐに出ますので」

田口はそう応じてそそくさと通話を切った。三好が興味深げに訊いてくる。

「なにかめぼしい情報が聞けるのか」

「どんな中身かはまだわかりませんが、そんな気がします」

「田口にとっては、おれたちと接触するだけでリスクだろう。彼が自らの信念で動いているとしての話だが」

「そこは信じるしかないでしょう。警戒することで貴重な情報が得られるチャンスを失えば、こちらにとってはデメリットのほうが大きいような気がします」

「そうだな。だったらおまえたちが行ってくれ。おれにはあとで報告してくれればいい。三人が雁首揃えて田口と会ったんじゃ、いくらなんでも目立ちすぎる」

三好は言う。前回も鷺沼と井上に宮野まで飛び入りして相当目立つ一行だったが、係長の三好となれば、人に見られたときの印象がより穏やかとは言えなくなる。

「そのほうがいいかもしれません。それじゃ二人で行ってきます。話の内容はあとで報告を入れます」

そう言って井上を促して席を立った。また飛び入りされたら困るから、宮野にはむろん黙っていることにした。


指定したティールームには、田口が先に来て待っていた。ちょうど晩飯どきなので、食事がてら話さないかと言うと、田口は迷うこともなく同意した。向かったのは前回宮野と行った居酒屋で、全室個室になっているため、人目につかず、密談にも向いている。

注文した肴と飲み物が届いたところで、田口はさっそく切り出した。

「どうも柿沢さんが動いているようなんです」

「というと？」

「鷺沼さんたちの配置転換です」

新井の話は本当だったようだ。しかし新井に迷惑がかかってもまずいから、すでに聞いているという話はここではできない。しかし田口からは、より立ち入った情報が得られそうだ。驚いたような顔を装って、鷺沼は問いかけた。

「つまり、この前、監察に呼び出されたおれたち三人をということか」

「ええ。そうです。それも普通の意味での配転ではないんです。うちの内部では人事的処分と言っているもので、懲戒でもなく、依願退職の強要でもなく、人事権を使って閑職に追いやり、自発的に退職するように仕向ける、要は民間で問題になったことのある追い出し部屋です」

「監察には、そういうことをする権限があるわけか」

「正式にはありません。しかし人事一課長や二課長、あるいはその上の警務部長に働きかければ十分可能だし、そういうことは決して珍しいことではないんです」

「いますぐ発令されそうなのかね」

「一度に三人となると、後任をどうするかという問題がありますから、何週間かはかかると思いますが、一ヵ月以上ということはないでしょう」

「公式なルートでの処分じゃないとしたら、どうして君がそれを知ったんだ」

「柿沢さんにそれとなく訊いてみたんです、このあいだの三人の処分はどうするんですかと。懲戒処分となればそれなりの書面を作成しないといけないし、その仕事をやらされるのは僕らですから」

「そういう指示は、まだ出ていなかったんだね」

「ええ。するとさりげなく言ったんですよ。あの件は人事的処分でいくから、我々はとくにやることはないと」

田口が不信感を滲ませる。鷺沼は問いかけた。

「そういうことは、上のほうの話し合いだけで進んでしまうのか」

「そうです。すべては密室でのやりとりで、記録は一切残りません、監察にとっていわば伝家の宝刀なんです」

「監察にとってというより、警察という組織の自己防衛のための究極の手段かもしれないね」

「そう言ってもいいかもしれません。それも警察の自浄能力を阻害するという意味で大きな問題ですが、今回のことに関しては、それ以上に大きな問題があります。村田さんが、利己的な目的でそれを使おうとしていることなんです」

深刻な口ぶりで田口が言う。訝しい思いで鷺沼は訊いた。

「人事一課長や二課長、あるいはその上の警務部長が、首席監察官の意のままになるとも思えない」

「もちろん最終的な人事権は監察にはありませんから、筋が通らない話なら向こうが拒否することもあるはずです。しかし今回の件については、問題なく通りそうなことを柿沢さんは匂わせているんです」

「筋が通らない点では、今回のことは最たるもののはずだが」

「村田さんが着任して以来、そういうかたちの処分がすでに何件か行われています。却下されたことはほとんどなく、普通は考えにくい高打率です。今回のように、我々の感覚ではあり得ないようなケースも含まれているようです」

「村田さんに、なにか特別な力があるような言い方だね」

鷺沼は踏み込んで訊いてみた。田口は身を乗り出した。

「きょうの話は、むしろそちらのほうが本題なんです」

「村田さんのバックグラウンドについての話と理解していいね」

鷺沼が確認すると、田口は大きく頷いた。

午前中に福富と話したことが早くも動き出した。これは僥倖《ぎょうこう》と言っていいだろう。

「柿沢さんとは別のグループに属する監察官から聞いた話です。村田さんには非常に強力な人脈があると言うんです」

「強力な人脈というと？」

「警察庁次長の杉内《すぎうち》警視監です」

警察庁の次長といえば次期警察庁長官が確約されたポストで、階級としては警視総監より下になるが、権限が警視庁に限られる警視総監と比べ、その権限は警視庁を含む全国の警察本部に及ぶため、事実上は警視総監よりも上に位置する役職と考えていい。要するに日本の警察機構のナンバー2と言うことができる。

「杉内次長も村田首席監察官も、たしか公安出身じゃなかったか。公安繋がりということなら、そういう人脈に属しているのはとくに珍しい話でもないと思うが」

「じつは十年前、村田さんは公金の不正流用事件を起こしているんです」

「その話は私もある筋から聞いている。大阪府警にいたときで、なぜか軽い懲戒処分で済んで、そのあとも出世のスピードが止まらず、上の役所（警察庁）じゃ七不思議と見られていたそうだね」

田口は軽くビールを呷ってから、驚くべきことを語り出した。

「公金を流用したのは、じつは当時大阪府警の警備部長だった杉内さんだったという話なんです」

「まさか――」

鷺沼は口にしかけたビールのグラスをそのままテーブルに置いた。田口は続ける。

「本当のようです。その監察官は、引き継ぎの直前に、前任の首席監察官から忠告を受けたんだそうです。村田さんには強力なバックがあるから楯突かないほうが無難だと。つまり村田さんは杉内次長に直結するパイプを持っているという意味なんです」

「杉内さんに代って、村田さんが罪を被ったというんだね」

「当時、村田さんは警備総務課の理事官で、部内の経理帳簿に不審な金の動きがあるという報告を受けたそうなんです——」

それがすべて杉内に関係したものだったという。そこで村田が杉内に事情を聞きに出かけた。そのあと突然、村田が公金流用は自分がやったことで、責任をとると言って辞表を提出した。

まるで筋書きが出来ていたかのように、杉内は村田を慰留し、村田もそれに応じて、警備課の末席の管理官への降格を受け入れた。

そうは言っても公金流用という不祥事に対するペナルティとしてはあまりに軽く、部内では村田が杉内の身代わりになって罪を被ったという噂が公然と囁かれた。

当時、警視長だった杉内は、まもなく警視監に昇進し、警察庁に戻って長官官房入りするのは確実と見られていた。村田の行動はそれを見込んでの杉内への貢ぎ物だという見方が大勢だった。

そんな周囲の予想どおり、翌年、杉内は警視監に昇進して警察庁に返り咲いた。それと軌を一にするように、村田もふたたび出世の階段を上り始め、神奈川県警の警備部公安一課の筆頭管理官、警察庁警備局公安課課長補佐などを歴任し、今年の春の人事で警視正に昇進して、警視庁の首席監察官に着任した——。

「村田さんが罪を被らなかったら、杉内さんの警視監への昇進はなかった。その一方で、杉内さんが失脚するようなことがあれば、村田さんの異例の出世もなかったはずだと、その監察官は言うんです」

そこまでの話を聞き終え、納得した思いで鷺沼は言った。

「彼の行く先々で、そういう特別な力が働いていると考えてよさそうだね」

「六年前の事件にしても、その例外じゃなかったのかもしれません」

田口は苦い表情で頷いた。

第七章

1

「いや、呆れたもんだね。そういうクラスの悪党と比べたら、いま刑務所にいる連中の大半は善人と言っていいよね。それを放っておくようだったら、これから先、普通の犯罪者に手錠を掛けるのだって気が引けるようになるよ」

二日続けて仲間外れにされた恨み言をひとしきり聞かされるのかと心配していたが、田口から聞いた話は宮野にとってそれどころではなかったらしい。

正義感というよりも、自分以外の人間が甘い汁を吸うことへの宮野の怒りは半端ではない。というより、自分がこれから働こうとしている悪事に対する免罪符として、これ以上のものはないというのが本音なのだろう。激しく憤ってみせるその口調に、どこか嬉々としたものが感じられる。

「上から下までこれだけ腐った人間を揃えるなんて、民間企業じゃやれって言われてもできない芸当だね。普通ならとっくに倒産してるのに、親方日の丸だからその心配がない。おれたちもそいつらから少しくらいかすめとらなきゃ、血税で養ってくれている国民に申し訳ないじゃない」

論理がどこかでねじ曲がっているのはいつものことで、いまさら突っ込む気にもならないが、田口の話が事実なら、宮野とは別の意味で、ここはとことん闘うしかないと、鷺沼も腹を固めていた。

田口と別れてすぐ、三好には電話で一部始終を報告しておいた。三好は緊張を隠さなかった。

「いくらなんでもやりたい放題ぶりが過ぎるとは、おれも思っていたんだよ。次の警察庁長官をバックにつけていれば、向かうところ敵なしだと村田は自信があるんだろう。強い者におもねるのが、警察に限らず官僚の習い性だからな。たかが首席監察官とはいっても、村田の影響力は並みじゃないような気がするな」

「村田がそういう人間だとすると、警務部長にしても一目置かざるを得ないでしょう。異動の辞令が出るのは案外早いかもしれませんよ」

「ああ。そうのんびりはしていられない。このままじゃ、闘う前に討ち死にしかねないからな」

三好は焦燥を滲ませる。鷺沼は言った。

「あすは銀行関係の捜査でなにか結果が出るでしょう。そこで資金の動きが明らかになれば、税務署のほうはあまり気にしなくてもよさそうです」

「いやいや、そうはいかんだろう。税務署が情報を開示してくれなくてもかまわんよ。逆にこっちがそれだけの情報をくれてやれば、連中は億単位の巨額脱税事件として追及しないわけにはいかなくなる。おれたちが刑事事件として捜査する一方で、国税が脱税事件として追いかける。いくら村田でも二手から攻められれば、にっちもさっちもいかなくなるだろう」

「情報提供というより、煽ってやるわけですね」

「これだけのネタをくれてやってそれでも動かないようじゃ、国税そのものが税金泥棒ということになるからな」

三好は意気軒昂に言い放つ。村田の侮りがたいバックグラウンドが逆にこちらのモチベーションをより高めてくれるなら、むしろ歓迎したいくらいの話だ。宮野が多少懐を温める結果になっても、そのくらいは目をつぶるしかないだろう。

「三好さんも本気になったようだから、いよいよこれからが正念場だね。鷺沼さんも井上君もデスクで居眠りしている場合じゃないよ。まず銀行関係からきっちり尻尾を摑んでくれないと」

張りきっている割には宮野はこちら任せだが、言われなくても百も承知だ。

「きょうは時間切れで口座を突き止められなかったが、あすにはなんとかなるだろう。

金の動きを把握したら、それを材料に村田と真っ向勝負だよ」

「いやあ、楽しみになってきたね。そこで鷺沼さんたちがたっぷり脅しを利かせておいてくれれば、次に控えるおれたちの仕事がやりやすいからね」

「あんたに悪銭を稼がせるためにやるんじゃないけどな。しかしここが正念場なのは間違いないよ。そういうバックグラウンドがあるとするなら、人事異動の件だって舐めてはかかれない」

「そうだよ。あした辞令が出ちゃうかもしれないんだからね」

宮野はいかにも心配そうな口ぶりだ。鷺沼の身を思ってというより、もっぱら自分の商売上の理由だとはわかっているが、きのうの田口の話からすれば、鷺沼もそこは腹を括っておくしかない。

「どこへ飛ばされようとおれは司法警察員だ。別に刑事じゃなくたって、警察官である以上、犯罪を捜査する権限はある。村田を追い詰める仕事なら、刑事部屋にいなくたってできる」

「その意気だよ。鷺沼さんちがこのまま捜査本部になるだけで、おれたちタスクフォースは、いままでもそうやって活動してきたんだから、考えてみればべつに困ることはないんだよ」

宮野は膝を打つ。完全にここに居座る気でいるようで、いままでならどう追い出そうかと頭を悩ませたところだが、この状況ではやむを得ない。

「僕も心配ないですよ。有給休暇がたっぷり残っていますから。飛ばされるとしたら、どうせ追い出し部屋みたいな、ろくにやることのないような部署でしょうから、週休と有給と合わせれば一ヵ月以上、毎日ここへ通えます」

そう言う井上もどこか楽しげだ。宮野はさらに図に乗ってはしゃぎ出す。

「だったら三好さんもここで寝泊まりしたらいいじゃない。福富も口で言ってるほど忙しくはないだろうから、呼べば喜んで飛んでくるよ」

「それなら彩香も参加させないと。官舎はここからすぐ近くだから、いつでも通ってこられますよ」

井上が身を乗り出すと、宮野は警戒感をあらわにする。

「だめだよ、あんなの。口が悪くて、性格も悪くて、おまけに凶暴で、チームに亀裂が入る元凶にしかならないよ」

「宮野さん以外とは、誰ともうまくいってますけど」

あっけらかんと井上は応じる。今回の事案に彩香を加えれば、村田の攻撃の矛先がそちらにも向かいかねないが、宮野の天敵だという意味では鷺沼にとって心強い。

「たしかに、いろいろ手伝ってもらえることはあるかもしれないな。ただそういう動きを敵に察知されるとまずい。そこは慎重に付き合わないと」

「大丈夫ですよ。いまのところ彼女はノーマークですから、僕らより自由に行動できる局面もあるかもしれません」

　井上は積極的だ。宮野が苦々しげに突っかかる。

「あんなのになにができるのよ。今回は腕力じゃなくて知恵の勝負なんだからね。体育会系の暴力刑事の出る幕なんてあるわけないじゃない」

「彩香の特技は腕力だけじゃないですよ。変装が得意だし、人の心を開くのも上手い」

「井上君はなんでも贔屓目《ひいきめ》に見るからね。ああいうのに気を許していると、背骨や腰骨のスペアがいくつあっても足りないよ。結婚なんて考えているんだったら、いま再検討するほうが利口だと思うけど」

　初対面のとき、払い腰でコンクリートの床に叩きつけられた宮野の恨みはいまも消えないようだ。

「あのときはあくまで職務に忠実だっただけですから。宮野さんを初めて見て怪しいと感じても、無理はないと思いますけど」

　井上はさらりと言ってのける。その点については鷺沼も同感だ。金髪頭でピアスを着けて、ジーンズにスニーカーという奇天烈な出で立ちの刑事は、テレビドラマでもまず出てこない。

「どうしてもというんならしようがないけど、飯は遠慮して食えって言っといてよ。あいつは、体は小さいくせにプロレスラー並みに大食いだから」

内心では彩香の能力を評価せざるを得ないような様子で、宮野の反発も心なしか弱くなった。

「しかし鷺沼さんたちもとんでもないのを相手にしちゃったね。バックにいるのが次期警察庁長官確定の杉内次長となると、この国の警察をそっくりそのまま敵にしたようなもんじゃない」

他人事のように宮野は言うが、それほどの敵から億単位の金を強請取ろうという魂胆でいるなら、宮野もこれからとんでもないところに首を突っ込むことになる。

「あんただって無事に済むかどうかわからんぞ。それだけのバックがあるんなら、神奈川県警の監察に手を回すことだってできるだろう。あんたの場合、そもそも馘になっていないのが、監察の怠慢だとしか考えられないからな」

「そんな言い方はないんじゃないの。おれに仕事をさせないのは向こうの勝手だよ。おれは杉内や村田みたいな権力を利用した悪事は働いていないし、アルバイトで稼いでいる警官なんていまどき珍しくもないし」

「あんたの場合、アルバイトというレベルをはるかに超えているような気がするが、舐めてかかって足をすくわれないようにしたほうがいいぞ。因縁をつけようと思えばどこにでもつけられるのが監察だ」

「組織内のがん細胞を退治するのが監察のはずなのに、その監察ががんそのものだとしたら、なにをかいわんやだね」

宮野はしかつめらしい顔で嘆息した。

2

翌日は朝いちばんに出庁して、井上とともにいつもの会議室に籠もり、残りの金融機関に片っ端から問い合わせをした。

村田の預金口座は午後になって判明した。東京をエリアとする地方銀行の北区内の支店にあった。

さっそくそこに出向き、過去に遡《さかのぼ》って入出金明細を出してもらった。

こちらの読みは、やはり外れていなかった。前妻との離婚が成立した時期に、恭子から六千万円の入金があった。

それからまもなく三千万円が前妻名義と思《おぼ》しい口座に振り込まれている。それが離婚調停で揉めたという慰謝料だろう。恭子からの振り込みがある以前の村田の口座の残高は一千万円ほどで、それだけでは慰謝料が払いきれなかったのは明らかだ。

振り込まれた六千万円は恭子から村田への贈与ということになる。そのとき適正な税務申告がなされていれば、三千万もの贈与税がかかるだろう。翌年の四月にほぼそれに相当する金額が税務署によって引き落とされている点をみれば、こちらの読みは裏書きされたことになる。

さらにその翌年の四月には約五百万円が税務署によって引き落とされている。これは新築した住宅の持ち分五〇パーセントを恭子から贈与されたことに対応する贈与税ということだろう。

土地と合わせた新築家屋の実勢価格が宮野の見立てどおり一億ほどだとするなら、公示価格はその八割ほど。さらに課税標準額が公示価格の七割程度で、さらに住用住宅の贈与には別枠の控除もあるから、その半分の贈与だと、課税額はせいぜいそのくらいのものだろうと概算できる。

現在の村田の口座の残高は四百万円ほどで、それだけ見ればさしたる資産家というわけではないが、離婚の際の慰謝料の大半が恭子からの贈与でまかなわれている点が、こちらの疑念を強く裏付けている。

恭子の口座はそのときの振り込み記録から特定できた。そちらはメガバンク系の信託銀行の普通口座で、そこにもむろん捜査関係事項照会書は送付してある。

鷺沼と井上はその足で直接その支店に赴いた。こちらの口座に記録されていたのは、さらに核心に迫る内容だった。

口座は川口誠二が殺害された二ヵ月後に新たにつくられており、そのとき二億円が現金で入金されていた。さらにその二ヵ月後に不動産関係らしい名称の会社から一千万円ほどの入金があった。

こちらは川口老人の自宅を売却した代金と思われる。そのほかにも別の金融機関から十万円前後の振り込みがあったが、これは老人の普段使いの口座にあった預金を移動したものと考えられた。

そして翌年、五千万円近くが税務署によって引き落とされている。正味の遺産額二億円強に対する相続税がおそらくそのくらいだろうと概算される。村田に対する六千万円の送金も記録されており、その年には自宅新築の費用とみられる一億円ほどの支払いが行われている。

その結果を電話で報告すると、三好は声を弾ませた。

「やったじゃないか。その資金の移動状況がすべてを物語っている。川口老人殺害を直接証明するものとまでは言えないが、それを想定しないと理解しがたい金の動きだよ。問題は簞笥預金が八億円だとすると、残りの六億円がどこに消えたかだな。法定相続人は恭子一人だから、別の誰かの手に渡った可能性はない」

いかにも宮野が喜びそうな成り行きだが、その点は別としても、作戦がヒットしそうな気配になってきたとは言える。どこかに六億の金を隠しているとしたら、宮野の要求に応じて一部を吐き出す可能性は極めて高いだろう。その場合はそれ自体が犯行の自供に匹敵するものとなる。

「どうしますか。あすにでも村田氏に事情聴取を要請しますか」

鷺沼ははやる気持ちを抑えきれない。しかし三好は慎重に言う。

「のんびりしてはいられないが、かといって拙速は禁物だ。おれはあすにでも税務署を一回りしてくるつもりだよ。中野税務署、練馬西税務署、王子税務署だな」

そのいずれにも捜査関係事項照会書を送付してある。きのう三好が電話したときは、たとえ警察でも納税上の個人情報は開示できないとけんもほろろだったが、三好はそれでも粘って署長クラスの上級職員と面談する約束だけは取り付けた。意を強くして鷺沼は言った。

「ここまでの捜査状況と今回得た材料を見せてやれば、税務署だって知らぬ存ぜぬでは済まされないでしょう。あまり当てにはできないにしても、村田と恭子に対して税務調査でもしてもらえれば、動揺させる効果はあります」

「ああ。脱税の時効は五年で、極めて悪質な場合は七年だ。恭子が申告した時点ならまだ五年以内だし、六億の脱税となればおそらく七年が適用される。税務署だって仕事のし甲斐があるだろうよ」

勝負はもらったとでも言いたげに三好は応じた。

二人にはまだ別の口座があるかもしれないので、鷺沼たちはあすも引き続き銀行関係の捜査をすることにした。

相続した財産の大半が現金だという点がいかにも気になる。残りの六億円を恭子が別の口座に入金していたとしても、税務署がそこまで調べていたかどうかはわからない。村田の別口座に入っている可能性も否定はできない。その場合は税務署もまさにノーチェックだろう。

あるいは、恭子が父親のように六億円を箪笥預金にしていることも考えられる。その場合の捜査能力は、警察よりも税務署のほうが上だろう。

素直に警察と連係するかどうかはわからないが、マルサ（国税局査察部）が乗り出すようなことになれば、鷺沼たちにとっても追い風になるのは間違いない。

マルサは一般に行われる税務調査とはレベルが違い、裁判所から令状をとって強制捜査ができるという点で、その捜査権限は警察に匹敵する。

宮野を喜ばせる結果になるのが心情としては複雑だが、知らせないわけにはいかない。さっそく電話を入れると、宮野は勢い込んで訊いてくる。

「どうだったの。なにか美味しい材料は出てきたの？」

「ああ。おれたちの想像が、ほぼ当たりだったよ」

「そんなの始めからわかってたよ。知りたいのは村田と恭子の隠し金の額だよ。いくらくらいだった?」

「手に入れた現ナマが八億だとすれば、消えてなくなっているのはざっと六億ということになるな」

「そりゃ大したもんだよ。半分寄越せば見逃してやると持ちかけて、それから二億くらいに負けてやれば、あっさり乗ってきそうな額じゃない。濡れ手で粟の二億円だよ。やっぱり警察という商売はやめられないね」

宮野はすでに有頂天だ。思い通りにさせる気はないが、ここで水を差すのも作戦上マイナスだ。なにかと鋏《はさみ》は使いようと割り切って、いまは機嫌を損なわないように付き合うほかはない。

「三好さんがあす税務署を回って、協力を要請してくるよ。おれたちは、二人にほかにも口座がないか、これから当たってみることにする」

「税務署なんてもう用はないよ。そんなのがしゃしゃり出て来たら、追徴課税をがっぽりふんだくられて、おれの取り分が減っちゃうでしょう」

宮野は切ない声をあげる。情け容赦なく鷺沼は言った。

「おれたちはあんたの商売を助けるために捜査をしてるんじゃないからな。目的は権力を笠に着て悪事を働く本物の悪党を塀の向こうに送り込むことだ。例の作戦に乗るのも、あくまでその目的のためで、あんたの言いなりになっていたらおれたちも村田と同類になってしまう」

「そこまで言わなくてもいいじゃない。おれだって目的は鷺沼さんと一緒だよ。でもさ、あいつらから税金をとり損ねたのは税務署の怠慢で、わざわざこっちから助け船を出してやる必要はないんじゃないの」

「やるからには万全を尽くす。国税というのはある意味で警察とは商売敵だ。ところがおれたちはいま、警察そのものを敵に回さざるを得ない立場に追い込まれた。敵の敵は味方と考えれば、ここでは付き合って損のない相手だよ」

「そういう甘い態度でいると、国税だけが得して終わることになりかねないよ。向こうの目的は税金をとることで、犯罪の摘発は営業外だから、追徴課税に応じれば、悪事は見逃してやると取り引きをもちかけかねないよ。それじゃ、おれとライバルになっちゃうじゃない」

「あんたとライバルになろうと、恭子が追徴課税を払うようならそれは動かぬ証拠だよ。まさに公的機関のお墨付きだ。公判に持ち込む材料としては超一級品になる」

「そうやっておれに意地悪するのが楽しいわけね。いいよ。それなら今回のタスクフォースには参加しないから」

「本当か？」

覚えず声に喜びが滲んだ。宮野はそこを敏感に察知したようで、いかにも哀切な調子で訴えた。

「そんなの本当なはずないじゃない。鷺沼さんはとことん心の冷たい人なんだね。要するに、税務署より先におれがたんまりふんだくっちまえばいいんだから、大勢に影響はないけどね」

3

翌日も、鷺沼と井上は引き続き金融機関に電話をかけた。

村田は警察信組にも口座を持っていた。以前は最初に建てた家の住宅ローンの返済口座にしていたようだが、いまは給与振り込みにしか使っていないようだった。

そもそも犯罪が絡んだ金を警察信組に預けるなどということは、実情を知るものなら絶対に避けるはずなのだ。預金利率が高いとかローンの金利が安いといった魅力はあるものの、警察がやっている金融機関である以上、そこでの資金の移動は丸裸で、それを絶えずチェックするのも監察の仕事だから、その監察のトップにいる村田が、犯罪収益の隠匿にそんな口座を使うはずがない。

恭子も口座はほかにいくつか持っていたが、どれも休眠口座になっていて、残高も数百円程度しかなく、現在はきのう確認した信託銀行の口座に一本化しているようだ。しかしそこも残高は六百万円ほどで、村田の分と合わせても、左団扇で暮らせるような額とはほど遠い。

これまでに得た状況証拠から、六億円の金がどこかに隠されているのは間違いないが、それを捜すとなるとなかなか手間がかかりそうだ。

もっとも殺人を立証するために、それが決定的な証拠だというわけではない。宮野の作戦で尻尾を出させ、それを摑んで自供を引き出すか、さもなければ令状をとって現場にあった毛髪のDNA型鑑定をすれば自《おの》ずと結果は出る。いまはそれが可能な状況をつくるための証拠集めの段階で、その成果はすでにはっきり出てきている。

三好は税務署にこれから出向くと連絡したが、一旦は署長もしくは副署長が面談に応じると言っていたものの、どこも凶悪な刑事事件絡みだと説明すると急に及び腰になり、そういう事案なら税務署ではなくその上の東京国税局に相談してくれと逃げを打ってきた。

それならそれでけっこうな話で、東京国税局には泣く子も黙るマルサがある。だったら担当者を紹介してくれないかと頼んでみると、恭子の遺産相続の申告を受理した練馬西税務署の署長が、さっそくそちらと話をつけてくれた。

会ってくれるのは査察部の調査官だという。まさに希望どおりのマルサで、それほど上のクラスでもなさそうだが、実際の捜査の局面では現場に近い役職の人間ほど目端が利くものだ。

だったら一緒に行こうということになって、鷺沼と井上も同行することにした。

東京国税局は築地五丁目にある新築間もない立派なビルで、桜田門の警視庁庁舎にも負けないくらいの押し出しがある。

マルサの本拠ということで、さぞかし厳《いか》つい雰囲気の男が出てくるかと思ったが、君《きみ》野《の》という三十代前半くらいの職員は優男といった風貌の人当たりのいい人物で、果して頼りになるのかどうか、不安がよぎらないでもない。

名刺には統括主査という肩書きがある。警察の役職で言うとどのくらいなのかわからないが、まったくの平ではないようだ。

「練馬西の署長からは、凶悪犯罪が絡んだ脱税事案だと聞いていますが」

君野は穏やかな口調で訊いてくる。苦笑いして三好は応じた。

「我々の立場から言えば順番がその逆で、巨額脱税が絡んだ凶悪犯罪事案と言うべきなんですがね」

「失礼しました。ついこちら中心に考えてしまいまして。それでその犯罪とはいったいどういうものなんですか」

「殺人事件です」

単刀直入に三好が言うと、君野の表情が強ばった。三好は事件の経緯を詳細に語った。君野は途中で口を挟むことはせず、ときおり深く頷きながら、話を最後まで聞き終えた。

「つまり、現金で相続したはずの八億円のうち、六億円がどこかに消えているということですね」

「管轄税務署に訊いてはみたんですが、税務申告に関わる個人情報は開示できないとの内規があるそうでして。しかし我々のほうでその夫妻の預金口座の資金移動状況を調べたところ、被害者の一人娘の口座からかなりまとまった金額が税務署によって引き落とされていました。概ね二億円を一人で相続した税額に相当します」

「しかもその前に、現金で二億円が入金されていたというんですね」

「ええ。いまの時代、それだけの金を現金で持っているということが、普通考えにくいんじゃないかと思いましてね」

「つまりそれが、被害者が持っていた可能性の高い八億円の簞笥預金の一部だとみておられるんですね」

「そう考えるとすべて説明がつくんです。夫のほうの口座の資金移動状況ともリンクしています。夫の口座からは妻からの贈与に対する贈与税に相当する額が、やはり税務署によって引き落とされています」

「そのときの申告状況を我々はまだ確認していませんが、その後とくに管轄の税務署が動いていないとすると、手続き上は遺漏がなかったということでしょうね。税務調査には入っていないと聞いていますので」

「とりあえず大手の都銀や信託銀行、首都圏で営業している地銀や信金をすべて当たりました。二人の口座はほかにいくつかありましたが、どこにもそれだけ巨額の入金があった形跡は見当たりませんでした」

「もし皆さんの見立てが当たっているとしたら、それも重大な犯罪である可能性が高いですね」

深刻な表情で君野は応じた。三好は問いかける。

「例えばどのような？」

「まず自宅のどこかに現金のまま秘匿している可能性があります。現金ではなく金塊のようなものの可能性もありますが、いまは犯罪収益移転防止法の規定で、二百万円以上の金の取り引きには身元確認が必要ですし、億単位の金塊を現金で購入するようなケースでは、不審な取り引きとして監督官庁に届け出する義務が業者には課されています。いずれにせよ、そのどちらのケースでも、発覚すれば脱税として摘発されますが、それはあくまで普通の脱税事案で、刑事事件にはなりません。もちろんよほど悪質と見なされれば我々も刑事告訴という手続きを踏みますが、そこはあくまでこちらの裁量しだいです」

「それとは別のことが行われた可能性があると？」

「考えられるのは、偽名口座を使っているようなケースです」

「それなら脱税とは別個の犯罪として、警察が摘発できますね」

「そうなんですが、偽名にせよ口座売買にせよ、摘発するのは困難だと思います。振り込め詐欺などでよく使われる手口ですが、その種の口座の存在は、犯人を逮捕して、自供を得てからじゃないとなかなか特定できない。いずれも銀行としては、法で規定された手順を踏んで口座を開設しているわけですから、すでにつくられてしまった不審な口座を把握する方法がないんです」

「我々の本題の殺人事件を解明する糸口にするのは難しいわけだ」

「銀行口座へのマイナンバーの登録が義務づけられれば、偽名口座の運用は難しくなるはずですが、それはまだだいぶ先のことでしょう」

君野はいかにも残念そうに言う。一般市民のあいだではマイナンバー制度の過剰運用に警戒する声も多いが、国税当局にとってはもちろん、警察にとっても捜査上のメリットは大きい。しかし現状では君野の言うとおり、彼らがそうした口座に六億円を隠していても、それを発見するのは難しい。鷺沼たちの感覚では大金でも、そのくらいの預金を持っている人間はこの世間に掃いて捨てるほどいるだろう。

「だとしたら、国税当局としても手の出しようがないですな」

三好が肩を落とすと、君野は逆に身を乗り出す。

「しかしこちらとしてもじつに興味ある事案です。遺産相続が絡んだ殺人事件で、巨額の脱税が行われていて、それを見過ごしていたとなれば国税としては重大な失態です。差し障りがなければ、容疑者が誰か教えて頂けませんか」

「現在捜査中でして、秘密は厳守でお願いできますか」

「もちろんです。そこが警察の皆さんに我々が嫌われる理由でもあるのはご存じの通りでしてね」

いかにも自信ありげに君野は言う。話していいかと確認するように三好は鷺沼に目を向けてくる。頷くと、三好は慎重な口ぶりで切り出した。

「管轄の税務署には、すでに二名の人物の申告データの開示をお願いしています」

「それは聞いていますが、いったいどういう人物なんでしょうか」

「夫のほうは警察庁所属の警視正で、現在は警視庁の首席監察官を拝命しています」

「まさか。本当なんですか」

君野はあっけにとられたように問い返す。三好は重々しく頷いた。

「我々は間違いないと考えています」

「しかし監察官といえば、警察職員の不正を取り締まるのが職務なんじゃないんですか」

「それ自体、非常に強い権限でして、我々にしても、普通のやりかたでは乗り越えられない壁があるんです」

「その権限を恣意的に使われたら、逆に皆さんが取り締まられかねませんね」

「現にそういうことが起こっていまして」

三好は声を落とす。生真面目な顔で君野は言う。

「もし可能なら、ここまでにお調べになった金融機関関係の資料をみせていただけませんか。まずいというのなら、我々のほうで調べることは可能ですが」

「それじゃ二度手間になります。たぶん必要になると思ったので、ここにお持ちしています」

そう応じて三好は井上に目を向ける。井上は携えてきたバッグから厚めの資料を取り出した。それを手にとった君野に鷺沼が概略を説明した。

「つまり、殺された老人が八億円余りの現金を持っていたことについては、これらの記録で立証されている。一方、その老人の遺産をすべて相続した娘の相続税の額から考えると、およそ六億円がどこかに消えているということになる」

君野は唸った。鷺沼は大きく頷いた。

「国税と警察は性格の違う役所ですから、連携して動くのは難しいかもしれませんが、そちらが動いてくれれば、二人に揺さぶりをかけられます」

「いや、我々としてはぜひとも情報をいただきたい。もちろんただ一方的にというんじゃ虫がよすぎます。こちらからも出せる範囲の情報は提供させていただきます」

「例えばどのような？」

空手形を受けとることになっては困るので、鷺沼はあえて突っ込んだ。自信ありげに君野は言う。

「偽名口座の所在を突き止めるのは無理にしても、我々には警察とはひと味違った調査能力があります」

「というと？」

「あくまで状況証拠に過ぎませんが、脱税の疑いのある人間を内偵する場合、いちばん注目するのが金の使い方なんです。収入に見合わない出費をしていないかどうか。そこを調べていけば、自ずと実態が浮かんできます」

「しかし殺された老人は、八億の金を持っていながらなんの贅沢もせず、ひたすら質素に暮らしていたようですが」

「なかにはそういう人もいるかもしれませんが、お金というのは使わなければただの紙切れで、普通の人間はそれをどう使おうかと頭を悩ませるものですよ。そもそも使う気がなければ、殺人を犯してまでそれを手に入れる必要はないでしょう」

君野の話はわかりやすい。恭子の場合は実の娘で、母親もきょうだいもいない。父親が死ねば、その遺産は間違いなく相続できるはずだった。しかしもし殺されなかったら、いまどきの日本人の寿命を考えればあと十年、二十年は生きたかもしれない。その年月が待ちきれなくて、村田と結託して犯行に及んだとすれば、ただどこかに仕舞い込んでおくとは考えにくい。これまで調べたところでは、村田も恭子も預貯金のかたちでは大した資産を持っていない。

恭子の口座に給与振り込みのようなものがあった形跡もないから、たぶん一家の収入は村田の給与所得だけだろう。いくら地位が高いといっても、しょせんは国家公務員で、その所得は、鷺沼のような一般の警察官と比べて飛び抜けて高いわけではない。むしろ給与水準は地方公務員のほうが高いくらいで、それを理由に警視正への昇任を断るノンキャリアもいる。警視正になると警察庁に籍が移り、給与体系も国家公務員のものになるからだ。

「たしかに仰るとおりです。しかし調べる方法があるんですか」

「不動産の取得はもちろんですが、車のような登録の必要な買い物はいくらでもチェックできます。デパートや貴金属の販売店でも高額商品の購入はチェックできます。それに加えて近隣での聞き込みです。町内の住民は互いの生活水準に興味を持つもので、分不相応な暮らしをしている者がいれば、必ず噂に上ります」

マルサというのは映画にもなったくらいで、その調査の徹底ぶりはたぶん侮りがたいはずだ。必要とみれば強制捜査に踏み込むこともあるだろう。家のどこかにいまも巨額の現金が眠っていれば、それが犯行の間接的な証拠になる。

そうではなくても、収入に見合わない出費があって追徴課税されるようなら、それも同じ意味で重要な証拠だ。宮野の作戦に引っかからない場合も十分考えられる。マルサがそのあたりの事実を明らかにしてくれれば、宮野の作戦が空振りに終わっても、それが二の矢になるかもしれない。

そもそも鷺沼たちが捜査の現場からいつ異動させられても不思議ではない状況だ。タスクフォースとしての活動は続けるにしても、捜査権限になにかと制約が出てくるのは間違いない。

その意味でマルサは別働隊として機能する。組織として連携できないのはむしろ好都合で、こちらがどんな状況に追い込まれても、彼らがその影響を受けることはない。

「そういう情報をいただければ、我々の捜査も大きく進展します」

心強い思いで鷺沼は言った。君野も頷いた。

「そもそも父親の殺害に関与した事実によって刑を受けた場合、相続欠格に当たり、娘さんには相続権がなくなるはずです。もっともそうなると、我々も税金を取り損ねることになるかもしれませんが」

宮野の作戦はそこにつけ込んでのもので、マルサが金のありかを見つけてしまえば、目論見どおりことを運ぶのは難しくなるが、それに関しては鷺沼は気にしない。村田と恭子が宮野の話に乗る姿勢を見せるだけで十分で、首尾よく金を受けとれるかどうかは、宮野一人が心配すればいいことだ。

「その点では国税さんの商売を邪魔することになりかねませんね」

冗談めかして鷺沼が言うと、君野は心外なという顔で首を振る。

「税金を取るだけが仕事じゃないんです。税の公平性を担保するのが本来の職務で、取り過ぎた税金は返すのが当然です」

「もし相続欠格が認められ、その資格を持つ者がほかにいないとき、遺産は国庫に収納されると聞いていますが」

突っ込むと君野は苦笑いする。

「それは税金とは意味が違いますが、たしかに国という立場で言えば、取りっぱぐれはないことになりますね」

「そう割り切って頂けるなら、我々も安心していられます」

「税務署は営業優先で、犯罪事実を認知しても、税金さえ取れれば見逃すというような批判も世間にはあります。そういう悪弊が決してないとは言いませんが、少なくとも私たちは違いますのでご安心を」

君野は胸を張る。ここはマルサの意地を信じるしかないだろう。

今後も緊密に連絡を取り合いたい。一方できょうこちらから話した内容は絶対に外部に漏らさないで欲しいと三好が念を押して、鷺沼たちはその場を辞した。

4

夕刻になって、三好のところに君野から電話が入った。

管轄の税務署から村田夫妻の相続税の申告書を取り寄せたところ、やはりこちらの見立てどおり、恭子が相続した遺産は約二億円の現金と不動産その他で、新築した家屋敷の持ち分五〇パーセントを含む恭子から村田への贈与に対する税の申告も確認できたとのことだった。

心証としてはすこぶる悪質な事案で、直属の上司である統括国税調査官に相談したところ、全力を上げて調査に乗り出すように指示されたという。

井上がインターネットで検索したところ、国税局では各調査部門のトップが統括国税調査官で、警視庁だったら課長に相当する。各税務署にも統括国税調査官という職名は存在し、こちらは警察で言えば所轄の課長と同クラスらしい。

君野の肩書きの統括主査というのは、おそらく警視庁の係長級だ。

だとしたら君野は十名内外の調査チームを率いているわけで、それが動くというのは、捜査一課のどこかの係が捜査に乗り出したのに匹敵する。

税務署の資料を覗き見させてもらえば御の字だと思って接触した結果、そこまでの動きを引き出せたのは瓢簞から駒とでも言うべき成果だった。

「おれたちも、そろそろ勝負に出ていい頃合いだな」

腹が固まったように三好が言う。つい先ほど三好は人事一課の新井に電話を入れて、現状はどうなっているのかを訊いた。

異動の件はまだ新井たちのところには下りてきていないが、そのあたりは田口がきのう言っていたとおりのようだ。課長や理事官のレベルでなにやら相談しているとのことで、そこに村田の腰巾着の柿沢もちょくちょく顔を出しているらしく、どうも動きが早まりそうな気配があるという。

それが当たりなら、ことは急を要する。けっきょくこちらが異動させられるにしても、せめて捜査一課の刑事でいるあいだに村田の事情聴取はやってしまいたい。

どこかの所轄の交通課や、都下の駐在所にでも配転されてしまったら、村田が事情聴取に応じるはずもない。しかし一度こちらが襟首を摑んでおけば、そこから宮野の作戦に繋いでいける。鷺沼は提案した。

「どうでしょう。今夜はタスクフォースがうちに全員集まって、作戦会議を開きませんか。宮野に腕を振るわせて、みんなで美味いものを食いながら――」

宮野の居候を公式認定することになりそうだが、すでに井上も入り浸っているし、鷺沼たちが特命捜査対策室から追い出される羽目になれば、自宅がそのままタスクフォースの本部になるのは成り行き上やむを得ないだろう。

「それはいいな。おれもおまえたちも、これから先、どうなるかわからない身の上だ。これが最後の酒宴になるかもしれんからな」

思い詰めた調子で三好が応じる。まだそこまで追い込まれているとは思わないが、いまは結束することが肝心だ。井上も嬉しそうに応じる。

「全員揃うのは久しぶりじゃないですか。彩香にも連絡していいですか。きっと張りきって飛んできますよ」

「いいんじゃないか。好敵手の参加で宮野も気合いが入るだろう。どうせいまは暇だろうから、腕によりをかけて美味いものをつくらせてやるよ」

言いながら携帯を手にしてコールすると、宮野は待ってましたというように出た。面倒な話はここでは抜きにして、今夜の酒宴の計画を伝えると、打てば響くように宮野は応じた。

「鷺沼さんにしてはいいこと思いついたじゃない。福富も呼んでいいんだね」

「ああ。詳しいことはあとで話すが、おれたちの読みがほぼ裏付けられた。いよいよ村田を追い詰めにかかるから、この先のシナリオをしっかり固めておかないとな」

言えば営業妨害だと騒ぎ出すのはわかっているから、先ほどの君野との話はここではまだしないことにした。宮野はさっそく釘を刺してくる。

「彩香は呼ばないように、井上君にはよく言っといてね」

「ちょうどいま、おれの隣で電話をかけてるよ。話が弾んでるようだから、万障繰り合わせて参加するのは間違いなさそうだな」

「ああ、そうなの。井上君は昔は素直ないい青年だったけど、最近はなにかと楯突くようになったよね。いったいどういう教育をしてるのよ」

「人との付き合いは是々非々で判断しろ、口先だけの人間は信用するなとは日頃から言っている」

「なにかおれに問題があるようにとれる言い方だけど」

「身に覚えがあるんなら、そうなんだろう」

「どうせ井上君が誤解するような話を、あることないこと吹き込んでるに決まってるんだから。まあしようがない。これからおれが再教育して、真の刑事魂を叩き込んでやらないと」

「まあ、勝手に頑張ってくれ。福富にはあんたから連絡してくれよ。じゃあ、腕によりをかけた料理を楽しみにしてるから」

そう言って通話を切ろうとすると、宮野は慌てて引き留める。

「ちょっと待ってよ。そのためにはいろいろ準備が必要だけど、鷺沼さんとこのしけた冷蔵庫にはまともな食材がない」

「じゃあ、買っておいてくれ。立て替えてくれればあとで返す」

「そんなお金があるわけないでしょ。鷺沼さんと井上君で帰りに買ってきてよ。これから献立を考えて、必要な食材を折り返し連絡するから」

浮き浮きした調子で言って宮野は勝手に通話を切った。いまは億単位の札束が頭のなかで舞い踊っているのだろう。マルサがしっかり仕事をしてくれれば、宮野の夢も露と消えるかもしれない。その点も鷺沼にすれば、きょう国税局へ出向いた大きな成果だと言えそうだ。

5

都立大学駅前のスーパーで宮野が伝えてきた食材を買い込んで、三好と井上とともにマンションへ帰ったのが午後七時過ぎだった。

頼まれた食材は白菜や葱や椎茸などの野菜類から海老やほたて、鶏肉、豚肉、卵、厚揚げ、さらにかまぼこやちくわなどの練り製品と、ただ思いつくままに並べ立てただけのような取り合わせだったが、珍しく鷺沼の懐を心配したのか、目玉の飛び出るような高級食材は含まれていなかった。

冷蔵庫のあり合わせで宮野はすでにつまみを何品か用意していて、鷺沼たちがビールをちびちびやり出したところへ彩香がやってきた。

食後のデザートにと、なにやらしゃれた包装の水菓子のようなものを持ってきて、冷やしておいたほうがいいとずかずかとキッチンへ入り、包装を解いて中身を冷蔵庫に入れていく。嫌みを言おうと手ぐすね引いていた宮野の機先を制する作戦のようだ。その包装紙のロゴに気づいたようで、宮野の頬がわずかに緩む。

「なかなか気の利いたものを買ってきたじゃない。その店、近ごろ評判なんだよ。女性週刊誌でも立ち読みして見つけたの？」

「私も宮野さんに負けず劣らず目と舌が肥えてるんです。このあいだ渋谷を歩いていてふと目にとまって、買ってみたらほっぺたが落ちそうで、こんど機会があったら皆さんにも食べてもらおうと思ってたんですよ」

「気が遣えるようになったじゃないの。この前のイベリコ豚のハムもよかったけど」

「グルメという点では宮野さんと趣味が合うんです」

「勝手に一緒にするんじゃないよ。おまえなんかがグルメだなんて自称するのは千年早いよ」

「そうですか。じゃあ、きょうは宮野さんの料理でしっかり舌を肥えさせてもらいます。凄くいい香りがするけど、なにをつくってるんですか」

のっけから角突き合わせるかと思いきや、きょうは不思議に気が合っている。いつになく宮野の虫の居どころがいいようだ。

「大食いのおまえが来るって聞いたから、ちゃんこ風の寄せ鍋にしたのよ。鰹節と昆布でたっぷり出汁をとって、準備を整えて待ってたんだよ」

「わあ、それは楽しみ。なにか手伝うことはありますか」

「ない、ない。邪魔だからあっちへ行っててくれる」

口の利きようは邪険だが、いつものような棘《とげ》がない。彩香の天敵効果も薄れたかと、やや心配になってくる。

そうこうしているうちに、今度は福富がやってきた。こちらの差し入れは恒例のトスカーナ産のワインで、『パラッツォ』秘蔵のビンテージものだ。

「いやいや、みなさんお久しぶり。またタスクフォースで一暴れできると聞いて、張りきって飛んできたよ」

福富もやけに機嫌がいい。先日の話はあくまでポーズで、やはり億の金に目が眩んでいるのではと不安を覚えるが、ここまでくれば目をつぶるしかない。

宮野や福富の毒気は、これから闘う敵のことを考えれば不可欠になるだろう。

「宮野君と一緒に大いに暴れてもらってかまわないよ。おれたちだってもう半分首が飛んだようなもんだから、こうなったら開き直るしかないんでね」

福富のコップにビールを注ぎながら三好が言う。その目にもゼロがずらりと横並びした数字が電光表示のように流れているような気がしてならないが、こうなれば毒を食らわば皿までと、鷺沼も開き直りたい気分になってきた。

「いろいろ面白い材料が集まってきていてね。ここまでは押されっぱなしだったが、そろそろこっちも攻めに転じる時期だ。そのための情報の共有をここでしっかりやっておこうという考えで、きょうはこんな集まりにしたんだよ」

鷺沼が言うと、福富はどこか心配そうな顔で応じる。

「村田とかいう男はあんたたちをどこかへ飛ばそうと画策しているんだろう。その前にしっかり叩いておかないと、タスクフォースも出番がなくなるからな」

「ああ。なんとかその前に一撃を加えたい。そうじゃないと、人事の不当性も訴えられない」

「まずは事情聴取というシナリオだな。そこでこちらがはっきり旗印を立ててしまえば、向こうもやり難くなるという効果もあるだろうから」

福富はなるほどというように頷いた。そこへ宮野が湯気の立つ鍋と具材を運んできた。鼻高々な調子で宮野は言う。

「寄せ鍋なんてと馬鹿にしているんだろうけど、枕崎産のかつお節と天然物の羅臼昆布でしっかり出汁を取ってるし、味噌は信州産の無添加本醸造の白味噌でね。どれもけっこう高かったけど、毎朝美味しい味噌汁を飲んでもらおうと、おれが鷺沼さんに買ってやったのよ」

「金を出したのはおれだろう。競馬で素寒貧になって転がり込まれて、飯と宿を提供してやってるんだから、料理をするくらいは当然だ」

鷺沼が言い返しても、宮野はけろりとしたものだ。

「そんなケチ臭いことは言わないの。これからおれも富豪になるわけだから、そのときは満漢全席でもなんでもご馳走してやるからさ」

「素寒貧と言ったって、おれが貸してやった五百万円があるだろう」

福富が怪訝な顔で問いかける。宮野はしたり顔で言ってのける。

「それはさあ。金ってのは生きた使い方をしなきゃいけないから、堅実な投資でしっかり増やそうと思ったんだけど、ちょっと目算が狂ってね」

「早い話が、競馬ですっちまったということか」

福富が眦《まなじり》を吊り上げる。さすがに元その筋の人間で、こういうときの凄みはなかなかのものだ。宮野は慌てて言い繕う。

「困ったときに助けてくれて、本当に感謝してるんだから。その気持ちを伝えるために、たっぷり利息をつけてお返ししようと思ったわけよ」

「高利貸じゃないんだから、元本さえ返してもらえりゃ利息なんか要らないよ。そのかわり、きっちり返済してくれなかったら、指の一本も詰めてもらうぞ」

「スパゲティ屋の親爺になったと言うけど、本性は元の商売のままじゃない」

「何ごとにもけじめってものがあってな。やくざだろうが堅気だろうが、そこをないがしろにしたら人間お終いだってことを言いたいんだよ」

「だからもうじきちゃんと返すって。今度の仕事が上手くいったら、五百万なんてほんのはした金に過ぎなくなっちゃうよ」

「ひょっとして宮野さん――」

彩香が疑わしげに問いかける。

「また犯人からお金をむしり取ろうと画策してるんでしょう。それって犯罪だと思いますけど」

「だったら警察が、悪いことをしたやつから罰金をとるのも犯罪になるじゃない」

「それは法律で決まっているからで、だれもが勝手にやっていいことじゃありません」

「法律なんて適当なもんなのよ。とくに村田のような権力の上にあぐらをかいているようなやつにとっては、ほとんどザルみたいなもんだから、そういうのをとことん罰しようと思ったら、法の埒外で天罰を下してやるしかないじゃない。それがこのタスクフォースの存在意義なんだから」

宮野は嚙んで含めるように言う。ぜひ天敵の本領を発揮して欲しい場面なのに、彩香はどこか納得したふうだ。

「たしかにそうですね。向こうは法を無視した不当なやり方で捜査を妨害しようとしているんですから、こっちだって同じやり方で対抗しないと、本物の悪人が得をすることになっちゃいますね」

「彩香ちゃん。きょうはいつもと違って、馬鹿に物わかりがいいじゃない」

宮野が顔をほころばせると、生真面目な顔で彩香は応じる。

「それを宮野さん一人が懐に入れるわけじゃないんでしょ」

「でも、けっきょく誰かの懐に入る金だから、それがおれでもいいじゃない。もちろん独り占めなんかする気はないよ。ここにいるみんなにも、働きに応じて分配することにはやぶさかじゃないんだから」

「だったら、いくらくらいむしり取るつもりなんですか」

彩香は興味津々な顔で問いかける。宮野は指を二本立ててみせる。

「二百万円?」

「あーあ、これだから、貧しい庶民とは話が通じなくて困る。それにゼロを二つ足した額だよ」

「二億円ですか」

「そのくらいが話をまとめやすいラインだと思うんだけどね。もっとも最初はその倍をふっかけて、徐々にそこまで負けてやるという作戦だよ」

「凄いですね。さすが、宮野さん」

彩香はいかにも感心したふうだ。宮野はますます気をよくする。

「彩香ちゃんも期待していいよ。いい仕事をしてくれれば、井上君との結婚資金くらい出してあげるから」

「本当ですか」

「武士に二言はないんだよ」

相好を崩して頷く宮野に、きっぱりした口調で彩香は言った。

「でも、お断りします。たとえ犯罪で得たお金でも、それを宮野さんが懐に入れたら、それもやはり犯罪です。私は警察官ですから見逃すわけにはいきません」

「だったら心配要らないよ。おまえみたいななまくら刑事にはばれないように懐に入れるから。ただし分け前はなしだよ。あとで泣きついてきても遅いからね」

宮野はふてくされたように言う。彩香はやっと期待に応えてくれたと鷺沼は胸をなで下ろした。それで完全に封じ込めたとは言いがたいが、多少の抑止力にはなるだろう。

それぞれの器によく煮えた具材と出し汁を取り分け、福富が持参したワインを開けたところで、ようやく酒宴が始まった。

宮野の言葉に違わず、上質の材料で丹念に仕上げた出し汁はまさに絶品で、鷺沼がスーパーで適当に仕入れてきた具材でも十分に引き立った。

アルコールが効きすぎる前に、鷺沼はきょう一日の結果を詳細に説明した。マルサの件に関しては、宮野が嫌気を示すと思っていたが、案に相違して楽観的だ。

「いくらマルサでも、消えた六億円は簡単には見つからないよ。見つけたとしても、その前にこっちが二億せしめてしまえば、それだけしかなかったという話にしかならないわけで、そのぶん税務署が追徴課税を取り損ねるだけの話だよ。殺人容疑を免れるために賄賂として渡しましたなんて、相手が国税でも口が裂けても言うはずないじゃない。相続欠格の件にしても、恭子が殺人教唆の罪で裁判を受けて、刑が確定したらの話だから、そんなのはるか先のことだよ」

「要するに、作戦は予定どおり進める気なんだな」

「もちろん。それよりマルサが近所で聞き込みをしたり税務調査に入ったりすれば二人は大いに圧力を感じるはずで、鷺沼さんたちと両方で揺さぶりをかけたら、ころりと行く可能性のほうが大じゃないの」

「ふんだくった金の使い道については、あとでみんなで相談することにして、ここからどう攻めていくかですよ」

井上が訊くと、三好は力強く頷いた。

「善は急げと言うからな。あすの朝いちばんで、おれが直接本人からアポをとる。断られたら、おれたち三人で村田のところに押しかける」

「場所は自宅ですか」

「それじゃしらばくれるに決まってる。人事一課の監察官室だよ。みんながいるところで容疑を通告し、事情聴取を求めれば、村田も逃げるわけにはいかなくなる。拒否すれば疑惑の色がより濃くなるからな」

第八章

1

　昨夜の打ち合わせどおり、翌日の朝いちばんで三好は村田首席監察官に電話を入れた。

　たかが捜査一課の、しかも特命捜査対策室などという三流部署の係長ふぜいが、首席監察官とじかに話したいなどというのがいかに無礼か教えてやろうとでもいうように、電話を受けた職員は舐めた調子で、当人は多忙だから用件は自分が承ると応じた。

　ある事件に関して村田氏本人から事情聴取をしたいと申し出ると、相手は当惑したように、ある事件とはなにかと訊いてきた。

「殺人事件」だと答えると、こんどは慌てふためいた様子で電話口を離れた。五分ほどして戻ってくると、首席監察官はいま重要な会議で外出しているから、意向を聞いて折り返し連絡すると、とってつけたような返答をした。

　村田のスケジュールはゆうべのうちに田口に確認しておいた。きょうの午前中は会議の予定も外出の予定もないという。

早急に連絡をもらいたい、応じないようなことがあれば、捜査の上での心証悪化は避けられないと言って、三好はいったん通話を終えた。

そんな相手とのやりとりを三好から聞いて、鷺沼は意を強くした。どういう理屈でくるかはわからないが、拒否するだろうことは容易に想像がつく。そのこと自体がまさに隠しきれない尻尾ということだが、それをしっかりと摑まえないことには、こちらとしても立場がない。

「案の定だな。おれはここで連絡を待つから、おまえたち二人は警務のフロアに行って、村田が逃げないように見張ってくれ。仕掛けてしまった以上、あとはスピード勝負だ。ずるずる時間稼ぎをされて、そのあいだに人事のほうで先手を打たれたらお終いだ」

緊張を隠さず三好は言う。まさにそのとおり、いまが勝負のポイントだ。気合いを入れて鷺沼は応じた。

「居留守を使っているのは間違いない。ここで悪あがきをすれば、こちらの疑念が補強されるくらいは向こうだってわかるはずです。けっきょく拒否はしきれないんじゃないですか」

井上も元気よく立ち上がる。

「逃げるところを見つけたら、その場で任意同行を求めてやりますよ。周りに人がいる場所だったら、村田さんのような偉い人にとってはかなりな打撃になるはずです。どう立ち回るつもりなのか楽しみですよ」

「ああ。そこは遠慮なくやってくれ。どのみち村田に好かれようが嫌われようが、おれたちの先行きに大した違いはない。むしろ蛇蝎のように嫌われて、うっかり手出しをすると嚙みつくぞと、しっかり教えてやったほうがいい」

「そうします。とりあえず、警務のフロアに急ぎます」

鷺沼は刑事部屋を出て、井上を伴ってエレベーターに飛び乗った。警務のフロアに着くと、万一のことを考えて、鷺沼はエレベーターホールに、井上は少し離れた階段の踊り場で待機することにした。十分もしないうちに三好から連絡が入った。

「監察の職員から連絡が入ったよ。村田はきょうは一日外出していて、本庁には戻ってこないと言っている」

「ぬけぬけとよくそういう嘘を吐きますね。だったら田口君にもう一度確認してみます」

そう応じていったん通話を切り、鷺沼は田口の携帯を呼び出した。田口はすぐに応答した。

「ああ、田口君。イエスかノーかだけ答えてくれればいい。村田首席管理官は、いまそちらにいるのかね」

「はい」

田口は事情は察しているようで、抑えた声で簡潔に答える。

「さっきうちの課長が事情聴取を要請したんだが、電話に出た職員に、いまは外出していると言われたらしい。それは嘘だったわけだね」

「少々お待ちください」

そう言って田口は携帯を保留にした。そのまま数分待つと保留が解除され、田口の声が流れてきた。

「場所を移動しました。そちらは予定どおり動いてるんですね」

「そうなんだ。さっき係長が電話をしたんだが、きょうは一日中出かけていて、戻ってこないという返事だった」

「居留守です。いま執務室で柿沢さんとなにか話し込んでいます。その電話で不意を突かれて、焦っているんじゃないですか」

「そうか。ありがとう。君は我々との繋がりを察知されないように十分気をつけてくれ。これから大事な局面で、キーマンになってもらうことになりそうだから」

「ええ。お役に立てれば僕も嬉しいです。でも急いだほうがいいですよ。きのうは柿沢さんが人事二課の課長と話していましたから」

親身な様子で田口は言う。先日、三好の配転の動きがあることを教えてくれた新井は人事一課の係長で、そちらは警部以上を担当するが、人事二課が担当するのは警部補以下の警察官だ。つまり鷺沼と井上の異動も時間の問題だということだ。

「こちらもそのつもりだよ。その意味ではワンチャンスかもしれない。刑事でいるあいだになんとか立件したいんだ。立件さえしてしまえば、後任で来る人間も、そう簡単には事件を潰せないからね」

「そのために必要な材料は、もう揃ったんですね」

「ああ。あとは本人をじかに揺さぶって、真相を吐き出させる。簡単じゃないとは思うが、秘策はある」

「僕に手伝えることがあればなんでも言ってください。これは鷺沼さんたちにしかできない仕事です。相手が首席監察官じゃ、その指揮下にある僕ら監察はまったく手が出せません。本来、警察官が働く不正を取り締まるのが我々の仕事のはずなのに」

田口は悔しさを滲ませる。鷺沼はきっぱりとした口調で請け合った。

「任せておいてくれ。刑事捜査に身分の違いは関係ない。おれたちから見たら、犯罪の容疑があれば、高級警察官僚だろうが政治家だろうが平等に被疑者だ。手加減する気はまったくないよ」

「ただ、気をつけてください。村田さんの背後には杉内次長がいます」

「だからといって、警察庁次長が警視庁の捜査の現場に直接影響力を行使はできない。おれたちは法に則って犯罪捜査を進めるだけで、たとえ警察庁次長だろうが警視総監だろうが、そこに横槍を入れるのは警察官としての背任行為だからね」

「大いに期待しています。いまどちらに？」

「警務部のフロアのエレベーターホールだ。井上は階段のほうを見張っている。村田さんが出てきたら、その場で任意同行を求めるつもりだよ」

「わかりました。出かけるような動きを見せたらご連絡します」

そう言って田口は通話を終えた。鷺沼はすぐに三好に連絡した。村田が居留守を使っているようだと伝えると、三好は張りきって応じた。

「おれもこれからそっちへ行くよ。そういう話なら、ここで連絡待ちしている意味はない」

「そうしてください。相手が相手ですから、警部の肩書きがあるほうが威圧感が出るでしょう」

「いやいや、そのくらいで動じるタマじゃないとは思うが、頭数が揃えばそれだけプレッシャーにはなるだろう。おれもそういう現場に出るのはずいぶん久しぶりだから、せいぜい威勢のいい啖呵を切らせてもらおうと思ってな」

三好は怖いものなしの口ぶりだ。お願いしますと応じて通話を切り、警務部の出入り口のドアに目を向ける。廊下に沿ってドアはいくつもあり、人は頻繁に出入りしているが、村田はまだ姿を現さない。

そのときポケットで携帯が唸りだした。取り出すと宮野からだった。

「済まん。いま立て込んでいる。あとにしてくれ」

そう言い捨てて通話を切ると、またしつこくかけてくる。

「いま村田が出てくるかもしれない。ここで摑まえ損ねると厄介なことになりそうだから、無駄話をしている暇はないんだよ」

声を落として言い聞かせても、宮野は意に介す様子もない。

「もちろんわかってるよ。それでお手伝いにきてやったんじゃない」

「手伝うって、神奈川県警の鼻つまみ刑事が出る幕なんかないだろう」

「取り逃がすかもしれないでしょう。逮捕状があるわけじゃないんだから、任意の事情聴取じゃ、拒否されたらお終いじゃない」

「逃げれば疑惑が深まるくらいはわかるだろう」

「甘く見ちゃいけないね。杉内とかいう警察庁の次長がバックにいるんでしょ。鷺沼さん程度の小物なら、赤子の手を捻るようなもんだと思うに決まってるよ」

「だから今回は係長にも出てきてもらうことにした」

「言っちゃなんだけど、三好さんくらいじゃあまり効果は期待できないんじゃないの。

それより逃げられた場合に備えておこうと思ってね。いま警視庁の前に車を停めて見張ってるのよ」

「車って、レンタカーでも借りたのか」

不安を感じて確認すると、宮野は案の定の答えを返した。

「おれにそんな金があるわけないでしょう。駐車場においてあった鷺沼さんの骨董品のスカGを借りたのよ」

「いつおれがOKを出した？」

「まあ、堅いことは言わずに。最近ほとんど乗ってないんでしょ。でも手入れはいいみたいで、けっこういい走りしてるよ。首席監察官の公用車くらいなら、まだまだ引けは取らないと思うけど」

「あれはおれの大事なお宝だ。あんたみたいな人間に乗られたら品格が落ちる」

「そんなことより、いま村田を逃がしたら取り返しがつかないでしょ。異動の話はもう決まっていて、きょうにも辞令が出かねないんだから」

宮野はけろりとしたものだ。車を乱暴に扱われるのは不安だが、たしかにいまはそんなことにかまけている状況でもない。

「村田の顔はわかっているのか」

「井上君がかき集めた資料に先生の顔写真があったから、しっかりこの目に焼き付けてあるよ」

「注意して運転しろよ。疵でもつけたら弁償させるからな」

そう言って通話を切ったところへ、三好がやってきた。

「まだ出てこないのか」

「ええ。ですがきょう一日、籠もりきりというわけにもいかないでしょう。トイレや、飯を食いに出たりもするでしょうから。しばらくここで根比べになりそうです」

「こっちから踏み込んでやるという手もあるぞ」

三好は意気盛んだが、鷺沼は首を横に振った。

「電話で居留守を使ったんですから、踏み込んだところで、いないといってとぼけるに決まってます。しかし姿を現したところを押さえれば、居留守を使ったことが藪蛇となります」

「それはそうだな。捜査令状でもあれば力ずくで執務室へ踏み込めるが、いまの状況じゃ、門前払いを食わされるのが関の山だからな」

舌打ちする三好に、宮野が勝手に車を使って庁舎前で見張っている話をすると、いかにも頼もしいという顔で応じる。

「そりゃずいぶん気の利いた話だ。振り切って逃げられる惧れもあるからな。行き先がわかれば、そこでもう一度とっ摑まえることもできる」

困ったことに、鷺沼がなにを言っても、三好の宮野に対する信頼に揺るぎはないようだ。

2

そのとき鷺沼の携帯が唸った。田口からだった。

「いま村田さんと柿沢さんが執務室から出てきました。どこかへ出かけようとしているようです」

押し殺した声で田口が言う。鷺沼は訊いた。

「どちらの出入り口へ？」

「エレベーターホールに近いほうです」

「わかった。ありがとう」

簡潔に答えて通話を切って、井上の携帯をコールした。三度鳴らしてそのまま切る。それが合図だと打ち合わせしてある。

田口が言ったとおり、エレベーターホールに近いドアが開いて、村田と柿沢が出てきた。井上が階段を上がってきて、その背後に張りついた。

鷺沼と三好は二人に歩み寄り、芝居がかった仕草で警察手帳を提示した。これも事前に打ち合わせておいた作戦だ。

「村田首席監察官。捜査一課特命捜査対策室の三好です。いま捜査中の強盗殺人事件について、事情聴取をさせていただきたいので、任意同行をお願いします」

エレベーターホールに響き渡るようなどすの利いた声で三好は呼びかけた。ホールや廊下を行き来する職員たちがいっせいに立ち止まり、なにが起きたかというようにこちらを注視する。

「おいおい、あんたたち。いったい何様のつもりなんだ。首席監察官ともあろう人に、こういう場所でありもしない言いがかりをつけて」

柿沢が番犬のようにしゃしゃり出る。三好は無視して村田の前に立ちはだかった。

「先ほど電話させていただいたときは、外出していて戻る予定がないとのことでした。それがここにいらっしゃるとなると、ずいぶん話が違いますね」

「いや、そこは――、つまり下の者との連絡が不十分だっただけだよ。私はこれから重要な会議で出かけるところだ。どういう用件かは知らんが、あとにしてもらえるよう電話で伝えさせたはずだが」

村田はいかにも平静なふうを装っているが、頬のあたりがわずかに引き攣《つ》っている。いかにも公安畑のキャリアといった雰囲気で、刑事畑の人間に感じられるある種の泥臭さが微塵もない。

「いまお願いしたいんです。ぜひご釈明いただかないと我々としては引っ込みがつかない状況でして。できれは警視庁の首席監察官に対する令状を請求するような事態は避けたいものですから」

三好ははったりを利かせる。現状では逮捕状請求はまだ難しいが、こちらの手の内を知らない村田に対しては有効だろう。

「私を恫喝するのかね――」

村田は鼻で笑ってみせる。

「君たちがどういう勘ぐりで私を捜査対象にしているのか知らないが、まさかこういうレベルの刑事がいるとは捜査一課も地に落ちたものだ。首席監察官という立場にある人間を犯罪者扱いするとはね」

「扱っているのは首席監察官になられる前の事件ですが」

「百も承知だよ」

村田は吐き捨てる。三好がそこを突いていく。

「それは驚きました。その件については、我々はまだ捜査情報を一切外部に漏らしておりません。どうして古い事件だということをご存じなのでしょうか」

村田は慌てた様子で取り繕う。

「そりゃ、君たちの所属から想像がつくだろう。特命捜査対策室が、継続捜査を担当している部署だというくらいは知ってるよ」

「そうですか。我々の捜査内容が、事前にお耳に入っていたわけじゃないんですね」

「そんなこと、あるわけがないだろう」

「その割には、さきほど用件を申し上げたときにあまり驚かれたふうには見えなかったんですが、あれは私の気のせいでしょうかね」

三好は意地悪く追い込んでいく。このあたりはさすがにベテランで、捜査一課の飯を伊達に長く食ってはいない。柿沢が割って入る。

「言いがかりもほどほどにしないか。首席監察官たるもの、そんなジョークにもならない話にいちいち動揺したりはしない。だいたい、こういう場所でわざわざ目立つように騒ぎ立てること自体、嫌がらせ以外のなにものでもないだろう」

今度は鷺沼が言ってやった。

「だったら捜査している我々に嫌がらせのように圧力をかけてきた、その理由を説明してください」

様子を窺う職員たちは、立ち去るどころかいよいよ数が増え、周囲にはちょっとした人垣が出来ている。これだけでもすでに大きな宣伝効果で、それは口コミでさらに広がっていくだろう。今後鷺沼たちになんらかの人事的な報復があれば、それをこの件と結びつけて考える人々は少なからずいるはずだ。

「それこそげすの勘ぐりというものだ。君たちに不品行と見なせる事実があったから、先日監察のほうに顔を出してもらったんだ。だとしたらきょうは、それに対する意趣返しということか」

「そんな理由で首席監察官を殺人犯呼ばわりはできませんよ。こちらはちゃんと法律に則って捜査を進めているわけで、監察のみなさんのように、気に入らない人間に目をつけて、便利に首を切ったり左遷したりしているのではありません」

三好は言いたい放題だ。人垣のなかから小さな拍手が聞こえ、それが誰だったか確かめようとするように、柿沢は周囲を睨め回す。

「盗人猛々しいと言うんだよ。警察官としてあるまじき行動をとったから、穏便なかたちで注意を促してやったんだ。本来なら懲戒処分の対象だった」

柿沢が威嚇するように顎を突き出す。鷺沼は言った。

「そうしたくてもできなかったのが本当のところでしょう。いくら監察でも、ものごとには限度がある。そのうえ警視庁の監察職員を使わずに、どこかの県警の公安をアルバイトに雇って我々を監視していた。つまりそちらにもうしろ暗いことがあったからじゃないんですか」

人垣にどよめきが広がる。

村田は渋い表情で押し黙っているが、柿沢は番犬としての本分にあくまで忠実だ。

「こういう場所であることないことをほざいて、首席監察官を侮辱するつもりか。それも懲戒処分の対象だ。我々は職権で君たちの身柄を拘束することだってできるんだぞ」

動じることもなく鷺沼は言った。

「だったら受けて立ちますよ。こちらも不当な捜査妨害として検察に告訴します。いいですか。我々は強盗殺人事件の捜査の手順として事情聴取をお願いしているんです。我々が抱いている容疑が濡れ衣だとおっしゃるなら、堂々と反論されたらどうですか」

いくぶんトーンを和らげて三好が言う。

「こっちだって、できれば容疑が晴れることを願ってますよ。警視庁の首席監察官ともあろう方が強盗殺人の犯人だなどということがあって欲しいとは思わない。そういう意味でも、ぜひ捜査にご協力願いたいんです」

「三好さんと言ったね。事情聴取というのはあくまで任意で、私には拒否する権利がある。そのくらいはご承知だと思うが」

落ち着き払って村田が言う。もちろんという顔で三好が応じる。

「しかしこういう場合、拒否すればそれだけ心証が悪くなるのもご存じのはずです。やましいことがないのなら、応じたほうが賢いと思いますが」

「ご心配いただかなくて結構だ。君たちにもし自信があるなら、逮捕状を請求して、いますぐ身柄を拘束することもできるんじゃないのかね」

村田は舐めた口ぶりだが、探りを入れているようにも受けとれる。ここで手の内をみせれば、相手に作戦を立てる余裕を与える。鷺沼は慎重に応じた。

「そういうやり方もたしかに可能ですが、村田さんのお立場を考えると拙速ではないかという判断がありまして。首席監察官が逮捕となれば、警視庁への市民の信頼にも大きく影響しますので」

周囲の人垣に目をやりながら、村田は不快そうに言い返す。

「そんな配慮があるのなら、どうしてわざわざこういう人目につく場所で騒ぎ立ててるんだね」

「居留守をお使いになったものですから。そうじゃなければ、別の場所で穏便にお話しさせていただくこともできたんですが」

「居留守なんて使っていない。部下との連絡が不十分だったと言ったじゃないか」

「こういうケースでは、相手の言うことを鵜呑みにしないのも捜査の鉄則でしてね。あくまで刑事捜査の基本に則っての行動です。お気を悪くされないように」

空とぼけた顔で言う三好に、村田は素っ気なく言い返す。

「なんにせよ、私には身に覚えのない話でね。事情聴取に応じる気は毛頭ない」

「これからどちらへお出かけですか」

鷺沼は訊いた。もちろん村田が答えるはずもない。

「こう見えても私は忙しくてね、公務でどこへ出かけるか、いちいち君たちに報告してたんじゃ仕事にならない」

村田は強気だが、その一方で助けを求めるように柿沢にちらちら目を向ける。

「そうですか。それではこちらは粛々と捜査を進めます。近いうちに、令状を用意して接触させていただくようなことになるかもしれません」

鷺沼が大胆に言ってやると、柿沢が慌てて歩み寄り、周囲の耳を憚るように小声で語りかける。

「ことを荒立てる必要はないだろう。村田さんだって、べつのかたちで話に応じる腹はある。しかしいまここでというのはなにかと差し障りがあるんだよ」

「べつのかたちとは、つまりどういう意味ですか」

三好が問いかける。村田は素知らぬ顔をしているが、いかにも含みのある調子で柿沢は答える。

「事情聴取などという堅苦しい格好じゃなけりゃ応じてもいい。お互い腹を割って話し合うという手もあるだろう」

ここは微妙な判断だ。なにか取り引きを持ちかけようとしているようにも聞こえるが、単なる時間稼ぎという線もある。三好もそこを察知したようで、声を落として問い返す。

「そういつまでも待てませんよ」

「村田さんもご多忙でね。きょうあしたというのは難しいな」

「そうですか。しかし我々も時間がないんです」

「どうせ昔の事件なんだろう。そう急ぐ必要はないじゃないか」

「疑うわけじゃありませんが、こういう場合は、証拠隠滅の惧れを可能な限り排除するのが捜査の常道で、お互いの信頼という意味でも早急にお願いしたいんです。人事のほうで我々をどこかへ異動させる話が出ていると耳にもしましてね」

最後のフレーズがいかにも嫌みたっぷりだ。柿沢は身構えた。

「監察がそういうことをやらせていると言いたいのか」

「もちろんまさかとは思いますがね。それじゃまさしく捜査妨害です」

三好はしっかり釘を刺す。その忠告を素直に聞くようなタマだとも思えないが、ここまでの成り行きから考えれば、多少の歯止めにはなるはずだ。

「一両日中にこちらから連絡するよ。君たちだって、首席監察官に濡れ衣を着せた結果になったら、面目が丸潰れだろう。不品行や不祥事に対して人事的な処理をするのは我々の仕事だが、無能な刑事の更迭は捜査一課の上層部が考えることだろうからね」

柿沢は負けずに嫌みを返してくるが、村田は仏頂面を崩さない。きょうのところはこれが限度かもしれないと、鷺沼は三好に目配せをした。敵も然《さ》る者で、双方痛み分けという結果に終わりそうだ。

しかし村田のほうも接触を拒んでいるわけではないようで、事情聴取という公式な捜査手続きは回避したうえで、内々にこちらの手の内を探ろうという意志は読みとれる。

それならこちらもその誘いに乗って、魚心あれば水心の態度を装って、敵の奥懐に手を突っ込んでやるという考え方もある。

渋々という顔で三好が応じた。

「じゃあ、連絡をお待ちしています。ご多忙のところ、お時間をとらせました」

3

二人がエレベーターに乗り込んでそそくさと立ち去ったところで、鷺沼は宮野に電話を入れた。

「いま村田が下へ降りていった。柿沢という腰巾着の監察官と一緒だ。どこへ行くか、尾行してくれないか」

「ちょっと、ちょっと。つまり取り逃がしちゃったの。いまごろ取調室に引っ張り込んで、がんがん締め上げてるところだと思ってたのに」

宮野は非難がましくわめき立てる。その点は認めざるを得ないから、宥めるように鷺沼は応じた。

「いいところまで追い込んだんだが、なにせ事情聴取は任意だからな。それでも一両日中に会って話をすることは約束させた」

「そんなの信じちゃってるの。時間稼ぎをされて、そのうち鷺沼さんたちに辞令が下りて沖ノ鳥島の駐在所に飛ばされたんじゃ、おれの出番がなくなっちゃうじゃない」

「そこはしっかり脅しておいたよ。人が大勢いるところで、容疑を告げて任意同行を要求してやった。おれたちを標的におかしな人事が発令されたら、そこにいた誰もが村田と柿沢の仕業だと思うだろう」

楽観的に鷺沼は言ったが、それで納得する宮野ではない。

「そんなにうまくいくかね。上の役所の次長さんがバックにいるとしたら、警務の連中を黙らせるくらいわけないことだと思うけど。警務部長なんてどこでもキャリアの定席で、どうせそちらの部長さんも、杉内とかいうその次長の息がかかってるのは間違いないんだから」

「まあ、その辺はあとで検討することにして、そろそろ二人が下に着くころだ。たぶん車でどこかへ出かけるだろうから、行き先を確認してくれないか。公務じゃないとしたら、きょうの出来事を受けてなにやら画策する可能性がある」

「ひょっとしたら、やばくなったと思って、自宅においてある六億円をどこか別の場所に移そうとしているのかもしれないね」

宮野の声が唐突に弾む。あり得なくもないが、もしそうだとしたら柿沢が一緒だという点が説明しにくい。それなら殺人に関して二人はグルということになる。鷺沼は言った。

「そう都合よくいくとは思えないがな。むしろ我が身を守るための味方づくりといったところじゃないのか」

「というと、杉内次長に会うとでも？　しかし次長なら隣のビルにいるじゃない。わざわざ車で出向く距離じゃないでしょ」

警察庁が入居しているのは、警視庁に隣接する中央合同庁舎第二号館だ。鷺沼は言った。

「会うにしても、そういうところは避けるだろう。警察関係者の目につかない場所だろうな。たとえばどこかのホテルとか――」

「あ、それ当たりみたいだよ。いま村田ともう一人、性格の悪そうな奴が出てきて、二人でタクシーに乗った。それじゃこれから追いかけるから」

公務で外出するのなら首席監察官クラスは公用車を使う。それだと記録が残るから、わざわざタクシーを使ったのだろう。

「ああ。頼む。ただし車は大事に扱ってくれよ」

「心配要らないよ。相手がタクシーじゃカーチェイスするような状況にはならないから。じゃあ、あとで電話するね」

威勢よく言って宮野は通話を切った。状況を説明すると三好は唸った。

「昼日中からタクシーで外出するというのはいかにも怪しいな。それも柿沢が一緒となると、おまえが見ているとおり、証拠隠滅の工作というより、バックの力を借りて防御を固めようという動きのようだな」

「しかしいくら警察庁次長といっても、犯罪の隠蔽までは無理でしょう」

「裏で指揮権を発動することはできるぞ。とくに次長本人に追及の手が伸びる惧れがあるようなケースではな」

三好はただならぬことを言い出した。鷺沼は慌てて訊いた。

「杉内次長は村田の犯罪の事実を知っているとでも？」

「そこまではまだ言えないが、もしそれを知ったとしても、村田を庇《かば》わなくちゃいけない事情があるのかもしれない」

「次長は次長で、村田に弱みを握られているということですか」

「ああ、公金の不正流用で村田が身代わりになったという例の話もある。そういうことをする人間は生まれつき手癖が悪い。悪さをしたのはその一件だけじゃないかもしれないだろう」

「そちらも村田が庇ってやった。あるいはそうではなくても、少なくともそのことを知っている――」

「勘ぐればの話だがな。まあ先走って想像を逞《たくま》しくしてもしようがない。宮野君が行き先を突き止めてくれれば、自ずと答えは見えてくるんじゃないのか」

「なにか手を打とうとしているのは、たぶん間違いないですよ。こちらが想像もしていないようなことを仕掛けてくるかもしれませんよ」

真剣な口ぶりで井上が言う。三好はそれでも楽観的だ。

「なに、だからと言って向こうにできることは限られる。こっちはこっちでしっかり外堀を埋めた。人事的な処理でおれたちを飛ばせば、それ自体がこちらの考えを裏付けるものだと周囲は見る。キャリアとしてさらに上を狙っているはずの村田にとって、それは決して得策じゃない」

意を強くして鷺沼は言った。

「杉内次長にしても、ここで村田氏のとばっちりを受けて評判を落とすのは困るんじゃないですか。次長が次期長官のポストだといっても、それはあくまで通例ですから。世間を騒がすような不祥事に関わったとなれば、国家公安委員会だって、おいそれと長官には推挙できないと思います」

「もちろんそういう見方もあるだろう。まあ、おれたちにとって手強い敵なのは間違いないが、逆に向こうだって追い詰められているはずだ。そうびくつくこともないかもしれないな」

三好も頷いた。事情聴取に応じさせられなかったのは残念だが、少なくともがっぷり四つには持ち込めたわけで、本当の勝負はこれからだ。

そのときポケットで携帯が鳴った。応答すると宮野の声が流れてきた。

「いま首都高に乗ったとこなんだけど。あ、忘れないうちに訊いとかないと――。高速代はあとで精算してくれるんでしょ」

「これから億の単位の商いをしようという人間が、そういうみみっちいことを言うんじゃないよ」

「でも、いまは財布が空っぽに近いもんだから」

宮野は切なげな声を出す。うんざりしながら鷺沼は言った。

「わかったよ。領収書を寄越せば精算するよ。それで二人はどこへ向かってるんだ」

「新宿方面のようだね。ということは、現ナマを移動しに自宅へ戻るわけじゃなさそうだ」

「人に知られると困る相手なのは間違いないな」

「その杉内とかいうのが一枚噛んでいるとしたら、六億の金の一部がそいつの懐にも入っているかもしれないね。そうなるとおれの取り分が減っちゃうよ」

宮野は新たな不安の種を見つけたようだ。世間の人間はみんな自分の同類だと思っているらしい。鷺沼は笑って言った。

「あんたも気苦労が絶えないな。しかし村田は杉内次長に貸しはあっても借りはない。せっかく手に入れたそんな大金をプレゼントする理由はないだろう」

「いやいや、政治家だって官僚だって、出世するのは金の力だって聞いてるよ。杉内が次期長官の椅子を射止めたのだって、実力があっての話かどうかわからない。村田が貢いだ金でそこまでのし上がったのかもしれないじゃない。それで恩を着せておいて、次は村田自身が上に引っ張り上げてもらう。そんなシナリオだってあり得なくはないでしょう」

「たしかにそうだが、いくらなんでもな」

「鷺沼さんだって、周りを見てみたらわかるでしょう。おれが知る限り、神奈川県警で警視以上にのし上がったノンキャリアで優秀なのって一人もいないよ。そのクラスまで行くのに必要なのはおべんちゃらと付け届けだけでね。そのために、裏金をつくったり風俗やパチンコ業界から金をふんだくったりと、職権を利用してやくざと似たような商売をしているわけよ。ノンキャリアにしてそうなんだから、出世だけが生き甲斐のキャリアなんて、それ以上に決まってるじゃない」

宮野は積年の恨みを吐き出すように口角泡を飛ばす。その泡が通話口から飛んできそうで、携帯をわずかに耳から離した。

「それは言えなくもないけどな。だからといって、そこで億単位の金が動くというのは、いくらなんでも無理があるだろう」

「でも村田の犯行を杉内が知っていたとしたらとんでもない事件だよ。殺しの片棒を担ぐような人間が警察庁長官になるようじゃ、世の中真っ暗じゃない。これじゃまともに裁判を受けて死刑になっちゃった連中が浮かばれないよ」

「場合によっては杉内次長の金の出入りも洗ってみる必要があるかもしれないな。まあ、そこはあくまで想像のレベルだから、いますぐ動くという話にはならないが」

捜査関係事項照会書を書くにしても、相応の事由は記載する必要がある。現状ではその材料は皆無と言っていい。

「そんなのんびりしたことを言ってると、思わぬところでしてやられるよ。あ、いま高速を降りるよ。都庁の方向に向かってるけど、あのあたりは高級ホテルが多いからね」

「行き先がわかったら教えてくれ。誰に会うのかわかれば最高だがな」

「任せておいてよ。あ、そうそう。どこかのホテルに入るようだったら、駐車場代もあとで精算してね」

「わかった、わかった。感づかれないように気をつけてくれよ」

「大丈夫。おれはまだ面が割れていないから」

「そうじゃなくて、シナリオどおりことが進めば、そのうちあんたと福富が村田と会うことになるだろう。あんたの場合、一度目にしたら生涯記憶に残る人相風体だから」

「そんな、映画スターみたいに言われると照れちゃうよ。まあ、その点は十分気をつける。じゃあ新しい情報が出てきたら、また連絡するね」

どこをどう勘違いしたのか、機嫌良く言って宮野は通話を切った。状況を説明しようと振り向くと、三好も携帯を耳に当て、声を潜めて誰かと話し込んでいる。

「相手は人事一課の新井係長みたいです。さっきのことで、心配して電話をくれたようです」

井上が耳打ちする。ホールの片隅に誘って宮野から聞いた状況を説明すると、井上は張りきって応じた。

「だったら僕らもそこへ行きましょうよ。会ってる相手が警視庁の人間だったら、宮野さんは顔を知らないじゃないですか。課長、部長あたりの人間なら、僕らはある程度わかりますから」

「そうだな。三好さんに話をしてみよう」

三好が携帯をたたむのを見て、鷺沼は歩み寄った。

「いま、宮野から連絡がありまして——」

宮野の余計な講釈部分は除いて簡潔に状況を伝えると、三好は即座に応じた。

「新井係長と話をしたんだが、いまのところ、おれたちを飛ばす辞令が出る様子はないそうだ。さっきの騒ぎのことは上の人間の耳にも入っているようだから、いまそれをやるのは余りに露骨だ。下手をすれば警務自体が事件隠蔽の疑惑を被りかねない。そういう配慮をするくらいの頭は人事の上層部にもついているはずだと言っていた」

「警務がそう判断するとしたら、こっちの計算が当たりだったことになりますね。宮野が二人の行き先を突き止めたら、我々もそっちへ飛んでいきます」

「いや、それならおれも一緒に行くよ。会ってる相手が上の役所の大物だとしたら、おまえたちだって顔がわからないだろう。おれは伊達に警視庁に長居はしていないから、警視監クラスのキャリアの顔は大体頭に入っている。もちろん杉内次長もな」

「それは助かります。じきに宮野から連絡がくるでしょうから、とりあえず下に降りましょう」

そう言って鷺沼はやってきたエレベーターに乗った。三好と井上もそれに続いた。一階に着いたところで宮野から連絡が入った。

「二人はいま都庁の並びにあるえらく立派なホテルのラウンジにいるよ。ハイアットなんとかというんだけど」

「あそこはかなり高級なホテルだぞ」

「懐の貧しい警察関係者が立ち寄らないような場所を選んだんだろうね。六億の金を仕舞い込んでいる村田にとっては痛くも痒くもないはずだけど」

「誰と会ってるんだ」

「まだわからない」

「おれたちもそこに行くよ。どういう顔ぶれかしっかり見届けるために、三好さんも一緒だ」

「そうなの。それは頼もしいね。そのうち六億円の争奪戦が始まるかもしれないから、こっちも万全の対応策を考えないとね」

宮野は真剣な声で言う。どんな問題も自分の利害からしか考えない姿勢は一貫している。

「これからタクシーを摑まえる。新しい動きがあったら知らせてくれ」

そう言って通話を切り、客待ちしていたタクシーに飛び乗った。

「なにやら大物が出てきそうな気配だな」

タクシーが動き出したところで三好が言う。

「それで宮野は焦ってるんですよ」

宮野が言っていた六億円争奪戦の話をすると、妙に真剣な調子で三好も応じる。

「それもありそうだな。おれたちもうかうかしてはいられないぞ」

まさか、うかうかしていると金をとれなくなると言っているのではないだろうが、たしかに大物が出てきては、捜査に蓋をされる可能性が高まる。ただ警察庁次長の影響力は大きいですから、杉内さんが出てくるとしたら手強いですよ」

「六億うんぬんに関しては、あくまで宮野の想像です。

気持ちを引き締めて鷺沼は言った。警察官の階級としては、警察庁次長は警視総監の下に位置するが、職務上の権限という点では、一警察本部に過ぎない警視庁を統括するだけの警視総監より、全国の本部に対して影響力を行使できる次長のほうが上位とみることもできる。警視総監の頭越しで、警務部長や刑事部長をじかに動かすくらいの実力は十分もっているだろう。

「刑事部長だって怪しいですよ。六年前の事件をあまりにあっさり迷宮入りにしてしまいましたから」

井上が言う。できればそこまで疑いたくはないが、当時の捜査の経緯を見る限り、不審な点はたしかにあった。

そのとき帳場に駆り出されていたという組対部五課の岸本の話などその最たるもので、もし本当に犯人の指紋が差し替えられていたとしたら、それは捜査本部の人間による隠蔽工作に間違いない。

現場の刑事が勝手な判断でそんなことをする可能性は考えにくい。当然然《しか》るべき筋からの指示があったためで、それをたどった先には刑事部長がいる。

捜査一課長はノンキャリアのポストだが、刑事部長はキャリアの指定席で、現在の刑事部長と杉内次長のあいだで気脈が通じていないとは言い切れない。捜査一課長は刑事部長の指揮下にある。そう考えれば、井上の想像も決してあり得ないことではない。

4

新宿出入口から首都高を降りたところで、宮野から電話が入った。

「いまどのあたり？」

「高速を出たところだ。あと二、三分で着くよ。そっちの状況はどうだ」

「偉そうなのが三人現れたよ」

「三人も？」

思わず問い返すと、声を落として宮野は応じる。

「うん。誰が誰だかわからないけど、村田がへこへこ挨拶してるところをみると、どいつも階級は村田より上のようだね」

「どんな様子なんだ」

「みなさん、深刻な顔をしているよ。そいつらにとっても、きょうの鷺沼さんたちの仕掛けは相当ショックだったんじゃないの。その点は怪我の功名といったところかもしれないね」

宮野は一言嫌みを付け加えるのを忘れないが、してやったりというニュアンスも窺える。鷺沼は言った。

「おれたちが行けば、その偉いさんたちが誰だかわかるだろう。話の内容が聞けないのは残念だが」

「おれも次の出番があるからね。性格の悪い彩香でもいれば、こんなときくらいは役に立つんだけど」

「いまから呼び出すわけにもいかないからな。じゃあ、もうすぐそこに着くから」

そう言って通話を終えたところで、タクシーはホテルのエントランスに滑り込んだ。

ロビーに入ると、ラウンジから少し離れた柱の陰にあるソファーに座る宮野が見えた。素知らぬ顔でロビーを横切り、同じソファーに腰を下ろす。

「あの連中なんだけど、誰だかわかる?」

宮野が指差す方向を見ると、大きめのテーブルを囲んで座る五人の男の姿が見える。こちらにうしろ姿を見せているのが村田と柿沢のようだ。

あとの三人のうち、一人は警務部長の吉川均《よしかわひとし》——。それは予想していなくもなかったが、残りの二人がわからない。三好が押し殺した声で言う。

「真ん中にいるのが杉内次長だよ、その右はうちの警務部長だからわかるだろう。左にいるのは警察庁刑事局長の山村孝文《やまむらたかふみ》氏だ」

「まさに大物のそろい踏みじゃないですか」

鷺沼は嘆息した。刑事局長が登場したのは驚きだった。刑事警察の元締めで、各警察本部への直接の指揮権はないが、それはあくまで形式上の話だ。現場に対する実質的な指揮権を持たないとしたら、そもそも警察庁という役所が存在する意味がない。

多くのキャリアが各本部に出向していて、そのキャリアは現場に対する強力な指揮権を持つ立場にあるわけだから、警察庁が事実上の指揮権を持つこととなんら変わりない。

刑事局長が出てきたということは、人事上の圧力のみならず、今後の村田への捜査に関しても、直接圧力がかかる可能性が高まってきたことになる。まさに警察組織そのものを敵に回してしまったようなものだ。

「どうやら向こうは、鉄壁の布陣できたようだね」

さすがの宮野も、どことなく意気が上がらない。気合いを入れるように三好が言う。

「逆に考えれば、まさしくおれたちはでかい鉱脈を掘り当てたことになる。柿沢を除けば全員がキャリアだが、わざわざこんな場所で鳩首会議を開かなきゃいけない仕事上の理由はない。なにかあるとしたら、例の一件をどう処理するかの相談以外にないだろう」

「それだって、きょう我々が仕掛けたあの一騒動が発端になっていると考えるしかないですね」

「ああ。慌てて動かざるを得ない事情があったんだろうな。しかし動かさなきゃいけない山が、だいぶ大きくなってきたな」

「もう六億円が山分けされちゃってたんじゃ、苦労して山を動かす意味はないけど」

宮野はすでに諦め顔だ。ここでしょげられても困るから、やむなく鷺沼は励ましてやった。

「わざわざ殺人を犯してまで手に入れた金を、そんなに気前よく人にくれてやるはずがないだろう。発覚したら自分一人が塀の向こうに行って、出所したときは無一文だ。村田がそんな、人のいいはずがない」

「だったらあいつら、どうして村田のために一肌脱ごうとしているの？」

「なにか弱みを握られているんじゃないのか。杉内次長の公金横領事件のときのように」

「そりゃあるね。キャリアなんて、叩けば埃の出るような連中ばかりだし、そのうえ警察を取り締まる警察は存在しないから、言ってみりゃ、自分たちの犯罪を闇に葬れることが、警察の利権の最たるものだしね」

宮野はいくらか気を取り直したようだ。鷺沼はさらに言った。

「その利権に与れるのはあそこにいるような連中だけで、おれたち下々は、逆にその隠蔽工作のためにわけのわからない部署へ飛ばされようとしている。いやこの成り行きじゃ首まで飛びかねない。こうなると、おれもあいつらの首を取らなきゃ気が済まないよ」

「首だけじゃなく、金だってちゃんとふんだくらなくちゃね。鷺沼さんが本気になったら、向かうところ敵なしだよ」

予想外の大物の登場に自分一人の手には余ると踏んだのか、宮野は突然煽《おだ》てにかかる。恨みがましい調子で井上も言う。

「そうですよ。やりたい放題やった連中が得をして、真面目に殺人捜査をやろうとしている僕らが割を食うんじゃ、とてもやっていられませんよ」

「なんにしても、いまあそこにいる連中が、なんらかのかたちで臑《すね》に傷を持っているのはたしかだよ。こうなるとこのヤマ、村田を刑務所に送るだけじゃ終わらないような気がするな。タスクフォースにとって、まさにお誂《あつら》え向きの方向に転がってきたようだ」

どこか楽しげに三好が言う。たしかに三好の言うとおり、敵の布陣を見れば普通の犯罪捜査の手法ではおそらく攻めきれない。そもそも村田一人が相手でも、宮野発案の危ない作戦を使わざるを得ない。この先、相手の出方によっては、さらに強力な方策も必要になりそうだ。

「だったら、マルサの出番じゃないですか。村田さんを除いた四人のお金の出入りについても、ついでに調べてもらったらどうでしょう」

井上の提案に三好が頷く。

「まずそこはチェックすべきだろうな。六億を山分けしたかどうかは別にしても、なんらかの金のやりとりがないとも限らない。しかしまだ具体的な容疑がない以上、おれたちが調べに入るのは難しい」

「国税なら、事件性の有無とは関係なく税務調査はできますからね。銀行の金の出入りや高額商品の購入とかなら、確実にチェックは可能でしょうから」

鷺沼は応じた。そういう点では国税は、警察よりはるかに強い調査能力をもっているとマルサの君野は自信を示した。もしそこで不審な金の動きが出てくれば、きょうの会合の趣旨はほぼ解明できる。それを材料に攻めていけば、敵陣営を突き崩すのはそう困難ではないだろう。

問題は金以外で彼らが村田を擁護する理由がある場合だ。そこを追及するには、たぶんべつの助っ人が必要になる。鷺沼は言った。

「この件は田口君の耳にも入れておいたほうがいいかもしれません。監察なら職務上、上級職員の身辺にも目配りをしているかもしれませんから」

警視庁の監察の対象は、決まりとしては警視までの警視庁職員で、警視正以上は警察庁の監察の対象になる。しかし警察庁長官官房の首席監察官は、日本全国の管区警察局や警察本部の監督が主業務のため、実際の監察業務は、警視正以上の上級官僚の場合でも、各本部に赴任中はその本部の監察が担当することになる。

杉内次長にしても山村刑事局長にしても、その地位まで上り詰めたキャリアなら、一度や二度は警視庁に出向した時期があるはずで、吉川警務部長に至っては、まさに現在、出向中だ。彼らの不祥事を摘発するというよりも、その発覚を未然に防止するという意味で、監察はその身辺の情報を収集している可能性がある。

そんな記録が監察のどこかに残っていれば、こちらにとっては強力な状況証拠になる。それを武器に揺さぶりをかければ、いかに警察庁次長や刑事局長のような大物でも、総崩れする可能性は大きい。

「金の件とはべつに、それは確認しておいたほうがいいな。あの連中がなにかをきっかけに仲良しクラブを結成しているのは間違いない。そうじゃなきゃ、あそこまでの大物がここで勢揃いする理由がない。村田の犯行が事実だったら、とばっちりを受けるのを嫌って、むしろ接触を避けるだろう」

「上の役所は上の役所で、警察組織の安泰のために、村田の犯罪を隠蔽する理由があるんじゃないですか」

井上が言う。三好は首を横に振る。

「もし警察庁の意図として村田の犯罪を闇に葬る気だったら、あの連中に出番はない。その場合は長官官房の首席監察官が直接動いて、犯罪の事実は隠蔽しても、なんらかのかたちで警察組織から排除する。殺人となると公金横領やセクハラとはレベルが違うから、少なくともそういう人間を組織内に置いておくわけにはいかないと考えるくらいの理性はあるだろう」

「だとしたら、やはりなんらかの利害が絡んだ理由であの五人は集まっていると？」

井上は身を乗り出す。

「そうとしか考えられんよ。上の役所の首席監察官に首を突っ込まれると、連中もただじゃ済まない。そういう事情があるのは間違いないな」

確信があるように三好は言う。宮野がいよいよ勢い込む。

「だったら突っ込みどころがさらに増えたことになる。その一角を崩してやれば、すぐに結果は出るじゃない。おれの出番がますます増えそうだね」

「村田を含む五人全員、強請《ゆす》って回ろうという算段か」

鷺沼は問いかけた。ここまで来たらそれもあっていい作戦だ。もちろんと宮野は応じる。

「あいつらがこれからどういう尻尾を出すかにもよるけどね。マルサや監察の田口君がちょっとしたヒントでも見つけてくれたら、福富と知恵を絞って、せいぜいあいつらを震え上がらせてやるよ」

村田たちはそれから二十分ほど話し込んで、そのままそれぞれタクシーで帰って行った。村田より格上の三人までもが公用車を使わずにタクシーで移動している点をみれば、全員がお忍びの行動だったことは明らかだ。

さらに注目すべきは、ラウンジでの飲み物代の支払いを村田がやっていたことだった。些細なことでもその意味は大きい。この日の会合が村田側からの要請によるものであることを示唆すると同時に、ささやかとはいえ、その胴元が村田であることを意味している。

そうした事実から勘案すれば、会合の目的が村田の犯罪の隠蔽に関わるものなのはまず疑いない。さらに言えば、村田の呼びかけにこれだけのメンバーが参集したということは、キャリアとしてはまだ高位とは言えない村田が、彼らに対して隠然たる影響力を持っているということで、そのよって来る所以《ゆえん》が、消えた六億円と無関係だとはいよいよ考えにくくなる。

そのとき鷺沼の携帯が鳴り出した。ディスプレイに表示されているのは柿沢の携帯番号だ。このまえ監察に呼び出されたときに、なにかの際の連絡のためにと互いの携帯番号を伝え合っていた。

「鷺沼です。先ほどは失礼しました」

冷静な調子で鷺沼は言った。柿沢は妙にさばさばした調子で応じた。

「いや、こちらこそ失礼した。じつはその件なんだが、村田さんがなんとか時間の折り合いをつけられてね。あすの午後二時に話し合いの場を持ちたいんだが」

時間からすれば、帰りのタクシーのなかからかけているのだろう。かすかに車の走行音が混じっている。怪訝な思いで鷺沼は問い返した。

「話し合いとは？」

「事情聴取などという堅苦しいものではなく、お互い腹を割って、ざっくばらんに話をしようということだよ。もちろん君たちが抱いている疑念にもできるだけきちんと答えられるはずだ。つまらないことで互いに傷つけ合うのではなく、双方誤解を解いていい関係で付き合うのが、同じ警察官として望ましい態度ではないかというのが村田さんのお考えでね」

柿沢は余裕綽々の口ぶりだ。鷺沼は不穏なものを覚えた。そこにはとてつもない大きな罠が仕掛けられているような気がした。

第九章

1

　柿沢が提案してきた話し合いに、鷺沼たちとしては、現状で応じないわけにはいかない。こちらが拒否すれば、前言を翻したと受けとられ、向こうに手の内を見透かされる惧れがある。

　いま鷺沼たちにあるのは状況証拠だけで、村田の犯行を直接立証する物的な証拠はなにもない。

　妻恭子の遺産相続を巡る資金の移動も、六億円相当と推定される隠し資産が発見できなければ、すべて手続き上は合法ということになる。

　携帯をいったん保留にして確認すると、三好も宮野も井上も躊躇なく頷いた。場所は先ほどまで村田たちが話し込んでいた、いまいるホテルのラウンジ。村田が密会によく使う場所なのだろう。

　先方は村田と柿沢の二人で、こちらに対しては人を特定してきてはいない。本来の狙いから言えば、村田一人とじっくり話し込みたいところだが、柿沢にしてもここまで村田に付き合うところをみると、単なる腰巾着とは考えられない。

だったらその本性を探るのも一手かもしれない。二人がなんらかの利害で結びついているのだとしたら、そこにくさびを打ち込んでやるのも、敵陣営を切り崩す切り札になりそうだ。

通話を終えて話の中身を説明すると、宮野も同じ考えのようだ。

「いいんじゃないの。柿沢だろうが誰だろうが、つるんで登場するという点からすれば、なんらかの悪事の片割れなのは間違いないから。それならいっそ杉内次長を始め、さっき雁首を並べていた連中が全員登場してくれれば、一網打尽のチャンスだけどね」

「こっちにしてみりゃ、事件解決のとっかかりが増えたことになる。そもそも杉内という人が脛に傷持つ身だからね。ほかの連中だって、似たようなことで村田と繋がっているのかもしれない」

三好の見通しも楽観的だ。もちろん先ほどの五人の会合が、ただの世間話であるはずがない。この事態にどう対応するか、なにか秘策を練ったから、わざわざ柿沢が仕掛けてきたのだろう。

だからといって、それにびくついてしまえば敵の思うつぼになる。むしろ宮野や三好の言うとおり、仲良く飛び出した五本の尻尾がどこでどう繋がっているのかじっくり見極めれば、それが事件解明の突破口になるとも考えられる。

いくら大物がそろい踏みしたところで、仕掛けられることは限られている。せいぜい鷺沼たちの更迭、もしくは解雇といったところで、すでにそのあたりは織り込み済みだ。そのうえ、さきほど衆人環視の場で大芝居を打っておいたから、そうそう強引なやり方はできないはずだ。

あるいは想像もつかない罠を用意している可能性もなくはないが、その点から言えばこっちだって隠し球はいくつも持っている。鷺沼は言った。

「とりあえず、これまでの作戦を変える必要はないと思います。こちらが持っているネタをすべてぶつけてみて、どう言い逃れをするのかお手並み拝見といきましょう。現場にあった毛髪とのDNA型鑑定を拒否するようなら、もちろん次は宮野と福富が一仕事する番です」

待ってましたというように宮野が身を乗り出す。

「任せておいてよ。というより、村田はもう逃げ切れないと踏んで、向こうから取り引きを持ちかけてくるかもしれないから、そこは十分気をつけてよ。おれたちが登場する前に手打ちなんかしちゃだめだよ。鷺沼さんのような貧乏人は、百万か二百万提示されただけでころりといっちゃうからさ」

「その程度じゃ、六億をどこかにため込んでいることを立証はできない。あんたに一儲けさせたいと願っているわけじゃないが、やはり億単位の金を差し出させないと話にならない。そういう汚い交渉となるとおれは向かないから、その場合は、ちゃんとあんたにバトンタッチするよ」

「そりゃいい心がけじゃないの、鷺沼さん。その際はみんなにもちゃんとお裾分けを考えるから」

「大いに楽しみだね。おれも下手すりゃこのヤマで早期退職になりそうだから、余生を楽々暮らせるくらいの退職金の上積みはしておかないと」

三好の言い草がいよいよ冗談に聞こえない。井上も調子に乗って言う。

「僕だってどうせ馘になるんなら、新しい人生をしっかり歩けるくらいの退職金をもらいたいですよ」

「そういう注文がつくと二億じゃ足りないかもしれないね。任せておいてよ。目標額を一挙に倍増するから」

宮野はやる気満々だ。もし警察庁次長まで絡んで村田の犯行を隠蔽しようとし、そのために人事上の処分でこちらの息の根を止めようと画策しているのなら、鷺沼だって宮野の作戦に一枚加わってやろうかという気にもなってくる。

宮野はともかく、三好にしても井上にしても、むろん鷺沼にしても、警察官として付与された公権力を私利私欲のために使ったことはないし、安給料に見合う以上の仕事をしてきた自負はある。

あれだけの大物が背後にいるとしたら、もしこの捜査で村田を仕留められたとしても、人事面からの報復は避けられないだろう。そういう悪党が甘い汁を吸い、下手をすればこちらはその安給料さえ失って、ハローワーク通いということにもなりかねない。

定年がすでに視野に入っている三好はともかく、鷺沼もまだまだ先がある。村田のような悪党と比べれば、宮野の悪巧みなどご愛敬という気さえする。

「こうなったら、塀の向こうへ送るだけじゃ済まされない。身ぐるみ剝いでやらないとな。警察庁のお偉いさん二人にしても、うちの警務部長と柿沢にしても同様だ。あいつらをのさばらせておくようなら、法律なんてくそ食らえだよ」

「お、鷺沼さんも、やっと人生の真理に気づいたようだね。まさにそのとおりだよ。警察を取り締まる警察がないんなら、おれたちタスクフォースが法の制約をぶち破ってでも、あいつらを地獄の底へ叩き落としてやらなきゃね」

そこまで言われると、宮野が正義のヒーローに見えてくる。しかしまだまだ油断はできない。金がとれると思えば急に物わかりが良くなって、敵に寝返るようなことだってやりかねない。

「本気なんだな。裏切って敵にサービスするようなことをしたら、犯人隠避と収賄の罪で、あんたを刑務所にぶち込むからな」

「またまた人を侮辱するようなことを言う。心底性格が悪いね、鷺沼さんは。正義の実現こそがおれのすべての行動の原点で、金なんて本当はどうでもいいんだよ。ただ今回の一件に関しては、そっちもきっちりふんだくってやらないと、真に天罰を下したことにならないじゃない。おれだって忸怩たるものは感じているのよ」

そういう宮野の口元からは、いまにも涎が垂れそうだ。鷺沼は言った。

「なんにせよ、こうなったら手心を加える理由はなにもない。さっき集まっていた村田のお仲間の顔ぶれを見れば、油断をしたらおれたちだってすべてを失う。悪党という点じゃ、あんたよりずっと上手だろうし」

「おれだってそうは甘くないよ。それにこっちには、福富というもっと年季の入った悪党がいるわけだし」

「なんだ。大口を叩いていたけど、要するに福富頼みだったのか」

露骨に落胆してみせると、宮野は慌てて言い繕《つくろ》う。

「いやいや、あいつは単なるアドバイザーで、今回のアイデアを出したのはあくまでおれ」

「まあ、そっちのほうはしっかり頼むよ。こっちは揺さぶれるだけ揺さぶるから。それはともかく係長、杉内次長を含め、きょう登場したみなさんの懐具合を調べてみる必要はないですか」

鷺沼が問いかけると、三好は大きく頷いた。

「ああ。不審な金の動きがないとも限らんからな」

「いいところに気がついたよ、鷺沼さん。たしかに、村田の金があいつらに渡っているとしたらまずいよね。おれと福富が動く前にそこをはっきりさせないと、骨折り損のくたびれ儲けになっちゃうから」

宮野は真顔になって口を挟む。鷺沼は三好に言った。

「我々が調べてもいいですけど、せっかく繋がりができたんだから、マルサにやってもらったらどうですか。もし怪しい金を受けとっているようなら、それも所得隠しで摘発できるかもしれない」

「そのほうが早そうだな。捜査関係事項照会書をあちこちの銀行に送りつけて総当たりするとなると時間も手間もかかる。マルサだったら、おれたちより銀行の協力も得やすいだろう」

三好は異存がなさそうだが、宮野は不安を隠さない。

「そんな美味しいネタ、マルサにくれてやったら危ないじゃない。向こうはおれたちのライバルでもあるんだから。脱税が発覚してたっぷり税金を取られたら、おれたちがしぼり取れる分がなくなっちゃうでしょう」

「村田以外の連中からも、たんまりしぼり取る予定なのか」

訊くと宮野はきっぱり頷く。

「もちろんだよ。村田がそいつらに金を配ってたら、隠し金がだいぶ目減りしているかもしれない。その場合はそっちからもきっちり徴収しないとね。法の執行には公平性が求められるわけだから」

「あんたがやろうとしていることが、どうして法の執行なんだ」

「広い意味での話だよ。法の死角をくぐり抜けてのうのうと生きている村田みたいな人間を、きちっと罰することができないようじゃ、おれたち警察官がいる意味がないじゃない」

理屈はむちゃくちゃでも、なぜか説得力がある。宮野の口八丁ぶりに衰えはないようで、その点に関しては鷺沼も安心だ。

2

先ほどの状況を踏まえて、これから福富と綿密な打ち合わせをすると言って、宮野は鷺沼の車で横浜へ向かった。鷺沼たちがタクシーで警視庁へ戻ったのは昼少し前だった。

さっそくマルサの君野に電話を入れた。こちらの状況を説明すると、君野は大いに興味を持ったようだった。さっそく村田以外のメンバー全員の銀行口座をチェックするという。

村田と恭子に関しては、日本全国の地銀から信金までマルサのほうでチェックしたが、どちらの名義の口座も存在しなかった。つまり消えた六億円の行方は、いまもわからない。

場合によっては令状をとって家宅捜索を行うこともあり得るが、空振りだった場合、次の一手が打てなくなる。

現金の秘匿先としては海外預金という方法もあり、これについてもマルサはチェックしたという。海外送金の場合、百万円以上の場合はすべて扱った金融機関から税務署に通報が行くので、ほぼ把握可能だ。

百万円以下の送金を頻繁に繰り返した場合でも、犯罪収益移転防止法に基づき、マネーロンダリングの疑いのある取り引きとして警察庁のＪＡＦＩＣ（犯罪収益移転防止対策室）に通報されるが、そちらに問い合わせても、村田ないし恭子の名義による不審な取り引きはないようだった。

あとはいちばん原始的だが、よく使われる方法としてハンドキャリーがあるという。文字通り、自ら現金を携行して海外に渡航する方法だ。

この場合も百万円を超える持ち出しは税関での申告が必要で、申告さえすれば上限はないが、支払先が証明できないような場合は許可されないことがあり、とくにマネーロンダリングの抜け道になりやすい海外の銀行口座への入金といった理由では、まず不許可になるという。

しかし調べたところ、そもそも村田も恭子も、川口老人が殺害されて以降、海外に出かけたことが一度もなく、ハンドキャリーによる現金の移動が行われた可能性はないというのがマルサの結論らしい。

一方でマルサはさすがにその道のプロで、川口老人が株の売却金を現金で引き出してから殺害されるまでのあいだに、車や不動産、貴金属などの高額な買い物をしているかどうかもしっかりチェックしたらしい。

そうした調査もマルサにとってはお手のものだが、今回その形跡は見あたらなかった。暮らしぶりは極めて質素で、普通の年金暮らしの老人となんら変わりがなかったという近隣の住民の証言とあわせて考えても、消えた六億円を含む八億円の現金が老人宅に存在したのは、まず間違いないというのがマルサの見解のようだった。

ではその六億円がどこに消えたか。老人の場合と同様に村田夫妻の高額商品購入の記録も当たったが、こちらも該当するようなものは出てこないらしい。

入手可能な資料からマルサが把握できたのはそこまでで、今後は滝野川の自宅周辺での聞き込み調査に力を入れることにしていたという。

「村田氏以外の四人に関しては、重要な手掛かりになるかもしれません。銀行口座等の調査で不審な入金が見つかれば、その出所が村田氏の隠し財産である可能性は極めて高いと考えられます。その場合は我々が税務調査を行います」

「それが村田さんから出たものだと証明できますか」

鷺沼が訊くと、君野は残念そうに言う。

「そこが我々の限界でしてね。どういう出所の金であろうと、所得として認めて課税に応じれば、それ以上の追及はできないんです。しかし出所を明らかにできない金なら、村田氏から出たものと考えて間違いないでしょう。その際は必ずお知らせします。これから進める村田氏の身辺調査も含めて、入手した資料もお渡ししますので、そこから先はみなさんの出番です」

「そうですか。それは有り難い。もし所得隠しの確証が摑めたら、そちらは告訴に踏み切るんですか」

「金額が金額ですし、もしそちらの捜査で強盗殺人の容疑が強まるようなら、そこまで持ち込まないと不作為ということになるでしょう。こちらとみなさんの捜査が両輪として機能しないと、おそらく壁は突き破れません」

「そのとおりです。六億の現金が発見できればともかく、それがない限り、村田氏は所得隠しを認めない。認めれば強盗殺人を認めるのと同じになりますから」

「いずれにしても、この事案を取りこぼすようじゃ、真面目に税金を払ってくれている国民に申し訳が立たない。我々もこの件に関しては、単に税金を徴収できればいいとは考えていません」

「我々だって、塀の向こうに送ることができても六億の隠し資産を温存させたままじゃ意味がないと考えています。刑期を終えたあと、その資産で悠々自適というんじゃ、真面目な国民が間尺に合わない」

宮野の言い草にどこか似てきたと、薄々感じながら鷺沼は言った。そんな思いには気づくふうもなく君野は応じた。

「国税と警察は、たしかに相性が悪いところもありますが、我々にも、人として悪を憎む気持ちはあります」

通話を終え、そんなやりとりを三好と井上に伝えると、二人とも微妙な表情だ。

「向こうも、まだ大したネタは見つけていないようだな」

三好が物足りなそうに言う。鷺沼は前向きな調子で応じた。

「しかしきのうのきょうですから、動きはいいんじゃないですか。向こうも意欲は満々ですから、これから結果を出してくれるでしょう」

「僕らだって、あした大きな勝負が待っているんですから、そこで揺さぶりをかけてやれば絶対にぼろを出しますよ。最後に国税との合わせ技で一本とればいいんです」

井上も自らを奮い立たせるように言う。そんな話をしていると、鷺沼の携帯が鳴り出した。田口からの着信だ。応答すると、どこか深刻な声が流れてきた。

「気をつけてください。おかしな動きがあるんです」

「おかしな動き？」

問い返すと、田口は声を落とした。

「さっき村田さんと柿沢さんが帰ってきて、臨時の監察官会議が召集されたんです」

「監察官会議というのは、どういう性質のものなんだ」

「月に一度、首席監察官を筆頭に監察官全員が集まって、監察業務の状況報告や監察方針の策定を行うというのが建前なんですが、定例の場合はごくおざなりなもので、大した議題もなくしゃんしゃんで終わるものらしいんです」

「それをわざわざ臨時で開催するというのが異例なわけだ」

「ええ。僕もこの部署に配属されて、まだ二、三度しかありません」

「それはどういうケースで？」

「なかでなにが話されたかは、僕らにはわかりません。ただいずれも、重大な刑事事件に繋がりそうな不祥事が発生していた時期でした」

田口は不穏なことを口にする。鷺沼は問い返した。

「その会議の結果、なにか状況に変化があったのか」

なんです」


「手品のように跡形もなく、事件そのものが消えてしまうんです」

「そもそも消すことが、監察の本業なんじゃないのか」

「たしかにそうですが、そういう場合、ほとんどが警視正以上の上級職員に関わる事案
「いま監察は、そういう事案を抱えているのかね」

「思い当たるものはありません。村田首席監察官の事案以外には――」

田口はきっぱりと言う。そうであれば、村田自身が、自らの悪事をお手盛りで隠蔽しようとしていることになる。唖然とする思いで鷺沼は言った。

「そういう、人を馬鹿にしたことができるのか」

「過去にそんなことがあったケースとして、ひき逃げや強姦といった事件が思い当たりますが、強盗殺人となると初めてです」

「どうやって隠蔽したんだ」

「たぶんなんらかの圧力によって、現場の捜査にブレーキをかけたんだと思います。どのケースもけっきょく迷宮入りになりました」

「そのときは、上級職員の誰かが捜査線に上がっていたんだね」

「はっきり特定されていたわけじゃないんです。ただ監察にはいろいろ情報が入ってきます。とくに上級職員の不祥事については、じつは一般職員よりずっと敏感にチェック

してるんです」

「だとしたら、今回は我々が追っている疑惑、つまり村田首席監察官の件が議題の可能性は高いね」

鷺沼は唸った。そのとおりだというように田口は続ける。

「鷺沼さんたちの、警務のフロアーでのあのやりとりのすぐあとですから、そう考えないほうが無理があります。加えて、それ以上に気になることがあるんです」

「というと?」

「過去の記録を調べたところ、六年前、ちょうど鷺沼さんたちが捜査している強盗殺人事件があった時期にも、同様の会議が持たれていたんです」

「それも村田さんと関連が?」

「そのとき僕はまだ監察に配属されていなかったので。村田さんに対する疑惑が噂になっていたかどうかは知りません。当時、村田さんは、警視庁公安部の参事官でした。ただ不思議なのは、その臨時監察官会議があったすぐあとに、長官官房付きの理事官として警察庁に戻っていますが、それがとくに人事異動の時期でもないんです」

「長官官房付きの理事官というのは、閑職という気がするね」

「かもしれません。上の役所の事情については詳しくないんですが、無任所というイメージもなくはないですね」

「それが今年の春の人事異動で、首席監察官として警視庁に舞い戻ってきた。となると、ほとぼりが冷めるのを待っていたという印象もあるね」

事件当時、村田が捜査線上に浮かんだという話は鷺沼たちも聞いていないが、組対部五課の岸本が言っていた指紋差し替えの疑惑が事実なら、あのときの捜査本部そのものが、なにかを隠蔽しようと画策したのは間違いないだろう。田口は続ける。

「ところが着任して一年も経たずに、鷺沼さんたちがその事件の再捜査に乗り出したことに気づいたんです」

「六年前の捜査については、我々から見ても不審な点が多い。そもそも迷宮入りになるような難しい事件じゃなかったはずだ。にもかかわらず、捜査本部は三ヵ月ほどでたたまれて、あとは継続捜査扱いになった。そのときも今回も、監察が動いたということになりそうだね」

「監察がというより、監察上層部と、さらにその上のより強い権力のある人々が動いたと考えるべきだと思います。監察そのものには、現場の捜査に直接関与する手立てはありませんので」

「じつはついさっき、そういう、より強い権力を持つみなさんが集まっているところを見学させてもらったんだよ――」

あのホテルでの密会のことを教えると、田口は驚きを隠さない。

「まさかそこまでは考えていませんでした。どういう手段が彼らにあるのか、まだ想像がつきませんが、単なる人事的な処理以上のことを画策している可能性がありますね」

「例えばどういうことを？」

「刑事局長がメンバーに加わっていたんでしょう」

「そうなんだ。村田さんや杉内さんとどういう繋がりがあるのかわからないが」

「僕もそこはわかりませんが、捜査そのものに横槍を入れてくる惧れはあるんじゃないですか」

「警察庁の刑事局長には、警視庁にじかに指揮命令する権限はないはずだが」

「でもこちらの刑事部長はその監督下にあり、どちらもキャリアですから、気脈は通じているんじゃないでしょうか」

「だからといって彼らには、こちらの捜査を妨害する手立てはないはずだ。現状でもすでに孤立無援で、帳場も立っていないし、どこかの捜査支援を受けているわけでもない。逆に言えば、我々にはなんのしがらみもない。捜査を継続するかしないかは、すべておれたちの意志にかかっていることなんだ」

「ええ。しかし油断はできません。想像もつかない攻撃を仕掛けてくるかもしれませんから。身辺には気をつけたほうがいいと思います」

田口はただならぬことを言う。鷺沼は問い返した。

「おれたちが命を狙われるとでも？」

「一種の都市伝説だろうと聞き流していたんですが、古参の監察職員が、酒の席で口にしたことがありました。誰それは自殺したことになっているが、じつは上司の不正を内部告発しようとして、警察の手で殺されたというような話です」

そんな話は鷺沼も聞いたことがある。最近、上司からのパワハラによる警官の自殺が報じられるが、そのなかのいくつかが、田口の言うようなものだという憶測も十分成り立つ。

「あすの午後二時に、村田さんと柿沢さんと会われるんですね」

「ああ。なにか仕掛けてくるつもりなんだろうが、こちらはまだ出していないネタがいろいろあるんでね。向こうの反応が楽しみだよ」

臆するところもなく鷺沼は言った。

3

「要するに、あれだけの大物が雁首を揃えてなにやら話し込んで、その直後に臨時の監察官会議とかいうのが開かれたわけだ。どういう手を使う気かわからないが、向こうも本気で捜査を潰しにかかっていると考えるしかないな」

三好が渋い顔で言うと、井上も不安げに頷いた。

「村田氏一人でも、神奈川県警の公安を動かせたんですから、それだけ偉い人が集まれば、僕らが想像もつかない奇手を繰り出してくるかもしれませんよ」

「だからといって、まさかおれたちを殺すなんてことまではな」

鷺沼は言った。犯罪に経済学というのがあるかどうかは知らないが、殺人事件を隠蔽するための新たな殺人が割に合わないというのは、刑事の考え方からすれば明白だ。単純に考えれば発覚の可能性が倍加するし、量刑も重くなる。

「いずれにしても、向こうはいろいろ知恵を絞った上での動きのはずだ。舐めてかからないほうがいいのはたしかだな」

三好は慎重な口ぶりだ。そのとき、また鷺沼の携帯が鳴り出した。こんどは宮野からだった。福富とじっくり打ち合わせをすると言って出かけたはいいが、それにしては時間が早い。また途中で馬鹿なことを思いついて、ややこしい注文でもつけてくるのかと、億劫な気分で応じると、妙に元気のない声が返ってくる。

「やっちゃったよ、鷺沼さん。ほとんどお釈迦だよ」

「お釈迦って、まさかおれの車のことじゃないだろうな」

慌てて問い返すと、宮野の声がさらに小さくなる。

「うん。当て逃げされちゃって、おれも危なく死ぬところだったよ」

「あんたはどうでもいいんだよ。車はどういう状態なんだ」

「あ、そういうことを言うんだね？　こういう場合、おれが死ななくってなによりだったって、胸をなで下ろすのが普通の人間の感覚だと思うけど」

「そうやって元気に電話を寄越してるんだから、べつに心配することはないだろう。それより大事なのは車のほうだよ。いったいどういう事故だったんだ」

「横羽線を走ってたんだけど、東神奈川の入口からおれの前に割り込んできた大型トラックがやけにのろのろ走ってるもんだから、追い越し車線に移ろうとしたら、向こうも同じ動きをしやがるのよ——」

宮野は憤りを滲ませる。

「苛つきながら走っていたら、三ツ沢方面へ分岐する手前で、そいつが急にスピードを上げてね。それでこっちもアクセルを吹かしたとたんに、向こうが急ブレーキをかけやがったのよ。こっちはそのままトラックのケツにドカーン」

「それで車は？」

「ボンネットはグシャグシャでフロントガラスは粉々、エンジンはうんともすんともいわないし、シャシーはひん曲がってるみたいだし。保険金を請求しても、修理不能で全損扱いだと思うけど」

「トラックはどうしたんだ」

「そのまま本線を進んだのか、三ツ沢方面へ抜けたのかわからない」

「ナンバーは覚えているのか」

「こんなことになるとは思ってもいなかったから、ちょっとそこまでは」

「だったら、相手に賠償請求できないじゃないか」

「でも、車両保険には入ってるんでしょ」

「入ってはいるが、年式が古いからどこまでカバーしてくれるかだよ。同じ程度のGTRなら五百万円くらいはする。もっとも、同じ程度の車があればの話だがな」

「鷺沼さんがそう思ってるだけで、保険会社は勝手に査定するからね。せいぜい百万くらいしか出ないと思うけど」

宮野は他人事のように言う。鷺沼はいきり立った。

「人の車を勝手に乗り回して、責任は感じないのか」

「そんなこと言われても、あれは不可抗力だから。というより、おれの命を狙って仕掛けてきたとしか思えない」

「あんたの命を?」

「現場検証をした県警の奴らにもそこは訊かれたよ。誰かから恨みでも買ってなかったかって」

「故意だとみているのか」

「ほかに考えようがないじゃない。一つ間違えたら死んでたもの」

「あんたを嫌っている人間なら、世の中にいくらでもいそうだな」

「いやいや、そうじゃないかもしれないよ。案外、狙われたのは鷺沼さんかも」

「まさか」

「でも、乗ってるのが鷺沼さんだと勘違いした可能性はあるんじゃないの。警察なら鷺沼さんの車のナンバーはいくらでも調べられるし、どこを走ってるかはNシステムでチェックできるし」

「そこまでやるか？」

そう言いながら、先ほどの田口の話を思い出した。彼が言っていた都市伝説が嘘ではなかったとしたら、それも決してあり得ないことではない。

現に警視庁の首席監察官である村田が、神奈川県警の公安部員を手足に使った。公安というのは同じ警察に所属する鷺沼にとっても得体の知れない組織で、その秘密警察的な体質からすれば、そのくらいのことはやって不思議ではない。

「それで車はどうしたんだ」

「現場検証が済んで、警察が手配したレッカー車が運んでいったよ。保険会社には鷺沼さんのほうから連絡しといてね。おれはこれから病院に行って、しっかり検査を受けることにするよ。当て逃げの犯人が見つかったら、たんまり治療費を請求してやらないといけないからね」

高速道路で追突事故を起こして、救急車で運ばれたわけでもないらしい点が、宮野の悪運の強さを物語るが、長年乗り慣れた愛車を失った鷺沼のほうは、自らの不運を嘆くしかない。

通話を終えて事情を説明すると、三好は眉間に皺を寄せた。

「宮野君の読みが当たっていそうだな。向こうはおれたちの動きを、ずっと監視していたんじゃないのか」

井上も身を乗り出して言う。

「宮野さんは、きょうの午前中から、鷺沼さんのスカGを本庁の前に停めていましたからね。きょうはマイカー通勤だと考えた可能性はありますよ」

「だとしたら、これから気をつけなくちゃいけないな。おれだけじゃない。井上も係長も――」

かすかな慄きを覚えながら鷺沼は応じた。

これからもこんな攻撃が、手を変え品を変え繰り返されないとも限らない。警察内部で隠然たる権力を握る連中が敵だとしたら、鷺沼たちを亡き者にするくらい、じつは容《た》易《やす》いことなのだ。

警察を取り締まる警察は存在しない。いや、曲がりなりにもその役割を果たすはずの監察のトップが、まさしくその敵の中心人物なのだから——。

4

さっそく保険会社に連絡して保険金の算定を依頼した。

修理が可能だとしても、費用が車の査定価格を上回るため、全損扱いとなり、受けとれる保険金は査定価格上限の二百万円を超えることはないという。

宮野の見積もりよりはいくらかましだったが、同レベルの車を買うにはまだだいぶ足りない。宮野に言っても弁償などするはずがないので、けっきょく泣き寝入りということになるだろう。

三好と井上は前夜に続いて、この日もタスクフォースのアジトと化しつつある鷺沼のマンションに出勤し、宮野の料理で英気を養いながら、あすの村田との対決に備えることにした。

宮野はさすがに気が引けたらしく、鷺沼の懐を痛めないように配慮して、冷蔵庫のあり合わせでつくったという謎めいた無国籍料理の皿をいくつも並べて待っていた。不安を覚えながら箸を伸ばしたが、宮野の料理に外れはなく、どれも絶品と言いたくなる出来だった。

決起集会となるはずだったが、宮野の事故のことが頭にあって、車を壊された鷺沼はもちろん、三好も井上もどこか意気が上がらない。とりあえずビールで乾杯をして、その件についての詳しい説明を聞くことにした。

「県警は、ちゃんと捜査をしているんだろうな」

訊くと宮野は力なく首を振る。

「そんなの、当てにならないよ。すぐに緊急配備をしたわけでもないし、現場検証と事情聴取に小一時間使ってから、やっと当て逃げの可能性が高いから、一応手配はしてみるかっていう体たらくでね」

「死傷者が出ていれば、また対応も違ったんだろうが、あんたが丈夫に出来すぎていたからな」

「そういう言い方はないでしょう。ひょっとしたら、鷺沼さんの代わりに死んでいたかもしれないのに。命の恩人なんだから、感謝してもらわないと」

「おれが頼んで乗ってもらったわけじゃない。要するに、逃げたトラックは見つかりそうにないんだな」

「たぶんね。ちゃんと捜査をする気があればいいけど、県警のぐうたらどもが聞き込みなんかするはずないし」

自分もその県警の一員だという感覚がかけらもない言い草だ。一応訊いてやらないと薄情な気がして、鷺沼は問いかけた。

「病院へ行って、結果はどうだったんだ」

「一応CT検査というのをやったんだけど、残念ながら異常なしだよ。腕や顔をぶつけたくらいでね。とりあえず診断書は書いてもらったけど、犯人が見つかっても、賠償請求でとれる金より、医者にふんだくられた金のほうが高そうだね」

「まあ、命が無事だったのが幸いと言うしかないがな」

「なんだか、少しも嬉しそうに聞こえないけど、車を壊されたのを、まだ根に持っているんだね」

「手塩にかけてきた愛車だからな。一生あんたを恨むことになるだろう」

「そんなケチなことにこだわらないでよ。これから村田が悪銭をたんまり吐き出してくれるんだから、ポルシェだろうがフェラーリだろうが、買い放題じゃない」

「それじゃ、おれが村田と同類になってしまうだろう」

「だったら村田にだけ甘い汁を吸わせて、鷺沼さんたちは警察からお払い箱になってもいいんだね。それだけで済めばいいけど、おれみたいに命を狙われることだってあるかもしれないし」

この状況では、宮野の言うことに強く反論できない。井上が言う。

「田口君の話からすると、たしかにのんびり構えてはいられませんよ。三人揃って口を封じられちゃったら、村田さんは無傷で警察官人生を終えられるし、あの六億円も、誰の手も届かないところに消えちゃうことになりますから」

「おれも福富も、そうは甘くないよ。もし鷺沼さんたちが討ち死にしても、しっかり弔い合戦はしてやるからさ。そのときは二億だ四億だとケチ臭いことは言わず、隠している六億丸ごと引っぱがしてやろうじゃないの。それだけじゃないよ。滝野川のあのご邸宅だって、手元に残しちゃおけないよ」

殺されかけても、宮野は意気盛んだ。鷺沼は訊いた。

「福富と作戦を練るとか言って出かけたが、そっちはどうなった」

「ああ、言うのを忘れてた。病院で検査を受けてから、電車で関内の『パラッツォ』へ出かけてね。新作のメニューがあるから意見を聞かせてくれって言われたもんだから、じっくり賞味してやったのよ。おれの薫陶をうけたおかげで、あいつもだいぶセンスが良くなってね。これならそのうちミシュランの二つ星くらいとれるかもしれないと煽てやったら、えらい喜びようで、そのうちタスクフォースを全員ディナーに招待すると約束したよ」

「そうじゃなくて、村田をどう攻めるかという話をしに行ったんだろう」

「そうそう。肝心なのはそっちの話ね。じつは福富が、怪しげな雑誌を出している会社の社長と昵懇《じっこん》なのよ」

「怪しげな雑誌というと?」

「本屋で売っているような立派なやつじゃなく、定期購読者だけで商売しているケチな雑誌なんだけど、これが企業や役所の裏ネタ満載でね」

「その社長というのは、どういう素性の人物なんだ」

「昔は総会屋だったんだけど、商法改正で商売にならなくなって、そっちに転業したらしいのよ。ところがそれが意外に当たりでね。昔の総会屋仲間から仕入れた裏情報を満載して、企業の総務やなんかに売りつけてるんだけど、どこも自分とこの記事が載っていないか気になって、購読者は万単位だという話だよ」

「そういうあやしい雑誌を企業に売りつけるのも総会屋のやり口だろう。商法違反じゃないのか」

「それは中身がなんにもない、ほとんど見かけだけの雑誌を法外な値段で売りつけるようなケースだよ。その雑誌にはちゃんと自分で取材した記事が載っていて、値段も普通の雑誌と変わらない。企業だけじゃなく、官公庁とか一般の読者もいるから、法令には違反しないそうなんだ」

「そこに載っている情報はガセネタじゃないのか」

「なかにはガセもあるだろうけど、じつはそこで取り上げられて悪事が発覚して、最後には倒産したような会社も少なくないらしいのよ。マスコミ関係にも購読者がいて、そこに乗ったネタの後追いなのにスクープのふりをして記事にする。それで火が付いて不正が公になって、警察が乗り出さざるを得なくなった事案が結構あるって話なのよ。どうも生活安全部とか組織犯罪対策部とか、企業犯罪に関係している警察の部署にも、購読者はいるようでね」

「それで、要するに、あんたたちはなにをしようと言うんだよ」

長話に苛ついて問い返すと、宮野は慌てて話を本筋に戻す。

「つまり、その雑誌の記者を装って、村田と接触するという作戦よ」

「そんなこと、勝手にやっていいのか」

「もう話はつけてあるそうでね。企業ネタもそうだけど、官公庁、とくに警察の裏情報は読者の反応がいいらしくてね」

「村田の疑惑をそこに載せちまったら、こっちは攻め手をなくすだろう」

「だからさ。そこは魚心あれば水心ってやつでね。その社長だって決して金は嫌いじゃないから、うまいこと大枚せしめたときは、いくらかお裾分けするという話をしたら、喜んで乗ってきたそうなのよ」

「金を取り損ねたらどうするんだ」

「おれと福富の手にかかれば、そういうことはあり得ないけどね。でもそのときは、おれたちが持っているネタを全部提供するから、大スクープを打ってくれてかまわないという話にしたらしい」

　鼻の穴を広げて宮野は自信満々だ。三好もいかにも感心したふうだ。

「二段構えの作戦というのがいいんじゃないか。そのスクープが村田の逮捕に繋がるかどうかはわからないけど、大打撃は与えられるからね」

「たしかに悪い作戦じゃないな。スクープがさらにマスコミにまで波及すれば、おれたちにとっては台風並みの追い風になるかもしれないな」

　鷺沼もそう言うしかない。車を壊された恨みだけではなく、一つ間違えたら自分が殺されていたかもしれないわけだった。そこまでやってくる悪党に、一切遠慮することはない。億単位の金をふんだくったうえで塀の向こうに叩き込んでやるのが、いま唯一望むべき結末のような気がしてきた。

「いやいや、なかなか大したもんだよ。福富の悪党ぶりと比べたら、おれなんかまだまだ小物だね」

　宮野はにやけた顔で謙遜してみせる。危うく死にかけたばかりだというのに、立ち直りに関しては人間離れしているとしか言いようがない。

「しかしきょうのホテルでの顔ぶれを見ると、敵もなにか企んでるのは間違いない。田口君から聞いた話もあるし、浮かれてもいられないぞ」

　気を引き締めるように三好が言う。鷺沼は頷いた。

「向こうから話を持ち掛けてきたということは、なにか目論見があってのことに間違いはないでしょう」

「きょうの事故で、鷺沼さんが死ぬか重傷を負うと期待してたんじゃないの。そうなれば、こちらは大きく戦力ダウンするんじゃないかって。そうだとしたら見込み違いだと思うけどね。鷺沼さんがいなくても、タスクフォースはびくともしないから」

悪びれる気配もなく宮野は言う。苦々しい気分で鷺沼は応じた。

「そういう憎まれ口を叩くんなら、車の損害賠償はあんたに請求するぞ。買い替えには保険金じゃ足りないようだから」

「だから言ってるじゃない。計画がうまくいったら、ポルシェだってフェラーリだって、いつでも買えるようになるんだから」

「とらぬ狸の皮算用を当てにする気はない。場合によっては、あんたの退職金を差し押さえるからな」

「残念でした。退職金を担保に警察信組から目いっぱい借り込んでいるから、鷺沼さんの取り分なんか一銭も残っていないよ。そうやって弱い者虐《いじ》めをするんじゃなくて、ここはもっと前向きに考えるべきだよ。村田という宝の山を前にして、そういう貧乏性はなしにしないと」

「そのへんの話は二人でゆっくりしてもらうことにして、問題なのはおれたちのあすの対応だな」

　三好が話を元に戻す。鷺沼は言った。

「当初の作戦どおり、とことん揺さぶるしかないでしょう。井上がつくった偽指紋を突破口に毛髪のDNA型鑑定を迫る。拒否するようなら、こちらで把握した銀行の資金の動きから追い詰めていく」

「向こうは、なにか条件を出してくるかもしれませんよ。お金とか処遇とか」

　井上が言うと、宮野が慌て出す。

「だめだよ、そんな話に乗っちゃ。鷺沼さんみたいな貧乏人は鼻くそみたいな金でも喜んで手を打っちゃいそうだけど、それじゃなんのために、おれたち苦労してきたのかわからないからね」

「今回はとくにあんたに苦労はかけていないだろう」

「いろいろ知恵を絞ったり、鷺沼さんたちにはやりにくい聞き込みを代わりにやってあげたり、挙げ句は鷺沼さんの代わりに殺されかけたんだから、むしろおれがいちばんの功労者だと思うけど」

「まあ、ある程度の貢献は認めるが、この捜査に関しては警視庁のヤマで、あす村田と会ってどう対応するかは、あくまでおれたちが決めることだ」

　鷺沼はきっぱり応じた。宮野と福富の作戦は面白いが、状況はいま極めて流動的だ。

べつの方向で突破口が開けるようなら、それを見過ごしてまで宮野の儲け話に付き合う必要はない。

「気になるのは、やはり刑事局長がしゃしゃり出てきたことだな。人事的なやり方じゃなく、捜査そのものに横槍を入れてくるかもしれないぞ。うちの刑事部長経由で一課長に働きかければわけはない」

三好が不穏なことを言い出した。鷺沼は問いかけた。

「たとえばどういう手がありますか」

「都内のどこかで殺しでも起きたら、その帳場(特別捜査本部)におれたちを出張らせる。人事でどこかへ飛ばすとなると、後任の調整やらで多少は時間がかかるが、それなら命令一つで済む。おれたちに逆らう手立てはない」

「たしかに、それをやられたらお終いですね。厄介な殺しの捜査となると、一ヵ月や二ヵ月じゃ終わりませんから。そのあいだに向こうは準備万端整えて、本庁に戻ったときには配転の段取りが済んでいる。村田が影響力を行使できるのは、警務部内だけだと思っていましたが、状況はすでに変わっているということですね」

鷺沼は唸った。特命捜査対策室といっても捜査一課の一部署で、強行犯捜査の控え部隊という性格も持っている。強行班が手いっぱいの場合は、新しい事件の帳場に出張ることも珍しくはない。

その場合はあくまで職務上の命令で、不当な人事だとアピールすることはできない。加えて警務が絡んだわけでもないから、それを村田の犯行の間接証拠だと指摘することも難しい。

「ああ。おれもそっちのほうまで頭が回っていなかった。いま手がけているのは継続捜査で、どうしても緊急性がないと見なされがちだから、その手でこられたらまず対抗できない」

「そこはうちのような部署の悲哀ですね。いま強行犯捜査のほうは、どのくらい帳場を抱えているんですか」

「五ヵ所くらいは抱えているんじゃないのか。待機番や、特殊班を動員すればまだゆとりはあるが、どこをどう動かすかは上が決めることで、おれたちが口を挟める問題じゃないからな」

三好は困惑を隠さない。捜査一課には殺人事件の捜査に当たる強行犯捜査殺人犯捜査係と呼ばれる係が九つある。どこかで殺人事件が起きれば、現場のある所轄に設置される特別捜査本部に出張り、所轄や周辺署からの応援部隊とともに捜査に当たる。

一度帳場が立てば、場合によっては何ヵ月も所轄で寝泊まりすることになるから、事件が解決すれば、そのあと一ヵ月ほどは待機番と呼ばれる一種の休暇状態に入る。

だから都内に五ヵ所の帳場が立てば、事実上手いっぱいで、そこに新たに事件が起きれば、遊軍として動員されるのが、強盗を担当する強行犯捜査強盗犯捜査係や誘拐・立て籠もり事件などを担当する特殊犯捜査係などで、鷺沼たちの所属する特命捜査対策室もそうした遊軍の一つなのだ。

「うちにお鉢が回ってきても、おかしくはない状況ですね」

苦い気分で鷺沼は言った。田口や新井の話を聞く限り、異動の辞令に関しては、あす、あさってに出るような可能性は低そうだが、その作戦でこられた場合、あすの村田たちとの話し合いにしても、成り行きが怪しいことになる。

「ああ。言っちゃなんだが、普通ならうちは捜査一課内でも場末の部署で、強盗班や特殊班が先にお呼びがかかるはずなんだが、もしおかしな圧力がかかっていれば、それも十分あり得るよ。手続き上はなんの問題もないからな」

「捜査一課長がそういう圧力に屈しないでくれればいいんですが」

「一課長はノンキャリアからの叩き上げで、上の役所との繋がりはほとんどないだろうが、刑事部長に言われれば、あえて逆らうとも思えない。そもそもおれたちがなにをやろうとしているか、まだ耳には入っていないはずだから」

「三好さんは、一課長とじかに繋がるパイプはないんですか」

「おれとはほぼ同期で、どっちもずっと刑事畑だから、まんざら知らない仲じゃないんだが、いまじゃ向こうは雲の上の人で、おれなんかが気軽に話のできる間柄でもなくなったからな」

三好は哀感を滲ませる。鷺沼はさらに訊いた。

「事件のあった六年前は、まだ着任していなかったと思いますが」

「そうだな。着任したのは三年前で、それ以前は組対部五課の理事官だった」

「ということは、あの事件の隠蔽工作には関与していないと考えてよさそうですね」

「そもそもおれが知る限りでは、どこかからの圧力に屈して、事件に蓋をするような人じゃないと思うが」

「だったら、このヤマに関しては、なんらかのかたちで一課長の耳に入れておくべきじゃないですか」

思い余って鷺沼は言った。もし一課長が村田一派とグルだとしたら、どのみち捜査は潰されてしまう。逆に三好の言うとおりの気骨のある人物だったら、こちらにとっては強い味方になるかもしれない。宮野がさっそく騒ぎ立てる。

「だめだよ、そんなの。上層部なんてのは、なんでもツーカーに決まってるじゃない。それじゃ飛んで火に入る夏の虫だよ。それにこっちの作戦を教えちゃったら、村田からむしりとる作戦だってバレバレになっちゃうでしょう」

「そこは宮野君の言うとおりかもしれないぞ。一課長に話をしたところで、このヤマを解決するのが難しいことには変わりない。逆に一課長を絡ませることで、味方に付こうが敵に回ろうが、もともと厄介な状況にさらに輪をかけることになる。福富君の例のアイデアも使いづらくなるしな」

　言いたいことはよくわかるが、もし三好の想像どおりの手でこられたら、ここまでの苦労が水の泡になる。

「しかし、考えておいたほうがいいとは思います。村田や上の連中の企みを一課長が知らないとしたら、理由もわからず言うことを聞いてしまうかもしれませんから」

「まだ事態が動かないうちに慌ててもしようがない。もしそんな話になったら、おれがこの首を懸けてでも直談判するよ」

　言い出しっぺにしては、三好が楽観的なのが気になった。宮野と福富の作戦にいよいよ本気で入れ込み始めたか。その気持ちもわからなくはないが、それでは虻蜂とらずに終わりはしないかと、不安を払拭できないまま鷺沼は言った。

「たしかに――。しかしそれは最悪の事態ですから、そうはならないように、いまは祈るしかなさそうですね」

5

　そのとき、携帯の呼び出し音が鳴り出した。

井上が慌ててポケットから取り出すと、ディスプレイを覗いて、嬉々とした表情で応答する。どうやら相手は彩香らしい。

きょうは彩香は当直で、今夜はこちらに来られないと残念がっていたらしいが、わざわざ電話を寄越したのは、事件の成り行きが気になったのか、ただ単に井上と話をしたいだけなのか。

にやけた顔で応答する井上を苦々しげに眺めて、宮野は警戒心を滲ませる。

「来ないと言ってたから安心してたのに、適当に口実つくって当直サボる気らしいね。金には興味がないような口を利いてたけど、やっぱり気になってしようがないんだよ。女は欲が深いから」

宮野にそれを言われては、彩香ならずとも立つ瀬がない。話しているうちに井上の顔が深刻になる。別れ話でも持ち出されたかと心配しながら見ていると、井上の口から「田口」という名前が漏れる。

田口の名前は彩香も知っているはずだが、まだ面識はない。いったいどうしてと訝りながら通話が終えるのを待った。携帯を仕舞いながら、井上が言う。

「田口君が暴漢に襲われたそうです。病院に運ばれましたが、意識不明の重体のようです」

「暴漢というのは、どういう連中なんだ」

問いかける声が上ずった。井上は深刻な表情だ。

「二人組の体の大きい男だそうです。暗い路地で揉み合っているのを通りかかった人が見つけて声をかけたら、二人はすぐに逃げ出したんですが、田口君はその場にぐったり倒れて——。所持品から身元がわかったようです。いま付近一帯に緊急配備をして犯人を追っているとのことで」

「場所はどこなんだ」

「大岡山一丁目です。彼の自宅もそのあたりなので、帰宅途中に襲われたものと所轄では見ています」

「自宅がたまたま碑文谷署の管轄だったわけか。強盗目的か」

「そうではなさそうで、財布の類は盗まれていませんでした。目撃者は、最初は酔っ払いの喧嘩だと思ったようです」

「彩香は捜査陣に加わっているんだな」

「ええ。新しい情報が入ったら、また連絡をくれるそうです」

きょうの宮野の当て逃げ事故といいこの事件といい、とても偶然とは思えない。田口がこちらに通じていることが、すでに村田たちにわかっていたということか。

だとしたら殺害を企てたとまでは言えないが、余計なことはするなという警告の意味なのはたしかだろう。ただならぬ表情で宮野が言う。

「あいつら、本気でおれたちを潰しにかかっているんだよ。あす鷺沼さんたちと会う前に、たっぷり脅しを利かせておこうという作戦だよ」

「宮野君のケースと同じで、犯人が検挙できれば黒幕の正体も暴き出せるが、敵はそういうドジは踏まないだろうな。こうなると、どちらも素人の犯行とは思えない」

三好は苦い口調で言ってビールを呷った。

第十章

1

宮野の当て逃げ事件、それに続く田口の暴行事件——。それを村田たちの策謀だと断定する証拠はないが、そうではないと断定する根拠はそれ以上に思いつかない。

翌日の午前中に彩香から続報があって、田口は重傷は負っているが、いまは意識を回復し、命に別状はないとのことだった。

碑文谷署では、事件直後に緊急配備をした。警察に通報した目撃者の証言では、二人の男はどちらも紺かグレーの背広姿で、見たところ普通のサラリーマン風のため、人ごみに紛れてしまえば判別するのは難しい。

目撃者も現場が暗かったため二人の人相までは確認できず、駅周辺の防犯カメラの映像を見ても、不審な挙動の二人組の姿は映っていなかったという。

碑文谷署の刑事課による事情聴取に対して田口は、襲ってきた二人組の男はどちらも見覚えがなく、そのようなことをされる覚えもないと答えたらしい。

とりあえずそう答えたのは賢明で、勘のいい田口なら、襲撃を指示したのが自分の上司の柿沢や村田かもしれないと考えないはずはないが、それを言っても立証はできず、また言ったとしたら、さらにべつの圧力がかかってくるのは間違いない。

それ以上に、もし田口がこちらに通じていることを察知されての警告だとしたら、彼の行動がすでに村田たちの監視下に置かれていることになり、今後の接触には注意を要する。気持ちとしてはすぐに見舞ってやりたいところだが、それが田口に新たなリスクを招き寄せることにもなりかねない。

幸いこの事件は彩香が所属する係が担当するとのことで、彼女を通じてこちらの状況は伝えられるし、電話やメールなら、村田たちに察知されずに連絡はとれるだろう。

いまはまだ安静が必要だとのことなので、直接こちらから電話するのは控えているが、田口自身が何者かの標的になっている可能性が否定できないと考え、警護の意味もあって彩香が頻繁に病院に顔を出すことになっているという。

その際なら内密な話を伝えることはできそうなので、とりあえずきょう出向く機会があれば、これから村田たちと接触することを伝えてもらうことにした。

そこで今回の襲撃に村田たちが関与した可能性があるとの感触が得られた場合は、職場に復帰する時期を含めて慎重に検討する必要があるだろう。ここまでさまざまなかたちで協力してくれた田口に、これ以上の危険を背負わせたくないというのがいまの鷺沼の偽らざる気持ちだった。

その日の午後二時に、指定されたホテルのラウンジで村田たちと落ち合った。鷺沼たちは約束の時間より五分ほど早く到着し、村田と柿沢はほぼ定時にやってきた。

「きのうは失礼したね。私もなにかと多忙だったものだから」

きのうとは打って変わって村田は余裕綽々だ。どう多忙だったのかはこちらは百も承知だが、あのときの鳩首会議の内容まではわからない。

「いえいえ、こちらも大変無礼な口を利きまして、申し訳ありませんでした。最初からこういう場がもてればよかったんですが」

慇懃な調子で三好も応じる。まずはお互い、腹の探り合いといったところだろう。

「まあ、君たちにしても仕事なんだし、私も警察官である以上、捜査にはできるだけ協力しなくちゃいけないとは思っているんだよ。たとえひどい濡れ衣を着せられているとしてもね」

村田はさっそくジャブを入れてくる。悠揚迫らぬ態度で三好は応じる。

「そこですよ。我々もいたずらに罪人をつくるのは本意じゃありません。あくまでフェアにいきたいと願ってはいるんですがね」

「こちらがアンフェアなことをやっていると聞こえるんだが」

村田は心外だと言いたげに鼻を鳴らす。鷺沼は揺さぶりをかけてみた。

「じつはきのう、私の車が当て逃げされましてね。一つ間違えると死んでいたところでした」

「まさか私がやらせたと言うつもりじゃないだろうね」

村田は怒りを隠さずテーブルを叩く。その反応に鷺沼は手応えを感じた。身に覚えがないなら、普通はそれがどういう事故だったかまず確認するだろう。村田は先刻承知だと白状したようなもので、芝居を打ったつもりがかえって馬脚を露わしている。

田口が受けたゆうべの襲撃事件にも、村田たちが関与している可能性はますます高い。そういう意味でも油断できない相手だと覚悟してかかるしかない。しかしこれ以上そこを突いても、証拠が提示できるわけではない。

「そんなことは言っていません。たまたまそういうことがあったというお話をしただけです。他意はありませんのでご容赦を」

ここはしらばくれて鷺沼は応じた。とぼけた調子で柿沢が言う。

「お互い、気をつけたほうがいいね。人間、命あっての物種だから」

薄ら笑いを浮かべているところを見ると、こちらを脅しているつもりらしい。

「そのとおりです。我々も子供じみた恫喝に屈するほど柔《やわ》ではありませんので、くれぐれも危険な火遊びは控えられたほうが賢明だと思いますよ」

「なにが言いたいのかよくわからんね。君は最初から私を犯罪者だと決めてかかっているように聞こえるんだが」

村田はうんざりしたように言う。三好が割って入る。

「そういうつもりはないんですが、じつは六年前に自宅で殺害された川口誠二さん――。村田さんの義父に当たる方だと承知しておりますが、我々はいまその事件を再捜査しておりまして」

「それで義父を殺害したのが私だと邪推しているわけだね」

「単なる邪推だと証明されれば、私たちも安心してべつの方向に捜査を進められるんですが、なかなか事件のほうがそれを許してくれないものですから」

三好は鷺沼に視線を向けて促した。鷺沼は頷いてノートを取り出した。ここまでの捜査の成果を、銀行その他から洗い出した細かい数字まで漏らさず整理したものだ。それを検事の冒頭陳述のように順序立てて語って聞かせる。

村田は顔色一つ変えずに聞き終えてから、一転、不快感を露わにした。

「君たちはそういう犯罪捜査の手法を使って、同じ警察官の私を陥れようとしているわけだ。いったい誰の意向を受けてそういう恥知らずなことを?」

こちらに言わせれば、それこそが恥知らずな言いがかりだが、村田とすれば一発カウンターパンチを見舞ったつもりだろう。落ち着いた調子で鷺沼は応じた。

「誰の意向も受けてはおりません。相手がどなたであれ、容疑が認められれば粛々と捜査を行うのが警察官としての務めですから、身内だからといって手加減をする考えはありません。捜査畑と監察と分野は違え、村田さんも、そこはまったく同様のお立場だと思いますが」

「同じ屋根の下にいる人間同士、疑いがあるんなら、捜査に着手する前にまず穏やかに話を聞くべきだろう。こそこそ隠れて人のプライバシーを丸裸にして、首席監察官たる私に対してあまりにも非礼だと思わないか。いやそれ以上に、たとえ濡れ衣でも、そんな噂が世間に広まれば警察の威信は地に落ちる。市民からの信頼が得られなくなるばかりか、四万人余りの警視庁職員のプライドに泥を塗ることになる」

「しかし、そういう理由で捜査に手加減をするようなら、警察のモラルはすでにその本質において地に落ちているんじゃないですか」

「べつに手加減をしろと言っているわけじゃない」

「しかし捜査を開始した当初、監察対象として呼び出した。それは我々の捜査に対する牽制だったんじゃないですか」

「それは違う。君たちの素行に問題があったからそうしたまでだ」

「だったら、どうして他県警の公安職員を使って我々の行確を行ったんですか。正規の監察業務なら、警視庁の監察職員を当てるのが常識だと思います」

鷺沼は鋭く言った。すかさず柿沢が口を挟む。

「この前も言ったはずだ。そんなことをした覚えはまったくないよ。そうやって、なにからなにまで邪推で押し通そうとする。君たちのような警察官がいること自体、我々に言わせれば恥以外のなにものでもない」

「こちらにはそう考える根拠があるんですが、いまはそのことで争う気はありません。伺いたいのは、いま説明したお金の動きについてです」

「なにが問題だというんだね。家内の遺産相続にしても私への贈与にしても、すべて正しく税務処理されている」

「問題はそこではありません。殺害された川口誠二氏が、株の売却で得た八億円の現金を自宅に保管していた事実を把握しているんです」

「そんなことをどうして証明できるというんだ。義父の自宅にあったのは二億円の現金だけだった」

「我々がいま注目しているのは、その差額の六億円の行方なんです。心当たりはありませんか」

鷺沼は鎌をかけるように問いかけた。素直に答えるわけがないのはわかっているが、どうしらばくれるかで、相手の出方もある程度読める。鼻で笑って村田は応じた。

「そんなの、私にどうしてわかる。そもそも義父が八億円もの大金を自宅に置いていたということを妻も知らなかった。妻が相続した二億円の現金は、義父が亡くなったあと、妻が家財の整理をしていたときに見つけたものだ。そのとき私たちはまだ結婚もしていない。どうして君たちの捜査の対象にならなきゃいかんのだ」

間髪を容れずに鷺沼は問いを重ねた。

「奥さんとは同じ町内の生まれで、幼なじみでしたね」

「そのことに、いったいどういう意味があると言うんだね」

「川口さんが殺害された翌年に、奥さんの恭子さんは前のご主人と離婚して、村田さんも同じ年に前の奥さんと離婚した。そしてその翌年にお二人は結婚している。しかしお二人が結婚するより前に、恭子さんから村田さんに六千万円の贈与があった。その直後に離婚調停をしていた当時の奥さんに三千万円の送金を行っている。それは慰謝料に相当するものだと思いますが、村田さんの離婚のために、どうして恭子さんがそれだけの金銭を贈与されたのか、我々にはわかりにくいところがありまして」

「それこそプライバシーの侵害だよ。私と妻のあいだに、そのときどういう気持ちの行き来があったのか、それは刑事警察が首を突っ込むべき問題じゃない」

「川口さんが八億円の箪笥預金を持っていらっしゃったのを、娘の恭子さんが知らなかったというのも不自然ですね」

「それも父と娘のあいだのプライベートな問題であって、その経緯について話すことはなにもない」

「しかし、気心の知れた近所の人には、そんな話をしていたようです。それでも一人娘の恭子さんに黙っていたというのは腑に落ちません」

「そういう話なら、恭子本人に聞けばいいだろう」

村田が気色ばんで言い放つ。

「そのうち事情聴取することになるかと思います」

鷺沼は意に介さない。

「そもそも君たちは、いったいなにを追っているんだね。六億円がどこに消えたかという話なら、義父を殺害した真犯人に訊けばいい。おおかたそいつが盗んだんだろう。残っていた二億円は、そのとき見落として、盗まれずに家に残っていたと考えるのが普通じゃないのか」

「そうかもしれません。むろん我々が追っているのはその真犯人です」

「それが私だと決めつけている。まさにファンタジーだね。君たちだって捜査一課の端くれだろう。そういう杜撰な思い込み捜査で冤罪をつくるのが君たちのやり方なら、それ自体が監察の対象になるくらいの話じゃないのかね」

胸をそらせて村田は言った。そうだそうだというように頷いて、柿沢がこれ見よがしにメモをとる。黙って聞いていた三好が身を乗り出す。

「そちらだって、ファンタジーとすら言えない薄弱な根拠で我々を監察対象に仕立て上げ、それで埒があかないとみれば、こんどは人事を動かしてべつの部署に飛ばそうと画策する。村田さんへの容疑が妄想に過ぎないとおっしゃるんなら、それに対して過剰反応するそちらのほうこそ、病的な妄想癖と言うべきじゃないですか」

「我々が人事を使って君たちになにかしようとしていると？　いったいどこで仕入れたガセネタだ」

柿沢が強い調子で反論する。落ちつきはらって三好は応じる。

「ガセネタならけっこうですがね。定期異動の時期でもないのに、正当な事由もなく我々をどこかに飛ばすようなことがあれば、捜査妨害を目的とした不当人事と考えざるを得ない。その場合は出るべきところへ出て争いますよ」

「誤解しているようだが、人事一課に所属していると言っても、個別の人事案件は職掌じゃない。例外的な時期に異動が行われるケースは珍しくないし、そこに懲罰的な意味合いはまったくない」

村田は釈明するが、鷺沼たちに対する人事異動がないと、はっきり否定しないところがいかにも怪しい。

「今回の事案に関わっている我々三人が異動の対象だと耳にしておりますがね。常識的には考えにくい人事です。そうまでしてこっちの捜査を妨害しなければならない理由があるとしたら、それはなんなのかと考えざるを得ないんです」

「何度でも言うが、人事を担当する部署には適材適所で人員を配置する責務がある。君たちが現在の部署にふさわしい能力を発揮しているかどうかについて、捜査一課長や刑事部長レベルでの判断もあるだろう。それを勘案してなんらかの人事が発令されるとしたら、果たしてそれが不当人事と言えるものか。出るところに出て争うのは勝手だが、たとえ民事訴訟の場でも、そういう身勝手な言い分が通用するとは思えない。もちろん警視庁としてはとことん受けて立つことになる。君たちに勝ち目があるとは到底思えないがね」

いかにも自信ありげな口ぶりだ。たしかに村田の言うとおり、こちらがそんな訴訟にかまけているあいだに、犯行の痕跡はすべて消し去られるだろう。鷺沼たちの後任には、村田を始めとするきのうの会合のお歴々の意を汲んだ人間が配属され、村田は安全圏に逃げおおせる。

「村田さんともあろう方が、藪蛇という言葉をご存じないとは――」

呆れた様子で三好が言う。

「きのうは上の偉いみなさんといろいろ相談されたようですが、出てきた知恵はその程度の恫喝ですか」

場合によってはそこまで手の内を見せてかまわないだろうと打ち合わせはしていた。

ここで相手を刺激することが得策かどうかは判断しかねるが、押し負ければ、次に控える宮野たちにバトンを渡せない。

「どういう意味かね」

村田は口に運ぼうとしていたコーヒーをこぼした。明らかに動揺している。とぼけた調子で三好は続ける。

「どなたとは申し上げませんが、上の役所の大変お偉い方もいらっしゃったし、警視庁の上層の方もおいでだったようですが」

「そうやって私をつけ回して、いったいなにを探ろうと言うんだね」

村田は鼻で笑ってみせるが、こめかみが引き攣っているのを見れば、虚勢を張っているのは間違いない。三好に代わって鷺沼はさらに押していった。

「こちらも何回でも繰り返します。殺人犯が誰なのかもそうですが、消えた六億円がいまどうなっているのかも重大な関心事なんです。きのうの会合がそこと繋がっているようなら、捜査の方向性を見直す必要が出てきます」

村田の傍らで、柿沢が威嚇するように肩をそびやかす。

「上の役所や本庁の上層部と話をするのは、我々の大事な仕事の一つだよ。それがどうして消えた六億円と関係がある。さっきから君たちが言っていることは、ほとんど妄想と言っていいな」

「公務の会合なら、警察庁なり警視庁なりの会議室でというのが我々下っ端の感覚でして、わざわざ新宿のホテルのラウンジに集合されたとなると、なにかべつの意味合いがあるんじゃないかと、つい妄想を逞しくしてしまいましてね」

皮肉を利かせて言ってやると、柿沢は慌てて言い繕う。

「緊急な用件で適当な会議室がとれないこともある。そういう場合、外で集まるのは別に珍しいことじゃないんだよ」

「そうなんですか。それは存じませんでした。しかし不思議なのは、そこへの行き来にどなたもタクシーを使っていた点なんですよ。お集まりのみなさんは、公務なら公用車が使えるご身分のはずです」

「あれからずっと尾行していたのか」

柿沢は困惑を隠さない。追い打ちをかけるように鷺沼は言った。

「公務以外の理由で、あれだけ偉い方が昼日中に集まって相談ごととなると、妄想癖のある我々としてはどうしてもきな臭いものを感じてしまいます。それも村田さんに事情聴取のお願いをしていた直後の出来事なものですから」

村田が開き直ったように言う。

「私たち上級官僚には、君らのような下級警察官には与り知らない世界があるんだよ。そうしたネットワークがあってこそ、警察は組織として正しく機能する。そのケーブルを君たちのようなネズミが興味本位に囓ることで、じつに多くの警察官があらぬ不利益を被ることになる」

「言うなればそれは、警察利権のネットワークというようにも聞こえます。しかし我々は、そのおこぼれに与れる身じゃありません。せいぜい丈夫な歯を持つドブネズミになって、シロアリの巣穴を噛み砕いてやりたいと思っているんです」

「そういう子供じみた正義感を振りかざす人間こそ、じつは組織のがんなんだよ」

「相手が誰であろうと、悪事を働く人間は許せない。警察はそのために税金で養われている。そこを否定するなら、我々はただの税金泥棒です。私も含めてほとんどの警察官が、あなたのおっしゃる子供じみた正義感に憧れて奉職した。利権漁《あさ》りや悪事の隠蔽に手を貸すためじゃありません」

「利権漁りだと？　悪事の隠蔽だと？　近ごろ、警察を貶めるような三流ライターの記事が雑誌によく載るが、そういうガセネタを頭から信じるほど、捜査一課の刑事がお人好しだとは知らなかったよ。まあ、捜査一課と言っても、君たちは落ち穂拾いのような仕事をしている三流部署だが」

　柿沢が嫌みたっぷりに言い返す。それを制するように村田が割って入る。

「まあ、ここで中傷し合っても始まらない。君たちだってボランティアで警察官をやっているわけじゃないはずだ。すでに噂を聞いているらしい人事異動の件なんだが、その場合の行き先が捜査一課の殺人班だとしたらどうだろう」

2

鷺沼は三好と顔を見合わせた。思いもしない方向に話が進み出した。異動先が捜査一課殺人班となれば、左遷とはなかなか言えなくなる。

正式な呼称は捜査一課強行犯捜査殺人犯捜査係。一係から九係まであるが、四万人余りの警視庁全職員のなかで総勢百三十名ほどというえり抜きのエリート部隊で、刑事志望の警察官なら誰でも憧れる、警視庁のいわば表看板だ。

鷺沼たちが所属する特命捜査対策室も捜査一課に属しはするが、柿沢の嫌みどおり落ち穂拾い専門の部署で、捜査一課のなかでも末席に位置する。そこから殺人班への異動となるとまさに抜擢で、その人事に不当な意図があったとはとても言えなくなる。

殺人班は出来たての殺人事件を追うのが本業だから、その場合は継続扱いの事案を抱えてはいられなくなる。その人事が村田に対する捜査の終結を狙ったものなら、後任がそれを続けて追ってくれるかどうかは、はなはだ心許《こころもと》ない。

鷺沼もかつては殺人班に所属していたが、上司との折り合いが悪く、何度も衝突を繰り返した結果、半ば望んで継続担当のこの部署に異動した。

そこで出会った三好とは不思議に気持ちが通じ合い、いまではここが第二の故郷という思いがある。

しかし若い井上にとって、それは願ってもないチャンスのはずだ。三好にしても、警察官人生最後の花道を飾るにふさわしい部署なのは間違いない。

村田が追い打ちをかけるように言う。

「とりあえずは横滑りというかたちだが、近いうちに選抜昇任で、それぞれ一階級上に行けるように計らうつもりだよ」

ノンキャリアの警察官は、普通は昇任試験に合格して初めて階級が上がる。現場で多少の手柄を立てたとしても、それが出世に結びつくことはまずなく、逆に仕事はそこそこにして、受験勉強に精を出すタイプの警官ほど出世しやすいという弊害がある。

それを多少でも是正しようと設けられたのが選抜昇任という制度で、現場での実務能力が高いと認められた警察官を選抜し、比較的簡単な試験で昇任を認めるというもので、指名された段階でほぼ昇任が確定していると考えていい。

当初は現場で頑張る警官からも好感をもって迎えられたが、そのうちべつの問題が指摘されるようになった。誰を選抜するかは上の人間たちの腹一つで、そのために上司へのゴマすりや付け届けといった新たな悪弊が蔓延した。

きのうの集まりの顔ぶれからすれば、鷺沼たち三人をその対象にするのは造作もないことで、逆にここで拒否した場合、今後、自分たちに昇任のチャンスが回ってくることは考えられない。というよりいまの部署にとどまることも難しく、冗談で口にしていた山間や離島の駐在所への異動さえ十分あり得る。

自分に関しては、そんな餌で釣られる気は毛頭ないが、井上のことを思えば、その未来を閉ざすことになるのが心苦しい。三好にしても、一階級上がって警視になれば、最後は小さな警察署の署長として花道を飾るくらいのことはできるし、退職金にだって大きな差が出る。

そんな思いで鷺沼は逡巡したが、迷う様子もなく三好は言った。

「この捜査を手仕舞いすることがその見返りなら、はっきりお断りします」

「断る？　足し算と引き算ができる人間だったら、それがどれほど愚かしい答えかわかるはずだが」

「生憎、小学生のころから算数が苦手でしてね、村田さんのように立派な大学を出て、キャリア官僚として出世の階段を上ることもできませんでしたが、人の道を踏み外すようなことだけはするなと、親爺から言われて育ったものですから」

三好は見下したように切り返す。三好がそこまで言うのなら、鷺沼ももちろん異存はない。苦い表情でコーヒーを飲み干した村田が、挑むような調子で応じた。

「それではやむを得ない。君たちの処遇についてはべつの方法を考えることにするよ。

それが果たして意に沿うかどうかは保証の限りじゃないが」

「勝手にされたらいいでしょう。我々も手加減はいたしません」

「しかし、どうして君たちは、そんなつまらない事案に警察官人生を懸けるのかね。なにか思惑でもあるのか」

村田が怪訝な表情で訊いてくる。誘いをかけるように三好は言う。

「地獄の沙汰もなんとかと言いますけどね。いや、それは冗談ですが、こちらの読みが当たっているとしたら、人を殺した上に八億もの金を懐に入れて、のうのうと生きている者を許すのは、正義を守るのが商売の人間として堪えがたいもんですから」

宮野の理屈とどこか似ているが、次の作戦への伏線を張っているところだろう。

「つまり、金が目当てだというようにも聞こえるが」

「滅相もない。そういう人間を塀の向こうに送り込むのが我々の生き甲斐なんです。金で手を打つなんて、これっぽっちも考えてはおりません」

「こっちだって、そんなことは考えちゃいないよ。そもそもそんな金はどこにもないし、君たちが追及していることにしてもまったく見当違いの話だ」

「だったらどうして、さっきはうまい話をちらつかせたんですか」

皮肉な調子で鷺沼は訊いた。自分の出番だとばかりに柿沢が口を開く。

「村田さんとしては、君たちの見当違いの疑惑に付き合う必要はないんだが、きのうの警務のフロアーでの騒ぎのようなことをこれからも繰り返されると、警視庁全体の士気に悪影響が出る。いまだって君たちの根拠のない疑惑のおかげで、我々も貴重な時間を潰されている。そういうことも含めて、この馬鹿馬鹿しい状況を早急に解消したいと考えてね」

「それを解消するために大事なのが、村田さんに我々の疑惑にしっかりお答えいただくことです。じつはそのためのいい方策を用意しております」

鷺沼は秘密兵器を繰り出すことにした。井上が阿吽《あうん》の呼吸で、持参したファイルフォルダーを手渡す。そこから指紋照合の結果をプリントしたデータシートを抜き出して、鷺沼は村田の目の前に置いた。

「これは六年前の強盗殺人事件の現場にあった指紋です」

「それがどうしたというんだね。そんなところに私の指紋があったのなら、初動捜査の時点で私は被疑者になっていたはずだろう。警察官の指紋は、すべて指紋データベースに登録されているんだから」

冷静に鷺沼は言った。

「当時の捜査資料や物証を確認したところ、事件当時には見逃されていた指紋がもう一つ出てきました。不完全な指紋で、当時の捜査本部は証拠能力がないとしていたようなんですが、試しに我々のほうで照合を試みたんです」

村田の顔が一瞬強ばるのを鷺沼は見逃さなかった。

「それで、どうだと言うんだね。それが私の指紋と一致したというのか」

「そこまではいきませんでした。ただ、スコアは低いものの、同一の指紋の可能性があると判断されたものが十数個あり、そのなかに村田さんの指紋も含まれていたんです」

「そんなはずはない」

村田は首を振った。その言葉の意味はデリケートだ。村田が事件当時、川口老人の自宅を訪れたことがないという意味でなら、こちらの見立てが外れていたことになる。しかしここまでの状況証拠からは、到底そうとは思えない。

だとしたら組対部五課の岸本が言っていた、捜査本部で指紋のすり替えがあったという話が真実で、そのことを村田本人が知っていたという意味に解釈したくなる。

「しかし我々としては、疑いがあれば調べないわけにはいかないんです。村田さんはあの事件以前に、川口さん宅に出入りしたことはありますか」

「生まれ育ったのは同じ町内だが、とくに親交があったわけじゃない」

「奥さんの恭子さんとは幼なじみで、仲がよかったと聞いていますが」

「誰がそんなことを？」

「ご近所の方ですよ。小学校では村田さんが一学年上で、将来二人は結婚するんじゃないかと、冗談めいた噂もあったくらいだそうですね」

「君たちはそういうところまで嗅ぎ回っているのか。まさか私の実家にまで聞き込みに行ったりはしていないだろうね」

「そちらへは行っておりませんが、近所のある方が、私とここにいる井上が川口さんの自宅周辺で聞き込みをしたという話をお父さんにしたところ、お父さんからその名刺を見せて欲しいと言われたそうでして」

村田の父親からじかにその話を聞いたのは宮野だが、そこはここではぼかしておいた。村田は身構える。

「私は父からそんな話は聞いていない。君たち二人の名前も、柿沢君から報告があって初めて知った。それも警察官として不適切な行動が見られる監察対象者のリストにあったというだけのことだ」

しらばくれるのはもちろん計算済みだったが、村田の狼狽ぶりからみれば、十分な揺さぶりにはなっているはずだ。鷺沼はさらに踏み込んで問いかけた。

「私たちに不審な尾行がつき、柿沢さんに呼び出されて取り調べを受けたのはそれから間もなくでした。そのことと名刺の件は関係ないんですね」

「自分たちの不品行のことは棚に上げて、すべてをそこに結びつけて考える。君たちこそ、我が身の保身のために、村田さんにあらぬ嫌疑を押しつけて、追及の矛先をかわそうとしているんじゃないのか」

傍らから柿沢が吠え立てる。受け流すように鷺沼は言った。

「もしそうした不品行の事実があれば、それに応じた懲戒処分があっていいはずですが、いまに至ってもそれがないのは、該当する事実がなかったということでしょう。我々だって、もし村田さんの側に疑うべき事実が存在しないと証明されれば、そこで速やかに捜査の対象から外します。それならお互いフェアじゃないですか」

「だからといって、君たちの邪推に我々がどう抗弁できると言うんだね。その指紋の件にしたって、私のものだと立証することも、そうじゃないと立証することも不可能だ。そんなふざけた言いがかりで警視庁首席監察官の威信に疵《きず》をつけるのが君たちの目的だとしたら、それ自体が名誉毀損というれっきとした犯罪じゃないのかね」

村田はいかにも無念だと言いたげだ。鷺沼はファイルフォルダーから試料保存用のビニール袋を取り出した。

「それでお願いしたいのは、この髪の毛と村田さんのDNA型の比較なんです」

「なんだね、それは？」

意表を突かれたように村田は問い返す。鷺沼は言った。

「事件現場で採取された毛髪です。三人分ありまして、これはそのうちの一人のものです。血液型はAB型で、同じ型はほかにはありませんでした。村田さんも、たしかAB型ですね」

「それが私のものだと言いたいのかね」

「そこをまず確認したいんです。もし違えば、村田さんへの容疑は薄れることになるでしょう。ただAB型というのは、日本人の場合の発現率が一〇パーセントでして、いちばん少ない血液型なんです」

「そんなことは百も承知だよ。だからといって、それを私のものだと決めつけるのはあまりにも強引じゃないか」

村田は不快感を露わにするが、その額にじんわり汗が滲んでいる。厳しいところを突いたのは間違いない。

「決めつけてはいませんよ。むしろ村田さんにとっては、容疑を否定するいい機会になると思います。DNA型鑑定に応じて頂けませんか」

「冗談じゃない。断るよ」

「そうなると、我々としては、その毛髪がやはりあなたのものかもしれないと考えざるを得なくなります。あまり賢明な判断だとは思えませんが」

「どういう思惑があるのか知らないが、私にはためにする捜査だとしか思えない。そんなことに付き合う理由はない」

「六年前、村田さんのお義父さんが殺された。その真犯人を探すのが我々の職務です。それ以外に、なんの思惑もありません」

「だったら、追いかける相手が違っているだろう。こう見えても私は警視庁職員のモラルを監督する立場の人間だ。その私を殺人の容疑者にするなど、言語道断にもほどがある」

強い態度を見せる村田に、宥めるように三好が言う。

「ですからその容疑を晴らすためにも、ぜひご協力願いたいんです。我々だって、同じ警察官同士、いつまでもいがみ合っていたくはないもんですから」

「その申し出こそ、私に対する侮辱じゃないか。この場を穏やかに収めたいなら、まず君たちが私に対する理不尽な容疑を撤回することだ」

村田は頑なに拒絶するが、こちらとしてはむしろ望むところだ。というより、ここで村田が受けて立つとしたら、その髪の毛が自分のものではないことを知っていることになり、こちらの作戦は空振りに終わりかねない。指紋のみならず、毛髪まで差し替えていたとしたら呆れ返るばかりだがそれも十分あり得ることで、村田が抵抗している点はむしろ安心できる。

「しかしそうなると、身体検査令状と鑑定処分許可状を請求して、強制的に鑑定に応じていただくことになりますが、それでよろしいんですね」

鷺沼は穏やかに言った。村田の顔が強ばるのがわかる。

「そんなものが出るわけがない。君たちが持っているのはすべて状況証拠じゃないか。

その程度で裁判所が令状を発付するなら、世の中は冤罪者の山になってしまう」

証拠もなにもいらない見込み捜査で気に入らない警官の首を切る。それが商売の監察にそこまで言われたくはないが、言っていることは外れていない。しかしこちらの目的はあくまで宮野たちの出番に繋げることだ。その点に関しては、十分追い込んでいる手応えがある。

「どうしても応じてはいただけないとおっしゃるんですね」

三好がプッシュすると、威嚇するように柿沢が身を乗り出す。

「少しは頭を働かせたらどうだ。我々には君たちが思いもよらないような力がある。その気になれば君たちなど、アリのように踏み潰すこともできる。悪いことは言わない。我が身を大事に考えたほうが賢明だぞ」

「ご忠告痛み入りますが、ここで応じて頂けないなら、べつの手立てを考えることにします」

余裕を覗かせて三好は答える。このあと村田たちがなにを画策してくるか、決して油断はできないが、宮野たちが登場する舞台はこれでなんとか整った。きょうのところはここが潮時だろう。

3

村田たちはきのうと同様、タクシーで帰って行った。

鷺沼たちは近くのティールームで待機していた宮野と落ち合った。

井上がポケットに忍ばせていたボイスレコーダーで録音していた会話のキモを聞かせると、宮野は大いに喜んだ。

「なかなか上手くやったじゃない。殺人班への異動や選抜昇任を断ったのは上出来だよ。鷺沼さんたちがうっかりその手に乗ったら、億単位の札束が夢と消えちゃうところだった。なに、大丈夫だよ。もし馘になったとしても、当面は左団扇で暮らせるくらいの分け前は保証するから」

「DNA型鑑定の話を切り出したとき、村田氏の顔色がはっきり変わりましたから、もう間違いないですよ。あれで相当びびったはずです」

井上も声を弾ませる。三好も会心の笑みを浮かべる。

「もし村田に受けると言われたら、逆にこっちが追い詰められるところだった。一か八かの賭けだったが、どうやら大当たりだったようだな。指紋の差し替えは抜け目なくやったが、毛髪までは気が回らなかったようだ。まあ、村田が捜査線に上がっていない限り、ＤＮＡ型鑑定が行われる可能性はなかったんだから、それは無理もないんだが」

「指紋のほうは井上君のお手柄だね。あとで詐欺罪で告訴されなきゃいいけど」

宮野は余計な心配をするが、井上はさらりと言い返す。

「詐欺罪が成立するのは、金品をだまし取ったり財産上の不法利益を得たりする場合だけで、今回はなにも問題はないですよ」

「いろいろ勉強してるんだね、井上君。それなら選抜昇任なんて断ったって、普通に昇任試験を受けて警部補になれるよ」

よほど機嫌がいいのか、柄にもなく褒めそやす宮野に鷺沼は言った。

「ここから先はあんたと福富がきっちり仕事をしてくれないとな。村田たちの捨て台詞を侮るわけにはいかないぞ」

「心配要らないよ。鷺沼さんたちがこのまま舞台から下りても、村田はもう網の中に入ったも同然だから。あとはいくら搾りとるかだよ。そこはおれたちの腕を信じて欲しいね」

宮野にかかると恐喝グループの一員になったような気がしてくるが、さきほどの村田たちの露骨な恫喝を思えば、とくに気が引けるところもない。

「宮野さんの当て逃げは、さっきの反応からすると、彼らが仕掛けたのは間違いなさそうですね」

井上が指摘する。鷺沼は頷いた。

「そういうことだな。田口君の件に関しては、こちらから探りは入れられなかったが、やはり同じだと考えてもいいだろう」

「とことん汚い連中だね。損害が鷺沼さんの車だけでよかったよ。もしおれというエースの身に万一のことがあったら、村田を無傷で取り逃がすことになるわけだから」

けろりとした顔で宮野は言う。きのうはこれ見よがしにあちこちに貼っていた絆創膏も鬱陶しいから剝がしたとのことだが、どこから見ても擦り傷と言えそうなものすら見つからない。まさに歩く悪運というべきだろう。

その悪運に賭けるしかないとしたらそれも悔しいが、いまは戦術面で贅沢を言っている場合ではない。鷺沼は確認した。

「それで、いつ仕掛けるつもりなんだ。準備は整っているんだな」

「ああ、そうそう。井上君に頼んどかないと。『月刊スクープ』という雑誌の編集者の名刺をつくってくれない」

「それが偽記者に成りすます雑誌の名前なんですね」

井上は張りきって言う。宮野の薫陶のせいか、違法捜査に対する免疫力が、近ごろとみに弱まっている。

「そうなのよ。名前はおれが水谷浩二《みずたにこうじ》で福富が谷本清人《たにもときよと》。住所と電話番号はこれと同じにしておいて。できれば会社のロゴマークも真似しといて欲しいんだけど」

宮野は見本の名刺を手渡した。それをしげしげと見ながら井上が聞く。

「会社に電話をされたらばれるんじゃないですか」

「大丈夫よ。そこの社長とは話ができていて、電話がかかってきたら、外出中だと言って、携帯の番号を教えてくれることになっているから」

「お金の振込先はどうするんですか。いまは簡単に偽名口座はつくれないですよ」

「そこは井上君、福富はプロの悪党だから抜かりないよ。タックスヘイブン（租税回避地）にちゃんと匿名口座を持っていて、日本の警察や国税には絶対に正体はばれないそうだから。そういうのはマネーロンダリングということになるんだろうけど、似たようなことは日本の大企業経営者も政治家もやってるんだから」

「直接現金渡しということもあるかも。どっちにしても、お金を払って犯罪隠しをしたという証拠が残らないと思いますけど」

「問題ないよ。今回みたいに会話を録音しといて、そこで村田にしっかり真相を喋らせちゃえばいい」

「そんなに上手くいきますかね」

「大丈夫だよ。きょうの話を聞く限り、鷺沼さんや三好さんでもかなりぎりぎりのところを引き出していたじゃない。殺人班への異動や選抜昇任の話は明らかに捜査の中止を条件にした利益供与だよ」

「だったらそれだけで、クロと証明できたようなものじゃないですか」

やった仕事は録音係に過ぎないが、自分の手柄のように井上は盛り上がる。

「そりゃ甘いよ。まだ犯行に関わる具体的な話は引き出していないから。そこんところを金の話ときっちりリンクさせないと」

「そうなると、宮野さんと福富さんも、犯人隠避の罪で逮捕されるんじゃないんですか。ひょっとすると恐喝罪に問われるかもしれないし」

井上は次々不安の種を思いつくが、けらけら笑って宮野は応じる。

「そんなのばれるわけないよ。鷺沼さんが黙っていてくれさえすればね。億単位の札束を目にしたら、鷺沼さんの石頭だって柔らかくなるのは間違いないから」

「巻き上げた金の使い道はともかくとして、宮野君たちにお縄がかかったら、捜査自体が違法ということになって、公判での証拠採用が難しくなる。そこは我々も上手にやらないとな」

三好が言う。理屈はたしかにそうなのだが、どこかほころんだ顔つきを見れば、本音はべつのほうにあるような気がしてくる。

「そうですね。最後の最後まで、僕らも気を抜けませんね」

井上も妙に張りきっている。目的はあくまで村田の悪事を明らかにすることで、宮野の画策はそのための手段に過ぎないのだが、ここまでくると車の両輪で、どちらも成功させなければ、村田の検挙は危うくなるというわけだ。

「たしかに、ここまできたら半端なやりかたじゃ意味がないな。億単位の金を確実に吐き出させなきゃ、犯行の実態を解明したことにならない」

鷺沼もそう言うしかない。宮野はここぞとばかりにはしゃぎ出す。

「任せといてよ。鷺沼さんたちがしっかり脅しを利かせてくれたから、そこにおれたちが登場して、仏様のような顔をして助け船を出してやる。地獄の沙汰も金次第という言葉の意味を、身にしみて感じさせてやるつもりだよ」

そのとき、鷺沼の携帯が鳴り出した。取り出してディスプレイを覗くと、田口からの着信だった。鷺沼は慌てて応じた。

「田口君、大丈夫なのか。話を聞いて心配してたんだが、そちらの状況がわからないんで、電話は控えていたんだ。周りに監察の関係者はいないんだね」

「大丈夫です。ご心配をおかけしまして。頭部に打撃を受けて脳震盪を起こしたようです。あと右腕と肋骨を何本か骨折していますが、ＣＴスキャンの結果、脳組織に異常は見られないそうです」

「不幸中の幸いだったね。こういう状況だからお見舞いに行けないのが心苦しいよ」

「お気になさらないでください。碑文谷署の山中彩香刑事が時々顔を出して、いろいろ情報をくれまして。鷺沼さんたちのチームの一員なんですね」

「そうなんだ。これまでもイレギュラーな捜査で、いろいろ力を貸してくれた」

田口は憤りを滲ませる。

「ぼくもそのチームに加わりたいですよ。誰にやられたかは、想像がつきますから。あれは間違いなく警察関係の人間です。明らかに逮捕術の技法を使っていましたから」

「そのことを、碑文谷署の捜査員には話したのかね」

「いいえ。話して捜査がそっちの方向に動き出すと、村田さんたちを刺激しそうですから。それに警察官の犯行となれば、監察に蓋をされてしまうのはわかっています。それより、いまは鷺沼さんたちの捜査が大事です。きょう、村田さんとお会いになったんですね」

「ああ。もちろん彼らは、君のことはおくびにも出さなかった。こちらも探りを入れるのは避けたよ。これ以上君に危険なことが起きても困るんでね」

「碑文谷署には迷惑をかけることになりますが、ここは安全策をとったほうがいいと思うんです。ただわからないのは、鷺沼さんたちと接触していたのを、どうして知られたのかなんです」

「宮野の当て逃げ事件にしてもそうだが、彼らが我々の動きを執拗にチェックしていたのは間違いないね。我々が君と会っているのを、彼らは知っていたのかもしれない」

「あるいは、部内の資料で村田さんのことをいろいろ調べていたのを、誰かに見られていたのかもしれません。いずれにしても、そういうことをするなという警告です」

「回復にはどれくらいかかるの」

「全治二ヵ月だそうですが、二週間もあれば退院はできます。ただ、もう鷺沼さんたちのお手伝いができないのが残念です」

「そんなことはないよ。我々は監察という部署のことをよく知らない。いろいろヒントをもらえるだけでも、これからの展開が違ってくる」

「村田さんのほうは、なにかぼろを出したんですか」

「ああ。いろいろ面白い話が出てきたんだよ——」

向こうから人事面での利益供与の話を出してきたことを教えると、電話の向こうで、田口はため息を吐いた。

「うちの警務部長に上の役所の次長と刑事局長と揃えば、そのくらいのことはお茶の子さいさいでしょう。でも、それほどの人たちが知恵を絞って、出てくるのがそんな恥知らずなやり方だとは——」

「ああ。この国の警察も地に落ちたもんだよ。そういう連中に尻尾を巻くようなら、我々も同じ穴の狢《むじな》になっちまう」

鷺沼もため息を一つ付き合った。田口が聞いてくる。

「次はどう攻めるんですか」

さすがに監察という立場の田口に宮野の作戦は教えられないし、井上が作成した偽指紋のことも話しにくい。そのあたりのことは伏せておいて、毛髪のDNA型鑑定を村田が拒否したことだけ伝えると、田口は唸った。

「それだと、ほとんど自白したようなもんじゃないですか」

「そうなんだ。潔白なら拒絶する理由はなにもない。その場合、我々は彼に手出しはできなくなるからね。ただし、問題はここからの攻めだ。いまの状況で令状をとるのは難しい。もう一つ、なにか揺さぶる手を考えないと」

「僕に手伝えることがあれば、なんでも言ってください」

真剣な調子で田口が言う。やはりこちらの作戦を打ち明けるべきかとまた悩むが、下手をすれば犯罪に問われかねないリスキーな捜査に、田口を巻き込んでしまうことにはためらいがある。

鷺沼たちは覚悟ができている。彼はここまで善意の協力者に過ぎず、そのせいでゆうべ襲撃を受けたのだとすれば、この先、さらに大きな危険が待ち受けていると考えざるを得ない。先ほどの村田たちの恫喝を思えば、田口の警察官としての将来にも悪影響があるだろう。

「ああ。お願いすることがあるかもしれない。しかし、いまは治療に専念してくれ。

我々は必ず村田首席監察官とその一派を摘発する。それまでは決して安全とは言えない。退院したあとも傷病休暇をとって、なるべく長く自宅療養したほうがいい」

鷺沼は親身に忠告したが、田口は無念そうに応じる。

「こういう目に遭って、自分の手で彼らに一矢報いられないのが悔しいですよ」

「ここまで追い詰めるうえで、君は大いに力になってくれた。しかし君自身が、いまや彼らを敵に回してしまった。これ以上の危険を冒すことはない。むしろ彼らの手の届かないところに身を置いてくれることが、彼らには無形の圧力になる」

諭すように言って、鷺沼は通話を終えた。

4

その夜も、三好と井上は鷺沼のマンションにやってきて、そこに福富と彩香も加わった。宮野は出陣祝いだと言って、手の込んだ中華の献立を用意した。

冷凍フカヒレやらタラバガニの缶詰やら、昨夜と違って贅沢な食材を宮野に要求され、やむなく帰宅途中にスーパーで仕入れたが、いつもただ飯では気が引けると、今回は三好が自腹を切った。福富は秘蔵の高級ワインを手土産に張りきってやってきた。

彩香はきのうは当直で、普通なら朝一番で勤務明けになるが、田口の一件があったから、日中いっぱいは捜査に加わって、ようやく夕刻に放免されたようで、捜査状況の報告がてら早めにこちらに合流した。

田口のところには怪我の状況の確認を口実に何度か足を運び、鷺沼たちの気持ちは伝えてくれたらしいが、そのあたりの事情はもちろん碑文谷署内では話していない。それもまた警察官の職務規程には反するが、こちらの捜査のことを考えても、田口の身の安全を考えても、いまはそのほうがいいという鷺沼たちの意向を汲んだものだ。

「日中、田口君から電話をもらったよ。怪我は心配したほどじゃなかったようだな」

鷺沼が言うと、彩香は不審感を露わにする。

「きょうの午前中に、監察の同僚が何人か来ていましたが、顔を合わせたくない理由でもあるのか、柿沢さんという人はもちろん、監察官クラスの上司は一人も姿を見せなかったようです」

「田口君は、村田や柿沢が事件の黒幕だと確信しているようだった。実行犯がどうも逮捕術の素養があるようで、警察の人間ではないかとみている」

「じつはうちでもそれを指摘した係員がいるんです。逮捕術の師範をやったこともあるベテランで、柔道の先輩でもあるので尊敬している人なんですが、田口さんの怪我の状況や目撃者の話から、同じことを考えたようなんです」

「その方向で係は捜査を進めるのか」

「そう思ったんですが、そんなことはあり得ないと上のほうが決めつけて、ただ漫然と現場周辺での聞き込みをやっているだけです。犯人たちは用意周到で、事前に防犯カメラに映らない逃走ルートを確保していたんじゃないでしょうか。このままだときっと迷宮入りになります。なんとか私たちの手で犯人を捕まえたいんです」

彩香は意欲をみせるが、鷺沼たちにとっては痛し痒しだ。犯人を警察関係者に絞っていけば、村田たちの尻尾が垣間見えるかもしれないが、そこに手を触れたとたんに天の声が下りてきて、捜査が潰されてしまうのは間違いない。

そこから田口と鷺沼たちの結びつきや、タスクフォースのイレギュラー捜査の動きも表に出てしまう惧れもある。そう考えれば彩香には、ここは素知らぬ顔でパスしてもらうのが賢明だ——。そんな考えを説明すると、彩香は渋々頷いた。

「田口さんも、黒幕の逮捕が最優先で、自分の件での犯人検挙は二の次でいいと考えています。小さな魚を追い回して、大魚を逃がしてしまったら始まりませんからね」

「まあ、彩香がいくら頑張ったところで、どうせメダカ一匹捕まえられないから、大勢に影響はないと思うけどね」

宮野はいつもの舐めた調子だ。もちろん彩香は受けて立つ。

「そうなると、すべて宮野さんの作戦にかかってきますから、失敗したら全責任は宮野さんが負うことになりますよ」

「任せておいてよ。おれと福富にかかっちゃ、村田なんてちょろい。分け前を期待するなら、きょうから口の利き方を少し考えたほうがいいよ」

「分け前なんて期待していません。受けとったお金をちゃっかり懐に入れるようなら、恐喝罪で立件します」

「だめだよ。そんなことをしたら、ここにいるみんなの期待を裏切ることになるぞ。みんな分け前のことが頭にあって、ここまで頑張ってきたんだから」

それは大分違う気がするが、ここまできてしまった以上、頼りが宮野と福富なのは如何《いかん》ともしがたい。鷺沼は言った。

「べつに分け前は期待していないが、村田を塀の向こうに送るだけじゃなく、法では処理できない不当利得をはぎ取るためにも、宮野の作戦は成功させないとな。刑期を終えて娑婆に出たあと、その隠し金で左団扇の生活をされたんじゃ、警察はなんのための存在かわからない」

「たしかにそうですね。法に縛られてそういう悪いやつにいい思いをさせるんなら、私たちが少しくらい貯金を増やしても、ばちは当たらないかもしれませんね」

そう頷いて、彩香は井上の顔をちらりと見やった。井上もそのとおりだと言いたげににこりと笑う。してやったりという顔で宮野が言う。

「彩香もやっと人生の真理に気づいたようだね。村田みたいな悪党にとっては、法律なんて抜け道だらけでね。強盗殺人でも一人殺したくらいじゃせいぜい懲役十四、五年。大概は仮釈放で十年で出てきちゃう。無期懲役を喰らっても十数年で出てくることは珍しくない。そのあとパクった金で楽しくやられちゃ、おれたち真面目な市民は立つ瀬がないよ。警察官なんて、生涯賃金でも村田と恭子が稼いだ額の三分の一いくかいかないかだからね。それを頂戴したところで、ばちが当たるどころか、まさにあるべき正義の実現というものじゃない」

いくら立派なご託を並べても、宮野の本音が金目当てなのは百も承知だが、いまの状況でそれに真っ向から反論できないのが、鷺沼としてはなんとも歯痒い。

第十一章

1

宮野と福富はさっそく動き出した。

文面をしたためたのは福富で、最初から電話やメールでは信憑性が疑われる惧れがあるので、福富が『月刊スクープ』の編集部から譲り受けた社用の封筒を使い、取材依頼の手紙を送付した。威圧感を加えるために配達証明付きにするのも忘れなかった。

福富はなかなか文章が上手で、そのうえかつて企業恐喝をしのぎにしていた時期もあるから、勘所はしっかり押さえている。別添の資料には鷺沼たちが把握している事実の触りを適当にちりばめてあり、その手紙を受けとれば、村田なら間違いなく不安を覚えるはずだ。要旨は次のようなものだった。

お話を伺いたい件は、綿密な独自取材によって当社が把握した、村田さんが関与したとみられるある殺人事件についてで、雑誌に掲載するまえにぜひともご本人から内容について確認をとりたい。もし見解に食い違いがあれば、話し合いによって修正ないしは掲載中止も考慮するが、取材に応じてもらえない場合は、掲載に踏み切ることになる――。

表現は穏やかだが、その内容は事実上の脅迫と言える。

とはいえ、具体的に金銭等の見返りは要求していないから、この手紙だけでは恐喝罪には当たらない。いまのところは個人宛の手紙に過ぎず、一般の目に触れてはいないので、名誉毀損罪も成立しない。むしろそんなことで訴え出れば、自ら醜聞を公にすることになり、村田とすれば応じるか無視するかの二者択一しかない。無視して記事にされたら目も当てられないから、けっきょく応じるしかないと福富は自信満々だ。

宮野はそれでは甘いと文句をつけて、金の話もしっかり書くようにと注文した。しかし福富は、それでは相手を警戒させる。そちらのほうは村田と対面したときに相手の出方を探りながらじっくり攻めるべきで、最初から手の内を明かしたら対抗手段を考える余裕を与えると却下した。鷺沼も三好も井上もそれに賛同した。

村田からの反応はすぐにもあると期待して、宮野は自慢の金髪を黒く染め直し、自宅から一張羅のスーツを持ち帰り、どこで仕入れたのか伊達眼鏡まで用意して準備万端整えた。

村田が宮野と福富の顔を知っている心配はまずないが、ばれたらそのときはそのときで開き直るしかないだろう。どっちにしても大っぴらに警察に通報できるような話ではないから、大勢に影響はないと宮野も福富も踏んでいる。

村田から返事が来たのは手紙を送付して三日後だった。返事は電話でもファックスでもメールでも、あるいは郵送でもいいとしておいたが、村田は宮野の携帯に直接電話を入れてきた。

宮野はそのときの会話をすべて録音しておいた。携帯電話には録音機能があるが、それだと相手の声しか残らない。そういうこともあるかもしれないと、料理には強いがメカにはからきし弱い宮野のために、相手と自分の両方の声を録音するためのイヤホンマイクとICレコーダーを、井上が用意して持たせておいた。

その電話を受けてすぐ、宮野ははしゃいで、三好と打ち合わせをしていた鷺沼に連絡してきた。

「やったよ。さっそく食いついたよ。メールやファックスじゃ証拠が残ると思って電話にしたようだけど、おれが機械に強いのも知らないで、むしろしっかり証拠を残してくれたよ。録音したのを声紋鑑定すれば、ばっちり村田だと特定できるんだから」

「それでどうなんだ。取材に応じると言ってきたのか」

「ちょっと待ってね。録音したのを聞かせてあげるから」

そう言ったあと少し間が空いて、聞き覚えのある村田の声が流れてきた。

「村田だが、水谷さんだね。手紙は拝読したが、ひどい内容だ。いったいどこで仕入れたガセネタだ」

水谷は宮野があらかじめ決めておいた偽名だ。口ぶりは強がっているが、村田の声には、鷺沼たちと対面したときのようなふてぶてしさが感じられない。宮野はいつもの軽薄な調子を抑え、いっぱしの編集者のように応じる。

「どうも、どうも。わざわざお電話いただいて恐縮です。取材内容についてはこちらは自信をもってましてね。黙って掲載してもよかったんですが、そちらの言い分も一応お聞きしないとと思いまして」

「言い分がどうのこうのじゃない。すべて身に覚えのない話だ。この下らない情報の出所はどこなんだ」

「情報提供者の名前は、秘匿するのが我々の仕事の鉄則なんです」

「まさか警察関係の人間から仕入れたんじゃないだろうね」

村田は鎌をかけてくる。宮野はそこを上手にぼかした。

「うちの場合、情報のソースはいろいろありまして、民間企業はもちろんのこと、官公庁や司法機関にもネットワークを持っているんです」

「つまり、三流雑誌の記者にそういうふざけた情報を流す、たちの悪い警察官がいるということか」

村田の頭に浮かんでいるのが鷺沼たちだということは手にとるようにわかるが、その点は最後まで疑心暗鬼にさせておこうというのがこちらの作戦だ。

「三流雑誌とおっしゃいますが、読者の質はそこいらへんの一般誌よりずっと高いんですよ。定期購読者には、一流企業や大手マスコミの関係者から政治家、官公庁のお役人まで、この国の世論を左右するようなお歴々が大勢おりましてね。うちの記事が発端になって、首が飛んだ会社の社長や失脚した政治家もいるんです」

「もしそんなふざけた記事を掲載したら、名誉毀損で告訴する。裁判に勝てる自信が、おたくにはあるのかね」

村田はさっそく脅しにかかったが、そのあたりは宮野もむろん計算に入れている。先日の面談では、鷺沼たちに捜査一課殺人班への抜擢や選抜昇任による一階級昇進という餌を提示した上に、毛髪のＤＮＡ型鑑定は拒絶した。まだ手錠をかけられるところまで追い込めていないだけで、クロだという手応えは十分ある。

そこは本人がいちばん承知のはずで、宮野や田口に暴力的な手段で恫喝をかけたのが村田の指示によるものだとすれば、名誉毀損で告訴をしたり、民事訴訟に打って出たりしたらまさに藪蛇になるはずだ。足元を見るように宮野が応じる。

「そのときは受けて立ちます。当然、記事の信憑性について法廷で争うことになりますけどね。訴訟の対象が警視庁の首席監察官の殺人疑惑報道となると、テレビや新聞も放ってはおかないでしょうね。うちも臨時増刊号を出して、裁判の推移を逐一報道しますから」

「話し合う余地はあるのかね」

村田は困惑したように訊いてくる。宮野はそこで手綱を緩めた。

「もちろんお会いする以上、お互い相談ごとも出てくるでしょうから。そのときは上の者も同行しますので」

「上と言うと？」

敏感に反応する村田に、思わせぶりに宮野が応じる。

「谷本と言いまして、うちの会社の専務なんですが、私では判断できないようなこともその場で決裁できる、まあ、社内の実力者というところです」

谷本は福富の偽名だ。村田は期待を滲ませる。

「話がわかる人なのか」

切羽詰まった心境なのは間違いなさそうだ。誘いをかけるように宮野が言う。

「魚心あれば水心と言いますから、お互い気持ちが通い合えば、いろいろ有意義な話もできるんじゃないですか。会って損することはないと思います」

金の話をここで切り出しかねないと鷺沼は心配したが、宮野も多少は理性を働かせているようで、微妙な匂いを振りまくだけで、器用に村田の気をそそる。

「わかったよ。日時と場所は？」

「よろしければ、村田さんのご自宅へ伺いますが」

「それは困るな。警察官という立場上、自宅にマスコミ関係者を呼ぶのはいろいろ差し障りがあってね」

「だったら、こちらでセッティングします。静かなところがいいでしょうから、個室のある適当な割烹店でも探します」

べらぼうな値段の高級店を勝手に見繕って、三好にツケを回そうという魂胆らしい。それより自宅に出向くという話を村田が断った点に意味がありそうだ。見られては困る事情でもあるのか。まさか床の間に札束が積んであるなどということはないだろうが、分不相応に贅沢な暮らしをしているようなら、それを見られたくないという心理が働くのは頷ける。

「ご都合のよろしい日は？　雑誌の締め切りもありますんで、こちらとしてはなるべく早いほうがいいんですが」

「私もそうだよ。では三日後の夕刻でどうかね」

宮野のさじ加減が絶妙だったのか、村田は乗り気なようだ。

「わかりました。さっそく適当な店を探して、あすにでもご連絡します」

「電話じゃなく、電子メールにして欲しいんだがね。アドレスは――」

「ちょっとお待ちを。いまメモをとりますので」

録音しているからメモは不要だが、そのあたり、宮野は芸が細かい。村田が言ったアドレスを復唱してから、すこぶる愛想よく宮野は言った。

「それではお会いするのを楽しみにしております。谷本も喜ぶと思います」


録音はそこで終わった。村田との会話とは打って変わった、いつもの頓狂な調子で宮野はまくし立てる。

「どうよ。おれの交渉テクニック。村田先生、浮き足立ってたじゃない。こうなると本番の交渉も、わざわざ福富に出てもらわなくてもおれ一人で十分だけど、あいつの顔も立ててやらないとあとで僻《ひが》まれるからね」

またぞろ抜け駆けを企んでいる気配を感じて、鷺沼は釘を刺した。

「下ごしらえをしたのは福富だ。あんたは敷かれたレールの上を走っただけだろう。かつてはその道のプロだった福富が手を貸すと言うから、おれはこの作戦に乗ったんだ。話が違ってくるんならこっちは下りる」

「下りたっていいよ。あとはおれと村田で差しでやるから」

「ああ、けっこうだ。どこの割烹屋を見繕うのか知らないが、すべて自腹でやってくれ」

「ちょっと、それは困るよ。おれが文無しだって知ってるくせに」

「これから億の金をむしり取ろうという人間が、けち臭いことを言うなよ」

「そんなこと言われたって。宝くじだって競馬だって最低百円の元手が必要なんだから。その百円にもこと欠くおれに、どうしてそういう意地の悪いことが言えるのよ」

「だったら本番では福富のアシスタントとして、せいぜい行儀よくするんだな。おれたちも隣に部屋をとって、しっかり話を聞かせてもらう」

「あ、また無線マイクを持たせて、会話を盗み聞きする気だね」

「これまでだって、捜査絡みでおれたちが人と話をするとき、あんたにも聞かせてやってただろう。そのへんはおあいこだよ」

「まあね。鷺沼さんも根は欲が深いから、交渉の行方が気になるんだろうし」

宮野はいよいよ本音丸出しだが、ここでへそを曲げられても厄介なので、なんとか上手くコントロールするしかない。

「目的はあくまで村田の悪事の追及で、金じゃないことを忘れるな」

そう言って通話を終えて状況を説明すると、気合いの入った声で三好は言った。

「いよいよ大魚を釣り上げるときがきたようだな。思いのほか食いつきがよかったじゃないか」

「ここまではそうなんですが、村田のバックにいる連中の顔ぶれを考えると、果たしてすんなり行くかどうか。向こうは向こうで、なにか画策しているような気がします」

気持ちを引き締めて鷺沼は応じた。

2

マルサの君野から電話があったのは、その日の昼過ぎだった。

「例の四人の口座の資金移動状況、確認しましたよ。六年前のほぼ同時期に、それぞれがかなりの額の資金を自分の口座に入金しています」

「かなりの額と言うと？」

「杉内警察庁次長が約二千万円、山村刑事局長が約一千万円、吉川警務部長が約五百万円、柿沢監察官が約二百万円。不審なのは、いずれも現金で入金している点です」

「現金で？　六年前のいつごろですか」

ひらめくものを感じながら鷺沼は問いかけた。

「いずれも十月の前半です。事件があったのはたしか――」

「九月でした。まだ捜査が行われていた時期です。それだけの金額をいまどき現金でというのが怪しいですね。消えた六億円の一部だとも考えられる。それについての税務調査は行うんですか」

「残念ながら、税務調査の遡及期間は五年となっていまして、四人ともすでに対象外なんです」

君野は無念そうに言う。国税にとってはそうかもしれないが、鷺沼たちにとっては重要な意味を持つ情報だ。もう一つ気になることを鷺沼は確認した。

「遡及期間が五年ということは、村田氏の妻の遺産相続についても、消えた六億円は不問に付されるということですか」

「相続手続きが行われたのは五年前ですから、その六億円を含めた八億円の全額が父親のものだったことが立証できれば、申告漏れとして追徴課税の対象になります」

「もしそれを立証できなかった場合は？」

「村田氏もしくは妻に不審な所得があった事実が明らかになっても、それが六年前ののなら扱いは所得税になりますので、遡及はできません。ただしそれが脱税に相当する悪質なものの場合は七年まで遡及できます。もちろん妻のほうは、その六億円が亡くなった川口氏の遺産だと立証されれば相続税の対象になるし、殺人への関与で相続欠格となり、新たな相続人が見つからない場合は、相続手続きを済ませた二億円も含めて国庫に収納されます」

単なる所得と見られた場合は税務上の遡及対象にならないというのは宮野が喜びそうな話だが、その出所を明らかにしないと村田の殺人容疑も解明できないという矛盾がある。そのあたりの事情にどこまで宮野が頭を回すかはわからないが、いまは黙っているほうがよさそうだ。

「村田氏の日常の金遣いについてはいかがですか」

「その点はよほど慎重にやっているようで、派手な金遣いをしている形跡はいまのところ認められません。いずれにせよ、妻については相続税の過少申告の疑いがあり、相続欠格の問題もありますので、我々としてはもうしばらく六億円の行方を追います」

君野はきっぱりと言い切って通話を終えた。その話を伝えると三好は一声唸った。

「その連中と村田の繫がりを洗ってみる必要があるな」

「うちのほうで調べがつきますか」

「人事に問い合わせないとわからない。いや、例の新宿での会合のあとずっと気にはなっていたんだが、あれだけの首が揃っていたとなると、迂闊に人事に声をかけるのも危ない気がしてね」

「しかしそれだけの現金が同時期に動いたとすれば、事件当時の捜査本部の隠蔽工作との繫がりを考えたくなりますね」

「ああ。あれほどの大物なら、当時の捜査に介入するくらいわけはなかったかもしれない。入金した現ナマがその謝礼だったと考えれば納得がいく。連中がどこでどう繋がっていて、事件当時、どういう役職に就いていたか、興味津々だな。やはり新井に調べてもらうしかないだろう」

渋い表情で三好は言う。新井は警務部人事一課の係長で、三好の警察学校の同期。いまも肝胆相照らす仲で、村田一派が画策していた、あるいはいまもしているかもしれない鷺沼たちの人事異動についての情報をもたらしてくれた。

三好が依頼して村田の身元情報を調べてもらったこともある。

杉内次長を始めとする大物の経歴や人脈について問い合わせることが、現状で安全かどうかはわからない。田口の事件を考えれば、新井のほうにもあらぬ圧力がかかってくるのではないかと心配になる。しかし意を決したように三好は言う。

「これから新井とどこかで会って、そのへんの話をしてみるよ。人事異動の件も気になるからな」

「くれぐれも慎重にお願いします。警務は仲良しグループの片割れの、吉川部長のお膝元ですから」

「あの話し合いのあとだから、なにか新しい動きがありそうだ。おれたちもそろそろ首を洗って待っていたほうがいいかもしれないな」

穏やかではないことを言い残して、三好は刑事部屋を出て行った。

「なんてことないですよ。どこへ飛ばされようと、警察官である限り司法警察権は行使できますから。逮捕状や捜索令状の請求も被疑者の逮捕も検察への送致もできると刑事訴訟法には規定されています」

井上が正論を吐く。鷺沼は大きく頷いた。

「そのとおりだな。これまでだっておれたちは、組織のしがらみから自由なタスクフォースとしてでかい事件を解決してきた。どれもそうじゃなかったら到底手がつけられない事件だった」

3

一時間ほどして、三好から電話が入った。

「井上と一緒に外へ出てこないか。いつもの店にいるから」

どこか険しい口調で三好は言った。なにかよくないことでもあったのか。第二係の同僚たちは出払っているが、隣の島には第一係の刑事が何人かいる。人に聞かれたくない話なのは間違いない。

「わかりました。すぐに出ます」

そう応じて、井上とともに席を立った。廊下に向かいながら井上が言う。

「結果が出るの、ずいぶん早いじゃないですか」

「人事のデータベースを検索するだけだから、それほどは時間がかからないはずだが、新井さんとは、外で会うようなことを言ってたからな」

「人事のことで、なにかよくないことがあったとか」

「ああ。そろそろ向こうもなにか仕掛けてきそうなころだ」

そんな話をしながら向かったのは、日比谷公園にある行きつけの喫茶店で、三好は奥まったテーブルに一人でいた。

「調べはつきそうですか」

飲み物を注文して、鷺沼が問いかけると、苦々しい口調で三好は言った。

「いま、急いで調べてもらっている。急がないといけない理由がありそうでね」

「どういうことなんですか」

「おれたち三人に対して、分限処分の申し立てがあったそうだ」

「分限処分？」

鷺沼は当惑を覚えて問い返した。分限処分とは、国と地方を問わず日本の公務員に適用される制度で、勤務実績が不良だとか、心身に関わる病気で職務の遂行に支障があるなど、その職に対する適格性を欠くと認められた場合、その職員の意に反して行われる人事上の処分を指す。

降任、免職、休職、降給の四つの処分形態があるが、いわゆる懲戒とは異なり、懲罰的な意味はないとされる。

処分を行うのは任命権者で、警視庁の場合は警視総監、道府県警の場合は警察本部長だ。裁量権は任命権者にあり、法的には独断で行使できるが、人事の公平性や客観性を保つ必要から、通常は警視総監もしくは警察本部長直属の審査委員会を設け、そこでの審査結果に応じて処分が行われる。

処分の申し立ては普通は所属長が行い、被申立人の階級に応じて人事一課長もしくは二課長に対してなされるが、そのほかに首席監察官からの申し立てというルートもある。

柿沢が田口にほのめかしたという人事的処分という言葉の意味を、単に捜査関係以外の部署への異動と解釈していたが、それが意味していたのは、どうやらこちらのほうだったらしい。

鷺沼は警視庁に奉職して以来、身近で分限処分が行われたという話は聞いていない。それは抜くに抜けない伝家の宝刀で、不服があれば被申立人は都の人事委員会に審査請求することができ、そこで認められなければ裁判所に訴えることもできる。

そうした手続きが厄介なため、問題がある職員を辞めさせるときは、肩を叩いて依願退職させるというのが警察という役所の常套手段だ。

懲戒処分の場合でも免職まで行くことはまずなく、減給や停職としたうえで、依願退職させるケースがほとんどだ。依願退職なら自由意志だから、訴訟に打って出られる心配もない。

「申し立てたのは監察ですね」

「ああ。正式には人事一課長と二課長にきのう申し立てがあったそうだが、ここ最近、警務の上のほうと監察が頻繁に会議を開いていたそうだから、水面下での相談はずっと続いていたんだろう。あすにはおれたちに審査開始の通知がくるそうだ」

「当然、免職を狙ってるんでしょうね」

「そうなりゃ向こうも御の字だろうが、分限免職を喰らうような事情はこちらにはない。これまでいろいろ事件を手がけてきて、きっちり結果も出してきた。もっともその結果が、上層部の皆さんにはお気に召さなかったようだが」

「どういう理由をつけてくるんですか」

「おれに関しては、本来の職務に反して不適切な捜査を指揮して警察組織の秩序を脅かし、度重なる注意にも耳を貸さず、警察権を私物化しているという難癖がついているらしい。お前たち二人は人事二課の扱いだから詳しいところはわからんそうだが、たぶん似たようなもんだろう」

「ずいぶん奇抜な手できたじゃないですか」

「もっとも、理由はあながち外れてはないけどな。しかし相手が身内だろうがなんだろうが、おれたちは認知した犯罪を摘発しただけだ。それで組織の秩序が乱れたというんなら、そもそもその秩序が腐っていたというだけの話だ」

三好は吐き捨てる。しかし井上は不安げだ。

「どういう処分でくるかですね。免職だったら、村田氏の捜査は頓挫しますよ」

「狙っているのはそこだろうが、その程度の理由で審査委員会が承認するかどうかは怪しいと新井は言っているんだが」

「じゃあ、狙いはいったいなんですか」

「とにかく審査委員会を開くことだよ。委員会が審査を開始した時点で、支給品や貸与品の返却をさせたり、担当業務から外したりできる。それは審査の推移や結果にかかわらず、任命権者の職権でできる」

「つまり、警察手帳も手錠も返納することになるんですね」

「そういうことだな。そうなるといろいろ商売がやりにくくなる」

三好が無念さを滲ませる。鷺沼は訊いた。

「審査にはどのくらいかかるんですか」

「早くて一、二ヵ月。長引かせようと思えば半年でも一年でも延ばせるそうだ」

「事件を闇に葬るには、十分過ぎるくらいの時間ですね」

「それどころか、うまくいけばおれたちを警視庁から追っ払える。そうなりゃ村田は永遠に安泰だ」

「審査が続くあいだ、僕らはなにをしていればいいんですか」

井上が問いかける。投げやりな調子で三好は応じる。

「かたちは警務部付きで、窓もないような空き部屋に押し込められて、意味もない書類仕事やコピーとりでもやらせようというんだろう。こちらから要求すれば、審査委員会に出席して自分の意見も言えるらしいが、そんなの形式だけで、とりあえず話は聞いたというアリバイをつくるためだけだろう」

「係長がいなくなったら、特命捜査第二係は誰が仕切るんですか」

「いまのところ後任は決まっていないから、管理官が直接指揮をとることになるんだろうが、長引けば後釜を据えるんじゃないのか。審査がお咎めなしで終わっても、おれが帰る場所はたぶんなくなっている。おまえたちだって同じだろうよ」

「してやられましたね。そうなると宮野の作戦を村田の逮捕に繋げなくなる」

鷺沼は臍《ほぞ》を噛んだ。警察手帳を召し上げられれば、逮捕の執行もやりにくくなる。そもそもそういう状況下では、三好が逮捕状を請求することさえ難しいはずだ。

宮野は金さえ取れれば満足かもしれないが、村田を挙げられなければ、こちらはただの恐喝犯に成り下がる。そもそも鷺沼たちの手足をもぎ取る画策に出た以上、村田が果たして宮野たちの脅しに屈するか。安全圏に入れると判断すれば、強気に出てくるのは想像に難くない。

「そうなりそうだな。管理官が捜査を引き継いでくれればいいが、まず期待はできない。人事に絡む話は直属の上司に先に入るのが通例で、管理官は知っているはずなのに、そういうことをおくびにも出さない。上には決して逆らわないのを旨としてきょうまで生きてきた人だから、部下がいくら理不尽な扱いを受けても、我が身の安泰が最優先なのは間違いない」

「だったらどうしますか。これで引き下がるわけにはいきません。ここまで汚い手を使ってくるのなら、意地でも村田を塀の向こうに送らないと」

煮えくりかえる気分で鷺沼は言った。だからといって、これという手は思い浮かばない。そのとき三好の携帯が鳴った。

「ああ、さっきはありがとう。どうだ。例の連中の結びつきは摑めたか」

相手は新井のようだ。三好は勢い込んで問いかけながら、手帳を取り出してメモをとる。ふんふん頷きながら五分ほどで話を終え、鷺沼と井上に顔を向けた。

「連中、しっかり繫がってたよ。村田と杉内次長については、田口君の言っていたとおりだ。当時村田は大阪府警の警備部警備総務課の理事官で、杉内次長は警備部長だった。問題なのはほかの二人だよ」

「やはり繋がりが?」

「悪事が絡むような繋がりがあったかどうかまではわからないが、山村刑事局長は、当時は大阪府警警備部の参事官。吉川警務部長も同じく大阪府警の警備総務課長だった」

「全員が府警の警備・公安関係ということになりますね。村田が杉内次長の身代わりになったという例の公金不正流用事件——。山村、吉川の両名も、そこに関与していた可能性が大じゃないですか」

強い手応えを覚えて鷺沼は言った。三好も大きく頷いた。

「おれもそう思う。六年前に村田の犯行を隠蔽し、今回のおれたちの捜査に対する妨害行為を裏で仕切っているのも、そのグループなのは間違いない」

「柿沢監察官はどうなんですか」

「その件には関与していなかったが、十二年前に村田が警視庁公安部公安一課の管理官だったとき、その下で係長をやっていたそうだ。そのときからのコネがそのあともずっと続いていて、上手いこと警視にまで成り上がったわけだろう。六年前の事件のときも、事件の隠蔽で使い走りのようなことをしたんだろう。受けとった二百万円はそれに対する論功行賞じゃないのか」

「そういうふざけたグループのボスが、そのうち警察庁長官として君臨するかと思うと、腹の虫が治まりませんよ」

「取り巻きのクズどもも引き連れてか。こうなりゃ戦争しかないな。敵は日本の警察組織そのものだ」

腹を括ったように三好が言った。

4

「いやいや、敵は思いもよらない手を使ってきたじゃない」

さすがの宮野も困惑を隠さない。この日は三好、井上、福富も鷺沼のマンションに集まって、あさっての村田との勝負に向けての作戦会議の予定だった。

そこに突然見舞われた鷺沼たちの分限処分というカウンターパンチは、宮野と福富にとっても青天の霹靂のようだった。

「まあ、『月刊スクープ』に記事が載ったら、村田にとって痛手なのは間違いないから、それを武器に脅してやれば、話に乗ってくるのは間違いないけどね」

宮野は努めて楽観的な口を利くが、内心ではさほど自信がなさそうで、いつもの耳障りな声のトーンが心なしか低い。

「刑事訴追される心配がなくなれば、記事が載ってもダメージはないと考えるんじゃないのか。下手をすると名誉毀損で訴えられて、逆に金をふんだくられかねないぞ」

福富の見方は厳しい。たしかにそのとおりで、宮野たちの作戦も、ある意味で鷺沼たちの捜査との合わせ技なのだ。

雑誌に掲載されただけなら、告訴するなり民事訴訟を起こせば勝ち目があると村田は見るだろう。しかし一方で鷺沼たちがさらに捜査を進め、そちらで訴追されてしまうと、名誉毀損の裁判での勝ち目はなくなる。それ以上にマスコミの圧力で殺人容疑の裁判も不利に傾くだろう——。

あくまで村田がそう考えるはずだという前提があっての作戦だった。しかし分限処分という奇策で鷺沼たちの手足をもぎ取れば、形勢は一変する。

名誉毀損の裁判で勝とうが負けようが、警察が殺人のほうの捜査を進めない以上、マスコミもいずれ沈静化して、そんな騒ぎがあったことさえ世間からは忘れられるだろう。それで自分の人生は安泰だ——。

そう村田が考えたとしたら、宮野の目算も捕らぬ狸の皮算用になりかねない。『月刊スクープ』に記事を載せるという話そのものが、そもそも脅しの手段でしかなかった。金にならないということになれば、宮野のモチベーションも露と消えるだろう。

腹いせに鷺沼たちが調べた事実を公表し、マスコミに火を点けてやれば一時的な痛打にはなるにせよ、次期警察庁長官の威光をバックにした村田にとっては、必ずしも致命傷ではない。

あえて言葉にしなくても、そういう理屈は誰にでもわかる。宮野もそこは百も承知のようで、舌の油が切れでもしたように、きょうはなんとも歯切れが悪い。

「たしかに悲観的にならざるを得ないよね。鷺沼さんだけならともかく、三好さんも井上君も警視庁からお払い箱になったら、おれの商売も干上がっちゃうしね」

「べつにおれたちは、あんたのために警視庁にいるわけじゃないけどな。たとえ日陰者の身でも、警察手帳があるだけで、村田みたいな悪党に引導を渡すことはできたんだ。分限処分なんてあんたのためにあるような手続きなのに、まさかおれたちが喰らうことになるとはな」

恨めしい気分で鷺沼が言うと、宮野は馬鹿に素直に頷いた。

「おれもそう思うんだよね。上のお偉いさんは、自分の金で給料を払ってるわけじゃないもんだから、普通は無駄飯ぐらいの職員がいくらいたって気にもしない。そもそもそれを厳格にやってたら、うちなんかそいつらも含めて、職員全員が分限処分の対象になっちゃうからね」

力ない口調で井上が言う。

「一般人はどんな悪党を見つけても、送検したりはできません。それができる警察官というのは特別な職業だというのが、身に染みてわかりましたよ」

「しょげていたってしょうがないい。なんとか知恵を絞らないとな。鷺沼さんたちだって、こうなりゃ、それなりの金を懐に入れなきゃ間尺に合わないだろう」

福富は煽ってくるが、当人にもこれといった妙案はなさそうだ。

「そうだよ、福富君の言うとおりだよ。白旗を揚げるのはまだ早い。警察手帳を召し上げられたって、免職されるまではまだ警察官だ。職質したり逮捕したりするときに多少不自由なだけで、それで法的な立場が変わるわけじゃない」

三好が言うと、井上は意外そうな顔で問い返す。

「そうなんですか。手帳を返納しちゃうと、警察官としての資格も停止すると思ってましたが」

「手帳なんて身分証明書に過ぎない。国家公安委員会が制定した警察手帳規則に規定されているだけで、逮捕状や捜索令状のように法的な根拠に基づくものでもない。規則では携行が義務づけられているが、警視総監や警察本部長の指定があれば携行しなくてもいいことになっている」

「それは、例えばどんなときですか」

「潜入捜査で、身分がばれると命が危ない場合なんかが考えられるだろう。警官が休日に指名手配犯を見つけて緊急逮捕したときも、手帳がないから不当逮捕ということにはならない」

「もし審査が始まって、警察手帳を返納させられたとしても、ただそれだけのことと考えていいんですね」

「その場合、警視総監の指定によって不携行が許可されたと解釈できるわけだからな」

三好は頷いた。井上が身を乗り出す。

「理屈はたしかにそうなりますね。そこまでは考えませんでした」

「手帳を返納させられた上に警務部付にされても、その気になればやれることはある。おれもおまえたちも有給休暇はたっぷり溜《たま》っているから、それを使ってタコ部屋を抜け出して、ここをアジトに好き放題暴れてやればいい」

「しかし、そんなことをしたら、審査の結果に不利に働くかもしれませんよ。今回の申し立ても、これまでのイレギュラーな捜査を理由にしているようですから」

井上が慎重に指摘するが、三好はなおも意気盛んだ。

「大人しくしてたって、たぶん結果は同じだろうよ。おれたちを警視庁から追い出すのが連中の究極の狙いなんだから。審査委員会といったって、けっきょくは警視総監の諮問機関で、その結果にはなんの拘束力もない。その気になれば委員会の結果を無視して首を切れる」

「警視総監も、村田たちとグルかもしれないね。謝礼に一千万もくれてやれば、誰だって気持ちは靡《なび》くからね」

宮野が嬉々として口を挟む。誰でも自分と同類だと決めつけるのは宮野の抜きがたい性質だが、この件に関しては外れていない気がしてくる。

マル暴関係や薬物・銃器を取り締まる組対部の四課や五課が、ひたすら法令遵守の捜査をしていたら仕事にならないというのはよく聞く話で、情報収集のためと称する組の幹部との飲み食いや、法律ぎりぎりのおとり捜査は珍しくもない話のようだ。

その意味から言ったら、これまでの鷺沼たちのイレギュラー捜査も、その成果と天秤にかければ十分セーフのはずだし、現にそのことが法廷で不利に働いたような話も聞いていない。

そこに難癖をつけてきたことには間違いなく意図的なものがある。審査委員会の開催を下命するのは警視総監で、無理筋だと見たら独断で申し立てを却下することもできたはずなのだ。

「だったら、やはり警視庁相手の戦争じゃないですか。どのみち失うものはないんですから、とことん勝負に出ましょうよ」

井上は三好と同じ言い草だ。もちろん鷺沼もそこは同感だが、ではいったいなにができるのか。宮野たちの作戦を成功させるには、村田の尻に火を点けておくことが重要で、先日の面談ではそれに十分成功したとみていたが、今回の奇策でこちらのアドバンテージが失われたのは間違いない。

「宮野たちが仕掛けようとしていたのはあくまで心理戦だ。村田の恐怖につけ込んで、より太い尻尾を出させようという作戦だった。村田にここで安心感を抱かせてしまうと、宮野たちの話に乗ってくる可能性はだいぶ低くなるぞ」

困惑を滲ませて鷺沼が言うと、いつもの能天気な楽観主義が息を吹き返したのか、妙に張りきって宮野が言う。

「つまり、おれと福富の手腕にすべてがかかっているということね。だったらやってやろうじゃないの」

君野から報告があった仲良しグループの現金入金の話も宮野にはしてある。消えた六億円から、すでに四千万円近い金がそちらに使われているとしたら、宮野もそうは大人しくしていられないはずだ。

「そうだな。いまはあんたたちの力に期待するしかない。そこさえ突破すれば、次に打つ手は必ず出てくる」

身を乗り出して鷺沼は言った。井上が問いかける。

「次に打つ手って、いったいなにができるんですか」

「警察がだめなら検察が使える。一市民の立場で告発するという手がある。マルサだって巨額脱税事件としてとことん追及するだろう。口を噤《つぐ》ませるために何者かに巨額の金を支払ったという事実が明らかになれば、それ自体が自白と同じ意味を持つ。警察が使い物にならなくても、警察以外で捜査権を持つ二つの機関を動かせばいい。それが村田に対抗して繰り出せるおれたちの奇手だよ」

鷺沼はきっぱりと言い切った。すでにあと一歩のところに自分たちはいるのだ。村田一派の汚いやり口でそれを頓挫させるのはあまりにも口惜しい。同感だというように宮野が大きく頷く。

「そうだよね。おれたちは会話をしっかり録音しとくよ。村田が杉内次長たちに現金を渡したとしたら、今度もその可能性が高いと思うよ。だったらそれをパクっても足はつかないし、水谷も谷本もどこにも存在しない人間で、『月刊スクープ』の社長も、そこそこのお裾分けをしてやれば、そんな人間は知らない、たちの悪い詐欺師に利用されただけだとしらばくれてくれることになってるから」

さすがに金をむしり取ったあとの対策は万全のようだ。事ここに至っては、鷺沼もきれい事を言う気にはならない。

「一生とは言わないが、当分遊んで暮らせるくらいの金はもらわないとな。長年片思いしてきた警察社会との手切れ金だと思えば、別に法外なものじゃない」

「お、鷺沼さんもやっと本音を出してきたね。そうだよ。村田のような悪党を自浄能力で始末できない警察に代わって引導を渡してやるんだから、そのくらいの謝礼はもらわなきゃやってられないよ」

宮野は手放しで喜んだ。この先、事態がどう進むかわからないし、宮野と福富が思惑どおりの結果を出せるかどうかもわからない。しかし村田たちのえげつない策略が、こちらの結束を高めてくれたのは間違いない。熱のこもった調子で井上も言う。

「できるだけのことをやりましょうよ。捨て身でかかれば恐いものはありません。これが警察官としての最後の仕事になるんなら、僕は警察に奉職したことを後悔しません」

「なに、こういう仕事は楽勝気分で行くと逆にしくじる。気分が浮ついているのが向こうにも伝わるからね。おれの経験から言うと、一か八かの勝負のほうがいい結果が出やすいんだよ。その意味じゃ、気が引き締まって、むしろ結構な話だよ」

任せておけというように福富が胸を張る。そこは昔とった杵柄で、宮野よりずっと頼りになりそうだ。

「おれもいますぐ辞表を叩きつけてやりたいところだが、その前に村田を始めとするクズどもをとことん叩きのめしてやらないとな。連中からみたらおれたちなんて虫けら同然かもしれないが、そんな虫けらにも、毒針をもったのがいることを、きっちり教えてやろうじゃないか」

吹っ切れた調子で三好は言った。

5

翌日の午前中に、鷺沼たちは警務部に呼び出された。警部の三好は人事一課長、鷺沼と井上は人事二課長それぞれから直々の呼び出しだった。

鷺沼たちに手渡されたのは分限審査通知書という書面で、きのう聞いていたとおり、度重なる注意にもかかわらず警察官として不適切な捜査を行い、警察組織の秩序に甚大な混乱を与えたというような、理由というより難癖が記載されていたが、それが具体的にどういう事実を示すのかは明らかにされてはいない。

鷺沼が問い質しても、二課長の回答はしどろもどろだった。とにかく、そうした申し立てがあったので、内規に従って手続きをしただけ。実際に処分が必要かどうかは審査委員会が判断することだからと、ひたすら責任回避を図った。

申し立てたのが監察だということは渋々認めたが、あくまで事務手続き上、自分が表に立つだけで、他意はないことをひたすら強調した。

上からの圧力でもあったのかとわざと訊いてやると、血相を変えて否定するから、例のグループの一員の警務部長がそこに絡んでいるのは間違いなかった。

委員会は書類審査が原則だが、被申立人の要求があれば口頭審査も可能で、その場合、審査が開始される三日前までに書面でそれを請求することができるという規定で、審査開始は一週間後となっている。

委員長を務めるのは警視総監で、委員は警務部長、警務の課長と首席監察官が充てられることになっているようだ。その顔ぶれをみただけで、すでに答えは出ていると思うしかない。

予想どおり、警察手帳、手錠、拳銃等の貸与品の返納を求められ、審査が終了するまでは警務部付きの無任所扱いとなると宣告された。

それなら審査が始まるまでの一週間、有給休暇を取得したいと申し出ると、それについては了承された。分限処分の審査に当たって、有給休暇まで召し上げるという規定はないし、そもそも鷺沼たちを警視庁から追い出すことが敵の眼目だから、むしろ渡りに船といったところだろう。

口頭審査の要求に関しては、返答を留保してきた。どのみち答えがわかっている委員会に出席したところで結果が変わるとは思えない。

そんなことに時間を割くよりも、タスクフォースとしての活動に全力を注ぎたいというのが本音だが、そこは不確定な要素として残しておくほうが敵に不安を与えるだろうという読みだった。

三好のほうも対応は似たようなもので、午前中には貸与品の返納を済ませ、きょうから有給扱いということにして、あとのことはすべて管理官に一任したということだった。

刑事部屋を出る際、鷺沼は証拠品保管室から借りた例の毛髪を、これまでに作成した捜査資料と一緒に持ち出した。休暇中に誰かにすり替えられても困る。場合によっては、最後の決め手になるかもしれない重要な証拠品だからだ。

「なんだか生まれ変わったような気分だな。委員会がどういう結論を出そうと、もう警察という職場に戻る気はないよ。ただし村田一派と刺し違えてだ」

虎ノ門の定食屋で早めの昼飯を食いながら、三好がさばさばした顔で言う。鷺沼も大きく頷いた。

「すべてが腐っているわけじゃないんですがね。粉骨砕身、職務に当たっている警察官は大勢います。そこに村田たちのようながん細胞が巣くっていて、それが警察庁のトップの地位にまで転移しようとしている。それを阻止できなきゃ、これからの人生、恥を抱えて生きることになる」

この先のことを考えれば、鷺沼も強がってはいられない。社会人になってやった仕事は警察官だけで、それも大半が殺人捜査担当の刑事だった。

警察官のなかで潰しが利くのは警備保障会社や企業のセキュリティ担当者として重宝がられる警備公安畑や窃盗担当の捜査三課の刑事で、殺人事件ばかり追ってきた鷺沼のような刑事への民間からの需要はほとんどないと聞いている。

分限免職であれ自己都合退職であれ、懲戒免職ではない以上、退職金は規定どおり出る。すでに定年が視野に入っている三好の場合、そこそこの額にはなるだろうが、若い井上の場合はせいぜい涙金。鷺沼にしたってせいぜい鼻水程度のものだろう。

村田をのうのうと生かしておいて、自分たちだけ割を食うのは真っ平だ。どうせ国庫に収納される金なら、それを巻き上げたとしても道義的な痛みはもはやない。

いよいよ宮野と同類になりそうだが、それもいまでは小さな話だ。宮野は宮野、自分は自分で、村田一派をとことん叩き潰すことこそ、鷺沼のなかでは唯一の正義の執行だ。いや正義がどうのという言い訳すら必要ない。単に連中を地獄の底に突き落としてやりたいだけなのだ。

「人事二課長にしても管理官にしても、上の圧力に抵抗しようという気はまったくありませんでしたからね。まさかお金をもらっているとは思いませんけど、長いものには巻かれたほうが人生安泰だという思惑がありありですね」

井上はいかにもうんざりした表情だ。天職と思っていた警察という職場から、意に反して弾き出される井上の切なさは痛いほどわかる。三好が言った。

「そういう連中がいるから、村田たちのようなのがいよいよのさばる。だからこそ、やらなきゃいかん。蟻の一穴という言葉もある。おれたちにできることはささやかでも、それが巨大組織を震撼させることだってある。おれも人生の大半を警官として安穏と過ごしてきた。当然、内輪の腐敗もさんざん見てきた。だが、声も上げずにきょうまでやってきた。つまりそのツケがいま回ってきたんだよ。おまえたちまでその道連れにするのは心苦しいが、だからといってこんな組織にしがみついていろとはとても言えない」

三好の忸怩たる思いが十分伝わってくる。宥めるように鷺沼は言った。

「道連れなんて言わないでくださいよ。今回のことは私の意思でやっていることで、むしろ係長が好きにやらせてくれたことに感謝しています」

身を乗り出して井上も言う。

「そうですよ。犯罪を追及する刑事に憧れて警察官になったのに、犯罪者の下で仕事をすることになるなんて、想像もしていませんでしたよ。分限処分がなくたって、事件が解決したあとは、どうせ辞表を書くつもりでしたから」

「そう言ってもらうとおれもいくらか気持ちが軽くなるよ。なんにせよ、もう遠慮することはなにもない」

力強い口調で三好は応じる。いずれにしても局面は変わった。当然、闘い方も変わってくる。突き抜けた気分で鷺沼は言った。

「そのとおり。こうなったら違法捜査だろうがなんだろうが、村田を挙げるためならなんでもやってやろうじゃないですか」

6

三好と井上は、私物をとりにいったん自宅へ戻っていった。

今夜から鷺沼のマンションをアジトに、タスクフォースも臨戦態勢をとることになっている。当初から居候の身の宮野はもちろん、三好も井上もしばらく泊まりがけのつもりのようだ。

福富も今夜は横浜から駆けつけて、あすの村田との接触に万全の態勢を整えるとのことだ。彩香もきょうは日勤なので、勤務を終え次第参加するという。

彩香の場合、とりあえずいまは出番はないのだが、田口の襲撃事件のことがあり、そちらの捜査もこれから村田を追い詰める材料になりそうなので、上司に怪しまれない範囲で今後も顔を出してもらうことにした。

田口の事件は捜査が難航しているようだ。というより警察関係者の仕業ではないかという捜査チーム内部からの指摘に上層部は耳を貸さず、漫然と現場周辺の聞き込みをしているだけで、チームの士気も落ちてきているという。

そちらにも村田の息がかかっているとまでは思わないが、犯人が警察官である可能性を認めたくない心理が働きがちなのは、現場の感覚として十分あり得る。

素朴な意味での身内意識というのもあるが、それ以上に、仲間を売った卑怯者というレッテルが、知らず知らずのうちについて回ることになる。

早い話が鷺沼たちがそうで、これまで警察官が絡んだ大事件をいくつも解決して、普通なら警察功績章くらいもらってもよさそうなのに、相変わらず陽の当たらない部署におかれ、さらには今回の仕打ちに遭った。警察内部、とくに上層の人間にとっては、裏切り者という印象が強かったのは言うまでもないだろう。

宮野はきょうの呼び出しの話を詳しく聞こうと、マンションで手ぐすね引いて待っている。普段なら、鷺沼にとって不幸なことは宮野にとって慶事だが、今回ばかりは事情が違うようで、それが自分の作戦にどう影響するかが心配の種らしい。

いまとなっては宮野と角突き合わせてもいられない。あすの作戦が成功するかどうかが、今後の捜査の帰趨を決める。村田にしても、決して安穏とはしていられないはずだ。こちらがかなりのところまで追い詰めていることを、すでに彼には教えてある。

それを梃子にした福富と宮野の交渉術に期待するしかないが、できればもう一つ、村田を慌てさせるような材料が欲しい。

みんなが集まる夕方まで、宮野と二人で過ごすのは嫌なので、どこかで適当に時間を潰そうと新橋方面へぶらぶら歩いていると、背広のポケットで携帯が鳴り出した。取り出してみるとマルサの君野からだった。

「お世話になっています。なにか新しい情報がありましたか」

分限処分の対象になっていることは、まだ言わないでおくことにした。処分が決まっていない以上、まだ身分は以前のままだ。嘘をついているわけではないし、それを言って君野の意欲に水を差すのはマイナスだ。

「ええ。あれからさらに全国の銀行口座を精査しましてね。すると、ある不審な口座が見付かったんです」

「どういう口座でしょうか」

「村田昭典《あきのり》という名義なんですが、この人物は七年前に死亡しています。ただしその口座は、その十数年ほど前に休眠口座になっていました」

「誰なんですか、その人は？」

村田と同姓なのが気になって、鷺沼は問いかけた。君野はさらりと答えた。

「村田政孝氏の兄です」

「死亡した人物の銀行口座が、どうして残っていたんですか」

「遺族が申し出たり、銀行がなんらかのかたちでその人の死を知った場合、相続が決定するまで凍結されます。もちろん決定がなされた段階で銀行は凍結を解除しますが、そこで解約になるのが普通です」

「ところが、その口座がまだ残っていたんですね」

「遺産の総額が相続税の控除額を下回っている場合は、相続税の申告は必要ありません。そんな場合は、厳密な資産調査をする必要がないので、わずかな残高しかない休眠口座が放置されることはあるでしょう」

「その口座が不審だというのは？」

「翌年、つまり六年前の十一月に再開されているんです」

「本人以外でも手続きができるんですか」

「通帳と印鑑と本人確認の書類があれば、簡単にできます」

「しかし本人は死んでいるんでしょう」

「例えば運転免許証とかパスポートは、持ち主が死亡しても返却する義務はありません。期限が残っていれば、銀行での本人確認に有効です」

「顔が違っていると思いますが」

「兄弟で顔立ちが似ていれば、写真に合わせて髪型を変えたり眼鏡をかけたり髭を伸ばしたり、あるいはその逆にするとかされたら、銀行窓口の人間は十分騙せると思います。問題なのは――」

君野は声を落として続けた。

「再開した直後に、約五億円が入金されているんです。しかも現金で――」

第十二章

1

「そういう馬鹿げたストーリーを、あんたたちは本気で信じているのかね」

宮野が独自取材と称して、村田の容疑に関わる触りのところをざっくり聞かせてやると、落ち着いた声で村田は言った。

「ジャーナリストの取材力を馬鹿にしちゃいけません。田中金脈問題とかリクルート事件とか、すべてマスコミの報道が発端でしたから」

宮野はしゃあしゃあと応じる。すべて鷺沼たちが調べ上げた話で、取材もなにもあったものではないが、自信たっぷりの口の利きようはなかなか堂に入ったものだ。

場所は宮野が勝手に見繕った麴町の懐石料理の老舗で、店構えからして福沢諭吉が集団移民しそうな気配が漂う。

村田はきょうは腰巾着の柿沢を伴っていない。警察の職務とは直接関係ない私的な話にまでしゃしゃり出れば、自らグルだと白状するようなものだから、当然そのくらいの知恵は使うだろう。

村田の相手は水谷、谷本とそれぞれ名乗った宮野と福富で、水谷は『月刊スクープ』の副編集長、谷本はその発行会社の専務ということにしてある。井上がつくった偽の名刺を、村田はとくに疑いもしなかった。

鷺沼は近くの路上に停めた車のなかで、三好と井上の二人と一緒にコンビニ弁当をぱくつきながら、無線マイクから伝わる会話を聞いていた。

宮野が選んだ店のせいで三好の魔法の財布もさすがに音を上げそうで、やむなくそんな成り行きになった。三人とも分限処分の対象になっている身でパトカーを貸せとも言えないから、店の外での待機場所としてレンタカーを借りた。車を停めているのは店の玄関から一〇メートルほど離れた場所だが、音声は十分に聞こえる。

「どうせ、どこかのクズ刑事が妄想でこね上げた疑惑をおたくに売りつけたんだろう。我々は仕事柄、恨みを買う機会が多くてね。たぶん処分を受けた不良刑事が、私の評判を落とそうと画策し、おたくたちはまんまと利用されたんだろう」

村田は強気な口ぶりだ。鷺沼たちへの分限処分の審査が開始され、出てくる答えもおそらくわかっている。鷺沼たちが警視庁からいなくなれば立件も訴追もされずに終わる。そんな自信があってのことだろう。そこは十分予想していたから宮野も動じない。

「でも口座の資金移動については、銀行からもらったデータがしっかりあるんですよ」

「どこからそんなものを入手したんだね。司法捜査権のない民間人に銀行が開示するはずがない」

「そういう権限のある公的機関は警察だけじゃありませんので」

宮野は上手にほのめかす。このへんはぼかしたほうがいいという作戦だ。銀行口座を覗ける公的機関となると、まず国税当局が村田の頭には浮かぶだろう。

最初にそれを調べたのは鷺沼たちだが、すでに国税が動いていること自体は嘘ではない。警察と税務署は一般人から敬遠される官公庁の双璧だ。妻の遺産相続の件でやましいものがある村田にとっては、この世で最も怖い天敵のはずなのだ。

「国税だと言うのかね。妻の相続税の申告は適正に行っている。私だって贈与税の申告は遺漏ない。どうして国税が目をつけなくちゃならんのだね」

「べつに国税がとは言っていませんがね。ただ、もしそうだとしたら、向こうは向こうでそれなりの理由があるはずなんです。とくにマルサなんてところは油断も隙もありませんから。うちもいっぺん目をつけられて、とことん締め上げられましたよ。連中は警察よりたちが悪い——。いや、その、仕事熱心だという意味でですがね」

福富は本音を吐いておいて、わざとらしく取り繕う。咎めるゆとりもないように、村田が慌てて訊いてくる。

「マルサからの情報なのか」

「そこは申し上げられません。出所は絶対に明かさない条件で情報を提供してもらっていますので」

木で鼻を括ったように宮野が応じる。村田にすればほとんどそうだというように聞こえるだろう。マルサの強面《こわもて》ぶりは強欲な警察官僚にも効果抜群らしい。

「だからといって、そんな記録になんの意味がある」

「お義父さんの遺産が約八億円あった。しかし奥さんが申告したのは約二億円だった。残りの六億がどこにあるのか、我々ジャーナリストには興味津々のネタなんです」

「それを私が懐に入れたと？　しかも義父を殺害して奪ったと？　それこそ妄想だ。そもそも義父が死亡したとき、自宅に八億円の現金が存在したという証拠がどこにある。あるいは存在したかもしれないが、それは義父を殺害した真犯人が盗んでいったと考えるのが筋だろう。妻が実家で発見したのは二億円の現金だけで、それは犯人が見落としていっただけかもしれない」

「そうですか。だとしたら、奥さんから贈与を受けた六千万円と、新築したご自宅の持ち分五〇パーセント以外に、村田さんにはお義父さんの遺産に関係した金銭その他のやりとりはなかったとおっしゃるんですね」

「なにか問題があるというのかね」

「村田さんと大変親しく、しかも警察内で大きな力をお持ちの方々の口座に多額の入金がありましてね。すべて現金で自分の口座に入れている。その時期がみなさんほとんど一致していて、六年前の十月なんです。つまりお義父さんが亡くなった翌月です」

宮野は取れたてのネタを持ち出した。村田の顔が青ざめたところを見たかったが、声には狼狽の色がありありだ。

「なにが言いたいんだ。いったい誰の話をしているんだ」

「それが、杉内警察庁次長、山村刑事局長、吉川警務部長、柿沢監察官の四名なんです」

いつものおちゃらけた調子は微塵も見せず、宮野はあくまで直球勝負だ。知らない人間が聞いていたら本物の敏腕ジャーナリストと勘違いするだろう。中身は別にして、成りきる才能に関しては舌を巻く。

「それと私と、どういう関係があるんだね」

「殺人事件の隠蔽に尽力してもらった謝礼ではないかと、我々は読んでいるんですがね。合わせて四千万円近い金額です」

「私がそれを渡したと？　冗談は休み休み言って欲しいね。どこにその証拠があるんだ」

「証拠はありませんけど、タイミングが合っている。事件そのものは単純な強盗殺人で、捜査一課が総力を挙げれば、未解決で終わるなんてことはあり得ない。ところがわずか数ヵ月で帳場はたたまれた。最初に見つかった指紋がすり替えられていたという噂もあります。柿沢さんを除けば全員が超エリートで、杉内さんに至っては次の警察庁長官が確約されている。そういうお歴々なら、前途有為なキャリアが犯した殺人の一つや二つ、もみ消すくらい容易いことじゃないですか」

「そうやって勘ぐるのは勝手だが、刑事捜査でいちばん重要なのは証拠だよ。君が並べ立てたことと、私が義父を殺害し、金を奪ったという妄想を結びつける証拠がどこにある」

「そこが我々の商売の得なところで、警察と違って証拠なんて要らないんです」

「証拠もなしにそういうことを書き立てたら、名誉毀損で訴えるぞ」

凄んでみせる村田に、こんどは福富がさらりと言い返す。

「そんなのは平気ですよ。うちではしょっちゅうあることで、逆にそのくらいのリスクをとらなきゃ読者に納得してもらえる記事は提供できませんので」

「争う気なら、こっちもとことん闘うことになる」

「そうなると、法廷で洗いざらい調べられますよ。それでそちらが負けるようなことになれば、検察も刑事事件として訴追するかもしれませんよ」

「検察も裁判所も馬鹿じゃない。出鱈目な話に聞く耳は持たない」

なおも強気で言う村田に、宮野がさらに最新版のネタを突きつけた。

「村田昭典さんというのは、たしか村田さんのお兄さんですね。七年前に亡くなっていますが」

「この件と、どういう関係があるんだね」

村田の声に動揺が感じられる。

「休眠口座になっていたその方の銀行口座が六年前の十一月に再開されています。そして直後に五億円の現金が入金された。まさか亡くなったお兄さんがやったとは、妄想癖の強い我々でもさすがに考えにくいんですが」

宮野は嫌みたっぷりに攻め立てる。むろん村田はしらばくれる。

「それをやったのが私だと？　それにしたって証拠なんかないはずだ」

「いくら証拠がないといっても、亡くなった親族の休眠口座を再開して、そこに五億円もの現金を入れられる人間となると、身内以外に考えられないでしょう。金額も合うんですよ。八億のうち二億だけは奥さんが税務署に申告した。いま言った四人に渡った総額を差し引くと、五億ちょっとになるんです。問題なのはその五億円の行方です」

「要するになにが言いたい」

「いったん振り込まれた五億円が、その翌年にすべて海外の口座に送金されています。その口座がいわゆるタックスヘイブンの匿名口座で、真の所有者は極めて把握が困難だそうでしてね」

「それが私だというのか。五億もの金を海外送金すれば、当然税務署が把握するだろう」

「ところが周到なことに、小口に分けて何百回も送金していたんです。百万円を超える送金は扱った銀行から税務署に報告が行くので、それを避けてでしょうね。ずいぶん手間がかかったと思いますが、いまは海外送金もインターネット・バンキングでできますから、やってやれないことはない」

すべてマルサの君野が教えてくれたネタで、村田にすれば図星のはずだ。それでも証拠がないと言い張るのは目に見えているが、宮野はさらに脅しを利かす。

「検察や裁判所は証拠に拘《こだわ》るでしょうけど、我々の読者はそうじゃない。シロかクロかは印象で決まりますから、その感覚で言えば村田さんはクロそのものだと思うんですがね」

「マスコミはいつもそうやって冤罪づくりに荷担する。警察や検察ばかりが非難されるが、勝手に報道をエスカレートさせて、火に油を注ぐのはいつも君たちじゃないのかね」

村田は突然マスコミ批判に転じる。黙っていた福富が口を開く。

「耳に痛いお言葉です。しかし逆に言えば、我々にはそういう力があるということです。舐めてかかると痛い目に遭いますよ」

いよいよ本性を現したようで、口ぶりが穏やかなだけに不気味な圧力がある。

「それは君、脅迫じゃないかね。こう見えても私は警察官だ。その私を強請ろうとはいい度胸じゃないか」

居丈高に言い返す村田に、福富はまったく動じない。

「脅迫なんかしてませんよ。金品を要求しているわけじゃないし、暴力を振るっているわけでもない。あくまで紳士的に取材をさせてもらっているだけです。これが脅迫罪に当たるんなら、テレビから新聞から、記者はすべて刑務所行きじゃないですか」

福富はおそらく、してやったりと笑っていることだろう。ここまでの話で村田のほうから脅迫という言葉が出てくるということは、金でけりがつくかもしれないという意識が働いているからだ。案の定、村田は戸惑ったように問い返す。

「誌面に載せるかどうかについては、話し合いの用意があると言っていたじゃないか」

宮野の揺さぶりがよほど利いたのか、村田が語気を荒くした。

「我々としては誠意をもってお話をさせてもらったつもりですが、村田さんは頭から否定するだけ。けっきょく平行線ですから、やはり掲載に踏み切るしかないと思うんです」

素っ気なく応じる福富に、村田の口調がやや弱気になる。

「それじゃなんのために会ったのかわからんだろう。君たちの根も葉もないでっち上げを否定する気持ちは変わらんが、時間と金をかけて法廷で争うのも馬鹿馬鹿しい。私としては、お互いが損をしないかたちでことを落着させたい」

「お互いが損をしないかたちとは？」

福富は空とぼける。焦らして向こうから尻尾を出させる作戦だ。仲居がなにか運んできたようで、村田はいったん口を閉じる。

宮野があああだこうだと料理の講釈をし、嬉しそうに応じる仲居の声が入る。仲居が挨拶をして立ち去ると、待ちかねていたように村田が切り出す。

「――こういうことは、金銭で決着をつけるというのが世間の通り相場だと思うが」

「お金で？　それは想定外のお話です」

宮野は滅相もないという調子で応じるが、内心でほくそ笑んでいるのが目に見える。

「君たちの話を聞いていると、必ずしもそうとは思えないんだがね」

村田が言うクズ刑事と宮野たちが結託しているとまではまだ気づいていない様子だが、ここまでに披瀝《ひれき》した情報の根幹部分が、そこから漏れ出したものくらいには考えているだろう。

そのクズ刑事たちに関しては分限処分という究極の手を打ったから、自分が訴追される心配はなくなった。宮野はマルサが動いている話もほのめかしたが、兄の口座の件にしても、杉内たちに渡った金の件にしても、ここで初めて出した新ネタで、村田はマルサから流れた話だと理解しているはずだ。

しかしそちらは村田が関与している蓋然性が高いとまでは言えても、立証は困難だ。そもそもマルサは脱税の摘発が専門で、刑事事件は職務ではない。そのあたりはこちらの弱みで、鷺沼たちにしても例の毛髪以外に物証といえるものがなく、その毛髪のDNA型鑑定を村田は拒絶している。

殺人罪に時効はないが、その容疑を固める切り札となる所得税の脱税はすでに遡及期間を過ぎているし、妻の相続税の申告にしても来年には同様だ。

そんな事情を村田は計算に入れて、怪しげな出版社の編集者や専務に小遣いを渡して掲載をやめさせれば、あとは安全圏に逃げ込めると考えているはずだ。

そうだとしたら今回の作戦は、宮野の思惑は別として、鷺沼にとってもまさに起死回生の奇策だった。村田がその餌に食いついてきたのは間違いない。

助手席にいる三好が、やったというようにVサインをつくる。向こうから言わせたのは期待以上の成果だ。井上も運転席で大きく頷く。その音声は受信機に接続したICレコーダーにしっかり録音されている。

「たとえば、どのくらいの額をお考えなんですか」

気のないふうで福富が問い返す。声を落として村田が答える。

「これでどうだね」

片手の指を広げて見せたのだろう。宮野が頓狂な声で問い返す。

「五億円ですか？」

村田は慌てたように否定する。

「まさか。五百万円に決まっているだろう」

「村田さん。それじゃ話になりませんよ。そういうことをすれば、我々だってジャーナリストの魂を売ることになる。こうみえても、たかだか五百万で売り渡せるような安っぽい魂は持ち合わせていないんです」

しらけた調子で福富が言う。村田は狼狽を隠さない。

「じゃあ、いくらなら応じると言うんだね」

「まあ、五億とは言いませんがね。この一件、真相が明らかになれば奥さんだって共同正犯だ。となると相続欠格で相続権はなくなる。そうなると申告済みの二億も含めて八億円が、殺された川口さんの縁者に相続権のある者がいればそちらに、いなければ国庫に召し上げられる。そこを勘案すれば、それなりのご提案はしていただかないと」

「そもそもそれが身に覚えのないことだと言っている。しかし余計な騒ぎは起こしたくないから、お互い納得できるところで手を打とうと言ってるんじゃないか」

「我々は金目当てで取材したわけじゃないんです。社会の木鐸《ぼくたく》として悪を告発するのがジャーナリズムの使命ですから、折り合いがつかなければ、いつでも掲載に踏み切ります」

「だからといって、そんな法外な金が、私の手元にあるわけがないだろう」

「五億円をタックスヘイブンの銀行に預けているじゃないですか」

福富は追い込んでいくが、村田はあくまでもしらをきる。

「それも勘ぐりだ。君たちのことも考えて言っている。近ごろは名誉毀損の賠償額も上がる一方らしい。失礼だが、そちらはさして大きい会社でもないようだ。訴訟に負けたら、経営が破綻しかねないんじゃないのかね」

「ご心配は無用です。この件については社長も社運を賭ける覚悟でいますので」

福富は悠然と応じる。もちろんはったりで、社名を貸しただけの社長にそういう覚悟があるはずもない。失敗すればあとがないが、そんな気配はおくびにも出さない。

「じゃあ、きょうの話は決裂だな。あんたたちは正義漢を装ってそんな無茶な話を持ち出すが、それに応じる馬鹿が世の中にいると思うのかね」

「そういうことでけっこうです。さっそく来月号に掲載する準備を進めますので。記事はもう出来ているんだったね、水谷君?」

「そりゃ万全ですよ、全二十ページの大特集です。あとはきょうの追加取材の結果を書き加えるだけですから」

「追加取材？　なにを書き加えるんだね」

村田がうろたえて問い返す。けろりとした調子で宮野は答える。

「そりゃもちろん、こちらが取り上げた疑惑について、村田さんが全面否認したことはちゃんと書いておかないと」

「その点は君たちもフェアだな」

「それからもう一つ。今回の記事の掲載を中止するという条件で、五百万円という金額を提示された話も――」

「ちょっと待て。それは取材とは関係ないだろう」

村田は慌てふためく。決めつけるように福富が言う。

「いや、今回の記事の信憑性に関わる重要な事実ですから。良心あるジャーナリストとして等閑視するわけにはいきません」

「待ってくれ。いまここで結論を出せと言われても困るんだよ。少し猶予をもらえんかね」

動揺を隠せない村田の足元を見るように、気のない調子で宮野が応じる。

「どうやってもあと二日ですけど。それまでに結論を出してください」

「わかったよ。一両日中にこちらから連絡する」

意気消沈したように村田は言った。

2

会食を終え、村田はタクシーで帰って行った。宮野と福富はそれを見送ってから、三好の車に同乗して四谷に向かい、レンタカーを返して、しんみち通りに向かった。

先ほどの懐石料理の店は、味には満足したものの高級すぎて量の点で食い足りなかったと、宮野は張り切って穴場だという海鮮の店に案内した。

「まあまあいい線まで押せたんじゃないの。今夜の一発で億の金を引っ張り出すのはいくらなんでも無理だから。でも村田にしたら、もう逃げようがないじゃない」

いつものお気楽モードに戻って宮野が言う。しかし福富は慎重だ。

「まだ楽勝気分に浸るほどじゃないな。猶予をくれと言ったのが引っかかる。もっともあの局面じゃ、こっちもほかに手がなかった」

「たった二日でおれが喋った内容を全部ひっくり返すようなことが、村田にできるわけないよ。五百万なんて額はけち臭いけど、でも向こうから言い出したんだから自白したようなもんでしょう」

宮野は意地でも楽観視したい様子だが、鷺沼の感触でも勝負は五分五分で、福富の危惧もわからないではない。たった二日と宮野は言うが、杉内次長を筆頭に、新宿のホテルの鳩首会議のメンバーが総力でかかってきたら、なにが起きるかわからない。

彼らもむやみに危ない橋は渡らないだろうが、村田には金がある。こちらに億の金を渡すくらいなら、その十分の一程度の謝礼で連中を動かすことはできそうだ。現に六年前の事件の際には、おそらく四千万に満たない金を渡して、事件のもみ消しに成功している。そんな考えを口にしても、宮野はあくまで首を振る。

「いくら警察庁の偉いさんだって、民間のやることにまで圧力はかけられないよ。おれと福富はインチキ社員だけど、『月刊スクープ』は実際に販売されている雑誌で、発行会社も実在するんだから。村田が金を寄越さなければきっちり記事にするって社長は約束してるんだし、そこに介入して妨害したら、国家権力による言論弾圧になっちゃうよ」

「そうは高を括ってもいられないぞ。警察といっても、そいつらは、あんたたちとは出身地が違うんだろう。公安というのは一種の秘密警察だからな。現に宮野が当て逃げされたのも田口という若いのが襲撃されたのも、公安が絡んでいると踏んでいるわけだろう」

福富はなおも慎重だ。たしかに人事一課の新井が調べてくれたところでは、村田も含め、あの会議のメンバー全員が、本籍は警備公安部門だ。

「僕も警察官ですが、公安のことはほとんどわからないんです。でも本を読むと、過去にいろいろ超法規的な活動をやっていて、危ない組織なのはたしかなようですね」

　井上が言う。それは現に井上と鷺沼の身にも降りかかってきた。二人をつけ回した不審な二人組が神奈川県警の公安で、どうやら柿沢の伝手《つて》で動いたらしいことが、すでにそのことを物語っている。福富が頷くと、井上は怖気を振るうように言う。

「連中はそういう危険な能力を、公務以外でも使うかもしれないということですね」

「宮野たちにやったようなことならこっちにも対抗手段はあるし、逆にそこを突破口にすることもできる。しかしそいつらが本気になったら、たぶんもっと洗練されたやり方でくるだろうな。いまは想像もつかないが」

「まあ、とりあえず追い込めるとこまで追い込んだのはたしかだよ。だからこそ気を引き締めなきゃいけない。その点は福富君に同感だ。窮鼠猫を嚙むという言葉もあるからね」

　腹の据わった口ぶりで三好が締めくくる。そのとき井上の携帯が鳴り出した。ディスプレイを覗いた顔がどこか緩んだところを見ると、彩香からのようだ。言葉を交わすうちにその表情に緊張が走る。話を終えて、井上は鷺沼たちを振り向いた。

「彩香からです。田口君の事件現場近くから、妙なものが出てきたそうなんです」

「妙なもの？」

「特殊警棒です。警察で使用しているものと同じタイプです」

「どこにあったんだ」

「現場から二〇〇メートルほど離れた空き地の草むらです。きょうの昼ごろ、近所の子供が遊んでいて見つけたんだそうです。夕方になって父親がそれに気がついて交番に届けて、受けとった警官が碑文谷署の捜査チームに知らせてくれたんだそうです。事件が起きたとき、その警官も現場の捜索に加わっていて、犯人は警察官の可能性があるという一部の捜査員の話を耳にしていたらしいです」

「所有者はわかったのか」

「警察の支給品なら、識別符号が刻印されているので使用者が突き止められるんですが、それがないんです」

「同タイプのものは市販もされている。民間の警備会社の職員が所持していたものとも考えられるが、警察官でも、身元を秘匿するために個人購入した可能性がなくはないな」

「田口君や逮捕術に詳しい所轄のベテラン捜査員の見方が当たっていれば、それは十分あり得ます。僕も警察学校で習いましたが、警棒の使い方も必須科目の一つですから」

「たしかに、いまどきはネット通販でも簡単に買えるが、素人に使いこなせる道具じゃないし、用もないのに携行していれば軽犯罪法に引っかかる。指紋は出たのか」

「いまのところその子供と父親の指紋くらいで、とくにほとんどの部分が子供の指紋で上書きされていて、落とし主のものとみられる指紋はまだ特定できないようです。落としてから日が経っていますので、日射や雨で消えてしまったかもしれません。いま鑑識に持ち込んで精査しているところです」

「それが検出できれば、警察官なら身元が特定できるな」

「ええ。こうなると碑文谷署も及び腰ではいられないでしょう。結果が出たら彩香が知らせてくれるそうです」

スパイをやらせるようで気が引けるが、彩香もタスクフォースのメンバーを自任しているわけだから、ここは頼りにするしかない。

「柿沢とかいうやつが、またうちの公安のカスどもをアルバイトに雇ったんじゃないの」

うんざりしたように宮野が言う。柿沢のルートだとすればそれも十分あり得る。鷺沼は言った。

「このあいだおれたちをつけ回した鶴見署の北村というやつに訊いてみたらどうだ。そいつがやったのかどうかはともかく、どう反応するかで、あらましの見当はつくだろう」

「そうだね。ただ携帯の番号までは知らないのよ。根っからの怠け者だからもう帰ってると思うけど、ひょっとして当直ということもあるから」

宮野は躊躇なく携帯から署に電話を入れる。北村は運よくいたらしい。

「お、北村君。宮野だよ。こんな遅くまで精が出るね。またなにかいいアルバイト見つけたの？」

相手がなにか言っている声が漏れるが、宮野はお構いなしに言葉をかぶせる。

「いやいや、稼ぐのはけっこうなことだよ。職務規程に違反しようと捜査費をつまみ食いしようと、最後に笑うのは金を手にした人間だからね。ところで最近も、都内でアルバイトしてたそうじゃない」

またなにか言い返す声が聞こえるが、宮野は聞く耳を持たない。

「柿の木坂の冴えないマンションで暮らす、しがない独身男の鷺沼という刑事を追いかけ回してたと聞いてるけど」

テーブルの下で向こう臑を蹴飛ばしてやると、宮野は顔を歪めるが、おちゃらけたトーンは崩さない。

「隠さなくていいよ。警視庁の柿沢っていう監察官に頼まれたんじゃないの。お駄賃はいくらくらい？いやいや、もちろん誰にも言わないよ。お互い生活権は尊重しないとね。基本的人権と言ってもいいかもしれない。それで聞きたいんだけど、そのあとも柿沢からなにかアルバイト頼まれた？」

相手がなにやらまくし立てている。宮野はこんどは適当に相づちを打ちながら、黙って耳を傾ける。ほどなくして、宮野は愛想よく礼を言って通話を終えた。

「おれの地獄耳にかかったらもう逃げられないと思ったのか、鷺沼さんの件は認めたよ。それからつい最近、また一件頼まれたんだけど、危なそうな仕事だから断ったらしい」

「どういう仕事なんだ」

「ある人物の再教育の仕事だと言うんだよ」

「なんだ、その再教育というのは？」

「あいつらは自分は動かないで、エージェントを使って調査対象の情報を仕入れるのが仕事でね。そのエージェントが裏切ったようなとき、ヤキを入れることをそう呼んでいるらしいのよ」

「誰にヤキを入れるというんだよ」

「それは聞かなかったらしい。ただ本来の意味での再教育じゃないのは北村もわかったそうなのよ。柿沢は本籍は公安でも、いまは警視庁の監察官で、エージェントを使う仕事じゃない。いくら強欲な北村でも、そんな話に乗って手が後ろへ回っちゃ堪らないからね」

「いつのことなんだ」

「事件が起きる二日前だよ」

「じゃあ、実行犯は別にいるとしても、柿沢の差し金なのは間違いないな」

確認すると、自信ありげに宮野は頷く。

「嘘は言っていないと思うよ。公安のくせに口が軽いもんだから、なかなか出世できないんだけどね」

「あんたも人のことは言えないと思うけどな。いずれにしても、指紋が出れば実行犯はすぐにわかる。そっちも口が軽ければ、柿沢を暴行傷害の教唆で挙げられるんだが」

「罪状はなんでもいいから、柿沢を挙げられたら面白い展開になるね」

「とは言っても、おれたちが取り調べるわけにはいかないけどな」

「頼りにはならないけど、彩香に頑張ってもらうしかないね。あんな小娘が取り調べを任せてもらえるわけはないけど、舌先三寸で上を動かすくらいならできそうだから」

「僕からも言っておきます。そこが正念場かもしれませんから。彼女ならきっとやってくれますよ」

井上が張り切って言うと、宮野はいつもの嫌みで応じる。

「大飯喰らいしか取り柄がないんじゃ、タスクフォースから除名するしかないとしっかり言っておいてよ」

「案外、彼女がさよならヒットを打つかもしれないじゃないですか。舐めてかかるとお株を奪われますよ」

井上も彩香の話となると負けてはいない。期待を込めて鷺沼は言った。

「こうなったらタスクフォースの総力を結集して戦い抜くしかない。敵は強力だが、おれたちだって百戦錬磨の精鋭部隊だ」

我が意を得たりと宮野が言う。

「そうだよ。この腐りきった世の中で、本当の正義を貫けるのはおれたちだけだよ。びびっているのは向こうなんだから、ここで腰が砕けたら、福沢諭吉先生に申し訳ないよ」

どうして福沢諭吉に申し訳ないのかよくわからないが、三好も井上も福富も、真面目な顔で頷いている。

3

翌日、鷺沼は井上と手分けをして、ここまでの捜査記録の整理にとりかかった。村田が要求に応じる可能性はやはり五分五分で、拒否された場合は即『月刊スクープ』に記事を掲載する段どりだ。

記事を執筆するのは本物の編集者だが、元データは事前に用意しておく必要がある。その場合は法廷で争うことになる可能性が高いから、そこは遺漏ないようにしたい。といっても一応は刑事だから送検の書類づくりには慣れている。裁判の際、検察側にとっては現資料になるものだから、それと同じと考えればいい。

宮野はとりあえずやることがなく、競馬に出かける軍資金もないので、晩飯の仕込みをすると言って午前中から近所のスーパーに出かけている。三好はきょうは自宅で待機。福富も関内の店に戻っているが、ことが起きたらすぐに参集できる態勢だ。

彩香から連絡が来たのは午後早くだった。例の特殊警棒から、所持していた人物のものとみられる指紋が出たという。さっそくデータベースで照合したところ、千葉県警警備部公安一課の菅井《すがい》という若い巡査の指紋と一致した。

碑文谷署のチームはさっそく千葉県警に向かい、事情聴取を行うという。落ちていたのが現場から離れた場所だから即逮捕というわけにはいかないが、千葉県警の警察官が、わざわざ目黒区の大岡山まで特殊警棒を携えて出張ってくるというのは普通では考えにくい。

さらにデータベースから取得した菅井の写真を入院中の田口にメールで送ると、暗がりだったので絶対にとは言えないが、暴漢のなかにその男がいた記憶があると証言したらしい。頭部に受けた打撃もなにか鈍器によるものだという感覚があるという。特殊警棒なら、たしかに鈍器に相当する。

刑事と公安の折り合いが悪いのは所轄でも同じで、犯人が警察関係者の可能性があるという一部の見立てに及び腰だった捜査チームも、それが公安で、しかも他県警の職員だとわかると、俄然動きが良くなったと彩香は言っているらしい。

鷺沼にとっては朗報だった。菅井を追及すれば柿沢に繋がる。柿沢を挙げれば、それを突破口に村田とそのお仲間たちの悪事にも迫れる。いまの状況で鷺沼たちがそちらの捜査に乗り出すのは難しいが、敵に揺さぶりをかけられるのは確かだ。

「事情聴取には彩香も同行するそうです。取り調べをするのは上司の警部補ですが、彩香も書記として同席させてもらえるよう頼んでみると言っています」

井上が声を弾ませる。タスクフォースの諜報員として、まずは活躍してくれそうだ。

買い物から帰った宮野にそれを教えると、彩香の手柄になりそうな点が気にくわないようだが、とりあえず一歩前進だと喜んだ。

「おれが殺されかけた当て逃げ事件の真相も、そっちから答えが出るかもしれないね」

「だからと言って、壊れた車が返ってくるわけじゃないけどな」

「そんなケチなことは言わないの。おれたちには、もうじき億単位の金が転がり込むんだから」

ほくほく顔で言いながら、宮野は買い込んできた食材を冷蔵庫に仕舞い込む。宮野の楽天性はともかくとして、その捕らぬ狸の皮算用に、鷺沼もいまはさしたる抵抗を感じない。

敵が警察の名を借りた暴力団やマフィアのような連中なら、こちらも善人ではいられない。毒をもって毒を制すというように、これまでとは別のモチベーションが必要だ。

分限免職があろうとなかろうと、この腐った警察組織で飯を食う気は金輪際なくなった。いま重要なのは法に則った正義よりも、警察権力に巣くう悪党をとことん叩きのめしたいという腹の底から湧き出る憤りだ。法が彼らをのさばらせるなら、それを犯してでも天罰を下したい。宮野がしたり顔で言う。

「鶴見署の北村もそうだけど、その菅井ってのも案外ぺらぺら喋りそうじゃない。小者ってのは口が軽いから」

「あんたもその例に漏れないと考えていいんだな」

「渋さが売りのハードボイルド刑事のこのおれの、どこが口が軽いのよ」

「自己認識は傍目とはおおむね食い違うものだからな」

「勝手に言ってればいいよ。それより村田からの連絡、まだこないね」

「きのうのきょうだ。そうすぐには返事はないだろう。じっくり悩んでいるとしたら、むしろそのほうが脈がある」

「なにか画策しているのかもしれないけど、いまさら打てる手がそうあるはずもないからね。また公安のクズを使って鷺沼さんたちをフルボッコにしたってもはや状況が変わるわけでもないし」

「それなら飛んで火に入る夏の虫なんだがな。そうは都合良く動いてはくれないだろう。いずれにせよ、碑文谷署がどこまで突っ込めるかだが、そっちにだって圧力をかけてきかねないな」

「いやいや、連中、そこまで暇じゃないよ。いまは尻に火がついて、我が身を護るだけで精いっぱいじゃないの。杉内にしたって、次期長官が確定してると言っても、殺人事件の隠蔽に手を貸したなんて話が表に出たら、いくらなんでもその目はなくなるからね」

「大丈夫ですよ。彩香も本気になってますから」

井上が言うと、宮野は苦々しげに応じる。

「ここでいいとこ見せないと分け前がもらえないと思ってるんだろうけど、そういう欲で動くのは不純だね」

「だったらあんたは、さしずめ不純物の塊だがな。欲でもなんでもいい。いま重要なのは突破力だ。せっかくここまで追い詰めたんだ。これで逃がしたら元も子もない」

「いよいよ鷺沼さんも本気だね。ところでマルサはどういう動きをしてるの。たちの悪い納税者から税金をふんだくるだけじゃなく、あいつらまで税金泥棒をやってたんじゃ世話ないよ」

「すでにいろいろ貴重な情報をもたらしてくれているだろう。村田の死んだ兄貴の口座の件は、まさに掘り出し物のネタじゃないか」

「うん。そこから外国の匿名口座に送金されているという点については、福富も喜んでたね。あいつも外国に口座を持っているから、そっち同士で金をやり取りすれば、マルサも気がつかないからね」

「最近はそうでもないらしいぞ。マネーロンダリング撲滅の国際的機運に押されて、タックスヘイブンの政府も以前よりは情報を開示するようになってきたらしいから」

「大丈夫だよ。福富は筋金入りの悪党だから、そういう点は抜け目ない」

宮野は福富に全幅の信頼を寄せる。鷺沼は訊いた。

「もし作戦が成功したとして、億単位の金をどうやって国内に還流するんだ。そこから国内の銀行口座に送金したら、税務署に連絡がいくぞ」

「いろいろ手はあるんだよ。タックスヘイブンの銀行はクレジットカードをつくってくれるから、それで買い物をしていれば、送金したのと同じになる。おれだったらもともと国内で使う気はないからね。海外に雄飛して、その金を何百倍にも増やして、コート・ダジュールに豪邸を建てて――」

「夢が大きいのは結構だが、カジノできれいさっぱり巻き上げられて、またうちへ転がり込もうったってそうはいかないぞ」

「心配は要らないよ。これからはまっとうなビジネスで大勝負に出るから」

「あんたにビジネスセンスがあるとは初耳だが、もし成功したら、タスクフォース一同、ぜひ社員として雇ってもらいたいもんだな」

「そりゃもちろんだよ。これまでの行きがかり上、多少無能でも目をつぶるしかないね。まあ、トイレ掃除やらお茶汲みやら、仕事はいろいろあるだろうから」

「有り難いお話で涙が出てくるよ。おれも人生に希望が湧いてきた」

宮野の会社でトイレ掃除をしたいとは思わないが、取りあえずいまは勝つことを信じて進むしかない。そんな話をしているところへ、三好が顔を見せた。

「家にいてもすることがなくて、捜査記録の整理でも手伝おうかと思ってな。どうだ。進んでいるのか」

「細かいところまで頭に入っていましたから、もうあらかた済んでいます。ちょうどいいところに来られたんで、ざっと眺めて、なにか意見があれば指摘してもらえばありがたいです。それより、いま連絡しようと思っていたんですが――」

彩香からの報告の件を伝えると、三好は勢い込んだ。

「それは朗報だ。なかなかいい風が吹いているじゃないか」

「碑文谷の執念が実りましたよ。川口老人のときの捜査一課殺人班のように、諦めがよくはなかったようですね」

皮肉な口ぶりで応じると、思いのこもった調子で三好は言う。

「彩香君も成長したようだ。おれたちのとばっちりで、職を失うようなことがないようにしないとな」

「いくら村田でも、あんなのにまでは目はいかないと思うけどね」

舐めきったように鼻を鳴らす宮野に、井上がさらりと言い返す。

「でも、宮野さんは今回の作戦の中心人物だから、村田の標的になるかもしれませんよ。そんなとき、頼りになるのは彩香じゃないですか」

国体級の柔道の腕前で見事に払い腰を食らったことのある宮野なら、その有り難みがわかるだろうということか。宮野は妙に真面目な顔で頷いた。

「たしかに、おれみたいな知性派の刑事は腕力を苦手とする傾向がなくもないから、ああいう武闘派の刑事がいても、困らないとは言えなくもないんだけど」

なにやら歯切れの悪い言い回しだが、内心、頼りにしているところはあるらしい。

そのとき井上の携帯が鳴り出した。彩香からのようだ。もう菅井の事情聴取が終わったのか。いくらなんでも早すぎるような気がして、鷺沼は不安を覚えた。井上も受け答えしながら、どこか深刻な表情だ。通話を終えて、井上は鷺沼たちを振り向いた。

「菅井が自殺したそうです」

「自殺？」

覚えず声が上ずった。宮野と三好も表情を硬くする。井上が答える。

「事前に本人に電話を入れて、事情聴取の申し入れをしたんだそうです。そのときは落ち着いて応じていたというんですが、彩香たちが県警に出向くと庁舎内が騒然としていて、そのうち救急車が来て誰かを運んでいった。なにが起きたのかわからず、彩香たちとしてはとりあえず事情聴取をしようと菅井の部署に行ったら──」

「自殺したと言うんだな」

「庁舎のトイレで拳銃で頭を撃ち抜いて、心肺停止状態で病院に運ばれたところだと言われたそうです。おそらく即死だろうというのが、銃声をきいて最初に現場に駆けつけた同僚の見立てだそうです」

「事情聴取の内容については、事前に言ったのか」

「彩香の上司がおおまかには伝えたそうです。なにを訊かれるか、本人はわかっていたんだと思います」

「しかし、死ぬことはなかった」

鷺沼は唇を噛んだ。これで重要な糸口が一つ消えたが、それ以上に、この事案に絡んで新たな死者が出てしまったことに痛切な憤りを禁じ得ない。どういう経緯だったのかは知らないが、進んでやった仕事ではなかったのだろう。

殺人を犯し、億単位の金を懐に入れ、警察組織内の人脈を利用してそれを隠蔽し、発覚しそうだと見ればどんな手段を使ってでも妨害にかかる。菅井という公安刑事の死も、そんな警察を蝕む病原体のような連中の毒素の犠牲なのだと思えてならない。

そして一つ間違えれば、田口も宮野も、あるいは鷺沼もその手にかかって命を落としていたかもしれないのだ。柿沢を網に入れられなかったのは痛いが、闘うべき敵の姿はいよいよ明瞭になった。井上は続ける。

「自殺の原因をつくったんじゃないかと疑われて、彩香たちも事情を聞かれたようです。もちろん罪に問われるようなことはなにもしていないのですぐに解放されましたが。そのとき菅井の容疑についても訊かれたので、ありのままの経緯を話してやると、菅井の上司はずいぶん具合悪そうにしていたそうです」

「たぶん真相は知っているんだろうな」

鷺沼が不信感を滲ませると、井上も大きく頷いた。

「碑文谷の捜査チームはそう見ているようですが、千葉県警の公安を捜査対象にするわけにもいかず、彼らも困っているようです」

「遺書はなかったのか」

「ないそうです」

「それだって本当なんだか。最初に現場に駆けつけたのが、そいつの同僚なんでしょ」

宮野は疑心を露わにする。その見方は当然だろう。井上と鷺沼を尾行した二人組は、どちらも神奈川県警鶴見署の公安刑事だった。田口を襲ったのも二人組で、そのことを考えれば同じ職場の人間同士で動いたと見るのが妥当だろう。

「だったら、菅井の部署の同僚の写真を入手して面通ししたらどうだ。田口君なら、ある程度は顔を覚えているだろう」


三好が言う。井上が張り切って応じる。

「碑文谷署では、それもこれからやってみるそうです。県警の公安刑事全員をとも考えたんですが、それじゃ人数が多すぎてかえって印象が散漫になるということなので、とりあえず同じ班に所属する全員を対象にするとのことです」

「そうか。本部が別だと言っても、警察官を捜査対象にするのは抵抗が大きい。まさにおれたちがぶつかっている障害がそれだからな。そのうえ公安となると、それだけで秘密の壁が厚い」


鷺沼は頷いた。県警の監察がまず着手すべき事案だが、その理由が他本部管内の暴行傷害事件では、積極的に動いてくれる公算はまずない。


本人が自殺したとなれば、これ幸いとそちらの事案はもみ消してしまう可能性が高いし、そこに村田の手が伸びてくる惧れもある。その意味でも、いまは所轄ベースで可能な捜査を進めるのが安全だろう。

「彩香は、今夜こちらに報告に来るそうです。そのとき、もっと詳しい情報が聞けると思います」

「上手いこと言って、どうせ狙いはおれのつくる晩飯じゃないの」

宮野はいつも通りの反応だ。しかし菅井は死んだとしても、当たりはついたのだ。千葉県警の公安内部に共犯者がいる可能性は極めて高い。実際に県警に出向き、そのあたりの感触を肌で感じてきた彩香の話を聞く意味は大いにある。

4

翌日の昼を過ぎても、村田からは連絡がこない。なにを画策しているのか知らないが、苛立ちは募ってくる。いまさら焦っても仕方がないが、もし全面対決ということになれば、正直、こちらも打つ手が限られる。

記事を雑誌に掲載することになれば、以後は表に出るのが『月刊スクープ』ということになる。福富は浮田《うきた》というそこの社長とは長い付き合いで、先方もその場合はとことん争うと言ってくれている。

浮田も昔は総会屋だったから警察はいわば天敵で、何度か臭い飯も食わされているから、恨みはいまも忘れていないらしい。記事のことで訴えられるのは年中行事のようなもので、警察の悪事を追及できるなら、それはそれで楽しみたいと太っ腹なところを見せているという。

だからといって、すべてを預けてしまうわけにもいかない。『月刊スクープ』自体は小さな媒体でも、そこから火がついて世論が燃え上がる可能性はあるだろう。しかし村田が訴えたとしてもとりあえずは民事訴訟で、それを刑事事案に結びつけるためには一工夫が必要になる。その意味で村田たちが打ってきた分限処分という攻撃はやはり痛手だった。

宮野は金をとれないとわかった段階で手を引くと言い出すだろう。それはそれでかまわないが、この件に関しては、あくまで自分たちの手で仕上げたい。世論に火が点けば、それが刑事訴追への追い風になる。杉内を筆頭とする村田のうしろ楯も捜査妨害がしづらくなって、反対にこちらは闘い易くなると踏んでいた。

しかしたとえ審査中とはいえ、刑事としての活動が制限されている現在の状況では分が悪いうえに、杉内が背後で動いているとしたら、処分が回避される可能性はほとんどないだろう。

分限免職が決定したら、そのときは一市民として検察に告発するという手があるが、受理するかどうかは検察の勝手で、不受理となればそれで終わりだ。

やはり最良のシナリオは、村田が八億の金をせしめ、いまも五億円余りの金を所持していることを裏付けるに足る金額を提示させることなのだ。

一昨日の会食の際、金の話は引き出せたが、それはたかだか五百万で、しかも犯行を認めたわけではなく、単に雑誌掲載によるトラブル回避を名目にしただけだ。そのときの会話は録音してあるが、まだ決定的な証拠とは言えない。

彩香は昨夜、宮野の予想どおり晩飯の時間を見計らったようにやってきて、碑文谷署での捜査状況を報告した。

心肺停止で病院に搬送された菅井は、蘇生処置を行うまでもなく、死亡が確認されたらしい。

彩香たちは急いで署に戻り、警察庁のデータベースから、菅井が所属していた千葉県警の公安一課三係の課長を含む全員の氏名と写真をダウンロードした。

十数名分の写真を持って、まず向かったのがいまも入院している田口のところで、さっそく面通しをしてもらったところ、溝口《みぞぐち》という三十代の巡査部長の顔に見覚えがあると証言した。

だとしたら田口襲撃の共犯者が溝口だった可能性は極めて高い。しかしそれだけではまだ証言として弱いため、事件発生時刻前後の駅周辺の防犯カメラの映像を、近隣の駅のものも含めて改めて精査し、さらに一帯で営業しているタクシーのドライバーや店舗の従業員からも聞き込みを進めるという。

そこまでの捜査は秘密裏に行い、溝口の犯行を裏付けるより重要な事実が出てくれば、事情聴取などという段どりなしに、即逮捕状を請求するとのことだった。

彩香は、きょうは一日聞き込みで歩き回るとのことで、村田の返事がきたら連絡が欲しいという。もちろんそれは望むところで、こちらの目算が外れたときには、彩香たちの捜査が最後の決め手になる可能性もある。

三好と井上も臨戦態勢で、ゆうべも鷺沼宅に泊まり込んだが、かといってとくにやることはない。鷺沼と井上がきのう書き上げた捜査資料のチェックを午前中早めに済ませると、なにもしないのも気持ちが落ち着かないので、本庁の情報を仕入れるために、人事一課の新井と昼飯を食ってくると言って三好は出かけていった。

宮野は暇はあっても競馬や競輪に行く金はなく、鷺沼のパソコンを使って世界のカジノをネットサーフィンして回っている。根っからのお気楽なのか、それで不安を紛らわせているのか、宮野の心理を推し量るのは難しい。

福富とはさきほども電話で話をしたが、村田からきょう返事がなければ、雑誌掲載の方向で動きを加速すべきだという。特急でゲラ出しまで作業を進めて、それを送りつけてやれば大きな圧力になるという考えだ。

元資料はほぼ出来ていると言うと、それならまず自分に送って欲しい、ざっと読んで問題がなければそれを編集部に転送するという。その筋の専門家として彼にも一家言があるようで、そこで慎重を期すことに鷺沼も賛成だ。パソコンで書き上げた資料を、三好の意見を容れて井上が急いで手直しし、メールに添付して送っておいた。

夕方五時を過ぎたころ、宮野の携帯が鳴り出した。手にとってディスプレイを覗き込み、慌てて例のイヤホンマイクとICレコーダーをセットする。村田からの電話のようだった。

鷺沼はICレコーダーに差し込んだイヤホンを耳につけた。それを確認してから宮野は応答した。

「水谷です。先日はどうも。お考えは決まりましたか」

先日とは違って、妙に吹っ切れたような村田の声が返ってくる。

「ああ。あれからじっくり考えたんだが、やはりここは、堂々と受けて立つべきだという結論に達してね。やってもいないことを穿《ほじく》り出されて、それをやめさせるために金を使うなんて、道に外れた考えだと気が付いたんだよ」

宮野の顔が青ざめる。それでも動揺は押し隠し、落ち着き払った声で応答する。

「そりゃずいぶん思い切ったご決断で。しかしこちらは記事の内容に自信があるんですよ。村田さんは警察官僚として将来を嘱望されていると聞いています。余計なお世話かもしれませんが、結果的に大きなものを失うことにならなきゃいいなと思うんですが」

「ご心配は無用だね。私としては、まずは君たちのお手並みを拝見することにするよ」

「そうですか。手加減はしませんよ。もし訴えられるようなことがあれば、全面的に争うつもりでおりますので」

「そういうことになれば、私も手加減するつもりはない。じゃあ及ばずながら、君たちの健闘を祈っているよ」

嫌みな調子でそう言って村田は電話を切った。応答する口ぶりは落ち着いていたが、宮野の顔には動揺がありありだ。

「どうしよう、鷺沼さん。村田のやつ、どうしちゃったのよ。なんであんなに自信があるの。頭の具合がおかしくなったか、なにか秘策を思いついたか」

「なにやらまずいことが起きているような気がするな。やはり舐めてかかれる敵じゃなかったようだ」

そういうこともあり得ると想定はしていたが、鷺沼もやはり気分は穏やかではない。宮野は切ない声を上げる。

「のんびり構えてる場合じゃないでしょう。なにか知恵はないの、鷺沼さん。このままじゃ億の札束に羽が生えて飛んでっちゃうよ」

「強がっているだけですよ。こうなったら、こちらも本気だというところを見せてやるしかないじゃないですか。福富さんに動いてもらって、急いで記事にするしかないですよ」

井上は強気に言うが、宮野はいまにも泣き出しそうだ。

「それじゃこっちが提供した特ダネで『月刊スクープ』を儲けさせるだけで、おれたちには一銭も金が入らないじゃない。なんのためにおれはここまで苦労してきたのよ」

「あんたがそれほど苦労したとは思わないが、こっちはいつ首を切られてもおかしくない身だ。その落とし前だけはつけないと、死んでも死にきれない」

不退転の決意で鷺沼は言って、まずはこのことを連絡しようと福富に電話を入れた。待ちかねてでもいたように、一回目の呼び出し音で福富は応答した。

「おう、鷺沼さんか。ちょうどいま、こっちから電話しようと思ってたんだよ。じつは困ったことが起きてね」

福富の声にもなにやら動揺が露わだ。悪いことというのは団体でやってくるものらしい。

「おれのほうも知らせたいことがあったんだが、まずそっちの話を聞こうか」

「浮田が逮捕された。『月刊スクープ』の社長だよ」

「どういう容疑で？」

鷺沼は思わず受話器を握り直した。

「金融商品取引法違反だよ。最近の雑誌で特集したある企業に関する情報が、法令上の風説の流布に当たるんだそうだ」

「風説の流布？」

「その記事が出ることで株価が下がった。それだけじゃ罪とは言えないが、それをわかっていて、直前に空売りをして一儲けしたような場合が該当する。しかし浮田が株をやっていたという話をおれは聞いていない。嵌《は》められたんじゃないかという気がするんだよ」

第十三章

1

『月刊スクープ』の社長、浮田の逮捕は、まさに青天の霹靂だった。

福富の話によれば、摘発に動いたのは警視庁の捜査二課だった。村田がこちらとは交渉しないとの意思を伝えてきた、まさにそのタイミングでの動きの裏に、村田一派の画策がなかったとは到底思えない。

浮田はけさ九時に自宅で逮捕され、現在は警視庁に留置されており、福富も連絡がとれないらしい。逮捕の直後には会社にもがさ入れがあり、編集中の原稿からゲラまですべて押収された。編集長の話によると、このままでは来月号は休刊せざるを得ないという。

容疑がかかった先月号の記事については、内容面で自信があり、風説の流布には当たらないと編集長は断言するが、そのタイミングで浮田が株の空売りを仕掛けたかどうかはわからない。編集長も、浮田個人の投資行動は把握していないという。そんな話を聞かされては、さすがの宮野も青菜に塩だ。

「二段構えの作戦の二つとも梯子《はしご》を外されちゃったじゃない。汚さはやくざ以上だよ。先月号の記事に関する家宅捜索で、どうして来月号の分まで押収するのよ。狙いが記事掲載を妨害するためなのは明らかだよ」

「二つどころか、おれたちの分限処分も加えれば三タテを喰らったようなもんだよ。これからどう立て直すかだな」

鷺沼も意気が上がらない。杉内次長を頂点に据えた村田の陣営はやはり手強かった。

「いい知恵ないの、鷺沼さん。これを許したら世の中しまいだよ」

宮野はすがりつくような口ぶりだが、どこかにいい知恵が転がっているものなら拝借したいのはこちらのほうだ。

情報収集をすると言って桜田門方面へ出かけている三好には先ほど連絡を入れた。これから飛んで帰ると言うが、報告を聞いたときは一声唸っただけで、その場では考えがまとまらないようだった。福富も急いでこちらに向かうとのことだった。

「まだ来月号の休刊が決まったわけじゃないし、僕らも分限処分は決定していない。碑文谷署の捜査もこれから本格化するし、決して絶望するような状況じゃないですよ」

気負った調子で井上は言うが、あと一歩というところまで追い詰めたつもりが、大きな後退を強いられたのは間違いない。

「そうだよね。来月号がだめなら再来月号があるし、碑文谷署が柿沢を挙げてくれれば、そっちの線からも村田を追及できるし、マルサだって動いているんだし」

宮野は残された希望を数え上げる。しかし敵がここまで手強いとなると、それでどこまで追い込めるか。この勢いだと鷺沼たち三人の分限免職もそれほど先の話ではないだろう。記事が載るのが再来月以降となれば、もう自分たちは警察にいない可能性もある。

そう思うと、無性に腹が立ってくる。これで尻尾を巻くようなら、警察官としてのきょうまでの人生を、そっくりどぶに捨てるのも同然だ。吐き捨てるように鷺沼は言った。

「ここまでやられたら、おれたちも手段にこだわってはいられない。遠慮なしに連中の度肝を抜く作戦を考えるしかないだろう」

「非合法な手段も厭わないということだね」

宮野は目を輝かす。鷺沼は頷いた。

「相手は権力を笠に着たやくざだ。そういう意味じゃ、普通のやくざやマフィアよりもたちが悪い。相応の覚悟がなきゃ、到底太刀打ちできないよ」

鷺沼たちにしてもすでに恐喝に近い話をちらつかせ、その意味で合法の一線は越えていたが、向こうが繰り出した作戦は、それが子供騙しに思えるくらいのえげつなさだった。

事件発生当時の捜査一課の不作為にしても、かさにかかって鷺沼たちを潰そうとする分限処分の件にしても、今回の浮田の逮捕にしても、悪質極まりない事件の隠蔽で、そこに金の力が働いたのはもはや明白だ。

だったらこちらにも、それに負けない毒が必要だ。宮野も福富も毒のない人間ではないが、向こうがフグの毒なら、こちらはいまのところせいぜい蚊やブヨ程度のものだろう。

そんな話をしているうちに、福富と三好が相次いでやってきた。

「やられたね。敵も然る者だよ」

苦々しげに福富が言う。その手でくるとは予想もしていなかったふうだ。三好はさらに困った情報をもってきた。

「新井の話だと、来週の頭には一回目の審査委員会が開かれるそうでね。審査はできるだけ迅速にというお触れが警務部長から出ているそうだ。一、二週間で答えが出るんじゃないのか」

「早くても一、二ヵ月はかかるという話じゃなかったんですか」

鷺沼は問いかけた。三好は力なく首を振る。

「今回は馬鹿に気合いが入っているらしい。即決裁判で免職が決まる惧れもあると新井は言っている」

「警視総監も加わるんでしょう」

「一回目に出席して、挨拶だけして帰るのが通例だそうだ。そもそも審査委員会自体が法で定められたものでもなんでもない。警視総監の職権で決められるところを、お情けで審査してやるというのが建前だからな」

「警視総監だって、金を握らされているかもしれないからね」

宮野が心配そうに言う。今回も村田があちこち金をばらまいているとしたら、こちらの取り分がまた減ると心配しているのかもしれないが、村田があそこまで強気に出たところをみるとその可能性もないではない。侮ってはいけないのは、村田がいまも潤沢な資金を懐に入れている点なのだ。

「警察官僚なんて志が低いからね。おれたちだったら洟《はな》も引っかけないような金でも、ほいほい言うことを聞いちゃうわけだから」

杉内次長を含む高級官僚たちが、事件の隠蔽に絡んで大枚の現金を受けとったのは明らかだ。一般人の感覚としては宮野の言うようなはした金では決してないが、億単位の金を懐に入れた村田には痛くも痒くもない額のはずだった。今度も同じ手口を使ったら、警視総監だって靡くだろう。

「しかし捜査二課が動いたのが、偶然だとはとても思えないな」

呆れたように三好が言う。上の役所の刑事局長が絡んでいれば、警視庁の刑事部に影響力を及ぼすのは訳ないことだとは思っていたが、それはあくまで捜査一課に関してで、二課まではこちらの頭にも入っていなかった。

どちらも刑事部に所属し、その刑事部は刑事局の管轄下にあるが、警察庁はあくまで事務方で、各本部の現場業務に指揮権を行使することはないというのが警察法で規定された建前だ。

しかし刑事部長は警察庁採用のキャリアのポストだ。そこに上意下達の指揮命令系統が存在するならまだしも、建前はそうではないからかえってややこしい。阿吽の呼吸で上の意を汲《く》むようなやり方が、陰で行われているとしても誰にもわからない。鷺沼は言った。

「二課は、立件するしないは別として、経済事件に繋がりそうな材料は日常的にチェックしているはずですから、ある程度の情報はストックしていたのかもしれません。そこに天の声が降ってきて、慌ててファイルをひっくり返し、それらしい罪状をこね上げて逮捕状を請求したんでしょう」

「だったら証拠不十分で釈放もありますね」

福富が訊くと、三好は力なく首を振る。

「それだけの材料を押収していったとなると、なにがなんでもそこから罪状をでっち上げようという腹だろう。それ以上に――」

　不安げな表情で三好は続ける。

「最悪の場合、取り引きを仕掛けかねない。今回の件を軽微な罪で済ますか、場合によっては送検を見合わせる。その代わり、村田の件は記事にしないようにとね」

「浮田は、そういう圧力に屈しないと思うんですがね」

　福富は否定するが、その口ぶりはどこか自信がなさそうだ。三好は言う。

「その記事が出鱈目だったことにされて、そのために株価が下がったという話になれば、それで損をしたという投資家も出てくる。そこに浮田社長が空売りを仕掛けて儲けたということなら、『月刊スクープ』の記事への信頼性はがた落ちだ。損害賠償請求をしてくる投資家もいるかもしれない。そうなれば、雑誌自体が存亡の危機を迎えることになる」

「それを考えたら、取り引きしたほうが利口だと社長は考えるだろうね。おれたちの一攫千金プランが水の泡になると思ったら、社長も見切りをつけざるを得ないよ」

　宮野が思案げに口を挟む。そういう損得勘定に関しては、妙に物わかりがいいようだ。

「そのプランの発案者はあんたなんだから、他人事のような口は利かないで欲しいな」

　鷺沼の嫌みにさすがの宮野もうなだれる。

「そう言われても、まさか警視庁や警察庁がそこまで腐っているとはね。そいつらと比べたら、神奈川県警に巣くっている悪党なんて、まだまだ可愛いもんだよ」

2

翌日の午後、彩香からさらに落胆させられる情報が入った。碑文谷署の捜査チームは、田口の暴行傷害事件があった夜の、大岡山駅と、隣接する東急目黒線の洗足と奥沢、同じく大井町線の北千束、緑が丘の駅すべての防犯カメラをチェックしたが、菅井と溝口とみられる人物の姿は映っていなかったという。

周辺地域で営業しているタクシー会社にも写真を配って、その日のその時刻に彼らを乗せた車がないか問い合わせたが、めぼしい証言は出てこなかった。

東京都区内を走るタクシーの営業地域は広い。地元以外から来たタクシーはいくらでもいるし、そのすべてに当たるのも事実上不可能だ。駅周辺の店舗でも聞き込みをしたが、やはり見かけたという話は出てこなかった。

けっきょく菅井は被疑者死亡で書類送検し、溝口に関しては逮捕状を請求するに足る証拠なしということで立件せず、捜査は終了するという。被疑者死亡であれ、とりあえず送検には至ったので、十分捜査は尽くしたというのが課長の判断だったらしい。

自殺した菅井に関して言えば、進んでやった仕事ではないはずで、村田たちの策謀に利用されなければ死なずに済んだ。そう思えば、また新たな憤りが湧いてくる。

マルサの君野からも連絡があったが、まださし入れできる状況ではないらしい。兄の口座を不正利用して五億円を海外に移転した件については、偽の身分証明書類を使って休眠口座を再開したことが詐欺罪に該当し、時効までまだ一年ある。

しかし犯罪捜査はマルサの職掌ではないので、捜査権のある警視庁捜査二課が動いてくれて、それが村田の犯行であることが立証されれば、不正送金された五億円に関してマルサとしての強制捜査が可能だという。

浮田を逮捕したのがまさしくその二課で、動くはずがないのは自明だが、『月刊スクープ』とリンクした作戦のことを君野に言うわけにもいかず、自分たちがいま分限処分の審査にかけられているとも言えないから、話はしてみると適当に答えておくしかなかった。

浮田はいまも接見禁止となっており、福富はもちろん、会社の人間や家族も面会できないという。編集長が家族に確認したところ、空売りを仕掛けた事実はなかったが、たまたま記事にした会社の株式を所有していたようで、掲載された内容を見て慌てて売り抜けしたのはたしからしい。情報提供者が半年前に退任したその会社の元役員だったため、インサイダー取引の容疑は免れないかもしれないと編集長は惧れていた。

宮野は鷺沼たちと違って免職になるわけではないから、これからは普通に警察官としての道を歩めばいいだけなのだが、一度見てしまった一攫千金の夢が脳内では既成事実化していたようで、まるで億単位の損失を被った素人投資家のようにひたすら絶望している。

「鷺沼さんたちはまだいいじゃない。分限免職なら規定の退職金は出るんだから。おれなんかさんざんただ働きしたのにびた一文もらえずにお払い箱じゃ、もうタスクフォースなんてやってられないよ」

「べつに金目当てでやっていたんじゃないけどな。どのみちおれたち三人が免職になったら、自動的に解散するしかないだろう」

「鷺沼さんとは長い付き合いだったけど、一度もいいことなかったね。コート・ダジュールの豪邸も、しょせんははかない夢だった」

「そこそこの金を懐に入れたことはあるだろう。博打ですったのはあんたの責任だ」

「それを挽回しようと、きょうまで入れ込んできたわけじゃない。人殺しの村田がのうのうと生き延びて、真面目に汗を流してきたおれたちが、人生棒に振る羽目になるとはね」

勝手に言わせておくしかないが、後段に関しては同感だ。なんとか一矢報いる手がないかと必死に考えたが、これといった名案は浮かばない。その点は宮野も同様で、悪知恵の種はすでに尽き果てたようだった。

「だったら、これまでにわかった事実関係を、ネット上で公表してやったらどうですか」

井上がおずおずと披瀝したアイデアに、宮野も三好も食いつく気配はなかったが、鷺沼はぴんとくるものがあった。

「いますぐにでもやれるか」

訊くと井上は張りきって応じる。

「インターネットが使える環境なら、なにも問題ありません」

「身元がばれないようにやれるのか」

「警察がその気になれば特定できますけど、それは脅迫のような刑事捜査の対象になった場合だけですから」

「甘いよ、井上君。犯罪捜査の名目なんて適当にでっち上げればいいんだから。あいつらならなんでもやりかねないよ」

宮野は腐すが、鷺沼は開き直った。

「ばれてもいいじゃないか。むしろ向こうにとっては不気味だろうし、名誉毀損だといって裁判沙汰にしてくれるんなら、『月刊スクープ』に掲載した場合と同じことになる。そのときはたぶんおれたちは馘になっているから、一民間人として受けて立てばいい」

「公判の成り行きによっては、分限処分の件だって、そこで争えるかもしれませんね」

井上は声を弾ませる。いくらか気持ちをそそられたように三好が言う。

「連中が慌てるくらいに火が付くかどうかだが、やってみる価値はありそうだ」

「だめだよ、それだけじゃ。ここまでやられたとなると、村田を刑務所にぶち込むくらいじゃ済まないよ。金銭面での落とし前もきっちりつけさせないと」

宮野は勢い込んで口を挟む。はかない夢と消えたはずの金の話が、またぞろ息を吹き返したらしい。鷺沼は頷いた。

「もちろん上手にやらないとな。連中の反応を見ながら材料を小出しにして、金次第で取り引きに応じると誘いをかける。毒を喰らわば皿までだ。恐喝罪で逮捕するというんなら、その公判でも事実を明らかにできる」

「鷺沼さん、なんだか恐いものなしじゃない。二皮も三皮も剝けちゃったみたいだね」

宮野はさっそく煽てにかかる。要は頼れるものがほかにないからで、そこに敬意のかけらもないのはわかっているが、風前の灯火だったタスクフォースにまた血が通い出したのは喜ぶべきことだろう。

「敵が焦るのは間違いないですよ。近ごろは生活安全部のサイバー犯罪対策課がインターネットを監視して回っていますから、警視庁内部でまず一騒ぎ起きるんじゃないですか」

「逆にそういう部署を使って、書き込みを削除して回るんじゃないのか」

三好が訊くと、井上は胸を張る。

「それならそれで、こっちも次々サイトを立ち上げます。イタチごっこをやっているうちにツイッターやまとめサイトに拡散して、もう手がつけられなくなりますよ」

「井上君がそこまで言うなら、期待してもよさそうだね。どうしてもっと早く思いつかなかったの」

ほくほく顔で宮野が言う。吹っ切れたような表情で井上は応じた。

「サイバー犯罪として摘発されかねないから、リスクが大きいと思ってたんです。でもここまできたら、そんなことどうでもよくなった。どんな名目であれ、僕らを犯罪者として摘発したら、それがブーメランになって彼らに返っていくんですから」

「その通りだ。まさしく刺し違える覚悟だな。なに、名誉毀損で有罪になったって、せいぜい執行猶予付きだ。しかし向こうにはたっぷり別荘暮らしを楽しんでもらうことになる」

「罰金だってしっかり払ってもらわないと。なんなら手元にあるはずの五億をそっくりふんだくってやりたいね」

宮野は勝手に盛り上がる。鷺沼は言った。

「コート・ダジュールの別荘とまではいかなくても、警察を辞めたあとの人生がしっかり設計できるくらいの金はせしめないとな」

親身な口ぶりで三好も言った。

「おれは先が短いからそれほど欲はかかないが、井上はまだ若い。いまの時代、中途で転職するのは難しいうえに、下手をすれば前科がついちまう。まともな就職先はまずないだろうから、そのあたりの面倒は村田先生にしっかり見てもらう必要があるな」

3

井上のアイデアを電話で伝えると、福富も賛同した。鷺沼たちはさっそく準備に入った。

井上はすでに持ち込んであった自前のノートパソコンを使い、無料ブログに登録し、ツイッターのアカウントも取得した。もちろんいずれも架空の名義を使い、簡単に身元がわからないようにした。

そこそこ火が付いた段階で、匿名のインターネット掲示板も併用する。そこから火の手が広がって、世間を騒がす事件に発展することは珍しくないという。

ブログのタイトルは『桜田門監視隊』。命名したのは井上だ。トップページには内堀通りから望む警視庁本庁舎の写真を配してあるが、それを画像処理ソフトで加工して、いかにも魑魅魍魎《ちみもうりょう》が巣くう伏魔殿のようなイメージに仕立てられている。

井上に絵心があるとは知らなかったが、タイトル文字もいかにもホラー映画風で、やり過ぎの感がなきにしもあらずだが、宮野は大いに気に入った様子だ。

「やるじゃない、井上君。これぞ警視庁って感じだよ。ついでにゾンビみたいにした村田の写真も入れときたいとこだけど、そこまでやると品性に欠けるからね」

「問題はどういう記事を載せるかだな。はなから追い込むと、かさにかかって潰しにくる。ある程度は逃げ道を用意してやらないと」

そういう三好も楽しげだ。もちろんだというように鷺沼は応じた。

「実名はいまのところ控えたほうがいいでしょう。犯行の事実にしても、まだ概略だけにして、ディテールは今後のお楽しみにしておくべきだと思います。最初から致命的な打撃を与えてしまうと、交渉の糸口を断ち切ることになりますから」

「その通りだよ。鷺沼さんもビジネス感覚が冴えてきたじゃない。そのときはまたおれと福富の出番になるわけだ」

宮野が張り切り出す。鷺沼は問いかけた。

「こうなると、『月刊スクープ』の偽名刺は使えないぞ。どういう立場で接触するんだ」

「もうばれてるんだろうから、しようがないじゃない。鷺沼さんたちとグルだという立場をはっきりさせて交渉するほうが、むしろ村田たちは嫌がるはずだよ」

「作戦が裏目に出て、恐喝罪で摘発してくるようなことになったら、あんたや福富もその対象になるぞ」

「そこはもう福富とも話をしてるよ。もちろんそのときは刺し違えるつもりだけど、おれたちがそう腹を括って攻めていったら、逆に向こうは慌てるんじゃないの。村田なんて、どうせそこまでの度胸はないからね」

宮野は舐めきった口を利く。落ち込んだり舞い上がったり、忙しいことこのうえないが、言っていることはそれほど間違ってはいない。

最後の切り札は、けっきょく警察官としてここまで捜査を進めてきた鷺沼たちなのだ。その身分が今後どうなるかはわからない。しかし鷺沼たちが把握している事実こそ、彼らにとっては恐怖の根源なのだ。

「おれたちと心中する覚悟があるんだな」

念を押すと、宮野は胸を張る。

「そりゃそうだよ。おれと福富は安全なところにいて、金だけ懐に入れるなんて、そんなふざけたことできるはずないじゃない。そういう信義があってこそのタスクフォースなんだから」

言うことは立派だが、出番がなくなって分け前が減るのを心配してのことだろう。だとしてもそこまでの覚悟があればよしとするべきだろう。

雑誌掲載を前提にして資料を整理していたので、記事は鷺沼が書くことにした。初回の内容は、六年前の事件の概要と当時の捜査の杜撰《ずさん》さ、存在したはずの巨額の現金の行方、村田を巡る不審な金の動きまでに留め、あとは乞うご期待としておいた。村田の名前はイニシャルだけで、役職も警視庁の大物官僚というくらいにぼかしておいた。

ブログの主は、その事件の継続捜査をしている警察関係者であるとだけ匂わせておいたが、村田たちがブログの存在に気づけば、それが鷺沼たちだということはすぐにわかる。いまさら正体を隠しても始まらない。先ほどの宮野の言葉のように、刺し違える覚悟でプレッシャーをかけるしかない。

その日の深夜にはブログは完成し、それをネット上にアップロードした。井上はさっそくそのブログを紹介するいかにも気を引くメッセージをツイッターで発信した。

福富にブログのアドレスをメールで伝えると、さっそくチェックしたようで、すぐに向こうから電話を寄越した。

「なかなかいい出来だよ。おれもいますぐ続きが読みたくなった」

「せっかく逃げたつもりでいたのが、また新手が飛び出して、連中も対応に苦慮するはずだよ。上手く火が付けばだけどね」

「心配ないよ。あんたたちには心外だろうが、世の中の人間の半分以上は、警察を胡散臭い組織だと思ってるからね。その内幕をさらけ出す話にはみんな飛びつくよ。案外『月刊スクープ』なんて目じゃない威力があるかもしれないね。これでタスクフォース全員がお縄を頂戴することになりかねないけどな」

「極力、そうはならないようにするよ」

「まあ、心配はしてないよ。それにおれにとっちゃ、いまさらケチな前科の一つや二つ加わったって痛くも痒くもないからね。帰ったら億の単位の分け前が待ってるとあっちゃ、ムショ暮らしもバカンスみたいなもんだ」

福富はカラカラ笑う。福富にすれば、一億程度の分け前がそれに見合うような話でもないだろうが、村田のような男にしてやられ、親友の浮田まで逮捕された。落とし前はつけたいという彼なりの男気だと鷺沼は受けとった。

4

翌日の朝、井上がブログへのアクセス数をカウントすると、やっと五十に達したところで、火が付いたという状況にはほど遠かった。ゆうべ発信したツイッターのリツイート数も五、六件で、反応はすこぶる鈍い。

「だめじゃない。これじゃ、村田は蚊に刺されたほども感じないよ」

宮野は露骨に落胆するが、井上は強気だ。

「そうすぐには反応しませんよ。これから全員でツイッターのアカウントをとって、どんどん拡散させればいいんですよ」

鷺沼と宮野は、井上の指導に従って無料のメールアカウントをそれぞれいくつか取得し、それを使って複数のツイッターのアカウントを登録した。井上のぶんも合わせ十数個のアカウントを使って互いにフォローし合い、リツイートを繰り返す。

同様のことを福富にも彩香にもやってもらうと、午後早くにはそれぞれのタイムラインがかなり長く連なりだした。内輪のぶん以外にも盛んにリツイートされているのがわかる。フォロワーの数も三十を超え、まだ盛況と言うほどではないにせよ、まずまずの船出ではないかと井上は自信を滲ませた。

それでも宮野は心配な様子で、晩飯の準備にも気が入らないらしく、あり合わせのかに缶を使ったチャーハンにするという。鷺沼たちも宴会をやっている気分ではないので、手早くそれで済ますことにした。

大きなサラダボウルに山盛りのチャーハンができたところへ、示し合わせたように福富と彩香がやってきた。

「なんだかきょうはしけた飯だな。景気づけにとっておきのドンペリ持ってきたのに」

テーブルを眺めてそう言いながらも、ごま油と葱の香ばしい匂いにしきりに福富は鼻を蠢かす。彩香は落ち込んでいる宮野を尻目に、各自の皿に手際よくチャーハンを盛りつける。

「例の溝口という刑事なんですけど——」

福富のドンペリでとりあえずの乾杯をしたところで、彩香が切り出した。

「かなりのワルみたいですよ」

「公安にワルじゃないのっているのか」

宮野がさっそく突っかかるが、意に介さずに彩香は続ける。

「うちの主任がたまたま千葉県警に従兄がいて、溝口についてなにか知らないかと思って訊いてみたそうなんです」

「その従兄も公安なのか」

「そうじゃなくて、警務の人事課なんだそうです。その人の話によると、過去に一度、暴行傷害で訴えられているらしいんです」

「暴行傷害？　穏やかじゃないな。訴えられたというのは民事訴訟か」

「ええ。相手は右翼団体の役員で、最初は県警に被害届を出してきたらしいんですが、そのときは、だったら公務執行妨害罪を適用すると脅して門前払いにしたんだそうです」

「あいつらはわざと自分で転んで、相手を公務執行妨害罪で逮捕するなんてお手の物だからね。勝手にヤキを入れておいて、公務執行妨害にしなかったんだから有り難く思えという話だね」

「もちろん相手は納得せずに民事訴訟に打って出た。そしたら、さすがにこれは負けると思った警務部長が公安と相談して、そこそこのお金を払って示談にしたらしいんです。そのとき相手と会った警務部長が聞いた話だと、溝口の場合はそういうことがしょっちゅうで、彼が担当している右翼関係者のあいだでは、狂犬の溝口で通っているらしいんです」

「そういう奴は、汚れ仕事を任せるのに都合がいいから、上の連中が可愛がるってよく聞くよ。暴力団の鉄砲玉みたいなもんだから、出世することはまずないんだけど」

宮野は訳知り顔だが、そういう話は鷺沼も聞いている。警察とやくざ組織は相似形だとよく言われるが、そのなかでも全国一枚岩の公安は、全国組織の広域暴力団と瓜二つだ。

「その点からも、田口さんを襲った片割れは溝口だと思うんですが、立件の材料が田口さんの証言だけで、それも暗がりだったので断定まではできないようで」

彩香は無念そうに言う。鷺沼は頷いた。

「しようがないよ。しかしそんなやつが野放しでいるとなると、こっちも油断はしていられないな」

「そこなんですよ、心配なのは。自殺した菅井巡査の件にかこつけて、うちの主任が話を聞きたいと電話を入れたら、ちょうどきのう、依願退職したそうなんです」

「依願退職？　理由は？」

訊くと、彩香は怪訝そうに応じる。

「個人的な理由だそうです。そもそも溝口が捜査対象になっていたこと自体、千葉県警は知らなかったはずですから、その関係で上から圧力があったとは考えにくいんです」

「自分に火の粉が飛んできかねないと自覚して、慌てて雲隠れしたんじゃないのか」

のんびりした調子で福富が言うが、彩香は不安を隠さない。

「気になるんですよ。また柿沢に仕事を頼まれてるんじゃないかと思って」

「仕事というのは、おれたちになにか仕掛けてくるということか」

鷺沼は不穏なものを覚えた。彩香は続ける。

「宮野さんの当て逃げ事件だって、本来の標的は鷺沼さんだった。そっちも柿沢の指示だとしたら、今度は本気で狙ってくるかも」

「下手をしたら、おれは鷺沼さんの代わりにあの世へ行ってたかもしれないわけだ」

宮野は怖気を振るうが、同情をする様子もなく彩香は続ける。

「あのときはただの警告だったのかもしれませんけど、いまは状況が違ってきてるから」

「村田には金があるからね。依願退職なら退職金もきちんと出るし、それに加えてたんまり手切れ金を渡す。そうすれば、溝口を警察組織とは無縁の鉄砲玉として野に放てる。連中ならやりかねないな」

三好が物騒なことを言う。鷺沼も背筋を薄ら寒いものが走るのを覚えた。

「こっちも追い詰められてはいますが、向こうは我々以上の危機感をもっているでしょうからね」

犯罪の発覚をいちばん惧れるのは失うものがある連中だ。そういう意味では柿沢などまだ小者だが、杉内次長を筆頭に、村田を取り巻くお歴々には大いにそれがある。

「たしかに、連中にとっていちばん安心なのは、鷺沼さんたちがこの世からいなくなることだからね。まさかとは思いたいが、その手を最終兵器と考えていないとも限らないよ」

宮野は深刻な顔だ。いつもなら鷺沼の不幸は自分の幸福と決めてかかるが、この状況となると、さすがにそうも言えない様子だ。

「だったら、僕らはなるべく外出しないほうがいいかもしれませんね。買い物とか外へ出る用事は宮野さんに任せて」

井上が真面目な顔で言う。宮野は滅相もないと首を振る。

「おれだって狙われかねないよ。浮田社長が逮捕されて、もうおれと福富の正体はばれてるかもしれないし。現に鷺沼さんの身代わりに殺されかけたんだしね」

「そこは宮野さんの悪運が頼りです」

「これだけ悪いことが立て続けに起こってるんだから、そんなのもう底をついてるよ。どうしても出かけなきゃいけないときは、彩香ちゃんに警護を頼むしかないかもね」

急にちゃん付けで呼ばれても、彩香は少しも嬉しそうではない。

「日常業務があるので、できません。それに村田一派からすれば、宮野さんは目じゃないと思います」

「おれが目じゃないって、どういう意味よ。そういう口を利くんなら、おまえにやれる分け前はないよ」

宮野は気色ばむが、彩香は軽く受け流す。

「べつにお金が欲しくてタスクフォースに加わってるわけじゃないですから。ただ溝口という男の動きはチェックしたほうがいいと思います。住所は聞いていますので」

「電話番号はわからないのか」

鷺沼が訊くと、彩香は首を振った。

「固定と携帯と両方にかけたんですが、出ないんです。知らない番号の電話には出ないようにしてるんじゃないかと思います」

「チェックするといっても、どうやって？」

「課長は捜査を打ち切りにすると言っていますが、私の上司にあたる主任がまだ納得できないようで、上に黙ってもう少し動こうと言うんです。それであす、千葉市内の自宅に出向いてみようと」

「君も一緒に？」

「もちろんです。もし顔を見せれば気配が察知できるかもしれないし、家を空けているようなら、それ自体が危険信号と見なせるかもしれませんので」

「しかし溝口がそういう危険な人物だとすると、君たちも十分気をつけないとな」

「そうなんですけど、それより私たちが出向けば、溝口に対するプレッシャーになるかもしれませんよ。田口さんの件で目をつけられていると知ったら、そう派手なことはできないと思うんです。それに向こうから手を出してきたりしたら――」

自信ありげに彩香は続ける。

「お株を奪って公務執行妨害で逮捕しちゃえばいいんです。場所は千葉県警の管内ですが、警視庁の職員に対する公務執行妨害なら、うちの署に連行できますから」

「そういうのを机上の空論と言うんだよ。おまえみたいな小娘の策略に、海千山千の溝口が引っかかるわけないじゃない」

宮野は鼻で笑うが、試して損する手ではない。そうなれば碑文谷署も溝口を徹底追及するだろうし、そこから柿沢に繋がる線も見えてきそうだ。そのとき井上が声を上げた。

「凄いですよ。ブログのアクセス数が一気に三万を突破しています。ツイッターのほうもリツイートが急に伸びています。僕が最初に使ったアカウントのフォロワーも一万人を超えています」

「どうしてそんなに急激に動き出したんだ」

鷺沼は問いかけた。井上は上気した顔で首を傾げる。

「よくわかりません。でも、どこかでなにかが起きたんだと思います。ネット上ではこういうことがよくありますから。これを期待していたんです」

井上がツイッターを詳しく確認すると、初期のフォロワーのなかに著名なジャーナリストのアカウントがあった。そのジャーナリスト自身が二十万人を超すフォロワーをもっていて、そこに自身のコメント付きで、井上のツイートをリツイートしたらしい。

その人物のことを鷺沼は知っていた。警察の不正を暴く論陣を張ったことがあり、裏金疑惑や某警察本部の違法捜査疑惑を追及する著作も発表していた。

彼のリツイートを見てブログに飛んだフォロワーが、さらにリツイートしたため、ブログの情報がネズミ算的に増えていったようだった。

ブログのコメント欄にも数多くのコメントが寄せられていた。一部には警察組織に対する根拠なき誹謗だと非難するものもあったが、大半が警察の腐敗に憤りをおぼえ、次の更新を期待しているというような内容だった。

ネット上の著名な掲示板には、こちらがなにもしないうちに『桜田門監視隊』のスレッドが立っていて、それも知らないあいだに投稿数の上限に達し、すでに三本目のスレッドに切り替わっていた。

こちらはツイッターよりも議論がかまびすしく、ブログの内容を、世間を騒がせるための悪質なガセだと言う者もいれば、日本の警察ならやりかねないと断言する者もいる。過去の警察の組織的な犯罪事例を並べてみせる者もいれば、警察がやることはすべて気に入らないという立場で喝采する者もいるが、総じて言えば、こちらの主張に共感を示す者が圧倒的だった。宮野も興奮する。

「凄いよ、井上君。これなら『月刊スクープ』に載るよりずっと破壊力があるよ」

「まだ安心はできませんよ。ネット社会は見かけより狭い世界ですから、表の社会の世論を動かすにはまだ足りません。新聞やテレビなどの大手メディアは警察が提供してくれる犯罪情報を飯の種にしていますから、警察組織が絡んだ犯罪報道には及び腰なんです」

井上は蘊蓄を傾ける。前段の話はともかく、大手メディアのことは鷺沼もわかる。警察官なら誰でも知っている裏金の話や警察官僚のパチンコ業界との癒着といった国民にとっての大問題を、マスコミが大きく取り上げたのを見たことがない。

しかし近年、ネット犯罪の蔓延に対応して、全国の警察本部にサイバー攻撃特捜隊を発足させ、警視庁ではさらに生活安全部にサイバー犯罪対策課を設置してネット社会の動向に目を光らせている。『桜田門監視隊』を巡る現在の動きに気づいていないはずはないし、それが村田たちの耳に入らないとは思えない。

「どういう手でくるかまだ読めないし、浮田社長の逮捕というような想定外の事態も起こり得る。いまはこちらの仕掛けに敵が食いつくのを待つしかないな」

鷺沼は慎重に言った。おそらくこれが最後のチャンスだろう。不穏な動きを見せる溝口のこともある。油断をすれば足をすくわれる。敵は権力をバックにした組織的な策謀と、溝口のような人間を使った暴力的な手段を併用してきた。

いまの鷺沼たちに、司法警察権という攻めの手段も防御の手段もない。あるのは徒手空拳の我が身一つだ。だからこそ負けるわけにはいかない。権力を持つ者ならいかなる悪も許容されるような世の中にしてはならない。警察官としてではなく、ただの人間の矜持にこそ、いまはすべてを懸けるときだ。

5

翌日もブログへのアクセス数は増える一方だった。火付け役となったジャーナリストは井上が最初に付けた『桜田門監視隊』のハッシュタグで自らもツイッターに投稿していた。六年前の事件の捜査については、警察ウォッチャーとして自分も不審感を抱いたとコメントし、詳細については自身のブログにアップしたとのことだった。

そこに張ってあるリンクからブログに飛ぶと、事件当時に彼が感じたことが明快に述べられていた。殺人事件の現場から二億円の札束が出たという珍しい事件で、自分も興味を持っていたが、そのあと続報がなく、警視庁に問い合わせると、未解決のまま捜査本部は解散したと言われたらしい。

事件はただの強盗殺人事件で、捜査一課が本気で乗り出せば犯人検挙は容易だったはずなのに迷宮入りになった点が納得いかず、なにか裏がありそうだと感じてはいたものの、情報不足で取り上げるには至らなかった。

今回の『桜田門監視隊』の記事を読んで自分の直感に間違いはなかったと確信した。今後追記されるはずの記事に非常に関心を持っており、そこで新たな真実が明らかになれば、自分もこの事件のことを本腰を入れて世に知らしめると彼は言う。

村田サイドからはまだリアクションがない。いずれ下火になると静観しているのか、あるいは別の秘策を練っているのか、不気味ではあるが、向こうも圧力を感じているのは間違いないから、ここは我慢のしどころだ。

彩香からは先ほど連絡があった。千葉市内の溝口のマンションを訪れたが、インターフォンを押しても返事がなく、人がいる気配もない。隣室の住民に訊くと、ここ数日、帰ってはいないようだが、そういうことは珍しくないと言っていたという。

隣同士でもとくに親密な付き合いはなく、家族がいる様子もないらしい。人事データベースの記録では、妻と息子がいることになっているが、なにかの理由でいまは別居しているのか――。住民からはその程度の情報しか得られなかったという。

不在の理由はわからない。依願退職といっても受理されたのがきのうのことで、辞表はその前に出されていたのかもしれない。だとしたら警察の仕事とは別のことで、すでに動き出しているとも考えられる。

主任は村田の一件やタスクフォースのことはなにも知らないが、それでも溝口の動きに、なにか不気味なものを感じているようだと彩香は言っていた。

あまり間を置いてフォロワーたちの興味が薄れても困るので、鷺沼はブログにアップする第二弾の記事の作成にとりかかった。

ここでは六年前の事件の再捜査に手をつけて間もなく、警視庁の監察が某県警の公安職員を使ってこちらの身辺を嗅ぎ回り、さらにそのあと監察に呼び出しを喰らって、ほとんど言いがかりでしかない理由で取り調べを受けたことを明らかにした。

殺害された川口老人の一人娘と警視庁の監察のトップであるM氏が同じ町内で生まれ育った幼なじみで、事件のすぐあと、それぞれの配偶者と離婚したのち再婚した事実にまで言及した。そして再婚前後の二人のあいだでの不審な金のやりとりや、老人が株の売却代金八億円を現金で受けとったことが、銀行や証券会社の記録から証明されている事実もより具体的に明らかにした。

このあたりになると公務員の守秘義務違反に問われる可能性があるが、それならそれで裁判という公の場で事実を語るチャンスになるわけで、こちらにすれば思う壺だ。またブログで取り上げてくれたジャーナリストの疑問に答える意味で、当時の捜査本部における指紋すり替え疑惑のことにも触れておいた。

これでM氏が首席監察官の村田だということは、わかる人間にはすぐにわかる。さらに杉内次長を筆頭とする村田のうしろ楯や、宮野の当て逃げ、田口の暴行傷害事件にも触れたかったが、そのあたりはここではほのめかす程度にしておいた。

井上がさっそく記事をアップしてそれをツイートすると、三十分もしないうちにブログのアクセスカウンターがまた跳ね上がった。

「今回はずいぶん踏み込んだね。それでもまだまだ材料はあるけどね。とりあえずこのくらいがいい匙加減じゃないの」

珍しく宮野からは嫌みの一つも出てこない。いまはおんぶに抱っこを決め込んで、こちらの機嫌を損ねないようにと、いくらか気配りはしているようだ。

6

村田たちからの反応は意外に早かった。翌日の午後、柿沢が鷺沼に電話を寄越した。宮野ではなく鷺沼に、それも柿沢からというのが意味ありげだ。宮野と福富の正体はすでにばれていて、現在のネット上の騒動に鷺沼たちが関わっていることは先刻承知なのだろう。

宮野が晩飯の材料の買い出しに近所のスーパーに出かけていたので、イヤホンマイクとICレコーダーを組み合わせた例の録音装置が手元にない。やむなく井上と三好にも聞こえるように、スピーカーホンに切り替えて通話に応じた。

「いろいろ騒がしいことをやってくれているようだが、そんなことをして君たちにいいことなんてなにもないくらい、わかりそうなもんだがね」

柿沢はのっけから脅しを利かせるが、その口ぶりには妙に余裕がある。

「誰がやっているのか知りませんが、だいぶ厳しいところを突かれてるようですね」

空とぼけて鷺沼は応じた。苦々しげに柿沢は続ける。

「厳しいもなにも、すべて根も葉もない濡れ衣だが、君たちも依怙地《いこじ》だから、手を引けと言ったって聞き入れはしないだろうしね」

「そもそもその件で、柿沢さんが前面に出るのはどうしてですか。我々が問題にしているのは村田さんの容疑であって、柿沢さんは捜査の対象じゃない。それとも柿沢さんは、村田さんとグルだということでしょうか」

「グルとはどういう意味だ。私は村田首席監察官の直属の部下として、職務に支障がないように力を尽くしているだけじゃないか」

「それなら結構ですが。で、ご用件は？」

「村田さんは君たちと交渉する気はないと言ったと思うが、ちょっと考えが変わったようでね。これ以上泥仕合を続けても、お互い得るものはなにもない。もう一度、じっくり話してみたいとおっしゃっている。このあいだの怪しい二人ではなく、あくまで君とね」

浮田の口から漏れたのかどうか知らないが、やはり宮野と福富のことはばれているようだ。

「交渉とおっしゃいますと、金でけりを付けようというお話ですか」

「君たちの本音がそこにあるのは百も承知だよ。あすの夜にでも、村田さんの自宅に足を運んでもらえないかね」

「村田さんのご自宅へ？」

予想もしない話に鷺沼は身構えた。さりげない調子で柿沢は言う。

「村田さんは落ちついて話したいとおっしゃるんだよ。人に聞かれたくない話でもある。条件は君一人で来てもらうことだ。神奈川県警の不良刑事や元やくざのレストラン経営者などという物騒な連中にはご遠慮願いたいんでね」

浮田は思っていた以上に口が軽かったようで、柿沢はこちらの手の内はすべて承知だという口ぶりだ。かといっていま起きている事態までは想像していなかっただろう。慌てているのは間違いないが、これまでのことを考えれば、なにか画策しているに違いない。

「どういうおもてなしをしてもらえるのか知りませんが、できれば別の場所でというわけにはいきませんか」

警戒心を隠さない鷺沼に、柿沢は笑って応じる。

「まさか警視庁の首席監察官ともあろう人が、自宅で君に危害を加えるようなことをするはずがないだろう。それじゃ犯行の前に、自分が犯人だと名乗るようなものじゃないか」

言っていることは筋が通っているが、危害を加えるというような話を向こうから持ち出すことがそもそも不審だ。ここで柿沢が登場したこと自体も、やはり気にくわない。

「そうは言っても、交渉ごとというのは場所も重要です。そちらはホームでこちらはアウェイというのは公平じゃないですから」

渋る鷺沼に三好が受けろというように目配せする。むろん千載一遇のチャンスではある。ここで断ってふいにするのも馬鹿な話だ。こちらの気をそそるように柿沢は続ける。

「村田さんも大きな決断をしているはずだよ。腹を割って話して損なことはない」

「忌憚《きたん》のない話ができるのならやむを得ないでしょう。あす何時に伺えばいいんですか」

「午後七時でどうかね。君はいま休暇中のようだから、とくに差し障りはないと思うが」

休暇を取るしかない状況に追い込んだ連中に言われるのも腹立たしいが、それも含めてしっかり落とし前を付けるには、ここは話を合わせるしかない。

「ええ。お陰で暇をもて余してますから」

「いやいや、べつの仕事でなかなか忙しいとお見受けするがね」

「柿沢さんも同席するんですか」

「私は使い走りをしているだけで、立場としては部外者だよ。村田さんがあくまで差しで話をしたいということだよ」

「わかりました。くれぐれも小細工はなしでお願いします」

最後に嫌みを一つ言ってやったが、柿沢は愛想よく受け流した。

「心配は要らないよ。奥さんが美味しい手料理を用意するそうだから、多少の息抜きにもなるんじゃないのかね」

7

翌日の午後六時少し前に鷺沼はマンションを出て、村田の自宅のある滝野川へ向かった。

宮野と井上と三好は、この前のようにレンタカーを借りて、村田の家の近くで待機する。例の無線マイクをきょうは鷺沼が携行して、もしその身に異変が起きればすぐに三人が突入する算段だ。

柿沢からのお誘いが鷺沼にあったと聞いて、宮野はまずは朗報だと喜びながらも、自分の出番がなくなって、首尾よくいったときの取り分も減るかもしれないと心配したのか、妙にすり寄ってこられて鷺沼は困った。

福富は昔の仲間に頼んで腕っ節の強い若い者を派遣しようかと言ってくれたが、そういう連中が家の周りをうろつけば、かえって目立って相手を刺激するので遠慮しておいた。

王子駅に着いたのが七時十五分前で、駅前でタクシーを拾って滝野川三丁目の村田宅へ向かう。妻のどんな手料理が待っているのか知らないが、毒入りではないことを願うばかりだ。家の前でタクシーを降りたのが七時五分前。早すぎも遅すぎもしない時間だろう。

周辺は狭い通りに沿って戸建て住宅が並んでいて、そのなかで一際目立つ真新しい家が村田邸だった。二階建てで、周囲はブロック塀で囲まれ、庭と屋根付きの駐車スペースがある。

家の窓には明かりが点いている。しかし、なぜか人の気配がしない。門扉は閉まっているが、押すと簡単に開いた。

玄関に立ってインターホンのボタンを押す。しばらく待ってもだれも応答しない。さらに何度か押してもやはり反応がない。人を呼んでおいて家を空けるとは無礼にもほどがあるが、それより嫌な予感がした。

家のなかを覗こうと庭に回ろうとしたとき、なにかが爆発したような音が耳を劈《つんざ》いた。

肌を焼くような熱い空気がハンマーの一撃のように襲いかかる。ガラスや壁材の細かい破片が散弾のように飛んでくる。とっさに頭を覆ってその場に伏せた。背広の袖に火が燃え移っている。起き上がって背広を脱ぎ捨て、叩きつけて火を消す。

鷺沼は、急いで門扉から飛び出した。頭の整理が付かないまま呆然と立ち尽くしていると、目の前で車が急停止した。開いたドアから宮野が顔を出して、腕を摑んで車内へ引きずり込み、ドアが閉まるのも待たず車は発進する。

「死ぬところだったじゃない、鷺沼さん。嵌められたんだよ。なんともえげつないことやるじゃない、あいつら」

「おれを殺そうとしたのか――」

村田の家から火の手が上がるのが見える。井上は住宅街を右に左に走り抜け、白山通りに出た。あちこちで消防のサイレンが鳴り出している。宮野が楽しげに言う。

「死ぬかもしれないと思ってやったのは間違いないね。もっともおれだって田口君だって下手すりゃ死んでたんだから、鷺沼さんにもちょっとは恐い目に遭ってもらわないとね」

「そういうレベルの話じゃないだろう。今回の仕掛けはただ事じゃない。自分の家を爆破してまでおれを殺そうとして、なにか得することがあるか。殺人未遂罪はもちろん、自分でやったんじゃ火災保険も下りないうえに、激発物破裂罪や放火は殺人に匹敵する重罪だ。村田はあれでも警察官だ。そのくらいの頭は働くんじゃないのか」

鷺沼はそこが腑に落ちない。三好も呻くように言う。

「例の溝口という男が絡んでいるような気がするな。仕留め損ねたと思ったら、さらになにかやってこないとも限らんぞ。鷺沼はマンションへ帰らないほうがいい。おれや井上だって、いま自宅に帰るのは危ないな」

「おれのところはだめだよ。狭いし、散らかってるし、爆発物なんて仕掛けられたら堪ったもんじゃないし」

宮野はさっそく予防線を張る。こちらも好きこのんで宮野の安マンションの居候にはなりたくない。かといって狙われるのが鷺沼だけとは限らない。宮野や福富の素性もすでに知られているとすれば、そちらも標的になる可能性がある。それでも三好は気丈に言う。

「向こうがここまで馬鹿なことをやってくれるんなら、おれたちにとっては、むしろ飛んで火に入る夏の虫だよ。これからゆっくり料理法を考えようじゃないか」

福富に連絡すると、それなら磯子に投資目的で買ったマンションが一室空いているから、しばらくそこで寝泊まりすればいいという。それは願ったり叶ったりだった。

そうだとしても、あすはいったんマンションに戻って、置いたままの捜査資料やパソコンを引き上げないとこれから先の攻撃ができない。そこには最後の決め手になるかも知れない、事件現場で採取された毛髪もある。

福富のマンションにインターネットの回線はないが、井上が携帯型のＷｉ‐Ｆｉルーターを持っているので、ブログの更新に関しては、とりあえずそれで用が足りる。

そのまま車を飛ばして磯子には午後九時過ぎに到着した。福富は先に着いて鍵を開けて待っていた。家具付きで賃貸する予定だったのか、テレビからガステーブルや電子レンジまで、とりあえず必要なものは備わっている。

「えらい目に遭ったな。しかしよくそこまでふざけたことをしたもんだ。まるでやくざだな。開いた口が塞がらないよ」

元やくざの福富が太鼓判を押すのだから間違いない。

「いくらなんだって、あそこまでやって警察の目は誤魔化せない。一課の火災犯捜査係が消防と一緒になって動いているだろうから、すぐに真相が明らかになる。案外、おれたちが追っかけている事案も、そこから決着がつくかもしれないな」

三好が言うと、宮野が慌て出す。

「まずいよ、それじゃ。金をむしり取る話が消えちゃうでしょう」

そのとき井上が声を上げた。

「ちょっと見てください。これ、鷺沼さんじゃないですか」

手にしているスマホの画面を覗くと、拡大表示された写真が目に飛び込んだ。明らかに自分自身で、それも先ほど村田邸の門扉を開けてなかに入るところが写っている。防犯カメラの画像らしいが、そんなものがあるとは気づかなかった。

慌てて画面を縮小し、その写真についての記事を読む。あの爆発によって村田邸はほぼ全焼したらしいが、村田夫妻はたまたま外出中だったという。

現場からは手製の爆弾とみられるパーツや火薬の燃えかすが見つかり、被害者が警視庁の高官だったことから、警察はテロ事件の可能性も視野に入れて捜査に乗り出しており、ちょうど爆発が起きた時刻に防犯カメラに写っていた人物を現在捜索中だという。

「なにがテロだよ。二重の意味で嵌められたんだよ、鷺沼さん。殺すのに失敗したとしても、そっちの犯人として逮捕すれば、おれたちの息の根を止められると思ってるんだよ」

傍らから覗き込んで宮野が息巻く。井上が悲壮な声を上げる。

「そうなったら、僕らだけでもやりますよ。ネットへの発信ならどこにいたってできるし、それで村田の犯罪を暴き出せれば、鷺沼さんの冤罪はすぐに晴らせます」

鷺沼の携帯が鳴る。柿沢からかと思ったら、表示されているのはマンションの管理会社の名称だった。いまごろなんの用事かと怪訝な思いで応答すると、馴染みの担当者の慌てた声が流れてきた。

「鷺沼さん。いまお宅に警視庁の公安部の刑事が大勢来ています。ついさっきうちに電話があって、テロ計画の容疑で家宅捜索するから立ち会えと呼び出されて、出かけていくと令状を見せられたんです。合鍵はあるかと聞かれて、ないと言うと業者を呼んで解錠させて、問答無用でなかに入りました」

「たしかに公安部なんですね」

「公安三課だそうです。いま書類やパソコンを運び出しています。証拠品として押収するそうです。先に鷺沼さんの許諾をとりたかったんですが、邪魔をすると公務執行妨害で逮捕すると脅すもんですから。テロの計画って嘘でしょ。なにかの間違いですよね」

長年付き合ってきた担当者はいかにも困惑気味だが、令状をとっての家宅捜索というのはそういうものだ。自分は無実だが、手続き上それはやむを得ないと慰めて通話を終え、宮野たちを振り向いて鷺沼は言った。

「してやられたよ。冗談抜きで、おれたちは息の根を止められたのかもしれない――」

話の内容を説明すると、悄然とした面持ちで宮野は言った。

「いくらなんでも手際がよすぎるよ。あの爆発事件をテロということにして、鷺沼さんをその首謀者に仕立て上げるのがはなからの作戦だったんだね、例の毛髪だって、きっと持っていかれたよ。どうするの、鷺沼さん。あっさり引っかかっちゃって」

「鷺沼さんは、もうじき指名手配されるかもしれませんね。僕や三好さんだって同じ運命かもしれない」

井上が唇を嚙む。三好もさすがにお手上げのようだ。

「そこまで悪知恵が働くとはな。捜索令状は先にとっておいたに決まってる。さっきの爆発が用意ドンの合図だったわけだ」

鷺沼が迂闊に動いて逮捕されてもまずいので、宮野と井上が室内の状況を確認するために、急いで柿の木坂のマンションに戻った。

公安の刑事が張り込んでいる様子はなかったが、鷺沼のパソコンも井上のパソコンも押収され、捜査資料のファイルもなくなっていたと、まもなく宮野から報告があった。例の髪の毛は、試料袋に入れたままそのファイルに綴じ込んであった。

パソコンは買えばいいし、資料も『月刊スクープ』に掲載するための下原稿のコピーが福富の手元に残っている。もちろんそのほとんどが鷺沼の頭にも入っているから、押収されても痛手ではない。問題は証拠の毛髪だ。それは最後の切り札だった。マンションから帰ってきて、宮野はさっそく泣きわめく。

「どうするのよ、鷺沼さん。最悪の状況じゃない。下手したら、村田じゃなくおれたちがムショ暮らしすることになる」

「ここから警察庁のデータベースを覗くことができるか」

ふと頭に浮かんだかすかな希望にすべてを懸けるように、鷺沼は井上に訊いた。

「できますよ。係長のIDとパスワードが必要ですが、まだ免職はされていないから使えると思います。なにを調べるんですか」

怪訝な顔で井上が問い返す。祈るような思いで鷺沼は言った。

「だったらやってみてくれ。調べて欲しいのは――」

「しかし、君たちもしつこいな。ああいうことをいつまでも続けていると、分限処分の審査委員に対しても心証が悪くなるぞ」

村田はうんざりしたような顔で言うが、そこにはすでに勝負は終わったとでも言いたげな余裕が滲んでいる。例の爆破事件については、たまたま急用ができて妻と外出することになったが、鷺沼の携帯番号を失念して連絡がとれなかったと、白々しく言い訳をした。

そのおかげで自分も妻も無事だったのが不幸中の幸いだったとしゃあしゃあと言ってのけ、鷺沼が死にかかったことには一言も言及しなかった。自宅は全焼扱いとなるため、火災保険で建て直せるそうで、村田の懐が痛まなかった点に関しては宮野も一安心だろう。

8

場所は例の新宿のホテルのラウンジ。今回も鷺沼一人でという条件だったが、宮野と井上と三好が物陰に隠れて、鷺沼がポケットに入れている無線マイクからの音声を傍受しているのはいつもの通りだ。

村田邸爆破事件のあと、鷺沼に対して逮捕状が出た様子もなく、福富のマンションには二日滞在しただけで、鷺沼は宮野、三好、井上とともに柿の木坂のマンションに戻った。

激発物破裂罪の容疑はまだ奥の手として温存する気なのかもしれないが、逮捕するならするで結構。それは村田自らの墓穴をより深くするだけだと鷺沼は腹を括った。

公安三課は、それから三日も経たないうちに押収した証拠物件を返却してきた。内容は立ち会った管理会社の担当者が受けとっていた押収品目録の記載と相違なく、パソコンも分解されたような形跡はなかった。ファイルの中身も改竄された様子はなく、あの毛髪の試料も元々の位置に綴じられていた。しかしそれでも、彼らは十分目的を果たしたはずだった。

鷺沼たちが次の情報をアップしていないにもかかわらず、ネット上の騒ぎはいまも下火になっておらず、むしろブログのアクセスカウントは増えている。ツイッターのやりとりは若干落ち込んでいるが、掲示板のスレッドはすでに十本を超え、マスメディア以外の世界では国民的関心事と言いたいほどの盛り上がりようだった。

分限免職の第一回目の審査はきのう行われたが、さすがに即決というわけにはいかなかったようで、次の審査委員会は一ヵ月後になったらしい。追い出し部屋に閉じ込められて益体《やくたい》もない雑用をさせられるのはご免なので、鷺沼たちは休暇をさらに一週間延長した。

この日の面談を申し入れてきたのは村田本人で、柿沢はきょうも同席していない。爆破事件で鷺沼を引っかけた張本人を同行するのはさすがに具合が悪いと思ったのだろう。

ネット上の騒動がいまも収まらないのに嫌気がさして、もう一度金で手を打つ話をもちかけるのではないかと宮野は期待したが、鷺沼はそういう甘い考えは捨てていた。むしろ単なる余裕を超えて挑発的にすら見える村田の態度に、べつの期待を寄せていた。

「分限処分の強行にしても浮田氏の逮捕にしても、すべてそちらが蒔いた種でしょう。そのせいで我々もああいう手段を使わざるを得なくなった。それほどお困りなら、条件によってはこちらも対応を変えてもいいんですが」

腹の内を探るように切り出すと、案の定、村田はあっさり首を横に振る。

「勘違いしないで欲しいね。分限処分のことも浮田とかいう社長の逮捕のことも、私とは一切関係ないよ。ただね。金でどうこうという話はもう止めにしたんだよ。こうなれば、正々堂々と決着をつけるべきだと思ってね」

「どういうことでしょうか」

「君たちがお望みのＤＮＡ型鑑定を受けさせてもらうよ」

「あれほど嫌っていたというのに、またどうしてですか?」

いかにも当惑したように問い返すと、村田は見下す調子で言った。

「言っちゃなんだが、君たちごとき下っ端刑事に殺人の濡れ衣を着せられて、人間にとってプライバシーそのもののＤＮＡ型の試料を提供するなどということが、私には到底我慢ならなかったんだよ。たとえ潔白が証明されても、そういう嫌疑を持たれたという事実は人事上の記録に残る。それは我々キャリアにとって非常にマイナスでね。しかし事ここに及んでは、そういうことも言えなくなったわけだよ」

「鑑定の結果には自信があるとおっしゃるんですね」

「もちろんだ。子供のころ、たしかに同じ町内に住んではいたが、あの家に足を踏み入れたことは、当時もその後も一度もない」

「そうですか。そこまでおっしゃるとなると、どうも我々のほうが分が悪そうですね」

いかにも落胆したような口ぶりで応じながら、鷺沼は心のなかでほくそ笑んだ。


さすがに警視庁内で被疑者扱いされるのは嫌だったらしく、村田は民間の機関での鑑定を希望した。

鷺沼は善は急げと予約を取って、翌日、村田とともに都内の著名な鑑定機関に出向き、試料の採取を行った。刑事捜査の証拠として使うには、本人の同意書はもとより、警察官が立ち会っての本人確認も必要なので、それは鷺沼と井上が担当した。

村田はよほど自信があるようで、南六郷での子供時代の話や、決して裕福ではなかったが、自分をここまで育ててくれた両親に感謝しているというような話を盛んに聞かせた。そんな態度を目の当たりにすると、あるいは自分たちの見立てが間違っていて、じつは村田を冤罪に陥れようとしているような気分にさえなってくる。

しかし鷺沼には確信があった。その最大の根拠こそ、あのいわれなき家宅捜索だった。

結果は三日後に出るという。鑑定費用はこちら持ちだが、標準的な口腔粘膜による鑑定だからせいぜい数万円。それで巨悪が仕留められるなら安いものだ。

それでも不安はつきまとう。今回の作戦はすべて鷺沼の直感に基づくもので、宮野を始め全員がそれに賭けてくれている。外れれば、自分はもちろん三好も井上も、乗り越えがたい敗北感を抱いて警察社会から追放される。

警察という職場にもはや未練はないが、人としてのプライドをそこまで失って残りの人生をどう生きるのか――。宮野の博打ならやり直しがきいても、これに関しては、負ければ取り返しのつかない結果が待っている。

9

その三日後の午後、警視庁にほど近い日比谷公園のティールームで鷺沼は村田と会った。この日は三好も同席した。

「結果は出たのかね」

村田は待ちかねていたように訊いてくる。答えはすでにわかっていると言いたげに、その表情には余裕があった。

「出ました、残念ながら——」

鷺沼は言った。村田は身を乗り出した。

「やはりね。私の言ったとおりだろう。君たちの虚仮《こけ》の一念に付き合わされてこちらはずいぶん迷惑を被ったが、それは仕事熱心だったということで水に流そう。これでようやく私は潔白の身となったわけだ」

「そうではないんです。村田さんにとっては残念なことに、現場にあった遺留物のDNA型とあなたのDNA型が一致したんです」

「そんな馬鹿な。あの髪の毛は——」

村田は信じられないというように首を捻る。よほど慌てているようで、自ら口を滑らせたことにも気づかない。鷺沼は言った。

「先日の家宅捜索でほかの資料と一緒に公安に押収されたとき、差し替えられていたかもしれません。どなたの指図でとは申し上げませんが」

「まるで私がやらせたような言い草じゃないか。今度もまたそういう言いがかりをつけて、私に罪をなすりつけようというのか」

村田は怒りに頬を紅潮させる。起きるはずのないことが起きた――。その顔にはたしかにそう書いてある。鷺沼は穏やかに続けた。

「じつは、あの髪の毛のＤＮＡ型と比較した結果じゃないんです」

「なんだと？」

「村田さんはいまは煙草をお吸いにならないようですが、以前はたしなまれたのでは」

「四年前に止めたよ。それがどうした」

「比較したのは、事件の現場に残されていた煙草の吸い殻に付着していた粘膜のＤＮＡ型です。仕事を終えたあと一服吸いたくなったんでしょう。しかし被害者は煙草は吸わなかった。煙草の吸い口には唇の粘膜が付着しやすく、精度の高い鑑定ができるんです」

「本当に、そんな物証が残っていたのかね」

あり得ないというように首を振りながら村田が問いかける。鷺沼は冷静に説明した。

「現物はありませんでした。そこからＤＮＡ型を抽出するには、細かく刻んで溶液に浸して遠心分離機にかける。そのため抽出したあとは現物は残らないんです」

「つまり、どういうことなんだ」

村田の顔が今度は青ざめた。鷺沼は続けた。

「当時の捜査では、当初、三人の容疑者が浮かび上がりました。しかし全員がその吸い殻のDNA型とは一致しませんでした。そのときのデータが警察庁のデータベースに残っていたんです」

村田の肩ががくりと落ちた。その三人のことは捜査資料でも触れられていたが、単に法医学的見地から容疑が晴れたとの記述しかなかった。それまでは、その根拠は血液型の不一致くらいだろうと思い込んでいたが、あのときふとひらめいたのが、DNA型によるものではなかったかということだった。

井上がさっそく調べてくれた。警察庁が力を入れているDNA型データベースには、未解決事件のものも含め、捜査過程で採取されたDNA型のデータがすべて登録されている。

あの事件の際の記録はたしかに存在し、そこには煙草の吸い殻から採取されたとの注釈もついていた。

村田がかつてヘビースモーカーだった話は病院にいる田口から聞いた。自分が四年前に煙草を止めていかに健康になったか、ことあるごとに人に説教し、部内で禁煙運動を推進していたのが村田だったという。

依頼した鑑定機関には比較対象として、井上がダウンロードしたDNA型のデータを渡しておいた。きょうの結果は、髪の毛ではなく、そのデータとの照合によるものだった。

　おそらく証拠の髪の毛はすり替えられていて、それにこだわっていたらこちらの敗北だった。公安を使ったあのガサ入れで、村田はまさしく自ら墓穴を掘ったのだった。

「どうしますか、村田さん。私はこの鑑定結果を捜査一課の然るべき部署へ渡します。分限処分の対象になっている以上、我々は逮捕状の請求ができないんです。こうなったからには、捜査一課に自ら出頭して、洗いざらい事実をお話になるのが賢明だと思いますが」

　嚙んで含めるように言う三好に、村田はすがりつくような視線を向けた。

「――なあ、話し合おうじゃないか。君たちが欲しいものはなんだ？　金か？　このデータを破棄してもらえるんなら、好きなだけくれてやってもいいぞ」

　たぎり立つ怒りを押し殺したような、どすの利いた声で三好が応じた。

「ふざけるなよ、村田。おれたちは、たかが百万や千万のはした金で犯罪の隠蔽に手を貸す杉内やその取り巻きとは違うんだ。おまえも含めたがん細胞のような人間を警察組織から叩き出すのがおれの刑事としての最後のご奉公だ。そんな話に乗ったりしたら、これまでの長い警察官人生を糞壺に捨てることになる」

10

「せっかく追い詰めたのに、どうして三好さんはあんな啖呵を切ったのよ。おかげで五億の金が露と消えたじゃない」

いまではお題目の一種と化した宮野の愚痴がまた始まった。

村田の逮捕から一ヵ月が経っていた。村田に替わって異動してきた新任の首席監察官は、警視総監と相談の上、分限処分の申し立てを即刻とり下げ、鷺沼たちはもとの部署に復帰した。うんざりしながら鷺沼は言った。

「あそこで取り引きに応じていたら、また連中の策略に嵌められて、村田は逃がすわ金は取れないわで終わっていたよ。少なくとも大本命は刑務所送りにできるんだ。とりあえず、それでよしとするしかないだろう」

「でも村田は上手くすれば、五億の金をどこかに隠したままつとめを終えて、あとは悠々自適かもしれないじゃない。そうなったら刺し違えるどころか村田の勝ちだよ」

宮野は未練たらたらだ。

村田はあのあと逮捕され、強盗殺人の容疑で送検された。川口誠二殺害については村田は認めているが、強盗目的の殺人ではなかったとして、いまは検察側と対立している。

強盗殺人は法定刑が死刑もしくは無期懲役だが、村田側の弁護人は、川口老人殺害は恭子との不倫関係をなじられて争いになった結果で、計画性はなかったと主張している。また殺害後に時計やクレジットカードを盗んだのは、自分以外の者の犯行を装うためだったと主張する。法廷がそれを認めれば、殺人と窃盗の併合罪で量刑はずっと軽くなる。その場合は最長でも懲役十五年が相場で、仮釈放で十年ちょっとで出所しかねない。

もう一つの争点が死んだ兄の休眠口座を兄を装って復活させた詐欺容疑で、これも起訴状に含まれている。それが立証できれば、川口老人の簞笥預金のうち五億円をそこに入金したのが村田だという点に疑いの余地はない。

それだけの金を我が物にしたとなれば偶発的殺人と言い逃れるのは難しく、強盗殺人罪を成立させる重要な根拠になると検察はみているが、銀行に残っていた免許証のコピーは死んだ兄のもので間違いなく、兄に顔立ちの似た村田がそれを使った可能性は十分疑われるものの、立証するには至っていない。

さらに偶発的殺人となれば妻恭子の教唆もしくは共謀という考えも成立せず、恭子が相続した二億円は正当なものになる。

一課殺人班は妻の恭子からも事情聴取したが、父親に八億円の簞笥預金があったことを知っていたかという質問に、まったく知らなかったと答えたらしい。結婚前後の恭子と村田のあいだの金のやり取りを見れば、恭子の教唆の可能性は否定しがたいが、それを証明する証拠がない。

しかし近隣住民の証言では親子の仲は芳しいものではなく、父親は高齢でもいたって健康だった。殺人班も検察も、恭子はその死まで相続を待ちきれなかったのではないかという見立てで、その方向での立件をいまも視野に入れているという。

マルサの君野は脱税の容疑で家宅捜索に踏み切ったが、五億円の現金はもちろん、それを海外送金した記録も発見できなかった。

溝口は現場に残っていた爆発物の容器の破片から遺留指紋が検出され、捜査一課火災班によって逮捕された。溝口はそれが柿沢を経由した村田からの指示によるものだったと供述し、柿沢も教唆の罪で逮捕された。

村田はそれを否定しているが、溝口と柿沢にとっては重要な点だ。適用される激発物破裂罪は放火と同罪で、法定刑は死刑または無期もしくは五年以上の懲役だが、自己の所有物への放火は六ヵ月以上七年以下の懲役と格段に軽くなる。

村田の教唆が立証されればそれが適用され、柿沢も溝口も同罪になるため、量刑に関しては天と地の隔たりがある。柿沢も全面的に争う気配で、ここまでくると村田の腰巾着の立場はかなぐり捨てているようだった。

杉内を始めとする面々に金を渡して事件の隠蔽を図った疑惑に関して村田は一切否認したが、新任の首席監察官が一働きしたようで、杉内はほどなく自己都合退職した。次期長官確定の次長の中途退職は異例中の異例で、長官官房がトカゲの尻尾切りに動いたのは間違いない。刑事局長の山村は九州管区警察局の副局長に、警視庁警務部長の吉川は鳥取県警の警務副部長にそれぞれ格下げされ、こちらもまもなく自己都合退職をした。

この日は福富が新メニューの試食会を兼ねたディナーに招待するというので、タスクフォースの面々が関内の『パラッツォ』で久しぶりに顔を合わせた。井上や彩香も宮野の料理で舌が肥えているので、ぜひ忌憚のない意見を聞きたいと、福富はさりげなく宮野を持ちあげた。

部屋はこれまでも秘密会合によく使ったVIP用の個室で、新しく仕入れたというスパークリング系の食前酒と前菜の皿がテーブルに並んだところだった。

福富は、先週は商用で香港に一週間ほど行っていたようで、都内進出の次は海外支店開設かと、海外雄飛の夢が破れた宮野はしきりに羨ましがっていた。

五億円分捕り作戦が空振りに終わったというのに豪勢な話だが、もともと福富は宮野ほどそこに執着していたわけではなさそうで、五億の隠し資産を村田の手に残したことは悔しいが、裁判の成り行きによっては死刑や無期もあり得る。悪を罰するという本来の目的は果たせると達観しているようだ。

「あとは裁判の成り行き次第で、おれたちにやれることはそれほどないけどね。あんただってこのあいだはけっこう稼いだから、当面金に不自由はしないだろう」

福富は宮野に言う。五億円の夢が潰《つい》え、鷺沼のマンションで寝込んでしまった宮野に困って福富に相談したところ、博打がいちばんの特効薬だと言って、十万円の軍資金を用立ててくれた。

貸してあった五百万円を宮野が競馬ですってしまい、それが回収不能になっては困ると思ってかもしれないが、そのとき宮野は福富になにやら耳打ちされた。それもなにかの特効薬だったようで、翌日の川崎競馬で穴を当て、三百万ほど稼いでしまった。福富も一安心して借金の返済を猶予したから、いまは金には困っていないはずだが、それでも一度見た夢は脳裏から離れないようだ。

「そんなこと言ったって、金の桁が違うんだから。一生左団扇だと思っていたのに」

宮野はなおも言い募る。宥めるように三好が言う。

「おれだって一時は億の金が頭のなかでちらついたよ。しかしあそこでそんな話に乗ったら、鷺沼の言うように、村田にしてやられて、こちらは金に靡いて巨悪を見逃した負い目を死ぬまで背負うことになる。それじゃ杉内たちを責められない。金よりずっと大事なものをおれたちは守り通せたと思うんだよ」

「そうは言うけど、それじゃ村田を半分見逃してやるようなもんじゃない」

「確かにそうなんだが、五億円の件はマルサも攻めあぐんだわけで、悔しいが、おれたちの手には負えないな」

三好は肩を落とす。とはいえ、あの局面ではやはり、金に惑わされず一気に攻め落とすしかなかったと鷺沼も思う。その点については宮野以外の全員が納得してくれている。

「しかし世の中、そうは甘くなくてね。実はその五億円なんだが――」

福富がやおら切り出すと、宮野の目が瞬時に血走る。

「香港へ行っていたのは理由がある。鷺沼さんから預かっていた『月刊スクープ』用の下原稿の参考資料のなかに、村田が海外送金したときの送金先リストがあっただろう」

「どれも海外の匿名口座で、マルサも本当の名義人は特定不能だと言っていた――」

怪訝な思いで鷺沼が応じると、福富は思わせぶりに頷いた。

「世の中には裏のまた裏というのがあってね。マルサのような正面突破しかできない役所と違って、そういう世界で生きている連中はみんなお仲間で、互いの顧客の情報はしっかり共有しているもんなんだよ」

「そんな知り合いがあんたにいたの?」

宮野は飛びつかんばかりに身を乗り出す。頷いて福富は続ける。

「村田の送金先はケイマン諸島のプライベートバンクだったけど、そういう口座の開設を請負う業者が香港にはいくらでもいてね。オーナーが殺人罪で逮捕された話をして、その金自体も発覚すれば国庫に没収される類の金だと説明したんだよ。すると俄然興味を持って、ぱくったら成功報酬で半分くれるかと訊くから、それでいいって言ってやった。やくざが借金の取り立てをするときの相場がそれくらいで、みんな踏み倒されるよりはましだと依頼してくるからね」

「講釈はどうでもいいからさ。取り分は半額でもしようがない。成功したの？」

宮野は興奮を隠さない。福富は再び頷いた。

「裁判の成り行きがどうなるかだが、仮釈でムショから出るようなことがあったら、村田はそのとき気づくはずだよ。虎の子の五億円が、きれいさっぱり蒸発していることにね」

「それはいいから、その金、おれたちで山分けするんだよね」

勢い込む宮野に、福富は思案気に応じる。

「半分の二億五千万ほどが、いまはおれの海外口座に入っているんだが、それをどうしようか相談しようと思ってね。きょう集まってもらった本題はそこなんだよ」

三好と井上と彩香が顔を見合わせる。宮野は瞳を潤ませる。思わぬかたちの決着になったが、鷺沼にとっては、また別の悩ましい問題が持ち上がったとも言えた。

解説

細谷正充（文芸評論家）

本書のタイトルになっている〝孤軍〟は、援軍なく孤立した軍勢を意味している。笹本稜平の「越境捜査」シリーズを愛読している人なら、これほどドンピシャのタイトルはないと、膝を叩きたくなるだろう。警視庁捜査一課特命捜査第二係の鷺沼友哉警部補と、神奈川県警瀬谷警察署刑事課の不良刑事・宮野裕之巡査部長。ふたりの刑事を中心としたタスクフォースが、法を越境してでも巨悪に挑む。自らの拠り所となるはずの警察組織も頼りにならず、常に厳しい状況で捜査を進める。しかもシリーズ第六弾となる本書では、警察組織そのものが敵となるのだ。読み出してすぐに、これは孤軍だと思い、ストーリーへの期待が高まるのである。

本書『孤軍　越境捜査』は、「小説推理」二〇一六年一月号から翌一七年二月号にかけて連載。二〇一七年九月に単行本が双葉社から刊行された。物語は鷺沼が、二人組の男に尾行されるシーンから始まる。自宅マンションの近くで彼らを誰何した鷺沼。しかし三ヶ月ほど音沙汰なしだった宮野裕之の登場により、うやむやになってしまった。宮野は二人組を監察ではないかという。いままでの〝越境捜査〟で脛に傷持つ鷺沼だが、本当のところは分からない。蟠りを抱いたまま、六年前の強盗事件の調査を、相棒の井上拓海巡査部長と共に進めるのだった。

被害者は独り暮らしをしていた、川口誠二という老人だ。億単位の箪笥貯金をしていたという噂があったが、法螺吹きだったらしく、どこまで信じていいか分からない。しかし地道な捜査を続けると、被害者の娘と再婚した相手が、現在、警視庁の首席監察官である村田政孝だと判明。箪笥預金が本当であり、その額なんと八億円であることも分かった。だが六億円の行方が不明である。幾つかの状況証拠から、村田を犯人と確信した鷺沼たち。しかし公安を自由に使い、人事権を握る村田の力は絶大だ。鷺沼だけでなく、同僚の井上拓海、上司の係長・三好章と、三人揃って監察に呼び出される。

それでも鷺沼たちは止まらない。いつものように金の匂いを嗅ぎつけた宮野を加え、真実を追及する。やがて見えてきたのは、警察庁のキャリアまで絡んだ、警察組織の腐敗の構図であった。外部の意外な組織の協力を得て、さらには法を越境する手段まで考えながら、鷺沼たちのタスクフォースは巨悪と対決する。

本シリーズでは何度か、鷺沼たちが警察組織に挑む物語が書かれている。しかし、これほどの巨悪があっただろうか。警視庁の首席監察官が強盗殺人事件の犯人だというだけでも驚きなのに、ストーリーが進むと、さらに醜悪な悪党たちの繋がりが見えてくる。腐敗した警察組織という設定は、今では珍しくないが、ここまで徹底されると啞然茫然だ。とはいえ、物語世界のリアリティは、しっかりと確保されている。もしかしたら現実でもあり得るかもしれないと思わせる、作者の筆力はさすがといえよう。

こうしたリアリティを支えているのが、鷺沼たちの地道な捜査だ。個人情報に対する意識が高まった現代では、刑事といえども、戸籍ひとつ簡単に見ることはできない。きちんとした手続きが必要なのだ。作者はそのような描写を省くことなく、丁寧に書き込んでいる。鷺沼たちの捜査を追っているだけで、いつの間にか、とんでもない地点まで、読者は運ばれていくのである。

さらに後半になると、元やくざの福富と、碑文谷警察署刑事組織犯罪対策課の山中彩香も、本格的にタスクフォースに参加。お馴染みのメンバー勢揃いで、巨悪にぶつかっていくのだ。とはいえ敵は、警察組織そのもの。監察の田口という刑事が協力してくれるが、どこまで信用できるか分からない。タスクフォースの面々だけで戦わなければならないのである。

ここで面白いのは、鷺沼たちが警察組織の外部に味方を作ることだ。東京国税局——いわゆるマルサである。八億円のラインから、マルサの協力を得たタスクフォースは、ジリジリと村田に迫っていく。刑事が、警察組織と無関係な人とコンビを組む作品はいろいろあるが、マルサを持ってきた着想が素晴らしい。なるほど、今回はこんな手を使うのかと、大いに感心してしまったのである。そういえば、シカゴ大学で英文学・人文学の教授をしていたJ・G・カウェルティは、その著書『冒険小説・ミステリー・ロマンス』の中で、

「読者はなじみのある形式に満足と基本的な情緒的安全を見出す。その上、読者の定型に対する過去の経験が、新しい作品に何が期待できるかを予知させ、それが作品の細部を理解し楽しむ力を増大させるのである」

と記している。繰り返しになるが、鷺沼たちのタスクフォースが、法を越境してまで巨悪に挑む。そして最後にはタスクフォースが勝利を収める。シリーズの愛読者は、これが分かっているからこそ、安心して読むことができるのだ。

しかし一方で、シリーズの新作には、今までと違う何かを求めてしまう。その何かが、本書の場合はマルサと手を組んだことであろう。一冊ごとに、新たな読みどころを設定し、シリーズのファンを満足させているのである。

これだけでも満足だが、作者のサービス精神は止まるところを知らない。宮野は非合法な手段で、村田に揺さぶりをかける。村田たちの方も攻撃がエスカレート。直接的な

暴力や、警察のシステムを使い、タスクフォースを追いつめる。終盤の畳みかけは圧巻であり、ページを捲るのが、もどかしいほどだ。いかにも本シリーズらしいラストまで、読書という行為に無我夢中になれるのである。

またタスクフォースの面々の魅力も見逃せない。一例を挙げると、宮野の料理の腕だ。時に法を越境する鷺沼だが、本質は生真面目な刑事である。だから、事件に介入して金を稼ごうとする不良刑事の宮野を嫌っている。それでも宮野を自宅に泊めてしまうのは、彼の料理の腕前が抜群だからだ。三好や井上が宮野に好意を寄せる理由の幾ばくかは、やはり料理にある。

こうした宮野と鷺沼たちの関係性で思い出されるのが、ハリー・クレッシングの『料理人』だ。ある町の屋敷のコックとして雇われたコンラッド。彼は悪魔的な料理の腕前で、屋敷の主人一家を始め、町の人々を魅了し、いつしか支配していくという、奇妙な味わいの長篇である。

宮野の料理は、コンラッドほどデモーニッシュではないが、やはり鷺沼たちを魅了する。その力は、一作ごとに深まっているようだ。金に汚い不良刑事の意外な一面が、キャラクターを際立たせる。もちろん他のレギュラー陣も同様だ。そんな彼らが活躍するからこそ、ストーリーが躍動するのである。

なお、二〇一九年四月に『転生 越境捜査』、二〇二〇年十月に『相剋 越境捜査』と、シリーズは順調に刊行されている。そして「小説推理」二〇二〇年十一月号から、シリーズ第九弾となる『流転』が連載中だ。きっと、この世に巨悪がある限り、シリーズが終わることはない。だから孤軍の奮闘を、いつまでも追いかけたいのである。

本作品は二〇一七年九月、小社より刊行されました。
作中に登場する人物、団体名は全て架空のものです。

双葉文庫

さ-32-08

孤軍《こぐん》

越境捜査《えっきょうそうさ》

2020年12月13日　第1刷発行

【著者】

笹本稜平《ささもとりょうへい》

【発行者】

箕浦克史

【発行所】

株式会社双葉社

〒162-8540 東京都新宿区東五軒町3番28号

［電話］03-5261-4818（営業）　03-5261-4831（編集）

www.futabasha.co.jp（双葉社の書籍・コミックが買えます）

【印刷所】

大日本印刷株式会社

【製本所】

大日本印刷株式会社

【カバー印刷】

株式会社久栄社

【フォーマット・デザイン】

日下潤一

ISBN978-4-575-52425-3 C0193

Printed in Japan

挑発　越境捜査

笹本稜平

鷺沼・宮野のコンビがパチンコ業界のドンを追う。警察組織の壁を越えられるか⁉

双葉文庫

破断　越境捜査

笹本稜平

大物右翼の変死体を警察は自殺で片付ける。だが、その裏には公安が絡んでいた。

双葉文庫

逆流

越境捜査

笹本稜平

宮野が鷺沼に告げた不可解な殺人事件。捜査線上にある人物が浮かぶが……。

双葉文庫

偽装　越境捜査

笹本稜平

大企業の御曹司が殺された。犯罪スレスレの捜査で企業の闇を明らかにする！

双葉文庫